Beate und Daniel ...

edition suhrkamp

Redaktion: Günther Busch

Thomas Beckermann, im Dezember 1940 in Neiße geboren, studierte Germanistik, Philosophie und Soziologie in Hamburg, Berlin und Tübingen. 1969 promovierte er mit einer Arbeit über Martin Walser.
Vor allem war es Max Frisch, der unmittelbar nach der Pervertierung von Politik und Kultur im Dritten Reich der deutschsprachigen Literatur wieder zu Selbstbewußtsein und internationalem Ansehen verhalf. Begünstigt durch »seine besondere Lage als Verschonter« konnte er, niemals den Boden der großen Tradition verlassend, moderne Erzähltechniken und Theaterformen zur künstlerischen Analyse der jüngsten Vergangenheit und der sich verfestigenden Zustände aufnehmen und weiterentwikkeln. So sind von seinen Theaterstücken etwa *Biedermann und die Brandstifter* und *Andorra* unter anderem als Modelle faschistischer Machtübernahme und Machtausübung zu verstehen. So wird in den Romanen *Stiller* und *Mein Name sei Gantenbein* und in dem Spiel *Biografie* die Rollenstruktur hochindustrialisierter Gesellschaft in ihrer Wirkung auf die Subjekte reflektiert. – Anhand ausgewählter Kritiken und literaturwissenschaftlicher Untersuchungen (und einer ausführlichen Bibliographie) soll die Entwicklung und Wirkungsgeschichte des Werkes von Max Frisch dargestellt werden. – Ein zweiter Band zur Rezeption der Werke von Max Frisch ist 1976 erschienen; er enthält eine umfangreiche Bibliographie.

Über Max Frisch I

Herausgegeben
von Thomas Beckermann

Suhrkamp Verlag

edition suhrkamp 404
10. Auflage, 74.-77. Tausend 1982

Satz, in Linotype Garamond, Druck und Bindung bei Georg Wagner, Nördlingen. Gesamtausstattung Willy Fleckhaus.

Inhalt

Friedrich Dürrenmatt
»Stiller«, Roman von Max Frisch
Fragment einer Kritik

Es darf gesagt werden, glaube ich, daß sich im Gebiet des Romans noch eine Tradition vorhanden findet, die es erlaubt, sichere, nicht stümperhafte Werke abzuliefern. Was Thomas Mann etwa oder Hermann Hesse produzieren, ist, wenn auch vom Abenteuerlichen, Gewagten entfernt, legitim, lobenswert, Vorbild für Nachahmer, die, weil auch sie sich in der Tradition bewegen, nicht eigentlich Nachahmer, sondern Wanderer auf einer gangbaren Straße sind. Dieser Weg, den der Roman nimmt, auf dem es nicht viel Neues, sondern nur viele Novitäten gibt, weist seine Meisterwerke, seine Gesellenstücke und seine Konfektion auf. Er kennt die abseitigen Landschaften Stifters, die Genialität Tolstois und Balzacs; doch wird er hin und wieder von etwas Einmaligem überflutet: Don Quichotte, Tristram Shandy, Gullivers Reisen etwa oder Proust kommen von Gebieten außerhalb des Romans, aber brechen in ihn ein, erobern ihn.

Vor allem ist, will Kritik geübt werden, zu untersuchen, was denn passiert sei. Das Einmalige ist weder zu vergleichen, da es als das Einmalige unvergleichbar ist, noch historisch einzuordnen oder ins Gewohnte herüberzuretten. Doch setzt die Forderung solcher Kritik voraus, daß das Einmalige auch als solches zu erkennen sei, Merkmale besitze, die es als das Einmalige charakterisieren. Das Einmalige nun beim Roman (in der Kunst überhaupt) kann nicht im Stoff liegen. Der Roman hat die Welt zum Gegenstand, bald eine größere, bald eine kleinere, und jeder Stoff ist ein Teil der Welt – auch der Mars, wird er erobert, oder erobert er uns. Das Einmalige liegt in der Form. Das Einmalige setzt einmalige Form voraus, bestimmt von einer besonderen Ausgangslage. Die einmalige Form ist nicht wählbar, sondern muß ergriffen werden als das Rettende, das Notwendige. Der *Zauberberg* etwa verlangt keine besondere Form, der Stoff selbst ist ein Roman, um es abgekürzt zu sagen, der mit bestimmten Regeln zu meistern ist, und das

Erstaunliche ist die Souveränität, mit der hier erzählt wird. Beim Einmaligen jedoch wird erst durch die Form das Erzählen, der Stoff möglich: In anderer Form käme nicht ein schlechter Roman heraus, sondern ein Unding, in unserem Fall ein peinliches Unding. Dem Einmaligen haftet etwas vom Ei des Kolumbus an: ohne den rettenden Einfall steht das Ei eben nicht, und kommt der Einfall, ist alles gerettet, das Schwierige, Unmögliche wird nun leicht, der Autor betritt einen Raum, in welchem es nur noch Volltreffer gibt, Fehler treten nur im Sinne des Zuviels auf, wie bei allen jenen Romanen, die auf einem rettenden Einfall fußen. Wie beim Don Quichotte eben, wie bei Gullivers Reisen.

Ist jedoch das Einmalige aus einer besonderen Ausgangslage heraus notwendig erstanden, so ist es für die Kritik unmöglich, den Grund zu übergehen und das Werk an sich, abgelöst von diesem Grunde zu betrachten, als philosophische Konzeption etwa oder als sprachliches Dokument zu nehmen, wie es die Literaturwissenschaft heute so oft tut, ist doch gerade das, weshalb es zu diesem Dokument kam, das Entscheidende. Der Grund jedoch ist beim Autor zu suchen. Er steht als Täter fest. Was nun Frisch betrifft, so fällt bei ihm die Neigung auf (die er mit anderen teilt), nehmen wir ihn im Ganzen, daß er sein Persönliches, sein Privates nicht in der Kunst fallen läßt, daß er sich nicht überspringt, daß es ihm um sein Problem geht, nicht um ein Problem an sich. Er ist in seine Kunst verwickelt. Frisch ist einer jener Schriftsteller, die sich hartnäckig weigern, rein zu dichten, was viele um so mehr ärgert, als dieser Autor offensichtlich reiner und besser dichten könnte als jene, die es heute tun. Auch *Stiller* hebt sich da nicht von Frischs andern Werken ab, nicht von seinen Tagebüchern, nicht von seinen Dramen. Er ist nur ein Schritt weiter, doch nicht von der Gefahr, von der Neigung weg, sich selbst zu meinen, sondern auf sie hin, mitten in sie hinein. Das künstlerische Problem, das sich Frisch im *Stiller* aufgab, wäre, wie man aus sich selber eine Gestalt, einen Roman mache; doch gibt es dieses Problem nur als etwas Nachträgliches, als eine Arbeitshypothese der Kritik. Kunst machen ist nicht mit der Lösung eines Schachproblems verwandt. Für Frisch stellte sich dieses Problem als eine existentielle Zwangslage: einerseits nicht von sich loszukommen, anderseits ohne zu gestalten, ohne sich darzustellen,

nicht leben zu können. Persönliche Ehrlichkeit und künstlerische Notwendigkeit standen sich gegenüber.
Schachtheoretisch gesehen – anders kann die Kritik nie sehen – läßt sich das Problem, in das ich so die Zwangslage, das Existentielle verwandle, wohl darstellen. Das rücksichtslose Unternehmen, sich selbst darzustellen, sich selbst zu meinen, ließe sich ehrlicherweise nur in der Form einer Konfession, einer Beichte wagen, bezogen auf den überpersönlichen Hintergrund der Religion, die das Private aufhebt, wie dies bei Augustin, bei Kierkegaard der Fall ist; fällt jedoch dieser Hintergrund fort wie bei Frisch, ist die Beichte nicht mehr als Buch denkbar, von dem noch Tantièmen zu beziehen wären; was man etwa einem Freunde gesteht, ist nicht einer Leserschaft mitzuteilen, will man nicht der Peinlichkeit verfallen. Am absurdesten scheint es jedoch, aus einer Selbstdarstellung einen Roman machen zu wollen, das zu tun, was Frisch unternimmt.
Gesetzt nämlich, er unternähme es, innerhalb der Tradition des Romanschreibens zu bleiben und sich mit ihren Mitteln auszudrücken, wie ginge er nun vor? Er würde sich vielleicht, könnte ich mir denken, einen wohlmeinenden Freund ersinnen, einen Staatsanwalt etwa, der das Leben des Schriftstellers Max Frisch erzählen würde nach Art der wohlmeinenden Freunde, Historiker oder Mönche, die anderswo die Geschicke der Romanhelden berichten; er würde diesen Max Frisch etwas verändern, ihm einen andern Namen, sagen wir eben Anatol Ludwig Stiller, geben, ihn auch Bildhauer sein lassen, überhaupt so frei als nur irgend möglich mit sich umgehen, um nicht in die Nähe eines Schlüsselromans zu geraten. Dies alles wäre schön und gut, und sicher, da Frsich ja erzählen kann und Sprache besitzt wie wenige heute, eine schöne und, wie die Kritik wohl schreiben würde, reife Leistung, die hoffen ließe, endlich, endlich komme das reine Dichten. Und doch eben darum, weil Frisch mit Stiller nicht irgendwen, sondern sich selbst meint, peinlich. Der Roman braucht eine Gestalt. Frisch müßte sich zusätzlich Schicksal andichten, zusätzliche Lösungen anstreben, seine Frau etwa sterben und sich erstarren lassen, über sein Leben hinausgehen, wollte er sich als Roman, sich selbst eine Gestalt geben, die man als das Ich, als sich selber nie ist: Gestalt ist man nur von außen, vom andern her, in welches sich Frisch verwandeln müßte; doch damit, daß dieses Zusätz-

liche hinzukäme, würde auch die Wahrhaftigkeit in Frage gestellt, die doch hinter jeder Selbstdarstellung stehen sollte. Er würde sich meinen und wieder nicht sich, eine Identität ständig leugnen, die nicht aufzuheben wäre. Dazu käme, wenn auch wider Willen, das Selbstmitleid hinein, das etwa auch den letzten Chaplin-Film so ungenießbar macht. In Form des Romans ist eben keine Selbstdarstellung, kein Aufklären seiner eigenen Situation möglich, nicht einmal ein Selbstgericht, wie so viele auf Grund des Märchens meinen, das uns die Literaturwissenschaft erzählt. Auch daß nur wenige wüßten, daß sich Frisch mit Stiller selber meinen würde, könnte daran nichts ändern – ein Roman wird nicht auf die Hoffnung hin möglich, es komme niemand dahinter –, kurz, Frisch würde das tun, was er in seinem Nachwort des Staatsanwalts ein wenig getan hat, nicht ganz siebzig Seiten lang, die nur darum nicht ganz verunglücken, weil sie im Schatten des Gelungenen, Einmaligen stehen, ein nachträgliches und nebensächliches Entgleisen, eine Stilübung innerhalb der Tradition, die aber wieder bei vielen und gerade bei der schweizerischen Kritik den Roman offenbar rettet, indem man ihn dort für wichtig ansieht, wo er nicht wichtig ist, um das zu übersehen, was gesehen werden sollte.
Sind so die Schwierigkeiten angedeutet, denen sich Frisch gegenübersah – nur äußere Schwierigkeiten, über die noch berichtet werden kann, nur Schachprobleme eben, die auf die wahren Schwierigkeiten des Schreibens hinweisen, die nicht immer *im*, sondern oft, öfter vielleicht, *vor* dem Schreiben liegen, im Weg, der zurückgelegt werden muß, um das Geschütz in eine Stellung zu bringen, von der aus Treffer möglich, zwangsläufig werden –, ist so der Autor umstellt von lauter Unmöglichkeiten des Schreibens, scheint ihm jede Freiheit genommen, durch den Roman (das ist ja das Problem) sich selbst darzustellen, sich selbst nicht zu fliehen, sich zu meinen und nur sich, so ist nun zu zeigen, was Frisch tat; der Schritt ist darzustellen, durch den er die Freiheit gewann, durch den der Roman möglich wurde; die Form ist aufzuweisen, durch welche die Möglichkeit auftauchte, wohl blitzartig, aus sich selbst einen Roman zu machen. Denn in der Kunst spielen sich die Dinge umgekehrt ab als in der Kritik, um noch einmal diesen Unterschied zu machen. In der Kunst kommt die Lösung vor dem Problem; die Kritik kann nur stutzen, sich wundern, daß

auf einmal ein Roman möglich ist, wo doch keiner möglich sein könnte, wie wir eben ausführten, und nun die Gründe suchen – erfinden, wie ich vielleicht genauer sage –, die diese kritisch widersininge Tatsache, daß nun eben doch einer möglich war, erklären. Eine solche Erklärung ist dann eben, daß Frisch eine einmalige Form gefunden habe, die den Roman ermögliche, womit sich die Kritik, und zwar legitim, wieder einmal am eigenen Schopf auf sicheren Boden gezogen hat.
Von der Form her nun betrachtet, ist der Roman *Stiller* ein Tagebuch, ein scheinbar hastig, oft scheinbar überstürzt geschriebenes, doch nicht jenes eines Bildhauers namens Stiller, mit dem sich Frisch selber meint, sondern eines Herrn James Larkin White aus New Mexiko, der auf der Durchreise in der Schweiz verhaftet und nach Zürich gebracht wird unter dem Verdacht, er sei der verschollene Bildhauer Anatol Ludwig Stiller-Tschudy (gegen den wiederum ein Verdacht besteht, in eine Spionageaffäre zugunsten Rußlands verwickelt zu sein), und der Grund, weshalb dieses Tagebuch geschrieben wird, ist einfach der, daß James White damit beweisen möchte, *nicht* Stiller zu sein. Dies alles muß ich mit einschließen, will ich von der Form dieses Buches reden, Form ist immer ein sehr komplexes Gebilde. Die Form ist hier die eines fingierten Tagebuches einer fingierten Persönlichkeit, die damit die Behauptung aufrechterhalten will, sie sei nicht eine andere (und es ist, kritisch, theoretisch gesehen, etwas schade, daß Frisch gegen Schluß des Buches diese Behauptung, von der wir ahnen, sie sei nur eine Fiktion, die immer schwerer zu glauben ist, widerlegt, durch das Nachwort eben, und so die Form zu verwischen droht, indem er sie aufhebt. Auch halte ich es für falsch, diese Form zu begründen, wie es Frisch mit seinem »Engel« versucht). Diese Form ist nun freilich ein glänzender Einfall, doch, und dies ist die nächste Frage, die ich zu stellen habe, ist sie auch zwangsläufig, notwendig, und so erst eine wirkliche Form, zu der eben die Notwendigkeit gehört? Dies zu entscheiden, habe ich die festgestellte Form mit der Problematik zu konfrontieren, die wir entwickelt haben. Denn nur wenn die vorhandene Form der Problematik nicht aus dem Wege geht, sondern sie enthält, sie zu Kunst umformt, ist sie eine wirkliche, nicht zufällige Form.
Die vorhandene Form spiegelt genau die Problematik wider,

stellt sich nun heraus. Das Problem war, und es zeigte sich in immer neuen Aspekten: Wie macht man aus sich selber einen Roman? Und einer der Aspekte: Wie kann ich zwar die Identität leugnen, ohne sie aber aufzuheben? Genau dies ist die Form: White ist die geleugnete Identität mit dem nicht aufgehobenen Stiller. Weiter: Problematik, Form und Handlung sind hier eins. Die Handlung des Buches, der Prozeß gegen White, ist das ständige Behaupten Whites, er sei nicht Stiller, und das ständige Behaupten der Welt (der Behörden, des Staatsanwalts, des Verteidigers, der Frau Julika usw.), er sei Stiller. Damit wird die Freiheit gewonnen, sich selbst darzustellen, auch wenn sie eine komödiantische, eine Narrenfreiheit ist. Das Ich wird eine Behauptung der Welt, der man eine Gegenbehauptung, ein Nicht-Ich entgegenstellt. Anders gesagt: an Stelle des Ichs tritt ein fingiertes Ich, und das Ich wird ein Objekt. Romantechnisch gesehen: das Ich wird ein Kriminalfall. Einfacher ausgedrückt: Frisch hat sich durch diese Form, die gleichzeitig Handlung, gleichzeitig die Problematik selbst ist, in einen andern verwandelt, der nun erzählt, nicht von Stiller zuerst, sondern von sich, von White eben, für den Stiller der andere ist, für den er sich nun zu interessieren beginnt und dem er nachforscht, weil man doch ständig behauptet, er sei mit ihm identisch. Gerade durch diese Romanform wird so Selbstdarstellung möglich, gesetzt – und das ist nun wichtig, entscheidend –, der Leser mache auch mit, spiele mit. Ohne Mitmachen ist der *Stiller* weder zu lesen noch zu begreifen. Dies gilt aber auch von der Kritik: Gerade sie hat da mitzumachen, innerhalb der Spielregeln zu bleiben, anzunehmen. Eine Kritik außerhalb dieses Spiels ist für die Kunst verloren und spielt sich in den hermetisch abgeschlossenen Räumen ab, deren Türen niemand einzurennen vermag, aus dem einfachen Grunde, weil keine vorhanden sind.

Nach dieser vielleicht nicht immer ganz leichten Untersuchung ist die Möglichkeit gegeben, den Roman im richtigen Sinne zu lesen, in der Richtung seiner Form. Es ergeben sich verschiedene Ebenen, spielen wir mit, nicht gedankenlos, gewiß, im Bewußtsein eben, daß wir mitspielen, daß alles notwendige Spielregeln sind, die wir freiwillig annehmen.

Da wäre der Schreibende, James Larkin White, dem der Prozeß gemacht wird, Stiller zu sein, und der am Schluß verurteilt wird, es zu sein. Er schreibt, das Gegenteil zu beweisen, in die Hefte, die ihm der Verteidiger bringt, und der Leser liest über die Schultern des Verteidigers mit, schüttelt wohl auch manchmal wie dieser biedere Schweizer den Kopf. Zwar kann der Verteidiger mit diesen Heften nicht gerade viel anfangen, er ist ein Durchschnittsdenker, doch White, einmal ins Schreiben gekommen, wird im Gefängnis unfreiwillig zuerst und dann freiwillig zum Schriftsteller, wie ja andere auch. Seine Schriftstellerei, soweit wir das aus diesem einzigen Dokument beurteilen können, ist teils glaubwürdig, teils das Gegenteil und vom Durchschnittskritiker her gesehen hoffnungslos ichbezogen, immun gegen jeden gesunden Menschenverstand, sogar die Werte will er erst glauben, wenn er sie sieht. Auch der Whisky spielt eine etwas große Rolle, als ob es nicht auch gute Schweizer Weine gäbe. Er hat etwas von einem kulturlosen Einwohner der USA. Einerseits berichtet er von seinem Leben, anderseits schreibt er getreulich nieder, was ihm im Gefängnis zustößt, und drittens bemüht er sich, begreiflicherweise, über den verschollenen Stiller klar zu werden. Gehen wir gleich zu den unglaubwürdigen Seiten seiner Schriftstellerei über, wir müssen hier zugeben: zu der Darstellung seiner selbst.

Das einzige, was daran (in Hinsicht auf den Beweis, den er liefern will) überzeugt, ist eigentlich nur die Schilderung der Orte, an denen er gewesen ist. Mexiko, die Wüste, New York, eine Tropfsteinhöhle, Kalifornien, und hier erweist sich dieser Amerikaner (deutscher Abstammung) als Schriftsteller allerbesten Formats. Er erzählt ganz und gar uneuropäisch, oder doch so, wie es die Europäer vielleicht einmal gekonnt haben. Die heutigen Europäer meinen immer etwas anderes, wenn sie von einer Landschaft berichten, bald Seele, bald Mythologie, bald Philosophie, bald Patriotismus und Heimatkunde, während White die Landschaft darstellt, als käme er gerade vom Mars und sähe diese Landschaften zum ersten Mal, als die Landschaften eines Planeten. Es sind Gemälde von großer Schönheit, von großer Sprache. Sogar eine Zürcher Landschaft so zu sehen gelingt ihm, eine Landschaft, die doch literarisch belastet ist, von unzähligen Autoren beschrieben, bedichtet, eine Kühnheit, zu der nun wirklich offenbar nur ein Amerikaner fähig sein kann, die aber auch den einzigen Beweis abgibt, John Larkin White sei wirklich John Larkin White.

Denn da steht nun auch die Schilderung seiner Schicksale. Die Schilderung der verschiedenen Orte allein genügt ja nicht, seine Existenz als White zu beweisen, er hätte ja auch dorthin gereist sein können. Sind diese Schicksale vom Spiele, von der Form aus gesehen, wo wir wissen, wo wir White fingieren, von bezaubernder Ironie, so sind sie von White her gesehen, von seinem Beweise her verunglückte Schriftstellerei, billiges Kino (daß ausgerechnet in einer Tabakplantage ein Vulkan ausbricht, glaube wer will!), Flunkereien, Märchen offenbar, ganz wie diese Isidor- und diese Rip van Winkle-Geschichte, Schauerhandlungen, die niemanden außer seinen Wärter Knobel überzeugen, den aber in die höchste Seligkeit stürzen, sitzt er doch endlich einem richtigen Verbrecher gegenüber, einem ganz unschweizerischen Verbrecher, der nicht nur einen jämmerlichen Mord auf dem Gewissen hat, wie es sich hierzulande bisweilen ereignet, oder deren zwei, wenn es hoch kommt, sondern amerikanisch, großzügig, gleich deren fünf (die zu beschreiben freilich Whites Phantasie nicht ganz ausreicht). Donnerwetter! Wärter Knobels Beruf beginnt interessant zu werden, und wie sich leider mehr und mehr herausstellt, daß White doch nicht ein fünffacher Mörder ist, sondern eben Stiller, ein Landsmann, ein Zürcher gar, schrumpft Knobel zusammen, um jede Romantik betrogen ein enttäuschter Mann. Begreiflich: Ist es doch der Traum jedes anständigen Wärters, einmal ein richtiges Raubtier zu bewachen und nicht nur Kaninchen und Schafe. Sehen wir jedoch die übermütigen Geschichten mit der Problematik zusammen, so erweist sich dieses Umschlagen in komödiantische Handlung, dieses Schwanken teils ins Billige, teils in das Unheimliche der Florence-Affäre etwa als das zusätzliche Schicksal, das der Selbstroman braucht, welches nun als Witz, als Floskel an wirklich Erlebtem erscheint.

Kommen wir nun zu einer der vergnüglichsten, aber auch wichtigsten Seiten dieses erstaunlichen Romans, zu seiner politischen Seite: Whites Urteil über die Schweiz, seine Schilderung des Landes, das ihn gefangen hält; ein Urteil von der Fremdenverkehrssituation entfernt, von der aus sonst Urteile über die Schweiz abgegeben werden. Um es gleich zu sagen: Das Gefängnis kommt gut davon, und das ist schließlich auch ein Lob seines Gastlandes, und ein nicht unwichtiges. Das Gefängnis ist in Ordnung. Was jedoch die Welt außerhalb betrifft, die Nicht-Gefängnis-Welt, berühmt durch ihre Freiheit, die White hin und wieder zu Konfrontationszwecken oder ähnlichem besuchen darf ...

um 1954

Walter Jens
Erzählungen des Anatol Ludwig Stiller

Ein Mann namens Stiller, ein Abenteurer, Bildhauer und Eulenspiegel, der im spanischen Bürgerkrieg auf Seiten der Roten mitkämpfte, sich aber weigerte, Faschisten zu töten ... dieser Anatol Stiller war verheiratet, trieb Ehebruch, während seine Frau lungenkrank in Davos lag, tauchte dann unter, galt als verschollen, lebte in New York und Mexiko, um endlich, als ein Mister White, wieder in seine Schweizer Heimat zu kommen. Dort, in Zürich, verhaftete man ihn unter dem Verdacht der Spionage, sperrte ihn ins Gefängnis und gab ihm Gelegenheit, in seiner Zelle ein Tagebuch zu führen, dessen Seiten sich bald mit Berichten über Besuche angeblicher Bekannter zu füllen beginnen: Julika Tschudy, Stillers Frau, taucht auf, Sibylle, die Geliebte, mitsamt ihrem Gatten, dem Staatsanwalt Rolf, Stillers Bruder Wilfried, ein befreundeter Architekt, der sich Sturzenegger nennt ... alles Schemen, da der Häftling sich sträubt, jenen Stiller, der sich in den Erzählungen alter Weggenossen spiegelt, mit dem Stiller von heute zu identifizieren, den Aufbruch ins Weglos-Ungebahnte (Verschollenen-Schicksal!) zu vergessen und damit die Brücke vom Perfekt zum Präsens zu schlagen.

Dies ist die Fabel eines Romans, dessen Bedeutung als Kunstwerk, dessen kompositorische Perfektion erst dann sichtbar wird, wenn man sich vorstellt, was ein minderer Künstler als Max Frisch aus dem Sujet gemacht haben würde. Drei Möglichkeiten der Gestaltung bieten sich an:

1. Man hätte, den klassischen Roman-Praktiken folgend, die Geschichte aus der Perspektive eines souveränen Erzählers analysieren können: ein omnipotenter Poet, ein wahrer Newton, der, wie der olympische Zeus, die Gedanken all seiner Figuren kennt, würde die Fabel ohne Zweifel chronologisch-exakt, beginnend mit Anatols Jugend und endend mit seiner Gefängnis-Entlassung, dem Leser vorgeführt haben: einmal Julikas, einmal Stillers, einmal Sibylles Schädeldecke öffnend – immer auf der Höhe der Situation, augenzwinkernd und beschlagen, dem

staunenden Hörer mit Hilfe von Maximen und eingestreuten Sentenzen die eigen-maßgebende Meinung verratend.

2. Eine andere Möglichkeit wäre gewesen, sich rigoros, in Franz Kafkas Manier, zu beschränken, dem Roman – gleichfalls chronologisch getreu – zwar in der dritten Person zu erzählen, alle Geschehnisse aber aus der Perspektive des Helden zu »orten« und nur das zu berichten, was in Anatols Blickfeld hineinreicht – nicht also: »Julika dachte«, sondern »Stiller hatte den Eindruck, daß Julika dachte« zu schreiben – nicht »Sibylle hoffte«, sondern »sollte, fragte sich Stiller, Sibylle etwa hoffen?« ...

3. Schließlich könnte der Erzähler – das erwähnte Tagebuch bietet diese Technik geradezu an – die Fabel in der ersten Person wiedergeben: Anatol Stiller sitzt an seinem Zellen-Tisch, hält Rückschau und konfrontiert die Begebenheiten von heute – Ausgangs- und Gefängnisbesuche – mit den Ereignissen von gestern: Julika in Davos, Sibylle in Pontresina, Anatol selbst in New York.

Kein Zweifel, jede der beschriebenen Praktiken hat ihren Vorteil, aber auch ihren Nachteil: der Olympier und Newtonist erkauft seine Allwissenheit um den Preis mangelnder Konsequenz ... wer überall sein möchte, ist am Ende nirgendwo zu Haus; der Leser, der die Protagonisten alle gleich gut kennt, wird im Laufe des Buchs allenfalls ein vages Panorama erkennen. Die rigorose Beschränkung in Kafkas Art hingegen peilt die Details von einem Fixpunkt, der Heldenoptik aus an und belichtet sie scharf und exakt – aber Objektivität wird auf diese Weise so wenig erreicht wie mit Hilfe der Ich-Erzählung. Die Nebenfiguren bleiben Geschöpfe des Protagonisten: der Held ist in die Haut des olympischen Erzählers geschlüpft.

So weit, so gut. Wie aber stellt es nun Frisch an, um sich der Vorteile jeder Methode zu versichern, ohne deshalb zugleich die Nachteile mit in Kauf nehmen zu müssen? Folgen wir – ohne den Vorwurf allzu penibler Analysen zu scheuen – dem kunstreich-überlegten Verfahren des Autors: nur die Kenntnis der Gesamtkonzeption läßt Funktion und Bedeutung jener vier Geschichten richtig erkennen, die dem Autor als Handlungskontrapunkte dienen. (Die eingestreuten Erzählungen als Variationen und Konzentrate, als thematische Flucht- und Fixpunkte zu verwenden: das ist, von *Wilhelm Meister* bis zu Döblins *Hamlet*, eine Lieblingsmethode der Romanciers.)

Stiller – dieses zunächst – ist ein Heimkehrer-Roman wie Vittorinis *Conversazione in Sicilia*, Paveses *Einsame Frauen* oder Döblins *Hamlet*. Ein Mann, der lange fort gewesen war und es draußen in der Welt recht bunt getrieben hat (auch Stiller erscheint ja als ein »americano« vom Schlag der italienischen Romangestalten) sieht die Stätten seiner Kindheit und Jugend mit wachsam-kalten Augen an: das Nahe wird durch das Weite, Zürich durch die Plantagen von Chihuahua, der Limmat-Kai durch die New Yorker Slums an der Bowery erhellt und verfremdet.

Im Spiegel der Heimat gewinnt die Ferne an Schärfe und Plastizität; gebrochen im Scherbenglanz ferner Erinnerungen wird der engste Bezirk, werden die wenigen Quadratkilometer der Vaterstadt zum stellvertretenden Schauplatz eines weltweiten Geschehens. Das Kleinste als Abbild des Größten, die polis vor dem Riesenhorizont: hier Güllen, dort Zürich, hier Dürrenmatts Claire Zachanassian, geborene Wäscher, dort Anatol White-Stiller ... die Situation ist sehr ähnlich; in jedem Fall wird das Vertraute, das sich in den Augen eines Heimgekehrten reflektiert, auf die Gleichnisebene erhoben. Nicht im Ubiquitären unendlicher Weiten, sondern zwischen Kaffigen und Kalberstadt, in der Nähe des Café Odeon, ist das theatrum mundi fundamentiert.

In der gleichen Weise aber, wie sich das Nahe erst durch die Feuer der Ferne erhellt, während es aus eigener Kraft nur kümmerlich leuchtet, gewinnt auch das Leben des Helden, Anatol Stiller, erst durch die Zeugen-Aussagen seine Transparenz: fremde Hände zerren die Geheimnisse ans Licht. Dies ist der eigentliche »Trick« des Buchs: das Roman-Subjekt, ein erzählendes Ich, wird gleichsam »objektiviert«, weil Max Frisch es mit Spiegeln umgibt, aus denen es den Leser in den verschiedenartigsten Maskierungen anstarrt: wie sehr verändert sich Stiller in den flimmernden Drehungen kreisender Spiegel; welch ein Unterschied zwischen seiner versteckten Selbstanalyse, dem Julika-Bericht, der Sibylle-Erzählung und dem Rapport des Staatsanwalts Rolf! Indem der Autor ständig Ich- und Er-Erzählung, Personal-Perspektive und Panorama-Überblick vertauscht (welche souveräne Konstruktion!), stellt er nicht nur Steinchen eines sich, sehr langsam, abzeichnenden Mosaiks zusammen, sondern zwingt den Leser zugleich, jeden einzelnen Stein auf seine Brauchbarkeit hin zu untersuchen. Weiß Gott, ein sorgsames Vergleichen und oft genug ein Zerspalten und Klittern einzelner Steine tut not, wenn man die Konturen des Mosaiks herauspräparieren will! Am Anfang, da der Leser jeden einzelnen Bericht für wahr und vollgültig nimmt, irrt er sich häufig – erst ein kritisches Überprüfen der Zeugenaussagen, eine Analyse von Parallelstellen, läßt die Wahrheit erkennen. Nicht zufällig schildert Frisch die Handlungs-Höhepunkte aus dreierlei Sicht – Julika, Rolf und Sibylle erzählen das gleiche Geschehen mit divergierendem Akzent. Wie groß ist da die Diskrepanz zwischen Julikas Krankheitsbericht und Sibylles Charakterisierung der »Balletteuse in Davos«! (Sibylle wiederum erscheint gebrochen durch Julikas Mentalität ein wenig despektierlich als Stillers »Dame« ...) Mit einem Wort, der Leser hüte sich sorgsam, bei der Lektüre des Buches, zu früh »so also ist es« zu sagen: was die zunächst Sprechende, Julika, sagt, bedarf der Ergänzung durch Sibylles Bericht, und Sibylles Ehe-Konfessionen wiederum erhalten erst dann ihre echte Kontur, wenn der Staatsanwalt gesprochen hat. In jedem Fall ist nie die Einzelaussage, sondern immer die Summe unterschiedlicher Mitteilungen: die wechselseitige Verfremdung von Belang. Ein Beispiel – Sybilles Aufbruch nach Pontresina:

Die Perspektive des Staatsanwalts:

»Es tat ihm leid, dieses Wort, und zugleich empörte es ihn, daß er nun auch noch um Entschuldigung bitten sollte, und statt dessen fügte er mit einer Fairneß, deren Herablassung ihm sehr bewußt war, hinzu: ›Ich nehme an, ihr habt euch in Paris dann doch getroffen, der Anruf kam am Mittwoch.‹ Darauf erhob sich Sybille wie nach einer ergebnislosen Unterredung, die aber gar nicht stattgefunden hatte, langsam und wortlos, ging zum Fenster; Rolf sah an ihren Schultern, daß sie weinte, schluchzte. Sie duldete nicht seine Hand auf ihrer Schulter, nicht einmal seinen Blick. ›Ich gehe schon!‹ sagte sie. ›Wohin?‹ fragte er. Sie quetschte ihre halbe Zigarette in seinen Aschenbecher, nahm ihre Handtasche, ein Tüchlein und Puder, um ihr Gesicht in Ordnung zu bringen, und sagte mit der unverschämtesten Leichtigkeit: ›Nach Pontresina.‹ Und nach einem tiefen Atemholen, während Sibylle nun ihre Lippen malte, sagte Rolf abermals: ›Wie du willst.‹ Dann ihre alberne Frage: ›Hast du etwas dagegen?‹ Dann seine ebenso alberne Antwort: ›Tue, was du für richtig hältst!‹ Und so ließ er sie gehen . . .

Und sie ging tatsächlich nach Pontresina.«

Dagegen die Perspektive Sibylles:

»›Es hat jemand aus Paris angerufen, ein gewisser Herr Stiller, vermutlich dein Liebhaber –‹ Sibylle blickte ihn nur an. ›Ich denke‹, fügte er hinzu, ›du hast den Herrn in Paris noch getroffen . . .‹ Es hätte diesen Zusatz nicht mehr gebraucht, Sibylle hatte bereits ihre Handtasche genommen und sich unwillkürlich erhoben. ›Wohin gehst du?‹ fragte er bloß. ›In die Berge‹, antwortete Sibylle kurz geistesgegenwärtig in Erinnerung an ein Plakat, das sie unterwegs hierher gesehen hatte, ›nach Pontresina.‹ Und Rolf, dieser Dickschädel, dem es noch nicht Farce genug war, begleitete sie tatsächlich zur Türe. ›Mach, was du willst‹, sagte er und hob ihr den Handschuh auf, den sie verloren hatte. ›Danke‹, sagte Sibylle und hätte nun eigentlich gehen können, ja, sie verstand nicht, warum sie, statt durch die Türe zu gehen, nochmals zum Fenster ging. ›Ich finde es lächerlich‹, meinte sie, ›vollkommen lächerlich, wie wir uns benehmen, kindisch . . .‹ Rolf schwieg. ›Du bist im Irrtum!‹ sagte sie und mußte nun irgendwie weitersprechen, › – du hast kein Recht, mich so zu behandeln.‹«

Es folgt ein langes, von Sibylle gelenktes Gespräch, das mit den Sätzen schließt:

»Rolf hatte die Hand auf der Klinke; wäre es wirklich ihr Rolf gewesen, sie wäre ihm um den Hals gefallen, um zu weinen. Es war nicht Rolf, es war eine Maske, die ihr lächerlich vorkam. ›Du mußt tun, was du für richtig hälst‹, sagte er nochmals, öffnete die Türe und ließ sie durchs Vorzimmer gehen, begleitete sie höflich zum Lift –

Nun mußte sie also nach Pontresina.«

Winzige Nuancen nur, und doch sind die Berichte weltenweit voneinander getrennt. Während im Rapport des Staatsanwalts der Mann gütig-souverän, die Frau teils schuldig-nervös, teils unverschämt und oberflächlich erscheint, haben die Partner, in Sibylles Erzählung, die Positionen getauscht. Jetzt ist die Frau die große Liebend-Enttäuschte, die dennoch die Fassung bewahrt, während der Mann sich allenfalls recht akkurat und maskenhaft, borniert und steif benimmt. Wo aber liegt die Wahrheit? Geht Sibylle tatsächlich freiwillig nach Pontresina oder *mußte* sie durch Rolf genötigt, gehen, obwohl sie es eigentlich gar nicht wollte? Weiter, was ist wirklich in Davos, in Zürich und Pontresina geschehen, was hat sich am Tajo ereignet, als Stiller nicht auf die Faschisten schoß? War er zu edelmütig, oder war er zu feige? Fragen über Fragen – und der Kronzeuge, der verschollene Anatol, bleibt stumm, oder genauer: »fungiert« nur als Präparat, auf das die Linsen sich richten, ist der unbewegte Beweger, die Stille im Zentrum des Zyklons. Langsam, Schrittchen für Schrittchen, enthüllen seine Notizen, Niederschriften fremder Berichte, das vergangene Bild – doch ist das Bild echt? Stiller jedenfalls begnügt sich damit, die Zeugen-Kommentare seinerseits zu kommentieren: ihm, der sich selbst »abhanden« gekommen ist, (so wie sich der Staatsanwalt in der Moritat *Graf Öderland* oder der Staatsanwalt Schinz abhanden kamen), ist der Zeitraum amputiert: Gefängnis und amerikanisches Exil – das ist seine Welt: hier New York und Mexiko, dort die Begegnung mit all denen, die, wie Rolf, Julika und Sibylle, von Wiederbegegnung sprechen. Anatols Erinnerung wurde gleichsam von Säure zerfressen: wie ein leibhaftig-listiger Kaspar Hauser paraphrasiert er die verschiedenen Berichte, zieht seine Folgerungen, zerrt Widersprüche ans Licht (S. 292 u. 304), sieht zu, wie eine Steinfigur langsam aus dem umhüllenden Steinfleisch herauspräpariert wird, liest die Züge des Verschollenen auf Iris und Netzhaut der Fremden und behandelt sich selbst wie ein Objekt – doch eben dies, daß ein Ich von sich selbst als einem Er erzählt ... eben dieser Subjekt-Objekt-Wechsel, dieses raffinierte Enthüllungs-Spiel macht den Reiz des Buches aus. Spiegel rings herum – und der Gespiegelte analysiert die Spiegelgesichter, der Gefangene Schlemihl beschreibt seinen verlorenen Schatten ... in der Tat, man muß sehr viel können, um so etwas wagen zu dürfen. Bei all dem besteht der Zauber des Romans nicht zuletzt darin, daß Vergangenheits- und Gegenwarts-Erhellung einander entsprechen; während Stiller, über den Brunnen der Vergangenheit gebeugt, seinem Bildnis zuschaut und den Umriß des Verschwundenen aus Winken, Berichten und Erzählungen rekonstruiert, wird er in die mannigfaltigsten Beziehungen verstrickt, verliebt sich in die eigene Frau, Julika, die er verriet und, zur Strafe für sein Verschulden, wird hergeben müssen, begegnet Rolf, den er gleichfalls betrog und der jetzt über ihn zu Gericht sitzt, besucht Sibylle, die er verließ und nun als eine Fremde antrifft. Die Kontinuität der Nebenfiguren konfrontiert sich, Seite für Seite, mit Stillers Diskontinuität – mit jenem zerstückelten Zeitsinn, der nicht weiter als ins Imperfekt zurückzudringen vermag ... und scheint es nicht, als versuche der eingekreiste Stiller, dem man den Schatten von allüberall her reicht, die Jahre vor seinem Aufbruch in die Fremde mit wilden Reden, lästerlich-barocken Erzählungen, zynischen Parabeln und farbenreichen Gleichnissen zu überdecken ... und das alles, obwohl er in seinen Geschichten, Gleichnissen und lyrischen Sentenzen ebenso ausschließlich nur von sich selbst spricht, wie die Personen, scheinbar in die Betrachtung des eigenen Schicksals versunken, von Anatol, dem traurigen Eulenspiegel erzählen?

Stillers Erzählungen – unser Text, dessen Hintergrund wir zu bezeichnen suchten – verkünden nicht zufällig das Geheimnis der Zeit, berichten von Vergessen und Liebe und analysieren das Verhältnis von Aufbruch und Wiederkehr: kein Zweifel, daß der Verschollene in den Figuren Isidors und Rip van Winkles seine eigene Lage symbolisiert. Auch er ging verloren, verirrte sich an der Seite Florences, verirrte sich in den Schächten New Yorks, verirrte sich in der Höhle der Zeit, im »rock of the ages« (die Begriffe »Höhle« und »Zeit« gehören seit Augustins Tagen zusammen) und kehrte als ein leibhaftiger Legionär der Fremde zurück – um fortzugehen, um zu bleiben? Dem Staatsanwalt Rolf, der nach Genua floh, war die Heimkehr erlaubt – ist sie auch Stiller gestattet, der so viel tiefer stürzte und im Fallen jene Identität aufgeben mußte, die sich erst langsam, im Verlauf der Handlung, zwischen dem Zürcher Gefängnis und der Einsiedelei von Glion am Genfer See wiederherzustellen beginnt?

Welch ein vielschichtig-reiches, unerschöpfliches Buch! Aus dem Wechselspiel von Subjekt und Objekt, Nähe und Ferne, Vergangenheit und Gegenwart, aus den dialogischen Szenen, den epischen – stets legitimierten! – Rapporten und den glühend-exotischen Lyrismen, aus dem Alternieren von Thema und Variation, Ausführung und Konzentrat, Bericht und legendärem

Gleichnis, aus der Antithetik von Haupterzählung und eingestreuten Geschichten, entsteht, mit Hilfe kunstvoller (im Bericht *Homo faber* wiederholter) Zeitvolten, das Portrait eines Menschen und das Antlitz einer Zeit. So betrachtet ist der *Stiller* ein legitimer Nachfahr des pikarischen Romans... nur daß das Pikareske hier im seelisch-imaginativen Bereich liegt; die Fakten dieses Buches, in dem, vom Zopiloten bis zum unerfreulichen Reisegefährten, vom Mädchen Anja bis zum verschollen Juristen, Frischs ganzes Arsenal ausgeschüttet wird... die Fakten sind unwichtig. »Seither hat Sibylle, die Gattin meines Staatsanwalts, den verschollenen Stiller nicht mehr gesehen«: der Zentralsatz des Ganzen steht nicht zufällig in Klammern. Nur die Deutungen zählen, der Spiegel und die Spiegelung – hier das durchgeführte Generalthema (Stillers Heimkehr), dort das synthetische Konzentrat der Geschichten, die »Summe des Ganzen«: Isidor und Rip als Identitäs-Zeugen des Verschollenen.

1961

Hans Mayer
Anmerkungen zu »Stiller«

Durchaus möglich, daß viele Leser, die mithalfen, den Roman *Stiller* zum Welterfolg zu machen, der Meinung waren, dies hier sei ein Eheroman. Die Ehe aber bleibt nach wie vor ein Problem für Eheleute. Immer waren Eheromane in der bürgerlichen Ära eines gewissen Erfolges sicher. Unter der Weimarer Republik gründete sich der längst verblichene Ruhm des Romanciers Jakob Wassermann vornehmlich auf die ausgiebig psychologisierende Darstellung solcher Probleme. Daß der Ruhm des Erzählers Heinrich Böll mit Erscheinen des Romans *Und sagte kein einziges Wort* begann, auch einer Ehegeschichte in gewissem Sinne, gibt gleichfalls zu denken. Wäre Max Frisch mithin so etwas wie ein Fortsetzer dieser bürgerlich-epischen Tradition?
Obenhin betrachtet ganz gewiß. Der romaneske Aufbau ist wesentlich bestimmt durch drei Versuche eines Mannes und einer Frau, Bindungen einzugehen, die standhalten könnten. Zunächst die Ehe Stiller und Julika. Von zwei Ehen sogar wäre zu sprechen: dem Entschluß des ursprünglichen und dann des erneuerten Stiller, mit Julika zu leben. Die Ehe des Staatsanwalts Rolf und der Frau Sibylle. Schließlich der Versuch Stillers (und der Frau Sibylle), die Lust zur Ewigkeit zu machen, zu einer kleinen Ewigkeit wenigstens. Drei (eigentlich vier) Ehen im Grunde, von denen hier berichtet wird. Alle erweisen sich als Mißerfolge. Da es der Erzähler darauf anzulegen sucht, die Vielzahl der Perspektiven zu zeigen, die verschiedenen Aspekte einer jeden Ehe je nach Erleben und Meinen der Partner darzustellen, scheint sogar die formale Struktur seines Buches, die weitgehend mit dem Perspektivenwechsel zusammenhängt, durch Gattungsvoraussetzungen eines traditionellen, hier bloß perspektivisch erweiterten Eheromans bestimmt zu sein.
Freilich sollte man mit der Ironie des Verfassers rechnen. »Die erste Station für Büchner war Straßburg; unsere erste Station ist die Ironie«, erklärte Max Frisch bei Entgegennahme des Georg-Büchner-Preises 1958. Spricht man von Überlieferungen

des Eheromans, so meint man nicht gerade Jakob Wassermann. Da sind vielmehr Anna Karenina und Wronski, Effi Briest und der Landrat von Innstetten, Emma und Charles Bovary. Eine bedrohliche Tradition. Max Frisch ist weit davon entfernt, sie verlegen wegzaubern zu wollen. Im Gegenteil beschwört er sie ausdrücklich herauf. Der vermeintliche Stiller notiert in seiner Züricher Gefängniszelle: »Mein Freund und Staatsanwalt fragt, ob ich Anna Karenina kenne. Dann: ob ich Effi Briest kenne. Endlich: ob ich mir nicht ein anderes Verhalten, als es in diesen Meisterwerken geschildert wird, seitens des verlassenen Ehemannes vorstellen könnte. Ein großzügigeres, meint er – und kommt ins Erzählen.« Das ist ein Kunstgriff des nachgeborenen Erzählers. Er verwandelt einen großen Teil des Romangeschehens ins literarische Klischee, in einen Topos. Plötzlich hat die Ehe des Staatsanwalts Rolf und seiner Sibylle nicht bloß mit realen Konflikten zu tun, sondern auch mit romangemäßem Verhalten. Rolf überlegte sich, als ein gebildeter schweizerischer Intellektueller aus der Mitte des 20. Jahrhunderts, ob man nicht anders reagieren könne als der zaristische Beamte und Ehemann Alexej Alexandrowitsch Karenin. Die Rolle des Charles Bovary, des verkrachten Provinzmediziners, scheint er von vornherein aus Gründen gesellschaftlicher Selbstachtung auszuschalten.

Die scheinbar nebensächliche Bemerkung des Staatsanwalts Rolf bedeutet weit mehr als eine Geste romantisch-ironischer Illusionszerstörung oder als eine maliziöse Arabeske des Erzählers. Das Thema des *Lebensklischees* wurde dadurch intoniert. Die Ehekrise zwischen Rolf und Sibylle bietet sich, wie Rolf erkennt, als Repetition berühmter und gekannter Romanliteratur an. Das Leben scheint die Literatur imitieren zu wollen. Es handelt sich um das Phänomen der *Wiederholung*. Bereits im ersten Heft von Stillers Aufzeichnungen findet sich, zunächst aphoristisch hingestellt mit bewußt zweideutiger Zeichensetzung, die Interjektion: »Meine Angst: die Wiederholung –!« Kurz darauf ergänzt Stiller, indem er etwas ausführlicher wird: »Wiederholung! Dabei weiß ich: alles hängt davon ab, ob es gelingt, sein Leben nicht außerhalb der Wiederholung zu erwarten, sondern die Wiederholung, die ausweglose, aus freiem Willen (trotz Zwang) zu seinem Leben zu machen, indem man anerkennt: Das bin ich! ... Doch immer wieder (auch darin die Wiederholung) genügt ein Wort, eine Miene, die mich erschreckt, eine Landschaft, die mich erinnert, und alles in mir ist Flucht, Flucht ohne Hoffnung, irgendwohin zu kommen, lediglich aus Angst vor Wiederholung –«. Abermals endet die Eintragung mit einem Gedankenstrich.

Kurz darauf erzählt der vermeintliche Stiller seinem gutschweizerisch-großbürgerlichen Verteidiger (»mein Verteidiger war auch einmal bei einer Partei, die dann einging, Schwamm darüber«: man kann leicht erraten, was für eine Partei das ums Jahr 1934 gewesen sein mag) das Märchen vom Rip van Winkle, in dem man, wie Max Frisch später mitteilte, eine der Keimzellen des Stiller-Romans erblicken darf. Leben als Wiederholung, folglich als Einordnung in das Klischee. Leben wohl auch als Wiederholung vorgeprägter Literatur. In Wolfgang Koeppens Reisebuch *Amerikafahrt* beschreibt der Verfasser dieser empfindsamen Reise, wie er von Paris nach Le Havre fährt, um sich dort einzuschiffen. »Am Fenster des Zuges glitt die Landschaft der Impressionisten vorüber, Maupassants Ruderboote schaukelten immer noch auf der Seine.« Mit solchen Sätzen triumphiert Karl Kraus noch nachträglich, denn er war von jeher der Meinung, das Leben liefere bloß literarisches Plagiat, indem es Ereignisse produziere, die der Kulturkritiker Kraus in der Phantasie und dann in sprachlicher Gestaltung seit langem vorweggenommen habe. So gesehen scheint die Existenz eines heutigen Menschen, heiße er nun Stiller oder Staatsanwalt Rolf, alle schöpferische Eigenart verlieren zu wollen. Alle Konflikte, mit denen sie sich herumschlagen, wurden bereits literarisch gestaltet. Man lebt in der Wiederholung, und zwar nicht bloß in Form einer Repetition früheren, historisch gewordenen Lebens, sondern als Imitation von Literatur. Man sieht nicht mehr Landschaften vom Fenster aus, sondern Renoirs und Monets, erlebt nicht mehr eine Ehekrise, sondern spielt, mit leichten Abwandlungen, die Rolle des Karenin oder Wronski oder der Madame Bovary.

Das philosophische Problem der Wiederholung bedeutet ein Zentralthema Sören Kierkegaards. Das Motto des Romans aber wurde dem Buch *Entweder-Oder* entnommen. Abermals eine ironische Distanzierung Frischs vom Grundproblem seiner Romanfiguren: der Freund und Staatsanwalt schickt dem inzwischen aus der Haft entlassenen Stiller einen Band Kierkegaard ins Waadtland nach. Stiller kommt immer wieder in der letzten, letalen Krise vor Julikas Tod auf Kierkegaard zu sprechen, der ihn sehr zu beschäftigen scheint. Aber der Staatsanwalt notiert gleichzeitig recht nüchtern: »Vor allem hat er in Kierkegaard offenkundig noch kaum gelesen, und also mußte es ihm um anderes gehen.« Es ging ihm um anderes. Auch dem Romanautor Max Frisch geht es um anderes. Das Motto des Romans nämlich – das sei hier bereits angemerkt – gibt keineswegs den Schlüssel ab für das Romangeschehen und sollte durchaus nicht als Kommentar des Autors zu seinem Buch betrachtet werden. Eher wäre von einem ironischen Spannungsverhältnis zwischen Kierkegaardmotto und Romanverlauf zu sprechen.

Auch für Frisch und das Problem der Wiederholung in diesem Roman gilt die Formel: »und also mußte es ihm um anderes gehen«. Ehekrisen als nachgelebte Literatur. Der Wiederholungszwang als Stillers große Angst. Stillers Entscheidung schließlich – scheinbar – als Akzeptierung einer Lebenswiederholung und damit einer Einordnung in das gesellschaftlich vorgeschriebene Daseinsklischee. Der Staatsanwalt notiert: »Er nahm es an, Schweizer zu sein.« Wiederholung und Individualität als Gegensätze. Philosophisch als Kierkegaardthema verstanden, das untersucht, wie man aus der Krise herauskommen könne, die überall unvermeidlich einsetze, wo man das Leben als bloß *ästhetische Existenz* auffasse. Auch hier deutet Rolf die Melancholie Stillers als Nachvollziehung einer Kierkegaardanalyse, wonach »Schwermut als Symptom der ästhetischen Haltung gegenüber dem Leben« zu betrachten sei.

Ein Eheroman im herkömmlichen Sinne ist *Stiller* also durchaus nicht. Auch kein psychologischer Roman. Übrigens ebensowenig eine philosophische Erzählung, die bemüht wäre, existentialistisches Philosophieren des Dänen Sören Kierkegaard in epischer Gestalt zu präsentieren. Dagegen spricht schon das graziöse Spiel mit Kierkegaard, der hier durch den auch philosophisch beschlagenen Staatsanwalt ebenso unter Wiederholungszwang gestellt wird wie die Romankunst von Flaubert, Tolstoi oder Theodor Fontane. Nicht das philosophische Problem der Lebenswiederholung in Kierkegaards Sinne ist gemeint. Es kann auch gar nicht gemeint sein, denn Max Frisch verfehlte nicht, diese philosophische Fragestellung nach der

Wiederholung selbst unter den Wiederholungszwang zu stellen, der als Thema des Romans immer wieder auftaucht.
Die Wiederholung, die Frisch meint, transzendiert den Bereich der Psychologie wie der existentialistischen Philosophie. Beide werden bloß als Symptome behandelt. Sie gehören zum eigentlichen Phänomen, das hier gestaltet werden soll, sind aber noch nicht dies Phänomen. Es geht um *gesellschaftliche* Erscheinungsformen, die allerdings mit dem Thema der Wiederholung zu tun haben, für die Frisch jedoch nicht diesen Kierkegaardausdruck verwendet, sondern einen viel moderneren, übrigens auch ökonomischer klingenden Terminus: er spricht von *Reproduktion.* Was gemeint ist, wird spürbar, wenn man ein vielleicht unscheinbares, aber wichtiges Leitmotiv des Buches betrachtet, das nie sehr beherrschend hervortritt, aber im Verlauf der Erzählung auch niemals ganz verlorengeht: das Motiv der *illustrierten Zeitschriften.* Julika betrachtet sich als Titelbild einer Illustrierten und vergleicht die Kunstpose jenes damals photographierten Augenblicks mit ihrem wirklichen Dasein. Lebensbild, Lebensauffassung und Emotionen des Gefängniswärters Knobel sind von Grund auf durch die Illustrierten bestimmt. Wenn Stiller seinem Freund Knobel erfundene Geschichten als erlebte darbietet, so nimmt Knobel sie willig auf, denn es geht darin genauso zu wie in den anderen Geschichten, die man in schweizerischen (und nicht bloß schweizerischen) Illustrierten zu lesen pflegt. Wilfried Stiller, der Bruder und Landwirt, orientiert sich über kalifornische Landwirtschaft aus der Illustrierten und kennt daher die Dinge viel besser als Stiller selbst, der bloß in Kalifornien war. Die Illustrierte vermag alles zu liefern, aber nichts stimmt ganz und gar. Wilfried Stiller berichtet dem Bruder von einer Reportage über Schädlingsbekämpfung in der gleichen Illustrierten, die Julika als Titelmädchen präsentiert hatte. Stiller notiert: »Nicht einmal in dieser Sache stimmt es, was die Illustrierte verkündet. Das amüsiert mich.« Aber die Illustrierten vermögen den Lebensstil der Menschen, die hier beschrieben werden, nachhaltig zu beeinflussen, weil die Menschen selbst von sich aus bereits so leben, wie es im Klischee der Illustrierten gezeigt wird.
Eine frühe Erzählung Heinrich Bölls trägt den Titel *Wie in schlechten Romanen.* Bei Max Frisch ist es immer wieder ein Leben wie in den illustrierten Zeitschriften. Die Schilderung

von Stillers längst verlassenem Atelier mit der künstlerisch eigenwilligen besonderen Note und dem höchst ungewöhnlich verlaufenden Ofenrohr. »Dabei ist es genau das Ofenrohr, wie man es in fast jedem Pariser Atelier findet, das konventionelle Requisit einer gewissen Boheme.« Stillers Bibliothek? Die klischeehafte Büchersammlung eines schweizerischen Intellektuellen oder Künstlers nach 1945, der weiß, was er an Erbschaft und Gegenwartsschaffen zur Kenntnis zu nehmen hat: »ein Platonbändchen und ein bißchen Hegel«, und Brecht und Gide, Hamsun und Gorki, Proust und Erich Kästner. Natürlich auch Cervantes und Faust und Dante und die Ilias. »Hemingway (Stierkampfbuch) steht neben Trakl.« Eine persönliche literarische Note, wie man sieht, ganz wie bei dem Ofenrohr. Genauso konventionell und klischeehaft in Wirklichkeit wie bei dem Ofenrohr. Reproduktion statt der Individualität. Die Bibliothek des Einzelgängers? Aber diese Einzelgänger sind Legion. Auch sie leben, fühlen, lesen und denken, wie es das Gesetz der Illustrierten befahl.

Leben und Literatur im Zeitalter der Reproduktion: das ist Max Frischs eigentliches Thema in dem Roman ›Stiller‹. Stiller notiert, und es ist wohl zweckmäßig, die ganze Stelle mitzuteilen, denn sie dient weit mehr als das allzu verführerisch vorangestellte Kierkegaardmotto der Interpretation dessen, was Frisch beabsichtigt haben mochte: »Wir leben in einem Zeitalter der Reproduktion. Das allermeiste in unserem persönlichen Weltbild haben wir nie mit eigenen Augen erfahren, genauer: wohl mit eigenen Augen, doch nicht an Ort und Stelle; wir sind Fernseher, Fernhörer, Fernwisser. Man braucht dieses Städtchen nie verlassen zu haben, um die Hitlerstimme noch heute im Ohr zu haben, um den Schah von Persien aus drei Meter Entfernung zu kennen und zu wissen, wie der Monsun über den Himalaja heult oder wie es tausend Meter unter dem Meeresspiegel aussieht. Kann heutzutage jeder wissen. Bin ich deswegen je unter dem Meeresspiegel gewesen; bin ich auch nur beinahe (wie die Schweizer) auf dem Mount Everest gewesen? Und mit dem menschlichen Innenleben ist es genauso. Kann heutzutage jeder wissen. Daß ich meine Mordinstinkte nicht durch C. G. Jung kenne, die Eifersucht nicht durch Marcel Proust, Spanien nicht durch Hemingway, Paris nicht durch Ernst Jünger, die Schweiz nicht durch Mark Twain, Mexiko nicht durch Graham Greene, meine Todesangst nicht durch Bernanos und mein Nie-Ankommen nicht durch Kafka und allerlei Sonstiges nicht durch Thomas Mann, zum Teufel, wie soll ich es meinem Verteidiger beweisen? Es ist ja wahr, man braucht diese Herrschaften nie gelesen zu haben, man hat sie in sich schon durch seine Bekannten, die ihrerseits auch bereits in lauter Plagiaten erleben. Was für ein Zeitalter! Es heißt überhaupt nichts mehr, Schwertfische gesehen zu haben, eine Mulattin geliebt zu haben, all dies kann auch in einer Kulturfilmmatinée geschehen sein, und Gedanken zu haben, ach Gott, es ist in diesem Zeitalter schon eine Rarität, einen Kopf zu treffen, der auf ein bestimmtes Plagiatprofil gebracht werden kann, es zeugt von Persönlichkeit, wenn einer die Welt etwa mit Heidegger sieht und nur mit Heidegger, wir andern schwimmen in einem Cocktail, der ungefähr alles enthält, in nobelster Art von Eliot gemixt, und überall wissen wir ein und wieder aus, und nicht einmal unsere Erzählungen von der sichtbaren Welt, wie gesagt, heißen etwas.«

Man wird Stiller (oder Max Frisch) diesmal die Gegenfrage stellen müssen, warum »nicht einmal unsere Erzählungen von der sichtbaren Welt« etwas aussagen können. Stiller würde antworten, es sei bei diesen Geschichten, die wir angeblich so real und sichtbarlich erlebt haben, keineswegs ausgemacht, ob das ein Erleben aus der ersten Hand war, oder aus der zweiten, der literarischen nämlich. Ob wir, mit Koeppen zu sprechen, wirklich eine französische Landschaft sahen, oder lediglich einen Monet »in natürlicher Größe«. Max Frisch als ein Romanschreiber, der über die heutigen Möglichkeiten seines Tuns nachdenkt, hätte vermutlich wiederholt, was er sieben Jahre nach Erscheinen des *Stiller* einem Ausfrager bei Anlaß eines sogenannten *Werkstattgesprächs* entgegnet hatte: »Jeder Mensch (ich spreche jetzt nicht vom Schriftsteller, sondern von seinem Helden), jeder Mensch erfindet sich früher oder später eine Geschichte, die er, oft unter gewaltigen Opfern, für sein Leben hält, oder eine Reihe von Geschichten, die mit Namen und Daten zu belegen sind, so daß an ihrer Wirklichkeit, scheint es, nicht zu zweifeln ist. Trotzdem ist jede Geschichte, meine ich, eine Erfindung. Und daher auswechselbar. Man könnte mit einer fixen Summe gleicher Vorkommnisse, bloß indem man ihnen eine andere Erfindung seines Ichs zugrunde legt, sieben

verschiedene Lebensgeschichten nicht nur erzählen, sondern leben. Das ist unheimlich. Wer es weiß, hat Mühe zu leben.«
Die besondere Eigenart nun und Schwierigkeit des ehemaligen Bildhauers Anatol Ludwig Stiller, jetzigen amerikanischen Staatsbürgers White, besteht darin, den ersten selbstgebastelten Entwurf seines Lebens gegen einen zweiten ausgetauscht zu haben. Er versuchte, seine Lebensgeschichte gleichsam in zwei Fassungen zu erfinden, wobei sich herausstellt, daß einer zwar das Manuskript des *Ur-Tasso* in den Ofen stecken und verbrennen kann, damit für die Außenwelt bloß noch der allein als gültig anerkannte *Torquato Tasso* vorhanden bleibt, daß dieses schriftstellerische Verfahren jedoch beim Austausch der Lebensgeschichten nicht möglich ist. Die erste Fassung samt allen Augenzeugen und Brüdern, Eltern, Gattinnen, Freunden, Arbeitsspuren wurde registriert. Nicht bloß in irgendwelchen Akten und Urkunden, sondern – was sich als hartnäckiger erweist – im Erleben von andern. Versteht man daher den Gedanken Max Frischs aus dem Rundfunkgespräch von 1961 als ernstliche Meinung des Schriftstellers, was man tun sollte, denn bereits ein Jahr vorher, im November 1960, hatte er unter dem Titel *Unsere Gier nach Geschichten* in der Zürcher Zeitschrift *Die Weltwoche* ganz ähnliche Auffassungen entwickelt, so sollen am Schicksal Stillers gleichzeitig die fiktiven Züge des Lebens wie die wesentlichen Unterschiede zwischen dem Erfinden eines Daseinsentwurfs durch einen Menschen und dem Erfinden einer ausdrücklich fingierten Geschichte in Form der sogenannt »schönen Literatur«, der Belletristik, sichtbar gemacht werden.
Man täte Frisch jedoch unrecht, sähe man in solchen Erwägungen, die dem Roman *Stiller* seine besondere Struktur gaben, irgendeine existentialistische Philosophie des Autors, wonach alles Leben auf willkürlicher Entscheidung eines einzelnen über seine Daseinsrichtung beruht. Das existentialistische Philosophieren, etwa bei Sartre, möchte deshalb das Erfinden solcher Lebensentwürfe als Bestätigung *menschlicher Freiheit* angesehen wissen. Bei Max Frisch findet sich die durchaus entgegengesetzte Auffassung. Er zeigt – nicht bloß in diesem Roman, sondern auch in seinen Dramen, besonders in der Komödie vom unwilligen Verführer Don Juan, der nicht Don Juan sein möchte, aber sein muß, oder vom andorranischen Juden Andri,

der gar keiner ist, aber als solcher zu gelten hat –, daß die Auswahl unserer Lebensgeschichten entscheidend begrenzt ist durch die *gesellschaftlichen Möglichkeiten*, die uns gegeben wurden. Da hat eine herrschende Gesellschaftsordnung sogenannte Leitbilder aufgerichtet, nach denen sich der einzelne richten soll und meistens auch richtet. So kommt es zu dem so nachdrücklich am Fall Stiller geschilderten Vorgang einer Reproduktion, die zeigt, daß unter bestimmten gesellschaftlichen Verhältnissen (jenen beispielsweise der schweizerischen Bürgerwelt nach dem Zweiten Weltkrieg, die sich Frisch zum Modellfall wählte) die echte, originale, unmittelbare Produktion einer eigentümlichen Lebensgeschichte im Zeitalter der Illustrierten und Kulturfilme gar nicht mehr möglich ist. Angewandt auf die Geschichte des Bildhauers Stiller, wird der Gedanke Max Frischs aus jenem Werkstattgespräch etwa so modifiziert werden müssen: jeder Mensch erfindet sich früher oder später eine Geschichte, die er für sein Leben hält. Er hat aber unter bestimmten realen Lebensbedingungen nur die Auswahl unter einigen vorhandenen Fertigmodellen. Welches auch immer er erwählt, es wird eine Lebensgeschichte daraus, die ebensogut in einer illustrierten Zeitschrift erzählt werden könnte. Umtausch der Modelle im Warenhaus für Lebensgeschichten ist nicht gestattet. Was am Falle Stillers zu beweisen war.

Das bedeutet eine Gegenthese zu Sartre. Nicht Freiheit, sondern extremer gesellschaftlicher Automatismus. Der Erzähler dieses Romans wird nicht müde, den Reproduktionscharakter und die völlige Verdinglichung menschlicher Beziehungen in der von ihm dargestellten Welt zu demonstrieren. Da ist der junge Architekt Sturzenegger, ein Freund des verschollenen Bildhauers Stiller. Er besucht den angeblichen Rückkehrer in seiner Zelle. Stiller schreibt auf, was sich dabei abspielt: »Einmal mehr spüre ich etwas Unheimliches, eine Mechanik in den menschlichen Beziehungen, die, Bekanntschaft oder gar Freundschaft genannt, alles Lebendige sofort verunmöglicht, alles Gegenwärtige ausschließt. Ein Häftling wie ich, was soll ich schon mit einer Banknote anfangen? Aber es funktioniert alles wie ein Automat: oben fällt der Name hinein, der vermeintliche, und unten kommt schon die dazugehörige Umgangsart heraus, fix und fertig, ready for use, das Klischee einer menschlichen Beziehung, die ihm (so sagt er) wie kaum eine andere am Herzen liegt.« So spielen sie einander eine besondere Variante menschlicher Beziehungen vor, deren Automatismus im alltäglichen Ablauf darin bestände, daß Sturzenegger die Freundschaft Sturzeneggers zu Stiller spielt und dieser wiederum die Freundschaft Stillers zu Sturzenegger. Diesmal ist der Mechanismus dadurch ein bißchen gestört, daß Stiller, weil er es nicht sein will, nicht so richtig mitspielt. Weshalb Sturzeneggers seelischer Alleingang komisch wirken muß. Stiller notiert: »Sein Zuspruch, ich soll doch den Mut nicht verlieren, überhaupt seine ganze Freundschaft ist eine Summe von Reflexen auf eine abwesende Person, die mich nicht interessiert.«

Bemerkenswert übrigens, daß der Verfasser des Romans offenbar durchaus nicht der Meinung ist, solche Automatisierung menschlicher Beziehungen in Form einer beständigen Reproduktion von Gefühls- und Verhaltensklischees sei unvermeidlich oder wohl gar allgemein-menschlich. Die Geschichte Stillers und seiner Umwelt spielt sich im Zeitalter der Automatisierung und Reproduzierung ab. Man blickt in eine Welt der Verdinglichung, worin alle Beziehungsmöglichkeiten zwischen Menschen oder zwischen Menschen und Institutionen derartig normiert wurden, daß für unmittelbare Produktion kaum mehr eine Möglichkeit bleibt. Wobei Frisch übrigens die Aufhebung der Selbstentfremdung durch gemeinsame *Arbeit* nicht unter die Verhaltensmodelle seiner Geschichte aufnahm. In den drei Ehen des Buches wurde die gemeinsame Arbeit ausgespart. Stiller ist Bildhauer und interessiert sich nicht für das Theater. Julika ist beim Ballett und hat kein Verständnis für Fragen der bildenden Kunst. Rolf ist Jurist und Sibylle eine »vielseitig interessierte« Dame der Gesellschaft, die aber eine Allianz der Arbeitspraxis weder mit Rolf noch mit Stiller einzugehen vermag. Weshalb es in allen Fällen bei der Verdinglichung bleibt, mag die Wiederholung des ersten Eheexperiments nun einigermaßen gut ausgehen, wie bei Rolf und Sibylle, oder abermals scheitern, wie bei Stiller und Julika. Entfremdetes Leben im Zeitalter der Reproduktion.

Nun ist Stiller aber ein Bildhauer, also ein Künstler. Muß man Max Frischs Roman, der Gattung nach, weniger als Eheroman des herkömmlichen Typs verstehen denn als leicht parodistisches Spiel mit der Gattung Eheroman im Zeitalter der Reproduktion, so zeigt sich überdies, daß hinter dem Eheroman noch ein *Künstlerroman* versteckt ist, dessen Gattung vom Erzähler nicht wesentlich anders behandelt wird. Die Darstellung eines Künstlerlebens gehört, nicht bloß in der deutschen Literatur, zum Inventar bürgerlicher Romankunst, seit Ausgang des 19. Jahrhunderts auch zur Theaterkunst. Man kennt alle Arten und Abarten des erfolgreichen und erfolglosen, des begabten und des unbegabten Künstlers. Nöte der Potenz und der Impotenz. In Thomas Manns *Doktor Faustus* wurde die Situation einer Endzeit geschildert, worin Kunst und Künstlertum »zu schwer« geworden waren, so daß es bei Kreation neuer Kunstwerke offenbar nicht mehr ohne teuflische Illuminierung abging. In dem Roman *Stiller* besteht der rührend-komische Versuch der Titelgestalt darin, die eigene frühere Künstlerexistenz zurücknehmen und gegen das Leben eines durchaus kunstfremden Mr. White austauschen zu wollen. Als das mißlingt und Stiller, nach den Erfahrungen mit dem mißglückten Selbstmord und dem mißglückten Spiel als Mr. White, genötigt ist, ein neues Leben über den Kellerräumen des früheren Daseins zu errichten, verwandelt er sich aus einem bürgerlichen Künstler in einen halbbäuerlichen Handwerker. Der geachtete Bildhauer wird zum Produzenten einer Swiss pottery. Von der Kunst zurück zum Handwerk. Nicht einmal mehr an sogenanntes »Kunstgewerbe« wurde dabei gedacht. Es ist die Zurücknahme des Künstlertums durch Stiller.

Den Grund dafür zeigt Frisch in der Szene, da der Untersuchungsgefangene die Kunstwerke im Atelier des verschollenen Stiller mit aller Kraft und Systematik demoliert. Daß er über die bürokratische Infamie des Verteidigers Dr. Bohnenblust in Zorn gerät, den Stiefvater aus dem Altersheim zu holen, um Stillers Identität feststellen zu lassen, erklärt nur den Anlaß. Es geht nicht um den Stiefvater, sondern um Stillers Kunstwerke. Bei der nachträglichen Protokollierung des Vorgangs bemüht sich der Untersuchungsgefangene, die Distanz zum einstigen Stiller wieder beizubehalten; während der Zerstörung der Kunstwerke jedoch handelt und fühlt er als Stiller, weshalb er auch – alle Distanzierung durchbrechend – notieren kann: »Ich war ohne Angst, das Falsche zu tun, und wieder einmal ich selbst.« Das heißt aber denken und fühlen als Stiller, denn Stiller sieht als Wiedergeborener auf die

Kunstbemühungen des einstigen Bildhauers Stiller: »Einiges ist sogar in Bronze gegossen, was diesen Dingern meines Erachtens gar nicht bekommt; die Bronze, immerhin ein Metall von einiger Dauerhaftigkeit, nimmt ihnen den goldenen Trug des Skizzenhaften, der vielleicht das andere gerade noch mit den Reizen der Erwartung zu retten vermag, und was in Bronze bleibt, ist nicht genug, um Zeugnis eines erwachsenen Mannes zu sein. Kein Wunder, daß Stiller (einmal muß er es ja auch gesehen haben) gegangen ist!« Stiller war als Bildhauer gescheitert. Alles war vermutlich recht achtbar, geschmackvoll, auch beachtenswert, wenn man dergleichen überhaupt Beachtung zu schenken gedachte. Es verhielt sich mit Stillers Plastiken wie mit dem individuellen Ofenrohr in seinem Atelier. Es waren wohl die gleichen Plastiken, wie man sie in fast jedem Pariser oder New Yorker Atelier finden konnte. Wozu also? Der Roman *Stiller* ist ein Künstlerroman im Zeitalter der Reproduktion. Reproduktion aber bedeutet verlorene Unmittelbarkeit. Der einzige und sein Eigentum? Wo ist hier der einzige und worin besteht sein Eigentum?

Nicht ohne Grund bildet auch das Thema der Frigidität und der Impotenz ein geheimes Leitmotiv des Romans. Vielleicht war Julika gar keine richtige Frau, vielleicht war Stiller, dessen feminine Züge durch den protokollierenden Untersuchungshäftling immer wieder hervorgehoben werden, kein vollgültiger Mann. Aber Stiller ist auch kein vollgültiger Künstler. Der Roman behandelt das Thema der verlorenen Schöpferkraft, nicht bloß der verlorenen Individualität. Die künstlerische Schöpferkraft Stillers – darin liegt die bemerkenswerte Neufassung des Artistenthemas durch Frisch – krankt nicht so sehr an unzureichender Begabung (Stiller scheint im Gegenteil ein recht begabter Bildhauer zu sein), als am Leerlauf eines Kulturbetriebes, der es als völlig belanglos erscheinen läßt, ob die zahlreichen Stiller in ihren Züricher oder Pariser Ateliers einige Plastiken mehr oder weniger hervorbringen, da ihr Treiben ohnehin jeglicher realer Funktion entbehrt. Stillers Kunst war funktionslose Kunst, weshalb sie auch substanzlose Kunst sein mußte. Als der Bildhauer dies erkannt hat, schlägt er zu.

Kritiker des Romans haben mehrfach behauptet, hier sei als Hauptthema der *Kontaktverlust* gestaltet worden. Aber dieser Ausdruck der Psychologen oder Soziologen ist selbst wiederum längst ins Inventar der illustrierten Zeitschriften geraten. Im Zeichen der Reproduktion haben sich die Beziehungen zwischen Ursache und Wirkung bis zur Unkenntlichkeit verwirrt. Wenn jemand, um die bereits zitierte Stelle des Romans noch einmal zu erwähnen, seine Eifersucht nicht mehr aus erster Hand, sondern gefiltert durch die Lektüre Marcel Prousts erlebt, bleibt zu fragen, ob die geringe Gefühlsintensität eines Stiller im Verhältnis zu seiner Umwelt als einmaliger, originaler Vorgang zu verstehen ist, oder als Wiederholung eines Vorgangs, der in der verdinglichten Bürgerwelt, wie Sturzeneggers Beispiel zeigt, ganz allgemein wurde; oder ob Stiller bloß Kontaktarmut demonstriert, seine Julika übrigens auch, weil es, wie sie wissen, eine moderne Psychologie gibt, die dem Thema der Kontaktschwäche gewidmet ist. Die alte Frage: hat jemand Ödipus-Komplexe als Bestätigung dessen, was Freud behauptete, oder hat er sie als Leser von Freud?

Weshalb es ebensowenig stimmt, wenn andere Kritiker die Geschichte Stillers unter das *Motto Kierkegaards* stellen möchten, das zwar auf der ersten Seite des Buches zu lesen ist, aber nicht, wie leichthin angenommen wurde, dem ganzen Roman vorangestellt wurde, sondern lediglich zum ersten Teil des Buches gehört: zu *Stillers Aufzeichnungen im Gefängnis*. Womit die Gedanken Kierkegaards ausdrücklich vom zweiten Teil des Buches, dem *Nachwort des Staatsanwaltes*, abgesetzt wurden, mit vollem Recht natürlich, denn dieser scheinbare Epilog, der in Wirklichkeit erst dem ganzen Roman die endgültige Perspektive gibt, steht durchaus windschief zu dem Kierkegaardmotto.

In *Entweder–Oder* war behauptet worden, die Selbstwahl eines Menschen sei so schwer, weil sie ihn zwar recht eigentlich erst zur vollen Individualität führe, damit aber von allen anderen Individuen isoliere. Zur Isolation aber trete die Kontinuität, denn alles frühere Dasein dieses Menschen vor der Selbstannahme gehe kontinuierlich in die Entscheidung ein. Von nun an sei es vorbei mit aller Lebenslüge und allen Umtauschmöglichkeiten. Erlangt werde durch die Selbstwahl die wahre Individualität als einzig mögliche Erfüllung, als Seligkeit des einzelnen, der sich zu sich selbst bekannte.

Stillers Schicksal beweist, daß all dies im Zeitalter der Reproduktion nicht mehr möglich ist. Kierkegaards Thesen konnten

nur den Menschen aus der Mitte des 19. Jahrhunderts in einem verhältnismäßig frühen Stadium der Bürgerwelt meinen. Indem die Existentialisten diese Freiheitsphilosophie mitten in der spätbürgerlichen Welt von neuem verkünden, begehen sie eine ideologische Regression, statten sie im Jahre 1950 ein Seelenleben mit Tapeten der Kierkegaardzeit aus. Stiller versucht, die Nachfolge Kierkegaards anzutreten und sich selbst anzunehmen. Gerade dadurch aber wird er zum Rip van Winkle, der das Leben verschlief. Wie soll er durch Selbstannahme zur Seligkeit der Individualität gelangen, wenn die Voraussetzungen dafür nicht mehr vorhanden sind? An die Stelle des bürgerlich freien Individuums trat die Epoche der Reproduktion. Stiller nimmt sich zwar an, wird dadurch aber trotzdem nicht zum originalen Schöpfer von Kunstwerken. Er scheitert als Mann wie als Künstler. Das Motto Kierkegaards bezieht sich auf den ersten Teil des Romans, auf den Versuch, der im Gefängnis unternommen wird. Der zweite Teil widerlegt das Motto.
Enthält der Roman *Stiller* eine formale Parodie früherer Ehe- und Künstlerromane, so muß er gleichzeitig als eine Abwandlung früherer deutscher *Erziehungsromane* betrachtet werden, die erschrecken macht. Man war versucht gewesen, im *Doktor Faustus* oder im *Glasperlenspiel* die eigentlichen Abschlußschöpfungen und Zurücknahmen eines Romantyps zu erblikken, worin ein junger Mensch durch Irrungen und Wirrnisse des Lebens und der eigenen Individualität zur »Reife« gelangt, nämlich zur Konformität von Persönlichkeitsentwicklung und gesellschaftlicher Norm. Bei Gottfried Keller und seinem Heinrich Lee war das im 19. Jahrhundert noch einmal möglich geworden; daß man es aber im geschichtlichen Sinne bloß mit einem Nu zu tun hatte, der rasch verging, konnte bereits aufmerksamen Lesern des Altersromans *Martin Salander* nicht entgehen. Dann kamen die vielen Camenzinds, die sich aus der modernen Großstadt oder dem, was sie dafür hielten, aufs Land oder auf irgendeine andere Art des »einfachen Lebens« zurückzogen. Der Erziehungsroman hatte den Weg nach Innen zu weisen. Individualität schien bloß noch möglich zu sein, wenn man sie sehr am Rande des allgemeinen Gesellschaftslebens kultivierte. Daß auch auf diese Weise, wenngleich mit weit größeren Schwierigkeiten als zur Goethezeit, eine Ausbil-

dung des klassischen Ideals harmonischer Persönlichkeiten erreicht werden konnte, war nicht zweifelhaft. Der Weg nach Innen führte zur echten Individualität. Der Steppenwolf Harry Haller gelangte zur Befreiung unter wirksamer Assistenz von Goethe und Mozart.

Mit alledem ist es nun für Stiller vorbei. Nichts mehr von Ausbildung der eigentlichen Persönlichkeit durch das einfache Leben. Der Meierhof in Waadtland mit der etwas komischen Töpferei ist bloß eine neue Form der Misere. Empfindsame Leser hätten es vermutlich begrüßt, wenn Julika und Stiller, in endlicher Übereinstimmung des Empfindens, durch Morgenglanz über den Bergen und nützliches Tun in der Swiss pottery zur seelischen Reinigung gelangt wären. Nichts da. Der schäbige Krankenhaustod nach der Lungenresektion steht am Ende, und der Romanschluß hat nichts mehr zu tun mit Heinrich Lee oder Martin Salander, sondern scheint bereits den künftigen Georg-Büchner-Preisträger anzukündigen, der bei seinem Romanschluß an Büchners Erzählung *Lenz* denkt und ihr fragmentarisches Abbrechen bei den Worten: »So lebte er hin ...«. Ungefähr so schließt auch Max Frisch: »Stiller blieb in Glion und lebte allein.« Kein Weg nach Innen, keine Befreiung durch einfaches Leben, keine Katharsis durch die Kunst. Alles bleibt offen, ungelöst, unbewältigt. In der Welt des Anatol Ludwig Stiller sind erfolgreiche Erziehungsromane nicht mehr möglich.

Daß man bei solcher Betrachtungsweise nichts in das merkwürdige Buch hineininterpretiert, was dort nicht in aller Bewußtheit gestaltet wurde, zeigt ein Blick auf Max Frischs späteren, vier Jahre nach *Stiller* veröffentlichten Romanbericht *Homo faber* (1958). Es sind Komplementärromane. Das gleiche zivilisatorische Thema dergestalt behandelt, daß jeder dieser beiden Romane als Gegenstück, Ergänzung, vor allem aber auch als geheime Widerlegung des anderen betrachtet werden kann. Der Bildhauer Stiller ist ein Künstler, der sich in der Untersuchungshaft zum objektiven Protokollieren zwingt und sorgfältig bemüht ist, Reflexionen und intellektuelle Kommentare zum Geschehen beizusteuern, von dem er berichtet, ohne jedoch dabei eigene Gefühle zu investieren. Dies um so weniger, als es sich bei den Vorgängen um einen Menschen namens Stiller handelt, mit dem der Protokollführer nichts zu tun haben will. Faber ist ein Mann der Technik, der Wissenschaft, der rationalen Lebensplanung. Er scheint keine Furcht zu haben vor dem eigenen Sein, weshalb er seine Geschichte in der Ich-Form erzählt. Der Erzähler Max Frisch überläßt ihm das Wort. Als Erzähler gibt er sich bloß an einer einzigen Stelle zu erkennen: durch die Wahl des Titels *Homo faber*, die einen Kommentar bedeutet, und durch die Gattungsbestimmung *Ein Bericht*. Dadurch aber bekommt Fabers Lebensbericht eine neue Dimension; gleichzeitig wird er zu Stillers Künstlerschicksal in Beziehung gesetzt.

Kunstschaffen und Persönlichkeitsentwicklung des Bildhauers Stiller scheitern an einer Welt, die den Menschen sich selbst so sehr entfremdet hat, daß er weder zu sich noch zu anderen in ein glückhaftes Verhältnis gelangen kann. Weder Selbstannahme noch Einfühlung in eine – längst nicht mehr vorhandene – Gemeinschaft. Faber will gar nichts anderes als eine Lebensform dieser äußersten Verdinglichung und Automatisierung. Er möchte gar kein individuelles Dasein haben, strebt nicht als Einziger nach einem unverlierbaren Eigentum, will sich durchaus nicht verwirklichen. Er will bloß, daß alles klappt. Nichts klappt. Die Wahrscheinlichkeitsrechnung ergibt, daß in einer rechenhaft gewordenen Welt die Möglichkeiten zur echten Tragödie verschwindend gering geworden sind. Verschwindend gering oder nicht: in Fabers Falle sind die Erinnyen zur Stelle. Stiller wollte große Tragik erleben und landete in lauter Misere. Bei Faber sollte alles klappen: vom Plan der Fluggesellschaft bis zum Lebensplan. Nichts klappt, und dort findet eine antike Tragödie statt, wo sie als äußerst unerwünscht empfunden wurde. Bei Stiller die Schlußszenerie einer gezähmten Hochzivilisation mit verdinglichtem Krankenhaustod. Bei Faber die Nähe von Argos, Akrokorinth und Eleusis, der Weg, den der fromme Sänger Ibykus nahm. Stiller hatte nichts sehnlicher gewünscht als ein zweites Dasein, das er an die Stelle seines offenbar mißglückten ersten setzen konnte. Faber hat ein zweites Dasein geführt, ohne es zu wissen. Er bekam das Schicksal des Ödipus, und dem Menschen des technischen Zeitalters, dem Homo faber, wurde bewiesen, daß auch in einer Welt scheinbarer Unverantwortlichkeiten, wo der einzelne – wie die New Yorker Szenen des Romans beweisen – nur noch Funktionswert zu besitzen scheint, der Nexus von Schuld und Sühne immer noch zu spielen vermag. Stiller schei-

tert in der modernen Bürgerwelt als Künstler, als Homo ludens. Der Fachmann Faber scheitert gerade als homo faber.
In beiden Romanen wird versucht, die Krise durch Flucht in den Raum zu lösen. Stiller flieht nach Amerika, bevor er versucht, ins Dasein des Mr. White zu entkommen. Faber flieht von Amerika nach Europa. Es ist Flucht in die Kindheit einer Zivilisation, die er auf dem amerikanischen Kontinent mit all ihren Schrecknissen erlebte. Rückkehr nach Europa, Griechenland, ins Archaische. Aber auch im heutigen Athen gibt es, wie in New York, moderne Krankenhäuser, in denen Krebsoperationen vorgenommen werden. Die Flucht ins Archaische ist ebensowenig möglich wie jene in den noch nicht kapitalistischen Raum. Vor den Krisen einer Zivilisation, die unzählige Menschen vom Typ des Homo faber schuf, gibt es weder einen Ausweg in den Dschungel noch in die Archaik. Es gibt die Tragödie, wie Faber erkennen muß, aber es ist eine zeitgenössische Tragödie. Für einen Homo ludens aber, wie Stiller, wird die Kunst zu schwer. Soll man daraus folgern, er habe es, weil die Begabung wohl doch nicht ausreichte, verabsäumt, mit Hilfe teuflischer Illuminierung, gleich dem Musiker Adrian Leverkühn bei Thomas Mann, trotzdem noch zur Kunstproduktion zu gelangen?
Stiller scheitert natürlich auch an der *Schweiz*, die Schweiz aber bei Frisch ist ein Modell. Sie hieß einmal Seldwyla, heißt jetzt bereits Güllen (in Dürrenmatts *Besuch der alten Dame*) oder Andorra, wie in dem Theaterstück, das Frisch sieben Jahre nach dem Stillerroman abschloß. In der modellhaften Schweizerwelt aber kann für Stiller, den Künstler, weder eine Tragödie noch eine Katharsis erfolgen. Die tragischen Helden werden ersetzt durch Typen einer *Kriminalgeschichte*; den abgewandelten Typen des Ehe-, Künstler- und Bildungsromans gesellen sich in der Geschichte Stillers außerdem noch die Konstruktionsprinzipien eines Kriminalromans. Das hängt aufs engste mit dem Grundthema des Buches, der Kierkegaard-Widerlegung, zusammen. Ein Fachmann der Kriminalliteratur, Friedrich Dürrenmatt, entdeckte es sogleich. In einer unveröffentlichten Analyse des Romans *Stiller*, die Hans Bänziger in seinem Buch *Frisch und Dürrenmatt* mitteilt, notiert Dürrenmatt als Kritiker des Romans *Stiller:* »Das Ich wird eine Behauptung der Welt, der man eine Gegenbehauptung, ein

Nicht-Ich entgegenstellt. Anders gesagt: an Stelle des Ichs tritt ein fingiertes Ich, und das Ich wird ein Objekt. Romantechnisch gesehen: das Ich wird ein Kriminalfall.«*
Hier schlägt der Roman, der wahrhaftig zu sein strebt und alle falschen Tröstungen bei Darstellung der Stillerwelt verwirft, aus äußerster Verdinglichung in einen merkwürdigen philosophischen Idealismus um. Die Wirklichkeit wird bloß noch als Fiktion empfunden. Daß Stiller sie so empfindet, ist durchaus in der Ordnung. Aber Max Frisch? Sein Bildhauer ist der gescheiterte Homo ludens, der daran scheitert, daß er nichts anderes zu sein vermag. Faber ist der gescheiterte Homo faber, den die Tragödie ereilt, weil er nichts als Homo faber sein möchte. Bleibt die Verantwortung vor den Grundfragen aller gesellschaftlichen Sittlichkeit. Stiller versagte als Teilnehmer am spanischen Bürgerkrieg. Faber versagte, als es galt, jüdische Flüchtlinge zu schützen. Der Lehrer in Frischs Schauspiel *Andorra* – auch ein Stiller – versagt vor dem Schicksal des Knaben Andri. Es gibt die verdinglichte Welt, aber es gibt auch die Pflicht zur Humanität in einer Welt, die den Menschen sich selbst entfremdet hat. Stiller und Faber scheitern schließlich daran, daß sie nirgendwo zu genügen vermögen: nicht in der Kunst, nicht in der Rationalisierung, nicht in der Verantwortung vor der Not von Mitmenschen. Auch hier behält Kierkegaard Unrecht, denn die von ihm gepriesene Seligkeit des einzelnen, die in der bloßen, wenn auch schonungslosen Selbstannahme liegen soll, erweist sich als monströse Selbstsucht. Es ist Philosophie liberaler Kaufleute aus dem 19. Jahrhundert. Hundert Jahre später, in der Welt Fabers, gesellt sich zur Selbstsucht die Unmenschlichkeit. Stiller und Faber handeln immer wieder unmenschlich. Das gehört zu ihnen wie zu ihrer Welt.
Was daraus folgt? Max Frisch sagt es nicht. Oder doch? Das Schicksal Stillers und Fabers beruhte weitgehend auf der Verantwortungslosigkeit ihres Handelns. Am 1. August 1957, dem Nationalfeiertag der Schweiz, hielt Max Frisch in Zürich eine Ansprache an seine Landsleute, und zwar sprach er im Zürcher

* Siehe hierzu: Friedrich Dürrenmatt, *»Stiller«, Roman von Max Frisch. Fragment einer Kritik,* in F. D., *Theater-Schriften und Reden,* Zürich 1966, S. 261–271; wiederabgedruckt in diesem Band, S. 12. (Anm. des Hrsg.)

»Industriequartier«, einem Arbeiterviertel. Seine Rede schloß mit dem Hinweis auf die Notwendigkeit der eigenen, persönlichen *Verantwortung.* »Und das ist der Punkt, der für die Freiheit sehr viel zu bedeuten hat; die eigene persönliche Verantwortung, das Risiko. Es gibt keine Freiheit ohne Risiko.« Verantwortung, Risiko, Freiheit. Das gilt auch für die Kunst, die Wissenschaft und die Technik. Für Stiller wie für Faber. Frisch übernahm die Verantwortung für die wahrhaftige Darstellung von Zuständen der Entmenschlichung. Als er im November 1958 mit dem Georg-Büchner-Preis ausgezeichnet wurde, berief er sich auf den Dichter des *Lenz* und des *Woyzeck* als Vorbild. Was er damals sagte, war auch ein Kommentar zur Geschichte des Anatol Ludwig Stiller: »Die Wahrhaftigkeit der Darstellung, und wäre es auch nur eine übliche oder ausgefallene Ehe, was da zur Darstellung gelangt, oder die ungeheuerliche Deformation des Menschen, der von Staats wegen hat töten müssen, eines Soldaten also – gleichviel, wo Wahrhaftigkeit geleistet wird, sie wird uns immer einsam machen, aber sie ist das einzige, was wir entgegenstellen können.« Ist es das einzige? Hier müßte das Gespräch beginnen. Nicht mit Stiller natürlich. Aber mit Max Frisch.

1963

Joachim Kaiser
Max Frisch und der Roman
Konsequenzen eines Bildersturms

Max Frisch ist sympathisch. Niemand, wo auch immer man fragt, scheint ihm zu zürnen, alle schätzen ihn und glauben sich von ihm geschätzt. Und wenn er – ein Endvierziger, ehemaliger Architekt, Schweizer Staatsbürger, meist erfolglos gekämmt, ebenso frei von törichter Prominenten-Eitelkeit wie von albern-anachronistischen Schwabinger Künstlerschwung – hierzulande auftaucht, etwa um Buchpreise in Empfang zu nehmen, Premieren zu überwachen oder Verlagsfeste zu krönen, dann bildet sich rasch ein Ring herzlich Bewundernder um ihn; nicht bloß Buchhändlerinnen sind fasziniert.

Aber das Wort »sympathisch« klingt allzu vag. Im Hinblick auf Max Frisch bringt man es darum auch – gewissermaßen rückwirkend – sogleich mit all den Erläuterungen in Verbindung, die es sonst erst hervorzurufen pflegen: also beispielsweise mit Bescheidenheit, Aufmerksamkeit, Herzlichkeit und Gescheitheit. Eine natürliche, wenn auch ungewöhnliche, ja ungenaue Reaktion. Gewiß, wer sympathisch ist, braucht das nicht noch zu beweisen. Doch stimmt der Rückschluß? Dürfte man beeiden, daß Frischs Brillengläser nicht Augen verbergen, die auch ironisch dreinblicken können, daß die ungezähmten Haare nicht eine Stirn verdecken, hinter der auch hochmütige Gedanken zu Haus sind, und daß die liebenswürdige Toleranz des Gesprächspartners Frisch sich nicht auch auf Verachtung gründet? Es ist schwer, Max Frisch zu erraten. Er entzieht sich, instinktiv oder bewußt, der Definition. Er akzeptiert keine Kategorie, selbst die sanfteste nicht.

Diese Definitionsscheu, die Unfeststellbarkeit charakterisiert die Prosa[1] des Dichters. Wer Sartre oder Malraux oder Faulk-

1 Wir behandeln: *Tagebuch 1946–1949* (1950), *Bin oder Die Reise nach Peking* (1952), *Stiller* (1955), *Homo faber* (1957), alle im Suhrkamp Verlag, Frankfurt–Berlin, erschienen. *Bin* auch im Atlantis-Verlag, Zürich. Frischs Erstling *Die Schwierigen* (Atlantis-Verlag 1943) hängt thematisch eng mit den späteren Werken zusammen, aber die künstlerische Konzentration fehlt noch. Da wir hier ja keine philologische Stoffbetrachtung bieten, sondern

ner oder Beckett auf die geheimnisvolle Bühne des inneren Auges treten läßt, wer gar Thomas Mann oder Joyce oder Kafka oder Proust vergegenwärtigend herbeizitiert, der erblickt nicht bloß diese Schriftsteller, sondern es umgibt sie sogleich ein spezifisches Bühnenbild. Denn die Welt, die alle diese Dichter mit immer neuer Anstrengung entwarfen, die sie schöpferischer Bemühung würdigten, war »typisch«; die jeweilige Auswahl verriet eine – man verzeihe den Ausdruck – Tendenz. So und nur so schrieb Kafka, jenes dumpfe Klima verrät Faulkner, diese unverwechselbare Absicht Sartre. Doch was ist »typisch« für Frisch? Nicht, daß es seinen Büchern an Situationen mangelte, die ständig wiederkehren. Was fehlt (oder unauffindbar bleibt), ist jene Mitte des Wollens, Empfindens und Schreibens, um die sein Werk sich wie um eine Achse dreht, jenes schwer definierbare Wählen, Erfassen und Produzieren eines Welt-Ausschnittes, das sich unter der Mühsal des Schreibens zum eindeutigen Bilde (Welt-bilde) verdichtet. Dafür gibt es ein nahezu untrügliches Indiz. Für die Roman-Sphäre der eben genannten Schriftsteller haben aufgeweckte Literaten durchweg irgendein Resümee zur Hand, eine banalrichtige Kennmarke, ein möglicherweise durch allzu häufigen Gebrauch abgenutztes Klischee, kurz gesagt: ein Schlagwort. Solch ein Schlagwort läßt das Œuvre von Max Frisch nicht zu. Es ist (noch?) nicht typisch.

Paradoxerweise stehen wir mit dieser negativen Bestimmung bereits im Zentrum des epischen Werkes von Max Frisch. Seine Helden scheuen es, sich festzulegen oder festgelegt werden zu können, zum »Hampelmann an den unsichtbaren Fäden der Gewöhnung« zu erstarren. Leben, das heißt für sie eine offene Zukunft haben, undefiniert sein, sich über Erwartungen oder Enttäuschungen erheben. Beinahe krampfhaft häufig wird dies Problem im Werk Frischs umkreist, da wimmelt es von Männern, die nicht erkannt werden, die den Bannstrahl der Vergangenheit annullieren wollen *(Stiller)*, von Ehemännern, die weniger die Frau fürchten als die Pflicht, ihr Rechenschaft ablegen zu müssen (Herr Isidor, ein treusorgender Familienvater,

Frischs Prosa in ihrer jeweils verbindlichen Gestalt analysieren wollen, haben wir den ersten Roman ausgeklammert. (Wer sich von der Entwicklung Frisch'schen Denkens und Gestaltens ein Bild machen will, darf allerdings nicht an ihm vorübergehen.)

verläßt seine Frau, weil sie immerfort wissen will, wo er »gewesen« ist), von Junggesellen, die die Verbindlichkeit der Ehe fürchten *(Homo faber)*, von Menschen, die das Bildnis, das man sich von ihnen macht, drückt wie ein Kreuz; wie ein Fluch. Erkannt, mit sich selber identisch werden, das ist der Tod – für Rip van Winkle, für Öderland, für Stiller und für Faber (»Jedes Gespräch zwischen dieser Frau und mir, so schien mir, ist fertig, bevor wir's anfangen, und jede Handlung, die mir jemals einfallen wird, ist schon im voraus gedeutet, meinem augenblicklichen Wesen entfremdet, indem sie in jedem Fall nur als eine angemessene oder unangemessene, eine erwartete oder unerwartete Handlung des verschollenen Stiller erscheinen wird, nie als die meine.«) Frisch verwirft die allgemeine Übung, sich »ein Bildnis zu machen« mit einem Zorn, den man alttestamentarisch nennen darf. Mit einem Zorn, der das vielleicht eindringlichste Gleichnis unserer modernen Literatur erzwang: die Geschichte des *Andorranischen Juden*, von dem alle Welt erwartete, daß er typisch jüdisch lebe und denke, bis er's, weil ihm nichts anderes übrigblieb, tat, bis er starb und gar kein Jude gewesen war. Das Bildnis, das man sich von ihm gemacht hatte, hatte ihn bezwungen.

Max Frisch ist mutig genug, in den Raum der Freiheit, ja der Grenzenlosigkeit, den er für seine Geschöpfe erbauen möchte, keine Thesen, keine positiven Ratschläge hineinzustellen. Macht Euch kein Bildnis, sondern laßt leben, predigt er, und was am Schluß seiner Romane als Fazit hinzutritt (über Selbsterkenntnis und Selbstannahme, über Natur und Partnerschaft), scheint demgegenüber nahzu kraft- und wirkungslos zu sein. Es ist nicht das Ende eines Prozesses, sondern eigentlich nur ein Vorschlag zur Güte. Die Rezepte und Tendenzen der Schlußkapitel verfügen nicht über die Legitimation des »quod erat demonstrandum«. Doch eben weil der erkämpfte, freie, der Unabhängigkeit gewidmete Raum gewissermaßen leer bleibt, wirkt Frischs Werk – ganz im Sinne seines Schöpfers – merkwürdig tendenzlos. Über den Bildersturm hinaus fehlt das »positive« Ziel, fehlen Richtung und Hinordnung. Dieser Autor hat sich festgelegt bloß auf das Thema des Sich-Nicht-Festlegens. Er hat die Typik, die Unverwechselbarkeit einer von Absichten gesteuerten und geprägten Welt gemieden, nicht weil es ihm an Kraft fehlte, sondern weil das trotzige Gesetz, nach dem er angetreten, solche (sei's auch nur »atmosphärische«) Sinngebung verbot.

Mit dieser (anscheinend negativen) Charakterisierung ist die Eigenart der Epik Frischs aber nur »irgendwie« getroffen, noch nicht präzis bestimmt. Das Thema der »Offenheit« für das Leben wird ja von der Philosophie – zumal der sogenannten »Lebensphilosophie« – immer wieder erörtert. Von Kierkegaard, der in seiner witzigen Schrift *Die Wiederholung* nachwies, daß alles Lebendige, Werdende sich der Wiederholung verweigere, über Marx' Angst vor der »Verfremdung«, Nietzsches Anathema gegen die »Verfestigung« bis zu Camus, der den Menschen als das einzige Geschöpf bezeichnete, »das sich weigert, das zu sein, was es ist«, und Gabriel Marcel, der den Menschen als Wesen definiert, »das verspricht«, obwohl in jedem Versprechen ein Zukunftsentwurf schlummere, welcher zur Unwahrhaftigkeit führen könne, ist das Problem der lebensfeindlichen »Erstarrung« vielfältig bedacht worden. Die Romane von Max Frisch lassen sich kaum verstehen, wenn man von alledem nichts weiß; nur mißverstehen aber lassen sie sich, wenn man nicht zugleich einsieht, daß hier nicht ein Problem abgehandelt wird, sondern daß es auf die Konstellation, auf die Umstände, Schicksale und Menschen ankommt, in deren Rahmen sich Frischs Frage überhaupt stellt.

Stiller, der ertappte Heimkehrer, versuchte noch mit Märchen, Ausreden und Spitzfindigkeiten nachzuweisen, daß er nicht »Herr Stiller« sei, obwohl Vergangenheit und Gegenwart ihn widerlegten. Im *Homo faber* hat sich die Konfliktsituation verschärft. Denn Herr Faber, der Techniker aus Leidenschaft, der Mann, der »in seiner Arbeit aufgeht«, der grundsätzlich nicht heiraten möchte, Gefühle als Müdigkeiten abtut und der zu der beängstigenden Einsicht gelangt ist, »mehr als drei oder vier Tage zusammen mit einer Frau war für mich, offen gestanden, stets der Anfang der Heuchelei, Gefühle am Morgen, das erträgt kein Mann«, dieser Herr Faber wird ja nicht bloß von einem wohlmeinenden Staatsanwalt überführt wie Stiller, sondern er wird vom Schicksal eingeholt, an dessen Existenz er nicht glaubt. Das Buch beginnt wie ein Reisefeuilleton, – der redselige Mitreisende scheint überhaupt ein Archetyp Frischschen Ärgernisses zu sein. Aber noch während Faber mit widrigen Umständen schmollt und den Kopf in den Sand törichter

Wahrscheinlichkeitsrechnung steckt, die ihm das Schicksal ersetzt, hat sein Verhängnis die Weichen gestellt. Er unterhält sich harmlos mit einem jungen Mann, dessen Bruder in Fabers Leben eine wichtige Rolle spielte, er findet, die Stewardeß könnte seine Tochter sein, – da steigt schon unabwendbar die Blutschande aus dem Abgrund der Vergangenheit herauf. Der homo faber scheitert und lernt kaum etwas zu; denn selbst nach der Peripetie an die Stelle bloßer Angst um das Leben der geliebten, todkranken Tochter tritt die läppische Erwägung prozentualer Wahrscheinlichkeit. Gleichwohl möchte sich Faber, nach einer wahrhaft rührenden, glanzvoll verzweifelten Schlußszene, im Speisewagen die Augen ausstechen. Ödipus' Schicksal.

Wir haben uns über die »Offenheit«, über die »Definitionsscheu« der Romane von Max Frisch bereits Gedanken gemacht. Wenn wir im Hinblick auf »mythische« oder »christliche« Strukturen nicht wohlmeinend scheitern wollen, müssen wir diese Gedanken jetzt mit aller Kraft durchhalten. Denn Max Frisch nimmt weder die mythische, noch die christliche Überlieferung ganz ernst, genauer gesagt: er läßt weder die eine noch die andere verbindlich und entschlüsselbar in das Schicksal seines homo faber eingreifen.

Was heißt das? Man hat sich in der deutschen Presse bereits über die Undeutlichkeit des offenbar zugrundeliegenden mythischen Musters beklagt. Zwar sind die Beziehungen zwischen Faber und Ödipus da, aber sie werden nicht konstitutiv, sie haben keine künstlerisch gestaltende Macht, sie gleichen nur mehr gebildeten Anspielungen. Denn Frisch verläßt sich nicht auf den Mythos. Ebensowenig darf man die Gewalt christlicher Vorstellungen in Frischs Werk überschätzen. Die Assoziationen reichen nicht weit, von einigen unverbindlichen, vielleicht zufälligen Anspielungen abgesehen.

Frisch ist kein christlicher Dichter, so wenig wie ein Erneuerer mythologischer Muster. Er tritt der modernen Welt nicht mit dem Panzer einer unerschütterlichen Glaubensüberzeugung entgegen, wie Mauriac, und er verläßt sich auch nicht auf bewährte Schemata klassischer Sagen, wie die modernen Dramatiker. Alles das erscheint bei ihm nur noch wie »abgesunkenes« Kulturgut. Es »kommt vor«, wird sichtbar, aber es schützt nicht, definiert nicht, hilft nicht. Niemand wird der Aufrichtigkeit Max Frischs, die sich in dieser Passivität rührend (und ästhetisch durchaus schädlich, weil undeutlich, inkonsequent) geltend macht, die Achtung versagen. Der Autor nimmt mit seinen Helden die Partei der Unsicheren, der Unglücklichen, der meisten.

Aber deshalb gewiß nicht diejenige der Atheisten. »Demnach spricht in diesem Buch nicht Max Frisch, sondern jener Mann namens Faber, der uns einen Bericht aus seinem Leben gibt, und alles, was man Frisch an Schnodderigkeiten und Frivolitäten vorwerfen könnte, geht zu Lasten des Herrn Faber, den Max Frisch uns gerade durch diese Eigenarten des Berichtes so eindringlich charakterisiert«, schreibt Karl Schmidtmann im nicht gerade schlapper Liberalität verdächtigen *Rheinischen Merkur*. Wenn Herr Faber sich durchaus positiv über Geburtenkontrolle und Schwangerschaftsunterbrechung äußert, dann redet ein extrem gefährdeter, und schließlich zugrundegehender Mensch, jemand, der Gefühle leugnet, Landschaften nicht leiden kann und seinen Körper verachtet. Ein Heilloser, der das Band zwischen sich und der Natur zerschnitt. Zudem behandelt Faber diese heikle Frage bloß mechanisch-physiologisch; allen Personen, »die von moralischen oder religiösen Vorstellungen beherrscht« werden, billigt er sogar ausdrücklich eine Ausnahmestellung zu. Kein Wunder, daß in der Nacht des Unfalls die Tochter verstört vor Faber (den sie ja nicht als ihren Vater erkannt hatte) zurückwich und zu Tode stürzte. Faber selbst, instinkt- und gottverlassen, nennt Sabeths Zurückweichen »Unsinn«. – Es besteht Anlaß, auf diese Zusammenhänge so eindringlich hinzuweisen, weil Bücher heute manchmal schon deshalb als atheistisch und gefährdend bezeichnet werden, weil in ihnen glaubensfeindliche Äußerungen fallen. Oder muß selbst der Teufel sich moraltheologisch äußern, wenn anders er nicht den Autor, der ihn reden läßt, verdächtig machen soll ...

Das große Thema von Max Frischs Epik ist – notwendig vag ausgedrückt – die unglückliche Verbindung zweier Menschen. Die Männer erscheinen von vornherein als Angeklagte – Stiller wird geradezu prozessual verhört, und Herr Faber gibt den Sinn seines Berichtes offen zu: »Was ändert es, daß ich meine Ahnungslosigkeit beweise, mein Nichtwissenkönnen! Ich habe das Leben meines Kindes vernichtet, und ich kann es nicht wiedergutmachen. Wozu noch ein Bericht?« Das großartig Moderne an den ehelichen und vorehelichen Mißverständnissen der Geschöpfe Max Frischs liegt in ihrer qualvollen Notwendigkeit. Da geht es nicht zu wie beim schlechten Drama, wo man den einander wütend befehdenden Personen ein einziges, lösendes Wort (auf das sie um keinen Preis kommen dürfen, weil sonst der Vorhang fallen müßte) zurufen möchte, und alles wäre wieder gut. Nein, bei Frisch »stimmt« – man möchte sagen: leider – alles. Er ist, was das Verhältnis der Geschlechter betrifft, der Strindberg, ja der Hamsun unserer Tage. Und selbst wenn der Kummer, den Liebende oder miteinander Lebende sich bereiten, nur an einem einzigen Worte hängt, dann ist es höchst charakteristisch für beide, daß dieses Wort, in diesem Augenblick, nicht gesprochen werden konnte, nie würde gesprochen werden können.

Man könnte hier seitenlang zitieren, Belege häufen für die fast neurotische Angst des Mannes, sich zu binden und aufzugeben, für die schon das *Hinkelmann*-Kapitel aus Frischs Erstling *Die Schwierigen* – ein ergötzliches Beispiel bietet, und für die fatale Unfähigkeit der Frau, im richtigen Augenblick das richtige Wort zu finden. »Ihr Hochmut (ihre Nachsicht) ist so stur und unerschütterlich ... und ihre Überlegenheit dünkt mich so bodenlos, ihre Harmlosigkeit so unfaßlich, ihr Gleichmut so mörderisch, ihre Echolosigkeit so idiotisch, daß ich, ungläubig wie am ersten Tag, Julika noch immer anstarre.« Das sind keine übertrieben glücklichen Voraussetzungen für die Ehe zwischen Stiller und Julika; kein Wunder, daß sie mißlang. Und wenn Max Frisch die scheiternde Ehe schildert, dann entstehen Szenen, vor deren Alltäglichkeit es dem Lesenden graut. »Niemand geht gerne zu einem Ehepaar in Krise, versteht sich, es liegt in der Luft, selbst wenn man nichts davon weiß, und der Besucher hat das Gefühl, einem Waffenstillstand beizuwohnen, er kommt sich als Notbrücke vor, er fühlt sich irgendwie mißbraucht, zu einem Zweck eingesetzt, und das Gespräch wird unfrei, der Übermut in vorgerückten Stunden wird gefährlich, plötzlich wird mit Witzen geschossen, die etwas zu scharf sind, etwas vergiftet, der Besucher merkt mehr, als die Gastgeber preisgeben wollen; es ist ungemütlich wie auf einem Minenfeld, ein solcher Besuch bei einem Ehepaar in Krise, und wenn nichts platzt, so riecht es doch allenthalben nach heißer Beherrschung. Und wenn es auch zutreffen mag, was die Gastgeber sagen, nämlich daß es für sie der netteste Abend seit langem gewesen ist, man kann es verstehen; aber man lechzt nicht nach der nächsten Einladung, und die Hindernisse häufen sich unwillkürlich, in der Tat, man hat kaum noch einen freien Abend.«

Nicht weniger großartig gelingt Frisch die melancholische Beschreibung der obdachlosen Liebe. »Eine obdachlose Liebe, man kennt das, eine Liebe ohne Wohnung im Alltag, eine Liebe, die auf Stunden der Verzückung angewiesen ist, man weiß ja, früher oder später ist es eine verzweifelte Sache, Umarmungen im hohen Korn oder im nächtlichen Wald, eine Zeitlang ist es romantisch, aufregend, dann lächerlich, eine Erniedrigung, eine Unmöglichkeit, die auch mit allem Aufwand gemeinsamen Humors nicht mehr zu retten ist.« Und wer fände genauere Worte für das leichte, kaum spürbare männliche Erschrecken über ein unerwünschtes Kind als unser Autor im *Homo faber:* »Ich legte meine Hand auf ihre Hand, im Augenblick fiel mir nicht viel dazu ein, das ist wahr, ich trank Kaffee und rauchte. Ihre Enttäuschung! Ich tanzte nicht vor Vaterfreude, das ist wahr, dazu war die Situation zu ernst. Ich fragte [...]«, und so weiter.

Dem allem wohnt eine schmerzliche Genauigkeit inne, die Frischs epischen Rang fixiert. Denn es gibt ja nicht bloß eine »Modernität« des Stils. Überhaupt hat Modernität nicht nur einen experimentellen, formalen, beinahe etwas modischen Sinn. Sondern es gibt auch eine Modernität der Probleme, eine strenge, Gegenwärtiges betreffende und heimholende Zeitgenossenschaft des Inhalts. Da wird der Verfasser daran gemessen, was er entdeckt, betont, auswählt; wo er spekuliert und wo nicht. In diesem Sinne schreibt Max Frisch modern, und seine Modernität drückt sich unverwechselbar in der Erzählhaltung aus. Immer wieder wird, gewissermaßen »verfremdend«, auf Reaktionen angespielt, wie sie sich im Hinblick aufs Geschilderte bei wohlerzogenen Menschen einstellen mögen. Selten fehlt ein hinzugefügtes »peinlicherweise« oder »versteht sich«, selten fehlt auch die präzisierende, freilich ironisierende Klammer: »Das Mädchen fand damals (daran erinnere ich mich) zum ersten Mal, daß ich uns beide ernst nehme, und küßte mich wie nie vorher.« [Doch ist die Klammer für Frisch unentbehrlich. Bereits im Juni 1951 hat Erich Kuby sich an dieser Stelle prophetische Gedanken gemacht, als er im Hinblick auf Frischs *Tagebuch* folgendes zitierend beobachtete: »›Westerland‹. Wieder einmal Zeitung gelesen: ›Wiederbewaffnung Deutschlands –?‹ (Durch Amerika.)« Unsereiner hätte gewiß geschrieben: »Durch Amerika!« Das wäre ein Aufschrei, wild, nutzlos. Hingegen: »(Durch Amerika.)« –: die Notiz des beauftragten Wächters.]

Max Frischs gute Kinderstube, sein gesellschaftlicher Standort verrät sich gerade in der virtuos antizipierenden Hinzufügung der möglichen Reaktion gebildeter Leute. Gerade solche »Kleinigkeiten« legen die Position eines Schriftstellers unverwechselbar fest. Was sich bei Frisch als »gesellschaftlicher« Tonfall bestimmen läßt, das ist etwa bei Brecht die »folkloristische« Komponente. Sie findet sich – dieser Exkurs sei erlaubt – besonders auffallend in den Volksstücken und den ihnen benachbarten Dramen, also in *Herr Puntila und sein Knecht Matti*, in *Mutter Courage und ihre Kinder*, aber auch in *Die Gewehre der Frau Carrar* und im *Kreidekreis*. Brechts Figuren beziehen sich ständig auf einen überraschend großen, meist wohl aus Rußland oder China stammenden Sprichwörterschatz. Der Soldat Simon Chachava kann seine Liebeserklärung nicht machen, ohne (auf einer Druckseite!) mindestens dreimal darauf zu pochen, was man »in Tiflis sagt« oder was »man« schlechthin »sagt«, Dies »man sagt« oder »es heißt«, dem stets ein Sprichwort folgt, spielt für Brechts Gestalten fast die Rolle einer objektiven Begründung. Während Frisch mit dem »peinlicherweise« oder »selbstverständlich« eine (ironische?) Identifikation mit den besseren Kreisen unterstellt, gehört der »Volksmund« für Brecht noch zu den Instanzen, die man mit Erfolg befragen kann. Angesichts der Mode, Max Frisch, den Freund und dramatischen Schüler Brechts, ständig mit Brecht zu vergleichen und auf Ähnlichkeiten zu verweisen, sollte wenigstens dieser grundsätzliche Unterschied hier stellvertretend aufgezeigt werden.

Trotz allem darf man Max Frisch aber nicht nur als einen Prosa-Autor verstehen, der in konventioneller Form zeitgenössischen Denk-, Lebens- und Empfindungsstil in epische Sicherheit

bringt, – was freilich schon eine gute und nützliche Sache wäre. Dazu sind die Aufgaben, die er sich stellt (auch und gerade formal), zu gewagt, zu vermessen. So läßt sich bereits die Kühnheit, ja Verwegenheit des *Stiller*-Vorwurfs kaum abstreiten, und obwohl es einleuchtete, daß Stiller nicht Stiller sein wollte, blieb es doch eine Sisyphus-Arbeit, anschaulich zu machen, warum dieser gescheite Mensch ein offenkundig verlorenes Spiel nicht schon viel früher verloren gab, warum er so viel Scharfsinn und Witz nicht ganz überzeugend daran verwendete (verschwendete), etwas offensichtlich Unhaltbares zu erweisen.
Eine vielleicht noch kompliziertere Etüde übt Frisch mit seinem *Homo faber*. Der technische Mensch, Liebhaber von Zahlen, Verächter aller Gefühle. Gut. Aber ist es nicht gerade das Furchtbare und Bezeichnende dieser Rasse, daß sie schweigt, dumpf und gefährlich schweigt? Wer sagt: »Ich mache mir nichts aus Folklore« oder »Abgesehen von den Verzierungen, die mir sowieso nicht gefallen, weil ich für Sachlichkeit bin«, der hat ja die Unschuld des Homo faber längst verloren, der gleicht eher einem Snob (etwa »Mit dem frühen Schönberg können Sie mich jagen« oder »Ich rühre keinen Roman an«). Max Frisch hat eine Figur, die wesensmäßig stumm ist, zum Reden, zum Gestehen gebracht, es sind Landschaftsbeschreibungen, Empfindungen und Aussagen ans Licht gekommen, die man nur mühsam als das Unbewußte, üblicherweise verdrängte Gedankengut des Homo faber identifiziert und akzeptiert. Da geht es natürlich nicht ohne Widersprüche ab, auf die in der Kritik bereits wiederholt hingewiesen worden ist. Friedrich Sieburg etwa schrieb in der *Frankfurter Allgemeinen Zeitung:* »Nicht uninteressiert, aber ohne Bewegung sehen wir zu, wie der Ingenieur, der so recht ein Ingenieur ist, sein Innenleben entdeckt und davon einen ›Bericht‹ gibt, – anstatt daß er dem Schriftsteller Max Frisch die Aufgabe überläßt, über diese Verwandlung einen Roman zu schreiben [...]«
Nun kommt aber, trotz oder wegen der jeweils vermessenen Ausgangssituation, dem Epiker das dramatische Talent des Autors Max Frisch besser zustatten als dem Dramatiker. Die *Homo faber*-Geschichte lebt nicht bloß von der Kraft jeder Einzelheit, sondern viel mehr von der Dynamik des Fortschreitens. Die Kunst des Dramatikers, mit präzisen Konsequenzen gleichwohl zu überraschen, ist hier auf eine artifizielle

Spitze getrieben worden. Wenn Herr Faber telegraphieren will, daß er seine Flugreise unterbricht und dabei von der Stewardeß überrascht wird, die ihn ahnungslos ins Flugzeug und ins Verhängnis zurückzwingt, wenn er, um einer aufdringlichen Geliebten zu entweichen, per Schiff (damit die Reise länger dauert und er nicht in New York zu bleiben braucht) nach Europa reist und gerade da seinem Schicksal begegnet, dann sind Szenen gelungen, die nicht bloß fesseln, sondern die auch potentiell weiterwirkende Kraft besitzen. Diesem dramatischen Impuls darf der Schriftsteller Max Frisch eher vertrauen als dem lyrischen: in *Bin oder Die Reise nach Peking* fehlt der vorwärtstreibende Druck, fehlt auch die gespannte Verbindung zu unserer Wirklichkeit. Darum löst sich das Prosastück in eine Folge träumerischer – manchmal allerdings »schöner« – Reflexionen und Begegnungen auf.

Warum wird hier so intensiv, ja so erbittert über Gelingen und Mißlingen der Romane von Max Frisch gegrübelt? Warum versuche ich so inständig, unserem Autor die Wahrheit zu entreißen, warum freue ich mich nicht einfach darüber, daß so ein produktiver, gescheiter und witziger Schriftsteller lebt, daß er schreibt und daß er interessiert? Ich war schon einmal ein wenig ungerecht zu Max Frisch, als ich sein *Öderland*-Drama prüfte und fand, daß es leider nicht sein *Hamlet* war, sondern nur ein – sub specie aeternitatis – mißlungenes Stück.[2] Die Schwierigkeit liegt in der Sache selbst. Wäre Max Frisch einer von vielen, man könnte sich seiner Vorzüge unbefangen freuen und seine Schwächen hinnehmen. Aber ist er nicht fast der einzige, der gegenwärtig mit einer gewissen Stetigkeit und Verbindlichkeit deutsche Prosa hervorbringt? Ist er nicht fast der einzige, an den wir uns halten können, wenn wir die Tradition großer, weltbewußter Prosa zum Maßstab machen und nicht irgendeine nationale Notlage, die zwar alles erklärt, aber doch nichts produziert? Es gehört zu Max Frischs und unserem Schicksal, daß wir uns so krampfhaft an ihn halten müssen.

1957

2 Joachim Kaiser, *Öderlandische Meditationen. Porträt eines Stückes und einer Aufführung*, in: *Frankfurter Hefte* 11 (Juni 1956), S. 388–396. In diesem Aufsatz analysiert J. Kaiser die nicht gedruckte 2. Fassung des Stückes. (Anm. des Hrsg.)

Helmut Heissenbüttel
Max Frisch oder Die Kunst des Schreibens in dieser Zeit

Max Frisch gehört als Schriftsteller zur, wie man landläufig sagt, mittleren Generation der Moderne. Mit dem Beginn des 20. Jahrhunderts traten auf den verschiedensten Gebieten Künstler, Autoren, Wissenschaftler auf, die, in Opposition und in der Antithese zur voraufgegangenen Tradition, das gesamte geistige Leben in eine neue Richtung wiesen. Man kann die Mitglieder dieser älteren Generation als die Erfinder dessen bezeichnen, was es vorher nicht gab. Ihr Werk hatte fast überall einen Zug zum Radikalen. Der Impuls zu diesem Werk entsprang der Opposition wie der Neuentdeckung bisher unbekannter Möglichkeiten. Aus dem radikal Neuen ergab sich eine starke und kaum zu umgehende Faszination. In der Ausstrahlung dieser Faszination entsteht das Werk der folgenden Generation.
Ihre Lage ist nicht einfach. Sie erlebt weniger eine neue Tradition, dazu war der Schnitt zu scharf, als vielmehr ein unmittelbares, direktes und zunächst völlig unreflektiertes Stimulans. Der Raum der freien Erfindung ist eingeengt. Nachahmung bleibt unbefriedigend. Neuerliche Opposition ist nur möglich im restaurativen Rückgriff auf *die* Tradition, von der sich die ältere Generation eben abgewandt hatte, und die, in Nebenströmungen, weiter ausläuft. Übrig bleibt die langsame Einübung der neuen Möglichkeiten und die unbeirrbare Besinnung auf die eigne Thematik. Folgerichtig ist im Werk der mittleren Generation eine gewisse Unsicherheit zu beobachten wie eine Tendenz zur Mäßigung.
Frisch gehört zur mittleren Generation der Moderne. Er beginnt, nimmt man *Die Schwierigen* als Beginn, im Rückgriff auf die Tradition, im Anschluß an den psychologischen Roman der Jahrhundertwende. Eine eigentümliche Unbestimmtheit gegenüber der historischen Situation, in der er spielt, bestimmt diesen Roman. Kann man auf der einen Seite anhand einzelner Indizien nachweisen, daß die Handlung in den 30er Jahren des 20. Jahrhunderts spielt, so wird auf der anderen Seite doch

immer so erzählt, als habe Frisch nicht Beckett und Camus, sondern Fontane oder den frühen Thomas Mann zu Zeitgenossen. Jeder allzudeutliche, jeder politische Zeitbezug zum Beispiel wird ausgespart. Alles wird ins zeitlos Gültige, Allgemeine und Fiktive gehoben. Nur mitschwingend deutet sich die Beunruhigung an, die aus der fiktiven Zeitlosigkeit zum Aktuell-Gegenwärtigen drängt.

»Es gibt keinen Anfang, kein Ende. Alles wiederholt sich, nichts kehrt uns wieder, Sommer vergehen, Jahre sind nichts – eine Stunde bleibt stehen: Eine Stunde im Boot, ein Abend bei Kerzen, ein klöppelnder Regen über dem Blechdach; Esel wiehern um eine russische Zisterne, und Hinkelmann liegt in der Schlucht, wo niemand ihn findet; Frühling mit ersten Abenden beim offenen Fenster, mit rollenden Zügen über dem See, Yvonne, die sich mit einem Zweiglein die Erde von den dünnen Schuhen brockt, das bleibt!«

Der Roman *Die Schwierigen* erweckt den Eindruck, als befände sich sein Autor, fernab der Zeitströmung, auf einer abgeschirmten Insel, in einer intakten Überlieferung, in einer intakten Gesellschaft; als habe er von dem, was seit 1910 um ihn herum vorgegangen ist, noch gar nichts wahrgenommen. Und wenn man auf der einen Seite feststellen kann, daß Frisch zur mittleren Generation der Moderne gehört, so muß gleichzeitig hinzugefügt werden, daß ihm deren Problematik bis gegen Ende des letzten Krieges offenbar überhaupt nicht bewußt geworden ist. Erst zu diesem Zeitpunkt gewinnt sein Werk, in raschem Übergang, den Anschluß an die literarisch wie politisch und soziologisch aktuelle Situation.

Kafkasche, Brechtsche Stimmung dringt, soweit man dies an der Erzählung *Bin,* den ersten Dramen und dem *Tagebuch* ablesen kann, ins Werk ein. Die Moderne modifiziert Frischs schriftstellerische Arbeit. Keinesfalls wird er Nachfolger von irgendeinem. Etwas spezifisch Nach-Kafkasches, Nach-Brechtsches wird lediglich spürbar. Frisch vermittelt. Er hält sich auf einer Linie, auf der das radikal Moderne traditionell versöhnbar erscheint. Thematisch ist es ähnlich. *Nun singen sie wieder* und *Als der Krieg zu Ende war* beschäftigen sich eindeutig mit der politisch-militärischen Aktualität. Doch wird dem Aktuellen immer das Allgemein-Menschliche, das menschlich Verbindliche übergeordnet.

In diese Situation schiebt sich, durchaus folgerichtig, das *Tagebuch* ein. Es ist durchaus kein Nebenwerk, sondern Produkt der erst jetzt vollends ins Bewußtsein eintretenden Irritation durch die aktuelle Lage. Frisch beginnt, sich seiner Lage als Schriftsteller in der Zeit, in der er lebt, bewußt zu werden. »Der verehrte Leser – einmal angenommen, daß es ihn gibt, daß jemand ein Interesse hat, diesen Aufzeichnungen und Skizzen eines jüngeren Zeitgenossen zu folgen, dessen Schreibrecht niemals in seiner Person, nur in seiner Zeitgenossenschaft begründet sein kann, vielleicht auch in seiner besonderen Lage als Verschonter, der außerhalb der nationalen Lager steht – der Leser täte diesem Buch einen großen Gefallen, wenn er, nicht nach Laune und Zufall hin und her blätternd, die zusammensetzende Folge achtete; die einzelnen Steine eines Mosaiks, und als solches ist das Buch zumindest gewollt, können sich allein kaum verantworten.«
Mit Hilfe dieses Mosaiks aus Entwürfen, Parabeln, Reflexionen, Monologen, Reiseschilderungen, Berichten versucht der Autor seinen Standpunkt abzugrenzen. Der Reiz des *Tagebuchs* liegt in einer gewissen Unausgeglichenheit, in der hier vordrängenden, dort zögernden Haltung, in der hier polemisch-eindeutigen, dort reserviert-referierenden Stellungnahme, in der Unruhe, in dem Unwohlsein, das dabei überall zu spüren ist, in dem beunruhigten Nachfragen, das es in die Nähe der Tagebücher des italienischen Altersgenossen Cesare Pavese bringt. In der Notwehr versucht Frisch, sich seiner Lage als Autor und als Zeitgenosse bewußt zu werden. Das *Tagebuch* zeigt im Ansatz und in der Besinnung, wie diese Notwehr aussieht. Die Besinnung ist dabei weniger auf die schriftstellerischen Mittel als vielmehr auf die innere Problematik gerichtet.
Was entdeckt Frisch, was betont er, was wählt er aus? Wo spekuliert er und wo nicht? Wie sieht so etwas wie eine strenge, Gegenwärtiges betreffende und heimholende Zeitgenossenschaft des Inhalts aus? »Ich halte es für ein eigentliches Unglück: das Verbinden von Wunden, die noch voll Eiter sind – und sie sind voll Eiter – das Vergessen der Dinge, die nicht durchschaut, nicht begriffen, nicht überwunden und daher nicht vergangen sind.« *Die Schwierigen* sind deshalb so schwierig, weil sie aus ihrer personalen Abkapselung nicht zueinander kommen können. Das Verbindende, Gefühl, Liebe, hat irgend-

wann seine Bindefähigkeit eingebüßt. Yvonne, die Hauptfigur, vermag sich dem männlichen Anspruch nicht zu öffnen, die Männer prallen an ihr ab wie die Bewerber Turandots, die die Rätsel, die ihnen aufgegeben werden, nicht zu lösen vermögen. Ungleich Turandot findet Yvonne jedoch keinen Prinzen, der sie bezwingt, sie unterwirft sich vielmehr der bürgerlichen Konvention und gibt sich mit dem handfesten Praktiker zufrieden, ohne ihre Vereinzelung aufzugeben. Ihr Gegenspieler, der Maler Jürg Reinhart, ist zwar bereit, sich aufzugeben, aber er findet nichts, an das er sich aufgeben könnte. Die Konvention verschmäht er aus Ehrlichkeit, er fällt ins Leere, scheitert, resigniert, sinkt ab und rettet sich schließlich in die Maske und mit Hilfe der Maske ins einfache Leben.

Die Schwierigen sind Personen, deren natürliche Kontaktfähigkeit gestört ist. Die Unsicherheit des natürlichen Kontakts stellt gleichzeitig die konventionellen Kontaktmöglichkeiten: Ehe, Familie, Gesellschaft in Frage. In ihrer Kontaktunsicherheit werden die Personen auf ihre eigene, abgekapselte Subjektivität zurückgedrängt, scheint alles wie unter einem unausweichlichen, geheimen Verhängnis zu stehen. Diese auf sich selbst zurückgedrängte Subjektivität bietet keine neue Grundlage, sondern ist immer nur Anlaß zum Leiden, zum Verzicht, zur Resignation. Die Problematik der *Schwierigen* wäre als eine individuelle, neurotische Komplexsituation zu begreifen, als eine Irritation im persönlichsten Bereich.

Aus dieser Komplexsituation speist sich offenbar der erste schriftstellerische Impuls Frischs. Diese Komplexsituation, möge sie später auch ausgeweitet erscheinen ins Allgemeine, verschwindet nie ganz, ja, sie bietet die Gelegenheit, das grundsätzlich Beunruhigende, die Auseinandersetzung mit der umfassenden menschlichen und gesellschaftlichen Auseinandersetzung immer wieder ins Private und damit Vorbehaltliche zurückzubiegen. Beispielhaft dafür die Erzählung von Stillers Versagen im spanischen Bürgerkrieg. Dem, was dort als Gleichnis für die grundsätzliche Unfähigkeit zu verantwortlichem Handeln, zu verantwortlicher Entscheidung erscheint, wird die Konsequenz, die dieser Schilderung innewohnt, genommen, indem die Möglichkeit offengelassen wird, das Geschehen als subjektive Neurose, ja als Marotte aufzufassen. Wird ihm die Konsequenz genommen? Oder versucht Frisch nur die Schwebe zu halten zwischen dem beiläufig Psychologischen, dem notfalls Reparablen *und* der äußersten Irritation des Menschen an sich selbst?

»Ich bin nicht Stiller!« Stiller flieht vor sich selbst, genauer, vor der Rolle, die er zu spielen hat, das heißt, vor der gesellschaftlichen Bindung. Warum? Indem Frisch mit den aktuellen Ereignissen der unmittelbaren Nachkriegssituation in Berührung kommt, stößt ihm, so könnte man sagen, unmißverständlich auf, daß in der Welt, in der er lebt, etwas nicht stimmt, daß etwas in Unordnung geraten ist. Diese Unordnung, so läßt sich folgern, erscheint als etwas, das in ihm selbst als eine vergleichsweise private Unordnung bereits angelegt war. Frisch entdeckt etwas. Er entdeckt, daß die allgemeine Problematik der eigenen Schwierigkeit ein Echo gibt und daß die allgemeine Unordnung sich aus der subjektiven, privaten Irritation entwickeln läßt.

Hier ist der thematische Ansatz für die letzten vier Werke Frischs, den *Grafen Öderland*, den *Don Juan*, den *Stiller* und den *Homo faber* zu suchen. Frisch erkennt, daß die Kontaktunsicherheit des einzelnen Individuums Hand in Hand geht mit einem allgemeinen gesellschaftlichen Zerfall. Er erkennt, daß der Kontaktverlust, der Liebesverlust, um mit Freud zu sprechen, zur sozialen Angst wird. Zersplitterung der unmittelbaren, natürlichen Bezugsmöglichkeiten von Mensch zu Mensch und Entleerung konventioneller Verbindlichkeiten erscheinen als Symptome ein und desselben Vorgangs. Das in die Isolation zurückgeworfene Individuum wird zur gesellschaftlichen Attrappe, die nur noch vom Zufall bewegt wird.

»Die Menschen, die Marion sah, bewegten sich nicht mehr von innen heraus, wie ihn dünkte, sondern ihre Gebärden hingen an Fäden, ihr ganzes Verhalten, und alle bewegten sich nach dem Zufall, wer an diesen Fäden rührte.« Hier setzt der Schriftsteller Frisch, nach dem *Tagebuch*, erneut an. Und noch einmal sei die Parallele zu dem Altersgenossen Pavese aufgerufen, dessen Tagebuch den antithetischen Titel *Das Handwerk des Lebens* trägt und für den dieses Bemühen ums Handwerk des Lebens im Selbstmord endet. Frisch schreibt. Er stellt dar. Er erzählt. Was erzählt er? Nicht das Aktuelle, so wie es in seiner Aktualität erscheint. Er ist kein Chronist. Selbst das Tagebuch, das von chronistischen Berichten durchsetzt ist, mündet immer wieder in die Parabel, das Gleichnis, die Fabel. Frisch sucht die Situation zu fassen im Gleichnis, in der Verwandlung.

»Vor Jahren habe ich als Architekt eine jener Fabriken besucht, wo unsere glorreichen Uhren gemacht werden. Der Eindruck war niederschmetternder als jemals in einer Fabrik, aber noch in keinem Gespräch ist es mir gelungen, gerade dieses Erlebnis, eines der stärksten, dermaßen wiederzugeben, daß es sich auch im Zuhörer herstellte. Jedes Erlebnis bleibt im Grunde unsäglich, solange wir hoffen, es ausdrücken zu können mit dem wirklichen Beispiel, das uns betroffen hat.

Ausdrücken kann mich nur das Beispiel, das mir so ferne ist wie dem Zuhörer: nämlich das erfundene. Vermitteln kann wesentlich nur das Erdichtete, das Verwandelte, das Umgestaltete, das Gestaltete – weswegen durch das künstlerische Versagen stets mit einem Gefühl von erstickender Einsamkeit verbunden ist.«

Was hat Frisch erfunden, um sich auszudrücken? Den Grafen Öderland, der in Wirklichkeit ein pflichtbewußter Staatsanwalt ist. Oder ist es der pflichtbewußte Staatsanwalt, der in Wirklichkeit Graf Öderland, der Mörder, ist? Den Don Juan, der kein Don Juan, sondern ein dem Absoluten, der Geometrie, zeitgemäßer gesprochen, der menschheitsbedrohenden Kernphysik Verfallener ist. Den Schweizer Bürger Stiller, der sich 500 Seiten lang weigert, dieser Schweizer Bürger zu sein. Schließlich den Homo faber, den Lebenstechniker, dem sich menschliche Reaktionen wie menschliches Zusammenleben auf das in jedem Fall auflösbare physiologische, physikalische und logische Kalkül reduziert hat und der gerade deshalb dem Unberechenbarsten, dem am tiefsten ins Unterbewußte verdrängten Trieb verfällt, dem Inzest.

Nicht ohne Absicht ist bereits einmal der Name Freud genannt worden. Die Problematik, welche die vier letzten Arbeiten Frischs beherrscht, hat deutlich Züge, die sie der Fragestellung der Freudschen Psychoanalyse verwandt erscheinen läßt. Dennoch wäre es grundfalsch, Frisch als einen Schriftsteller zu bezeichnen, der sich der psychoanalytischen Methode bediente. Erst in der Abgrenzung von der scheinbar pyschoanalytischen Thematik läßt sich der Kern dessen erkennen, was als der Impuls der schriftstellerischen Arbeit Frischs bezeichnet werden könnte.

Psychoanalytisch: Was wäre Graf Öderland anders, als der hemmungslos zum Durchbruch kommende Aggressionstrieb des Es im heutigen Normalbürger; was wäre Don Juan anders als die verzweifelte Identifizierung mit dem Über-Ich infolge Liebesverlust; was zeigte sich im Stiller anders als das Schuldbewußtsein dessen, der in der Angst vor dem Liebesverlust der absoluten sozialen Angst verfällt; was zeigte das Schicksal Fabers anders, als die Heimsuchung des Menschen, der sich völlig in die Leere des isolierten und damit im bloßen Schematismus erstarrten Über-Ich überantwortet hat, durch die tiefsten Triebkräfte des Es? Frischs Werk seit 1945 nimmt gleichsam psychoanalytische Färbung an. Seine schriftstellerische Arbeit ist jedoch von vornherein nicht auf Erhellung psychischer Hinter- und Untergründe gerichtet, sondern das Interesse, welches sich aus seinen letzten Arbeiten ablesen läßt, ist ein Interesse an der Darstellung des Menschen, des Menschen wie du und ich, in einer Situation der radikalen Gleichgewichtsstörung zwischen Subjekt und Gesellschaft.

Seine Frage würde lauten, wie weit das in die Isolierung gedrängte Subjekt überhaupt noch zu so etwas wie menschlicher Gemeinschaft fähig sei, wie weit eine Gesellschaft, die sich in subjektive Isolation und leeren konventionellen Schematismus zu spalten droht, überhaupt noch funktionieren können. Die Antwort müßte, summarisch vorweggenommen, lauten: die Gesellschaft funktioniert nicht. Das Gleichgewicht ist gründlich gestört. Nichts noch so Phantastisches und Furchtbares kann erdacht werden, das nicht in der sogenannten Wirklichkeit dieser Gesellschaft Ereignis werden könnte.

Frisch in der Regieanweisung zum *Grafen Öderland*: »Was das Phantastische anbetrifft: ich denke mir die Darsteller in einem durchaus realistischen Spiel; die Figuren halten diese Welt, die ihnen alltäglich ist, für selbstverständlich und natürlich – auch wo es in dem Stück darum geht, das Widernatürliche zu zeigen, das dann, natürlicherweise, immer wieder zur Explosion führt – es soll also keinesfalls auf ›Legende‹ oder auf ›Vision‹ inszeniert werden. Anders gesagt: die Figuren bewegen sich in diesem Stück, wie wir uns in unserer Welt bewegen, und ist unsere Welt, die wirkliche, minder verrückt?«

Die Konsequenz der subjektiven Isolierung, wie sie im *Don Juan* thematisch wird, drängt bei Frisch auf einen Punkt jen-

seits von Mensch und Gesellschaft; Don Juan liebt die Geometrie als etwas, das jenseits der subjektiven und gesellschaftlichen Verwirrung stimmt, etwas, das nicht zur Ruhe kommt, bis es das absolut Stimmende gefunden hat. Diese letzte Konsequenz der Isolierung birgt in sich die Möglichkeit der totalen Vernichtung. Das fehlende Gleichgewicht würde wiederhergestellt in der radikalen Aufhebung der Ungleichgewichtigkeit.
Was übrigbleibt, ist die Lage zwischen Tod und Kapitulation. Oder vielmehr, für den Schriftsteller Frisch, die Darstellung dieser Lage, das Ausmessen dieser Landschaft, die Topographie aus Ausbrüchen, Einbrüchen, Kompromissen, Leiden, Farcen. Was übrigbleibt, ist zu schildern, wie sich der einzelne wie auch die Gesellschaft vorm Schatten des Todes verhält, des Todes, der jetzt als die letzte und mächtigste Lebenskraft begriffen werden muß. Was übrigbleibt, ist die Beschreibung dessen, der vom Schatten des Todes getroffen worden ist, des vorm Unabänderlichen Verstummten, des im Schatten Weitermachenden.
»Stiller stand mitten im Zimmer, seine Hände in den Hosentaschen wie so oft. ›Ich komme‹, sagte er. Ich fuhr ihn zur Klinik und wartete im Wagen draußen. Das Bild der Toten war so viel stärker als alles, was ich mit offenen Augen zu sehen vermochte; als Bild eines vergangenen Wesens, das in seiner Zeit von niemand erkannt worden ist, am allerwenigsten von dem, der mit seiner menschlichen Liebe um sie gerungen hat. Schon nach einer Viertelstunde kam Stiller zurück, um sich neben mich in den Wagen zu setzen. ›Sie ist schön‹, sagte er [...] Im übrigen hatte ich nicht das Gefühl, daß Stiller mich brauchte, und zu Gesprächen kam es nicht mehr. Das Medizinische interessierte ihn nicht, und sonst gab es kaum etwas zu sagen; es war alles entschieden.«
Hier schwingt alles mit: die Schilderung dessen, der, getroffen, verstummt, wie die Darstellung dieser Situation durch den Repräsentanten einer Gesellschaft, die immer noch glaubt, alles nach dem alten Schema erklären zu können.
Wie entlarvend dies: »Das Medizinische interessiert ihn nicht, und sonst gab es kaum etwas zu sagen.« Aber Frisch geht noch weiter, er wiederholt dieselbe Szene im *Homo faber*, läßt jedoch diesmal den Repräsentanten der in leerer Konvention erstarrten Gesellschaft selber den Betroffenen sein. Faber, und es

handelt sich hier tatsächlich um den Bericht des vollkommen vergesellschafteten Menschen, berichtet: »Dann vor ihrem Bett, Hanna und ich, man kann es einfach nicht glauben, unser Kind mit geschlossenen Augen, genau wie wenn sie schläft, aber weißlich wie Gips, ihr langer Körper unter dem Leintuch, ihre Hände neben den Hüften, unsere Blumen auf ihrer Brust, ich meine es nicht als Trost, sondern wirklich: Sie schläft! Ich kann es ja heute noch nicht glauben. Sie schläft! sage ich – gar nicht zu Hanna, die plötzlich mich anschreit, Hanna mit ihren kleinen Fäusten vor mir, ich erkenne sie nicht mehr, ich wehre mich nicht, ich merke es nicht, wie ihre Fäuste mich auf die Stirn schlagen. Was ändert das! Sie schreit und schlägt mich ins Gesicht, bis sie nicht mehr kann, die ganze Zeit hatte ich nur meine Hand vor den Augen. –

Wie heute feststeht, ist der Tod unsrer Tochter nicht durch Schlangengift verursacht gewesen, das durch die Serum-Injektion erfolgreich bekämpft worden ist; ihr Tod war die Folge einer nicht diagnostizierten Fraktur der Schädelbasis, compressio cerebri, hervorgerufen durch ihren Sturz über die kleine Böschung. Verletzung der arteria meningica media, sog. Epidural-Haematom, was durch chirurgischen Eingriff (wie man mir sagt) ohne weiteres hätte behoben werden können.«

Ihn, Faber, interessiert das Medizinische ungemein. Es gehört zum Klischee seiner Konvention. Gehört dazu wie all die geläufigen Redewendungen, die »unser Kind« sagen und »weiß wie Gips« und »sie schläft« und »was ändert das«. Dahinter steht die Leere, die absolute Kontakt- und Reaktionsunfähigkeit. Ja, es scheint, als ob die einzige Regung, zu der dieser Homo faber noch fähig ist, darin besteht, daß er, der Entleerte, den Tod, das Aufhören des Lebens, tatsächlich als Schlaf begreift, als den letzten, den einzig möglichen und endlich befreienden Schlaf. Gleichzeitig und durchaus folgerichtig ist er bemüht, diesen Tod als das Werk des absoluten Zufalls zu definieren.

Innehaltend, aufblickend, rückblickend, müßte der Leser Frischs, der versucht hat, sich klarzuwerden, um was es in den Werken dieses Autors eigentlich geht, wo in etwa die Themen, die in diesen Werken behandelt werden, ihren bewegenden Motor haben – müßte der Leser an dieser Stelle den Eindruck gewinnen, daß Frisch zu den düsteren und, wie es landläufig heißt, unerfreulichen Autoren zu zählen sei. Gehört Frisch zu den sogenannten unerfreulichen Autoren? Zu den Kafka, Sartre, Camus oder wie immer sie heißen mögen? Zu den Destruktiven, die nichts als das Negative sehen? Stimmt das mit dem Eindruck zusammen, den man beim Lesen etwa des *Stiller* gewinnt? Was ist anders? Was unterscheidet Frisch?

Man kann Frisch als einen Schriftsteller bezeichnen, der, eben im Gegensatz zu all denen, die er in seiner Auswahlliste zusammenfaßt, keine Tendenz habe als die, seinen Figuren Freiheit zu lassen, das heißt, zu schreiben und zu erzählen, was eben ist, was eben heute, zwar modifiziert, aber im Grunde doch wie eh und je, geschieht. Das, was mit dem Wort »tendenzlos« zu fassen versucht wird, läßt sich vielleicht zunächst einmal umschreiben mit der Feststellung, daß keines der Werke Frischs, verglichen mit denen Kafkas, Prousts, Joyces, Sartres und so weiter, einen unmittelbar erkennbaren, sich gleichsam aufdrängenden, faszinierenden und in etwa auch beengenden Stil hat. Frisch erzählt. Seine Erzählung, seine Rede ist nicht stilisiert. Er erzählt beiläufig, locker, allgemein verständlich, manchmal ein wenig ausschweifend, dennoch immer aufs Wesentliche der Erzählung, der Rede gerichtet, dabei mit Humor, immer bemüht, nicht allzu ernsthaft zu erscheinen, Verbissenheit, Starre zu vermeiden. Stilistisch ist Frisch tatsächlich merkwürdig tendenzlos.

Ein Beispiel, ein beliebiges Beispiel: Don Juan erzählt von seinem Ritt nach Sevilla: »Ich war so heiter diesen ganzen Tag. Es war ein Morgen wie noch nie in meinem Leben, so schien es mir, die gelben und violetten Felder, das spröde Laub auf der Erde, Andalusien im Herbst, ich pfiff, ich saß auf meinem guten Schimmel und trabte, und der Ginster, der verblühte, hatte die Farbe ihres Haares [...] Ich traf einen Leichenzug und dachte an sie, ich weiß nicht warum, ich pflückte Feigen, ohne von meinem Schimmel zu steigen, und fühlte das Weiche ihrer feuchten Lippen [...] Und die roten Beeren, wenn ich durch die Büsche ritt, sahen aus wie der Schmuck um ihren schlanken Hals. Die ganze Welt war sie!«

Hier sind alle Elemente dessen, was man Frischs Stil nennen könnte, versammelt. Daß es sich dabei um ein Zitat aus einem Theaterstück handelt, spielt in diesem Zusammenhang keine Rolle. Bei aller Tendenzlosigkeit zeigt Frischs Schreibweise eine außerordentliche Einheitlichkeit. Eindeutige Angaben, leichte Verständlichkeit, gelöstes Beruhen in der erzählten Situation, intakte Syntax, Unmißverständlichkeit der Bedeutung, das wären einige Merkmale. Suchte man nach Besonderem, so wäre vielleicht die unauffällige, aber deutliche Einfachheit, eine bestimmte Unterkühlung zu nennen. Suchte man nach Vergleichen, so könnte man sie kaum in der Moderne, eher schon am Ende des 19. Jahrhunderts finden, im Ausgang der klassischen Erzähltradition. Sprache und Stil erscheinen als etwas, in dem diese Erzähltradition auf einfachste Elemente und Formeln reduziert worden ist. Dennoch wird nicht nur einfach und unauffällig erzählt. In der Rede schwingt etwas mit, das darunter liegt. »Und doch – ich ritt immer langsamer, die Türme von Sevilla machten mich finster. Ich hätte schon längstens hier sein können, wäre ich nicht noch einmal abgestiegen; ich hockte an einer Zisterne, bis es dunkel wurde [...]« Ein Schatten breitet sich über die Erzählung aus, verdunkelt sie, bereift sie, verkehrt sie. Das hat nichts mit der dramaturgischen Zweckhaftigkeit des Erzählens zu tun. In der scheinbaren Tendenzlosigkeit der Redeweise verbirgt sich etwas, das sich als ein Reden über etwas hin erscheinen läßt, das dunkel, beunruhigend und eindeutig diese Rede fixiert. Das, was man die merkwürdige Tendenzlosigkeit des Stils nennen kann, dient als Vorbehalt.

Frisch gehört zur mittleren Generation der Moderne. Unbefangen, abgeschirmt, in schweizerischer Abgeschiedenheit beginnend, gleichsam einer nicht unterbrochenen Tradition entstammend, findet er sich erst allmählich der besonderen Problematik des 20. Jahrhunderts gegenübergestellt. Zunächst ein Autor, in dem das Alte auf einem Nebenstrom noch weiterläuft, wird er sich erst allmählich bewußt, was da im Leben und in der Literatur bereits vorgegangen ist. Im Leben ist es die Nachkriegssituation, die nun auch die vom Krieg verschonte Schweiz nicht ausläßt, in der Literatur sind es etwa Kafka und Brecht, die Psychoanalyse, man könnte vielleicht Proust dazuzählen, all das nicht ausdrücklich, aber in Spuren vorhanden, vielleicht nur aufgesogen aus dem, was vor allem der stürmische deutsche Nachholeifer nach 1945 gleichsam atmosphärisch verbreitete.

Frisch blieb Schweizer. Er ließ sich von keiner Nachfolge und keiner Mode einfangen. Er versuchte, widerstehend, renitent oder nur einfach gleichmütig oder nur einfach unverführbar, weiter zu sagen, was ihn beunruhigte. Seine ästhetischen Überlegungen gehen nie ins Detail, gehen nie auf irgendeine moderne Fragestellung ein. Seine ästhetischen Überlegungen kreisen um Begriffe wie Verwandlung, Magie, Gestalt. Darin soll aufgehoben sein, was ist, was vorkommt, heute wie eh und je. »Jede Gebärde, welche die Rampe überspielt, verliert an Magie. Sie öffnet die Schleusen, was aufregend ist; aber es ist kaum so, daß darum die künstlerische Gestalt hinausströmt ins Chaos, das sie verwandeln möchte, sondern das Chaos stürzt hinein in den Raum, den wir einen andern genannt haben, in den Raum der Dichtung, und der Dichter, der die Rampe niederreißt, gibt sich selber auf.«

Chaos: Das ist der Gegensatz, das Antithetische, das Böse. Das Chaos müßte verwandelt oder ausgeschlossen werden. Frisch versucht es. Er spricht auch von Notwehr, die auf Kosten der Wahrhaftigkeit gehe. Und es ist schwer zu entscheiden, wie weit sich in seinem Erzähl- und Redestil Eindämmung, Abwehr und wie weit Verwandlung zeigen. Man kann, Frisch folgend, etwa eine allzu schnelle Aufgabe der immer noch verbindlichen syntaktischen wie bedeutungsmäßigen Mittel bereits als ein Eindringen des Chaos auffassen. Hier ginge der Grenzwall gegen Joyce und den Surrealismus. Andererseits läßt sich die merkwürdige Tendenzlosigkeit in der stilistischen Haltung Frischs als eine vielleicht ebenso merkwürdige Scheu vor radikalen Konsequenzen interpretieren.

Frischs Werk ist doppelgesichtig. Er kann traditionell begriffen werden. Er kann gelesen werden als ein Autor, der außerhalb und jenseits dieser ganzen finsteren, destruktiven und unerfreulichen Moderne steht. Es ist nicht sein Humor, es ist auch nicht der Erzählstil allein, es ist die Tatsache, daß Frisch erzählt, beschreibt, redet, als handle es sich, von außen gesehen, um eine Welt, um unsere Welt, in der im Grunde alles in Ordnung ist, eine Welt, ein wenig modifiziert, aber sonst wie eh und je. Denn schließlich, Probleme und Leid und Unglück und schwere Zeiten gab's auch schon bei Wilhelm Raabe. Und auf der anderen Seite, gräbt man nur ein wenig tiefer, versucht man wirklich zu verstehen, was da verhandelt wird, eine Welt, in der nichts mehr stimmt, in der den Figuren wie dem Autor langsam, aber unausweichlich der Boden unter den Füßen weggezogen wird.

Wenn Frisch in gewisser Weise Konsequenzen scheut, wenn er weitermacht, so kann er doch gleichzeitig es nicht vermeiden, sich Konsequenzen der Problematik, auf die er sich eingelassen hat, zu verschließen. Er ist eingeklemmt, eingeklemmt zwischen ja und ja, zwischen nein und nein. Hier gibt die schriftstellerische Haltung Frischs überraschend Antwort auf die Problematik, die in seinen Theaterstücken und Romanen zur Sprache kommt und die ihre letzte Ausbildung findet in jener Situation zwischen Kapitulation und Vernichtung, aus der es keinen Ausweg gibt. Von der man erzählen kann und in der man existieren kann nur unter dem Vorbehalt, dies wäre es eben, das Leben, das Dasein oder wie immer man es nennen mag.

Kaum deutlicher ließe sich diese Situation ausdrücken als mit den Sätzen, mit denen Frisch selber sie im *Stiller* beschreibt. »Wieder einmal das bekannte Gefühl: fliegen zu müssen, auf der Brüstung eines Fensters zu stehen (in einem brennenden Haus?) und keinerlei Rettung zu haben, wenn nicht durch plötzliches Fliegen-Können. Dabei die Gewißheit: Es hilft gar nichts, sich auf die Straße zu stürzen, Selbstmord ist Illusion. Das bedeutet: fliegen zu müssen im Vertrauen, daß eben die Leere mich trage, also Sprung ohne Flügel, einfach Sprung in die Nichtigkeit, in ein nie gelebtes Leben, in die Schuld durch Versäumnis, in die Leere als das Einzigwirkliche, was zu mir gehört, was mich tragen kann ...«

Dies ist die Situation des ausweglos Eingeklemmten. Frisch schildert das Verhalten seiner Figuren in dieser Situation. Seine Phantasie wird nicht müde, immer neue Varianten und Beispiele zu erfinden. Er schildert nicht die Ausweglosigkeit selbst, sondern das Verhalten in der Situation. Dieses Verhalten bleibt nur beschreibbar als ein Verhalten im Vorbehalt, im Vorbehalt dessen, der sagt, dies sei eben das Leben. Und so wird die Konsequenz immer wieder zurückgenommen. So lassen sich *Stiller* und *Homo faber* eben auch als Liebesgeschichten mit tragischem Ausgang, das heißt, als Unterhaltungslektüre begreifen. So scheint die Ausweglosigkeit der Situation von Fall zu Fall zurückgebogen ins psychologisch Neurotische, das heißt, ins Private, Unverbindliche. Aber indem das Werk Frischs so in der Schwebe des Vorbehaltlichen aufgefangen scheint, wird die Situation nur immer auswegloser. Geraten die Figuren, deren

Schicksal er ausbreitet, nicht in den Raum der Freiheit, sondern in die absolute Unfreiheit. Werden sie, und mit ihnen, so könnte man folgern, ihr Autor, immer mehr zu denjenigen, die nicht tun, sondern die getan werden. Dies ist, seit dem *Homo faber*, unübersehbar geworden.
Hier nur ein Aspekt. Die Sprache, als Ausdrucksmittel, als Darstellungsmittel, entleert sich. Die Vorstellungswelt, die in der Sprache erscheint, verödet. Frisch kann sich dem nicht entziehen. Er benutzt diese Entleerung und Verödung als schriftstellerisches Mittel. Benutzt er es wirklich? Oder benutzt es ihn? Versucht er sich nicht dennoch in der Schwebe des Vorbehaltlichen zu bewahren? Könnte man sagen, er treibt seine Sprache bis an die Grenze der Entleerung? Oder treibt seine Problematik ihn? Bietet der *Homo faber* nicht dennoch unterhaltende Lektüre? Oder ist er ein Attentat?
»*Kopf einer schlafenden Erinnye.* Das war meine Entdeckung (im selben Seitensaal links) ohne Hilfe eines bayerischen Priesters; ich wußte allerdings den Titel nicht, was mich keineswegs störte, im Gegenteil, meistens stören mich die Titel, weil ich mich mit antiken Namen sowieso nicht auskenne, dann fühlt man sich wie im Examen ... Hier fand ich: Großartig, ganz großartig, beeindruckend, famos, tiefbeeindruckend. Es war ein steinerner Mädchenkopf, so gelegt, daß man drauf blickt wie auf das Gesicht einer schlafenden Frau, wenn man sich auf die Ellbogen stützt. ›Was sie wohl zusammenträumt –?‹ Keine Art der Kunstbetrachtung, mag sein, aber es interessiert mich mehr als die Frage, ob viertes Jahrhundert oder drittes Jahrhundert v. Chr. ... Als ich nochmals die Geburt der Venus besichtige, sagt sie plötzlich: Bleib! Ich darf mich nicht rühren. Was ist los? frage ich. Bleib! sagt sie: Wenn du dort stehst, ist sie viel schöner, die Erinnye hier, unglaublich, was das ausmacht! Ich muß mich davon überzeugen, Sabeth besteht darauf, daß wir die Plätze wechseln. Es macht etwas aus, in der Tat, was mich aber nicht verwundert; eine Belichtungssache. Wenn Sabeth (oder sonst jemand) bei der Geburt der Venus steht, gibt es Schatten, das Gesicht der schlafenden Erinnye wirkt, infolge einseitigen Lichteinfalls, sofort viel wacher, lebendiger, geradezu wild. ›Toll‹, sagt sie, ›was das ausmacht!‹«
Die schlafende Erinnye, ein äußerstes Symbol in der Problematik Frischs, erscheint, nicht verwandelt, sondern zerredet. Die

Vorstellungswelt, in der die Erinnye sichtbar wird, reduziert sie zu einem bloßen Beleuchtungseffekt. Frisch läßt seine Figur, Faber, berichten. Die Entleerung der Rede wie die Schablonisierung der Vorstellungswelt wird damit gleichsam dramaturgisch motiviert. Scheut Frisch auch hier die letzte Konsequenz? Oder müßte man sich, umgekehrt, entschließen, in ihm einen Autor zu sehen, den nicht Lösungen, sondern allein Darstellung interessiert? Der wie ein Zoologe die letzten Zuckungen der letzten Exemplare einer aussterbenden Rasse beschreibt, sich dabei der Sprache bedienend, die seinem Objekt angemessen ist, der reduzierten klassischen Erzählsprache, der Sprache des späten Bürgertums? Und der folgerichtig diese Sprache mit seinem Objekt sterben läßt? Erst das nächste oder übernächste Werk Frischs kann vielleicht Antwort auf diese Frage geben.

Vorläufig, und über das Werk eines Siebenundvierzigjährigen läßt sich letzten Endes nur Vorläufiges sagen, wäre nur eins festzustellen, daß nämlich der Ruhm Frischs ein Mißverständnis und ein Symptom zugleich zu sein scheint. Mißverständnis insofern, als offenbar nicht die Problematik, sondern der Anschein gesehen wird. Mißverständnis insofern, als das Werk Frischs aus der sogenannten Moderne ausgeklammert wird. Und Mißverständnis insofern, als nicht erkannt wird, daß es sich hier um eine grundlegende, ausweglose, ja vernichtende Problematik handelt, sondern so getan, als spiele sich alles im Bereich des üblichen ab. Symptom aber ist der Ruhm Frischs dafür, daß man allzuleicht bereit ist, sich zufrieden zu geben, den bequemsten Weg zu gehen. Frisch kommt dem entgegen, gewiß, er tut eins nie, er schockiert nicht, aber weiß man denn, ob er nicht vielleicht nur Fußangeln setzt, ob er nicht vielleicht hinterhältiger ist als all die sogenannten unerfreulichen Autoren? Das Verhalten Frischs Werk gegenüber findet eine Entsprechung, nämlich in dem Verhalten des Publikums gegenüber dem Film. Auch im Film kann alles geboten werden, es wird hingenommen, weil man es, und sei es noch so beunruhigend, noch so erschreckend, vorbehaltlich hinnehmen kann, weil man es unverbindlich genießen kann. Tatsächlich grenzt Frischs Werk, wie kaum ein anderes literarisches Werk unserer Zeit, unmittelbar an den Film an.

1958

Erich Franzen
Über Max Frisch

»Stiller« oder Der gescheiterte Traum vom neuen Ich

Max Frisch, Dichter und Architekt, hat die großen Hoffnungen, die man nach seinem fromm-häretischen *Don Juan oder Die Liebe zur Geometrie* auf ihn setzen durfte, schnell erfüllt. Der gerade erschienene Roman *Stiller* des 43jährigen Schweizer Autors übertrifft an sprachlicher Virtuosität, Reichtum der Phantasie und Kraft der Gestaltung die besten deutschen Erzählungen der letzten Jahre.

Das Thema des Buchs, das zum größten Teil aus Aufzeichnungen eines Untersuchungsgefangenen namens Stiller besteht, ist an sich nicht neu. Stiller möchte nicht er selber sein – und erst recht nicht der, für den man ihn hält. Die Geschichte eines solchen Mannes ist schon Pirandello und Georg Kaiser reizvoll erschienen, und zuletzt hat Ugo Betti den Stoff zu einem Bühnenstück *Il Giocatore (Der Spieler)* verarbeitet. Frisch legt seiner Erzählung ein ähnliches Handlungsschema zugrunde wie Betti, aber er vertieft und erweitert es mit so souveräner Beherrschung der epischen Mittel, daß an der künstlerischen Originalität seines Werks kein Zweifel bestehen kann. In beiden Dichtungen wird ein Reisender, der unter falschem Namen in die Heimat zurückkehrt, aus unklaren Gründen verhaftet. Jeder kennt ihn als den, der er ist und nicht sein will, aber er hält an seiner neuen Identität fest. Erst als man ihn seiner verleugneten Frau gegenüberstellt, die durch ihn, wie er meint, zugrunde geht, zwingt ihn das Schuldgefühl, zwischen den Masken seines Ichs und seinem wahren Selbst zu wählen. Das ist die Grundsituation. Betti macht daraus ein intellektuelles Spiel, für Frisch aber bedeutet die Wahl, die er seinem Stiller auferlegt, eine existentielle Entscheidung. Dadurch ändern sich Motiv und Charakter der Geschichte vollständig. Persönliches dringt ein, und die Gestalten, genährt vom Blut ihres Dichters, erwachen zum Leben.

Frisch ist ein radikaler Moralist und daher ein subtiler Ironiker. Er versteckt die Frage, um die es geht, anfangs hinter lau-

ter prachtvoll erdichteten, scheinbar willkürlich eingestreuten Histörchen, die Stiller als Beweis seines anderen wirklichen Ichs dem neugierigen Gefängniswärter, dem entrüsteten Verteidiger und dem freundlich-verständnisvollen Staatsanwalt erzählt. Stiller bei einem Vulkanausbruch in Mexiko, Stiller in einer Tropfsteinhöhle oder bei einer Negerhochzeit in New York; Stiller als Liebhaber einer Mulattin, als fünffacher Vater und fünffacher Mörder – doch nie als er selbst, nie als der egoistische Ehemann einer todkranken Frau und frühere Geliebte der Gattin des Staatsanwalts. Er braucht wohl, wie wir alle, ein »gewisses Maß von Verstellung«. Trotzdem spürt man sofort, daß Stiller kein gewöhnlicher Aufschneider ist. Etwas, das stärker ist als er, zwingt ihn, sich mit seinen wunderbar monströsen Flunkereien selbst einzukreisen. Er glaubt zwar, hinter den Kerkermauern die schwimmenden Gärten Mexikos zu erblicken, aber gerade diese Sehnsucht, sich selbst zu entgehen, hält ihn gefangen. Die phantasierten Geschichten unterbrechen die Handlung nicht, sondern laufen ihr parallel. Jede von ihnen nimmt wie ein selbständiges Kunstwerk das eigentliche Motiv in veränderter Form wieder auf, und alle zusammen enthalten die Wahrheit, die Stiller sich nicht eingestehen will. Ein meisterhafter Kunstgriff, der nur in der Epik möglich ist. Mit seiner Hilfe kann Frisch, wie ein Kirchenbaumeister das innere Gerüst durch in Stein gehauene Legenden verdeckt, das abstrakte Thema durch eine Fülle höchst einprägsamer Figuren dem Blick fast entziehen und eben damit »das Unaussprechliche des Lebens«, an dessen Wiedergabe Stiller verzweifelt, in Worten einfangen.
Allmählich zeichnen sich im Laufe der Erzählung die Konturen der Umwelt ab, mit der Stiller, der große Weltreisende, nicht fertig geworden ist. Die bürgerlich-rechtschaffene Atmosphäre der Schweiz mit ihrer nachbarlichen Enge, die politische Reaktion, der Geschäftsgeist und die doppelte Moral der »Tüchtigen« – alledem hat er nichts entgegensetzen können als seinen Traum von ungebundenem Dasein und freiem Schaffen. Noch immer möchte er an diesem Traum festhalten, aber tief in ihm nistet ein böser Zweifel an der eigenen Kraft, gegen den er nicht ankämpfen kann. Auch nützt es ihm nichts, daß er die verlassene Gattin nicht erkennen will, seine ohnmächtige Liebe zu der frigiden Frau bricht aufs neue hervor, alles wiederholt

sich, er leidet unter dem eigenen Versagen und kann doch nichts an sich ändern, er bleibt der Egoist, der er war. Als er sich endlich entscheidet, seine eigene schwache Natur als sein wahres Ich anzunehmen, ist es zu spät. Die Frau stirbt, und alles, was von Stillers Lebenstraum übrigbleibt, ist eine unauslöschliche Schuld. Doch jetzt, da er eins mit sich geworden ist, wird er sie tragen. Es gibt keine Flucht, darum versucht er nicht mehr, sich zu entfliehen.

Die perspektivische Weite dieser Dichtung ist erstaunlich. Nur eine ungewöhnliche Sprachkunst kann den ständigen Wechsel des Blickfeldes, den Übergang vom anschaulichen Bild zur Meditation, das Ineinander von Ironie und schwermütiger Empfindung sinnvoll gestalten. Der Sprache wird hier nicht weniger zugemutet, als daß sie den Einklang herstelle in einer Welt, die mit sich selbst nie in Einklang ist. Mit Dialektik läßt eine solche Aufgabe sich nicht lösen. Daß Frisch dieses Kunststück gelingt, ist der beste Beweis für seine poetische Kraft.

1954

»Homo faber«

Es ist kein Zufall, daß viele bedeutende Romane der letzten vierzig Jahre als Ich-Erzählungen konzipiert worden sind. Dieser Verzicht auf eine »Universalität der Weltdarstellung«, wie sie den großen Realisten des vorigen Jahrhunderts und sogar noch Hermann Broch vorschwebte, wird durch die Entfremdung des einzelnen von seiner natürlichen und menschlichen Umgebung erzwungen. Eine Wirklichkeit, die keine festen Grenzen und Konturen mehr aufweist, kann im Roman nicht in ein intelligibles Gebilde verwandelt werden, in dem das Individuum als integraler Teil seinen Platz hat und am Werden des Ganzen mitwirkt. Gewiß ist durch die Mathematisierung der Objektwelt eine »neue Universalität« entstanden, aber sie gehört einem Geisterreich abstrakter Kräfte und formalisierter Beziehungen an und erweist sich als geradezu unvereinbar mit der Erfahrung einer Existenz, die in Leid und Lust an das Organische gebunden bleibt. Der Epiker, der diese paradoxe Lage mit den Mitteln seiner Kunst anschaulich machen möchte, steht vor einer fast unlösbaren Aufgabe. Er hat keinen anderen Orientierungspunkt als das eigene Ich, aber wenn er der bloßen Subjektivität entgehen will, muß er dieses weltlose Ich zum Sinnbild des totalen Geschehens erheben – wohl wissend, daß er nicht einmal die Nebelwand durchdringen kann, die den unbewußten Bereich seines eigenen Daseins wohltätig verhüllt.

Aus dieser Sicht betrachtet, erscheint Max Frischs *Homo faber* als ein ungemein kühner Versuch, die Trennung der beiden Seinssphären als eine Selbsttäuschung des rationalen Denkens zu entlarven. Wie in seinen früheren Werken macht Frisch die gestörte Beziehung zwischen den Geschlechtern zum Hauptmotiv der Handlung. Das Thema hat für ihn zentrale Bedeutung, weil es auch in der persönlichsten Variante über das Individuelle hinausführt und in seinem Spannungsfeld die Polarität eines größeren Kraftfeldes reflektiert.

Die Ursituation, von der Frisch ausgeht, findet sich schon in einer Skizze aus dem Jahr 1946: Ein Kurier, der mit einer »Botschaft« nach Prag reist, erinnert sich im Traum an eine frühere Geliebte, die er vor vielen Jahren, als sie ein Kind von ihm trug, aus »praktischen« Gründen verlassen hat. »Wo ist deine Botschaft?« fragt ihn das Traumbild, und wirklich kann er die Botschaft nicht mehr finden. In Prag holt ihn die Vergangenheit ein. Er begegnet einem Mädchen, das ihn auf unerklärliche Weise anzieht. Plötzlich überfällt ihn der Gedanke, die Fremde könnte sein Kind sein. Verzweifelt beginnt er in den finsteren Gassen nach der schnell Entflohenen zu suchen. Er findet sie nicht wieder. Am nächsten Tag erscheint ihm das Ganze als ein »Hirngespinst, dumm und geschmacklos« – aber dann packt ihn die Angst, der Unbekannten und vielleicht Unerkannten sei ein Unglück zugestoßen. Er eilt ins Leichenschauhaus. Die Tote, die man ihm dort zeigt, hat keine Ähnlichkeit mit dem fremden Mädchen. Es ist die Leiche einer schwangeren Frau ...

Die flüchtig entworfenen Figuren dieser *Kalendergeschichte* aus dem *Tagebuch* kehren im *Homo faber* als profilierte Gestalten wieder. Ihre Konstellation hat sich nicht geändert, aber aus dem »Hirngespinst« ist lebendige Wirklichkeit und aus der wichtigen »Botschaft« ein dummes Hirngespinst geworden. Faber, der Missionar der Vernunft und der Kybernetik, verfällt einer dunklen Neigung zu seiner eigenen Tochter, die er nicht erkennt. Er verführt das Kind, und erst als er die Mutter wiedersieht, erfährt er die gräßliche Wahrheit. Keine Anstrengung der Vernunft hilft ihm, das Geschehene wiedergutzumachen, das Versäumte nachzuholen. Das Mädchen stirbt an einem Schlangenbiß oder auch am Anblick des unbekleideten, alternden Vaters, und Faber geht an sich selbst zugrunde.

So deutlich die Struktur der Fabel schon in der ersten Skizze hervortritt, so verschieden sind die Perspektiven der beiden Erzählungen. In der *Kalendergeschichte*, die nicht mehr sein will als die Widerspiegelung einer plötzlichen Eingebung, bleibt das persönliche Element vorherrschend; es wird durch das reizvolle Ineinander von Traum und Wirklichkeit eher betont als verhüllt. Dagegen muß bei der epischen Gestaltung des Stoffes der Nachdruck auf dem objektiven Sinngehalt des geschilderten Vorgangs liegen. Frisch sucht das Problem zu lösen, indem er den Konflikt auf einen riesigen Hintergrund projiziert und die Rechen- und Maschinenwelt des Homo faber an der übermächtigen Gewalt irrationaler Kräfte zerbrechen läßt. Als Brennpunkt des Themas erscheint also der Zustand eines Bewußtseins, das eine imaginäre Realität aus Zahlen und Zeichen ersonnen hat, um das wahre, das stygische Bild der Schöpfung zu verdecken.

Da eine objektive, realistische Darstellung des gewagten Vorwurfs sich von selbst verbietet, hat Frisch die Methode der Tagebucherzählung beibehalten. Diese Form, die scheinbar ein höchstes Maß von Einsicht verbürgt, hat ihre eigene Dialektik. Je näher nämlich das Ich sich selbst und den Dingen zu kommen sucht, um so weiter scheint es sich von beiden zu entfernen. In den »offenen« Geständnissen und »genauen« Aufzeichnungen eines Tagebuchs wird nicht die unfaßbare Wirklichkeit, sondern ihr subjektiv verfälschtes Abbild reproduziert. Frisch gewinnt aus dieser Problematik ein Kunstprinzip, das im *Stiller* und im *Homo faber* das sprachliche Gefüge ebenso entscheidend bestimmt wie den Aufbau der Handlung. Er schreibt eine architektonisch gebaute, gleichsam durch graziöse Stahlträger verstrebte Prosa. Die Fragwürdigkeit des Wortsymbols, die der realistische Roman durch eine spannende Aktion überspielen möchte, dient hier selbst als spannendes Moment. In den »wahren« Bekenntnissen des Tagebuchschreibers enthüllt sich die

Lüge der Sprache als einzige Wahrheit und der vom Bewußtsein geschaffene rationale Kosmos als bloße Phantasmagorie.
Offensichtlich zwingt eine solche Grundkonzeption dazu, das Zentrum des Geschehens ganz in die Tiefe des Ichs zu verlegen. Das Verhältnis zwischen Innen und Außen erfährt eine Umkehrung: alle Gegebenheiten sind nur Formen, in denen das Ich sich fragmentarisch verwirklicht; ihre Bedeutung bestimmt sich nicht nach den Maßstäben des Intellekts, sondern nach dem irrationalen Stellenwert, den sie im Ganzen des Lebens besitzen. Eben das aber will Faber, der Positivist, nicht anerkennen. Er rückt die Objekte von sich ab, um sie einzeln »definieren« zu können. Da er nur an statistisch errechenbare Möglichkeiten glaubt, müssen die Verwicklungen, in die er gerät, für ihn nichts anderes sein als eine Kette unwahrscheinlicher Zufälle. Zufällig stößt er nach einer Notlandung seines Flugzeugs im mexikanischen Dschungel auf die Leiche eines Selbstmörders, der, wie sich herausstellt, der Ehemann Hannas, Fabers verlassener Geliebten, gewesen ist; ebenso zufällig trifft er auf einem Schiff seine Tochter Sabeth, von deren Existenz er nichts weiß; und zufällig reist Sabeth gerade heim zu ihrer Mutter. Erst als Faber den Tod des Mädchens erfährt, als er Hanna, der nie wirklich Vergessenen, gegenübersteht und die unheilbare Krankheit in sich spürt, taucht in ihm eine Ahnung des »wahren« Zusammenhangs all dieser disparaten Erlebnisse auf. Doch die verborgene Ordnung stellt sich nur in seinem Ich her – oder auch: das Ich ist identisch mit dieser Ordnung und ebenso unfaßbar wie sie. »Es stimmt nichts«, sagt Faber schließlich von den sorgfältig notierten Fakten in seinem Tagebuch. Dennoch enthalten sie die Wahrheit, aber es ist nicht die Wahrheit der Logik, sondern des Schicksals.
Auch wenn man sich mit Frischs offenem Bekenntnis zu den unergründlichen »Mächten« zufriedengeben wollte – und dem Poeten ist eine größere Freiheit erlaubt als dem Denker –, so bliebe doch vom Standpunkt des Dichters selbst aus zu fragen, ob es überhaupt noch gelingen kann, die überhöhte Ebene des Schicksals durch einen bewußt konstruierten Einzelfall sichtbar zu machen. Das griechische Drama, aus dem Frisch (vielleicht unter dem Einfluß Dürrenmatts) Motive entlehnt, kann in einer entgötterten Welt nicht als Beispiel dienen. Es wird vom Selbstverständnis des Mythos getragen, kraft dessen königliche

Gestalten wie Ödipus über ihre Person hinaus auf das Allgemeine weisen, das sie verkörpern. Überdies zielt die Tragödie ihrem Wesen nach unmittelbar auf das Absolute, während die Epik in der dichten Fülle des Sinnlichen, an das sie gebunden bleibt, nur allmählich und höchst behutsam einen Durchblick freizulegen vermag. Wie gefährlich für den Epiker der Übergang von der konkreten Schilderung zur Schicksalsmystik sein kann, zeigt selbst ein so grandioses Werk wie Tolstois *Krieg und Frieden*. Eine reine, bruchlose Verschmelzung der beiden Ebenen ist in der Neuzeit anscheinend allein Adalbert Stifter in einigen Erzählungen wie *Abdias* und *Bergkristall* geglückt. Längst aber hat sich das von Blitzen durchzuckte Firmament, das Stifters kleine Menschenwelt überwölbt, in einen leeren, grenzenlosen Raum verwandelt, und die Kräfte der Natur sind entzaubert. Übriggeblieben ist nach der großen Entdämonisierung nur das Partikulare: die gestaltlose Angst des einzelnen – nicht vor den Schicksalsmächten, sondern vor seinem ganz privaten Geschick. Läßt sich daraus ein überzeugendes Symbol für die Rätselhaftigkeit allen Geschehens gewinnen?
Mit dieser Schwierigkeit wird Frisch im *Homo faber* nicht ganz fertig. Ein magenkranker Ingenieur, der trotz aller Vernunftgläubigkeit das Alter und den Tod fürchtet, ist gewiß eine typische, doch – aus der Perspektive der Dichtung gesehen – keineswegs eine exemplarische Figur. Um ihn so erscheinen zu lassen, hat Frisch die flüchtige Vision der ersten Skizze zu einer veritablen Inzestgeschichte ausgebaut. Er bemüht sich, durch die Dialogführung und die anschauliche Schilderung des Szenariums Fabers Täuschung über die wahren Zusammenhänge glaubwürdiger zu machen, als sie ist. Allein, je sorgfältiger er den Vordergrund ausmalt, um so schwieriger wird der Sprung vom epischen Detail in die Transzendenz. Die antike Kulisse, die im Hintergrund zu sehen ist (Vater und Tochter betrachten die Skulptur einer schlafenden Erinnye; sie verweilen vor den Grabmälern der Alten; Fabers Geschick erfüllt sich in Griechenland), soll auf den doppelbödigen Charakter der Handlung hindeuten, aber sie wirkt wie eine Dekoration, die zu einem anderen Stück gehört. Die Verbindung zwischen der Alltagschronik, in die Fabers seltsames Liebesabenteuer eingeblendet ist wie eine Filmgeschichte, und dem am Horizont aufdämmernden zeitlos-spirituellen Kosmos stellt sich nicht her. Sie ist

wohl überhaupt nicht durch schroffe Kontrastwirkungen zu erreichen, die den zugrundeliegenden Dualismus akzentuieren und darum eher im Drama ihren Platz haben als in der Epik.

Indessen kommt dem Inzestmotiv in der Anlage des Ganzen noch eine andere Bedeutung zu. Fabers Beziehung zu Sabeth steht im Schatten seiner Beziehung zu Hanna, ja, sie wird erst von dort her als legitime poetische »Überhöhung« des in der ersten Version angeschlagenen Grundthemas verständlich. Es ist die jugendliche Hanna, der Faber in Sabeth noch einmal begegnet; *sie* ist gemeint, wenn er von einer Ehe mit Sabeth träumt. »Ich denke an Heirat wie noch nie«, schreibt er in sein Tagebuch, als ob er genau wüßte, wer dieses Ich sei und was es »denke«. Er nennt sich »einen Mann in den besten Jahren, sportlich und sonnengebräunt«, und dieser Wortpanzer aus kosmetischen Adjektiven, mit denen eine selbstgefällte Epoche sich über die Funktion der Zeit hinwegsetzen möchte, hindert ihn an der Erkenntnis, daß er ein für allemal die Möglichkeit verloren hat, sein Ich durch die Hingabe an ein anderes Ich zu finden. Die Entscheidung, der Faber ausgewichen ist, läßt sich nicht nachholen. Wer die strengen Gesetze des Eros mißachtet, wird eine Beute der »unteren Mächte«. Die erwachte Erinnye rächt nicht den Inzest – der Inzest selbst ist schon ihre Rache.

Die Frage der Schuld wird hier stärker betont und zugleich weiter gefaßt als im *Stiller*. In den Dialogen zwischen Faber und Hanna, dem Kernstück des Werks, verzichtet Frisch ganz auf die reizvollen Arabesken und persönlichen Schnörkel, die im *Stiller* den Grundriß überdeckten. Es ist ihm darum zu tun, die typischen Züge im Verhalten der beiden Hauptpersonen herauszuarbeiten und ihren Konflikt auf den unabänderlichen Antagonismus der Geschlechter zurückzuführen. Dem Besitzwillen und der triebhaften Selbstbezogenheit der Frau steht des Mannes Furcht vor der chthonischen Mutterwelt und ihrer elementaren Gewalt gegenüber. Fabers Schuld ist also in einer existentiellen Situation begründet, der weder er noch Hanna gewachsen sind. Der sexuelle Bereich dient dem Autor als pars pro toto, um die brüchige Logik eines Rationalismus, der die Natur als Biologie mißversteht, am Beispiel des Homo faber aufzuzeigen.

1958

Werner Liersch
Wandlung einer Problematik

Als Thomas Mann im Dezember 1952 aus den USA in die Schweiz übersiedelte, wählte er zunächst die kleine Gemeinde Erlenbach bei Zürich als Wohnsitz; für den Züricher Max Frisch stellte sich so eine Nachbarschaft her, die in dem an Anspielungen und heimlichen Symbolen reichen Werk beider sicher nicht unbeachtet geblieben wäre.

Der tiefere Zusammenhang besteht in der mehrfachen Kommunikation, in der sich das literarische Werk Max Frischs zu dem Thomas Manns befindet. In einem umfassenden Sinn ist es durch seine Problematik dem Frühwerk Thomas Manns verwandt. Hieß damals das Problem »Bürger-Künstler«, um es einmal in dieser Kürzung zu charakterisieren, so heißt nach fünf Jahrzehnten für den Schweizer das Problem eigentlich immer noch genauso; in seinem Werk steht nun der »Intellektuelle« der bürgerlichen Gesellschaft gegenüber, eine Formulierung, die nicht zufällig gewählt wurde, wie wir später sehen werden. Und die Frage lautet auch hier wieder: Welchen Wert, welche Möglichkeiten hat der geistige Mensch in der bürgerlichen Gesellschaft?

Die Ähnlichkeit der Fragestellung allein würde den Vergleich noch nicht rechtfertigen, wenn nicht etwas Charakteristisches hinzukommen würde. Frisch nimmt das Problem nicht nur einmal auf, wie andere bürgerliche Autoren nach Thomas Mann, um es dann wieder fallen zu lassen; er macht auch nicht die Isolierung des ernsthaften Künstlers in der bürgerlichen Gesellschaft nur als Stimmung sichtbar, sondern formuliert präzis die Problematik und versucht sie über verschiedene Stufen zu verfolgen. Auch diese Kontinuität und Intensität der Thematik verbindet Frisch in seiner jüngsten Schaffensperiode mit dem Thomas Mann der frühen Novellen. Das Problem bleibt, die Situationen verändern sich. Von dem Bühnenstück *Die Chinesische Mauer* (1946 und 1955) über den Roman *Stiller* (1954) bis zum jüngst erschienenen *Homo faber* und einem im März dieses Jahres im Züricher Schauspielhaus uraufgeführten Sketch spannt sich der Bogen. Frisch hat für ein solches Vorgehen von bürgerlichen Kritikern, denen das »Neuartige« gleichbedeutend mit dem »Besten« ist, oft den Vorwurf mangelnder Originalität hinnehmen müssen. Doch seine Technik entspringt dem Ernst, mit dem der Schweizer die gestellte Frage zu beantworten sucht in einer Zeit, da die große Masse der bürgerlichen Literatur sich kaum mehr in der Lage sieht, ernsthafte Fragen überhaupt nur zu stellen.

Die historische Situation, in der Frisch sein Problem aufnimmt, unterscheidet sich beträchtlich von der Thomas Manns. War dieser gerade noch Zeitgenosse progressiver Bürgerlichkeit, so steht Frisch einer Gesellschaft gegenüber, die ihre Existenzberechtigung nun schon lange verloren hat und auch in der Praxis widerlegt ist. Die Einmaligkeit des frühen Künstlertums Thomas Manns lag ja eben darin, daß er die Entstehung seines Problems »Bürger – Künstler«, also die Trennung der humanistischen Kultur vom Bürgertum, am Zerfall der eigenen Familie erlebte. Am Ende einer patrizischen Tradition sah Thomas Mann nicht sich nur dem Erfolgsbürger vom Typ »Hagenström« gegenüber, sondern auch den Bruder Heinrich als Schriftsteller, und die Schwester Carla als Schauspielerin. (»Das war *auch* eine Modernisierung des Bürgers, aber nicht seine Entwicklung zum Bourgeois, sondern seine Entwicklung zum Künstler [...]«, schrieb er später in den *Betrachtungen eines Unpolitischen.*)

Was Thomas Mann als »Enttüchtigung« der Familie empfand, war in Wahrheit Ausdruck des Zerfalls des Bürgertums als einer fortschrittlichen Klasse. »Enttüchtigung« hieß Unfähigkeit, sich von den Verkaufstraditionen des Patriziats zu lösen, um die in der imperialistischen Gesellschaft notwendige Skrupellosigkeit zu erwerben. Eine ähnliche Bewertung wie hier eine bestimmte Handelsmoral erfuhr zur gleichen Zeit auch die humanistische Kultur durch die Bourgeoisie: Sie wurde als eine hemmende Erinnerung unzeitgemäß.

War Thomas Mann noch selbst in den schmerzlichen Prozeß der Isolierung des Künstlers verwickelt, so steht Frisch einer schon seit Jahrzehnten bestehenden Tatsache gegenüber, die Hermann Broch im *Tod des Vergil* mit den Worten charakterisiert: »Nichts vermag der Dichter, keinem Übel vermag er abzuhelfen; er wird nur dann gehört, wenn er die Welt verherrlicht, nicht jedoch, wenn er sie darstellt, wie sie ist. Bloß die

Lüge ist Ruhm, nicht die Erkenntnis.« – Ein Zustand, der sich auch darin ausdrückt, daß es in der bürgerlichen Welt für den kritischen Künstler den gängigen Terminus »Outsider« gibt.
Frisch, der bereits vor dem Kriege mit literarischen Arbeiten hervortrat, kam zu seinem eigentlichen Thema mit dem 1946 im Züricher Schauspielhaus uraufgeführten Stück *Die Chinesische Mauer*, welches inzwischen in einer Neufassung vorliegt, die den Grundcharakter unverändert läßt. Es geht um die Möglichkeiten des »Intellektuellen« – hier der »Heutige« genannt –, der in der Gesellschaft in dreifacher Richtung zu wirken versucht: Gegen den Anspruch des Gestern, das in verschiedenen Masken auftritt; gegen die Tyrannei eines zeitlos chinesisch kostümierten Despoten; für die Befreiung des Volkes. Als der »Heutige« dem Herrscher zuzurufen beginnt: »Eure Art, Geschichte zu machen, kommt nicht mehr in Betracht. Eine Gesellschaft, die den Krieg als unvermeidlich erachtet, können wir uns nicht mehr leisten [...]«, tritt der Scharfrichter neben ihn. Als er endet, applaudiert der Hof, und der Zeremonienmeister legt ihm eine goldene Kette um. Der Bezug ist deutlich. Frisch will andeuten, daß der anklagende Geist selbst machtlos ist und der Angeklagte sich deshalb ihm gegenüber ruhig die Geste einer Belohnung leisten kann. Aber er scheidet auch in der weiteren Handlung die Möglichkeit aus, daß der Geist sich aus dieser Ohnmacht befreien könnte: Das Volk stürzt die eine Tyrannei, um – bei Frisch – eine andere zu errichten. Weder der Despot noch das Volk hören auf den »Heutigen«, er verbleibt in einer schicksalhaften Isolierung und wird zum Schluß ausdrücklich als der »Ohnmächtige« bezeichnet. Von diesen Vorstellungen geht Frisch auch in den nachfolgenden Romanen aus.
Kann die Sphäre des Künstlers nicht die der Aktivität sein, so muß es notwendig die der Passivität sein. Einen solchen passiven Typ gestaltet Frisch im *Stiller*. Der Bildhauer Stiller ist ein Mensch, der unter seiner Entschlußlosigkeit und dem ständigen Versagen vor den Tatsachen leidet. Er sieht sich in eine Außenseiterrolle gedrängt und findet sich von der Gesellschaft so wenig anerkannt, daß ihm seine Wahrhaftigkeit schließlich als eine Art Exhibitionismus erscheint. Um dieser schrecklichen Umkehrung aller positiven Bemühungen zu entgehen und sich der ständigen Aufforderung zur Konformität zu entziehen,

verläßt er die eigene Existenz und gibt sich für eine andere Person aus. Die Flucht vor der Gesellschaft ist die letzte Form der Aktivität, die ihm geblieben ist. Aber die ziellose Flucht des bürgerlichen Künstlers vor der Konformität endet – folgerichtig – in der Konformität. Stiller muß »sich annehmen« – das heißt, er kann sich nicht zu den eigenen Intentionen bekennen, sondern muß sich abfinden, muß resignieren. Damit gibt Frisch zu verstehen, daß die Konformität die einzige Lebensform ist, die die bürgerliche Gesellschaft heute dem Künstler gestattet. War der »Intellektuelle« bei Frisch in der Gestalt des »Heutigen« zur Erkenntnis seiner Ohnmacht in der bürgerlichen Gesellschaft gelangt und war seine mehrfache, aber nicht in jeder Hinsicht notwendige Isolierung sichtbar geworden, so durchlebt der Künstler im *Stiller* diesen Zustand bis in letzte Konsequenzen. Damit ist für Frisch das Problem aber noch nicht völlig ausgemessen; denn das Thema hieß ja von vornherein nicht nur »Künstler–Gesellschaft«, sondern »Intellektueller–Gesellschaft«. Dem Architekten Frisch blieb noch die Möglichkeit, die Bewältigung des Lebens durch den »geschickten Menschen«, den Homo faber, zu untersuchen. Darum ist dieses jüngste epische Werk des Schweizers nicht, wie die bürgerliche Kritik behauptet hat, eine Arabeske zum *Stiller*, sondern eine Erkundung der Möglichkeiten des sogenannten »technischen Menschen«.

Der Homo faber ist nicht einfach als Gegentyp des Stiller konzipiert, wie etwa bei Thomas Mann der Senator Klöterjahn, dem Detlev Spinell in der Novelle *Tristan* gegenübersteht, obwohl bei erster Betrachtung vieles dafür zu sprechen scheint. War Stiller nach seinen eigenen Worten ein femininer Typ, stets in Erwartungen lebend und bemüht, alles in der Schwebe zu lassen, ist Walter Faber überzeugt, den einzig männlichen Beruf, den des Technikers, auszuüben und ein Mensch zu sein, der mit den Tatsachen fertig wird. Der Gegenspieler Fabers und Stillers taucht erst am Ende dieses »Berichtes« auf, wenn der Versuch des Homo faber gescheitert ist, die Welt in technisch rationalen Kategorien zu erfassen. Freilich ist diese Rationalität von eigener Art – bürgerlich degeneriert. Sie entspringt einer modernen bürgerlichen Theorie, welche die Technik in den Mittelpunkt menschlicher Selbstauffassung und gesellschaftlicher Bewegung rückt; diese Theorie erwartet von der

Kybernetik, der Theorie der Reglungstechnik, nicht nur Aufschlüsse über die Gehirn- und Nerventätigkeit, sondern auch Aufschlüsse über den Ablauf menschlichen und gesellschaftlichen Lebens.

Frisch verhehlt nicht, daß sich das Denken seines Helden auf diese Anschauungen bezieht. In einem Gespräch sagt Walter Faber: »Wie immer galt es, allerlei kindische Vorstellungen vom Roboter zu widerlegen, [...] ihr abgedroschenes Argument, der Mensch sei keine Maschine. Ich erklärte, was die heutige Kybernetik als *Information* bezeichnet; unsere Handlungen als Antworten auf sogenannte Informationen, beziehungsweise Impulse, und zwar sind es automatische Antworten, größtenteils unserem Willen entzogen, Reflexe, die eine Maschine ebensogut erledigen kann wie ein Mensch, wenn nicht sogar besser.« Und dann verweist Walter Faber auf eine Schrift des Amerikaners Norbert Wiener, der als Begründer der Kybernetik gilt. Die Welt – ein überdimensionaler Steuerungsmechanismus und Antwortapparat; so tritt Walter Faber der Realität gegenüber.

Frisch teilt nun im Verlauf der Handlung die Ergebnisse seines Nachdenkens über diesen Typ des bürgerlichen Intellektuellen und seine Einwände gegen ihn mit. Seine Fabel ist außerordentlich spärlich und banal, weil sie nur das Gerüst für Reflexionen zu bilden hat: Der Techniker Walter Faber, der im Auftrage der UNESCO Montagen leitet, lernt auf einer Rückfahrt nach Europa ein Mädchen kennen, dem er einen Heiratsantrag macht, ohne zu wissen, daß sie seine Tochter ist: Kind einer Jugendliebe. Frisch kehrt im weiteren Verlauf der Handlung den Ödipuskomplex um: Vater und Tochter werden des Inzestes schuldig. Das Mädchen geht zugrunde, Faber findet die Mutter und bricht im Bewußtsein seiner Schuld zusammen.

War für Faber vorher der Zufall der Grenzfall des Möglichen, kein Anlaß zur Mystifikation, so wird ihm im Verlauf seines Erlebens der Zufall zum Regelfall. Um es soweit zu bringen, geht Frisch in der Handlung recht robust vor. Faber lernt nämlich unter anderem zufällig den Bruder des ehemaligen Verlobten seiner Jugendliebe kennen und wird – wieder zufällig – Augenzeuge eines schrecklichen Todes dieser Menschen; und auch der Tod der Tochter rührt letztlich aus einem Zufall her. Auf diese Weise kann Frisch nun nicht die notwendigen Einwände gegen Fabers degenerierte Rationalität bringen, sondern er verwirft die mögliche Erkenntnis der Welt überhaupt, wenn er Faber am Schluß erklären läßt: »Alle Zeugnisse von mir sollen vernichtet werden, es stimmt nichts. Auf der Welt sein: im Licht sein. Irgendwo [...] Esel treiben, unser Beruf! Aber vor allem: standhalten dem Licht, der Freude [...] im Wissen, das ich verlösche im Lichte über Ginster und Meer, standhalten der Zeit beziehungsweise Ewigkeit im Augenblick. Ewig sein: gewesen sein.«

Die unechte These bringt notwendig die falsche Antithese hervor, zu der Frisch mit dem *Homo faber* gelangt. Übrig bleibt nach diesem makabren Spiel: Hanna, die Jugendgeliebte, von der Walter Faber sagt, daß ihr Mythen genauso geläufig seien, wie ihm der Wärmesatz. Ödipus und die Sphinx, Athene und die Eumeniden sind ihr Tatsachen, heißt es; Tatsachen, die Frisch durch die Handlung bestätigt.

Frisch steht mit diesem letzten Buch an der kritischen Grenze – seine jüngste literarische Entwicklung zeigt das deutlich –, wo er seinem Thema keine neuen Gesichtspunkte mehr hinzuzufügen hat; die Antwort aber steht noch immer aus. Als Thomas Mann sich vor Ausbruch des ersten Weltkrieges in einer ähnlichen Situation befand, formulierte er im *Tod von Venedig* seine Absage an die »Sympathie mit dem Tod« und verwarf im Schicksal Gustav von Aschenbachs den Irrationalismus als mögliches Verhältnis des Künstlers zu seiner Umwelt. Frisch dagegen läßt die Aussage Hannas, daß die Welt im Grunde genommen rational nicht zu bewältigen sei, unwidersprochen. So spiegelt sich heute die ins Extreme gesteigerte Widersprüchlichkeit des Imperialismus auch in einem immer stärkeren Gefälle des bürgerlichen Künstlers zum Irrationalismus wider.

In seinem im März dieses Jahres im Zürcher Schauspielhaus uraufgeführten Sketch *Die große Wut des Philipp Hotz* kehrt Frisch zur Fragestellung von 1946 zurück, als er die Bemühungen des »Heutigen« in der *Chinesischen Mauer* im Untertitel als eine »Farce« charakterisierte. Er fragt: Ob nicht der Intellektuelle – der arme Mann, der nicht tut wie er redet, und der daran leidet, daß ihm seine Tatunfähigkeit bewußt ist, und der schließlich, bloß damit die Welt ihn ernst nehme, etwas Läppisches tut im vollen Bewußtsein, daß es läppisch sein wird –, ob nicht dieser Intellektuelle schwankfähig geworden

ist, ja dies nicht die einzige Möglichkeit sei, sich mit ihm auseinanderzusetzen.
Von dieser Seitenlinie aus ist sicherlich keine Lösung des Problems zu finden. Sie kann für den bürgerlichen Schriftsteller unserer Tage nur darin liegen, nicht mehr auf Aktivität zu verzichten, sondern zu einer Aktivität zu finden, die sich auf das Volk stützt – mit allen Konsequenzen, die sich aus einer solchen Haltung ergeben.

1958

Ursula Roisch

Max Frischs Auffassung vom Einfluß der Technik auf den Menschen – nachgewiesen am Roman »Homo faber«

Es sind nicht zuletzt Sprachstruktur und Ausdrucksvermögen, die erweisen, ob es sich um ein literarisches Kunst- oder ein Machwerk handelt. Das fixierte Wort ist nicht nur Kommunikationsmittel, sondern auch Zeichen. Versinnlichung und Sinnbild eines Gedachten: ergo äußert sich das Verhältnis des Schriftstellers zu seiner Zeit auch in der Sprachgebung. Opponiert er, schreibt er provokant. Dafür bietet die Sprache dem, der auf diesem Instrument zu spielen weiß, verschiedenste Variationsmöglichkeiten. Provozierend wirken nicht nur Parodie und Satire, sondern ebenso die abgründige Ironie eines Thomas Mann; der latinisierte Stil des *Henri Quatre*, dessen clarté als Geist der Demokratie dem Ungeist und der Barbarei bewußt entgegengestellt wird, oder die Parataxe des späten Hölderlin. In dieser Tradition steht auch Max Frisch.

Für ihn – wie für andere bedeutende Schriftsteller der spätbürgerlichen Welt – ist die *Ambivalenz der Begriffe* als Ausdruck unerträglich gewordener innerer Spannungsverhältnisse charakteristisch. *Biedermann und die Brandstifter* – das Zusammenfügen von Ausdrücken, die in ihrer inhaltlichen Gegensätzlichkeit sich aufheben, verleiht hier dem »Biedermann« etwas Fragwürdiges und macht die »Brandstifter« gesellschaftsfähig. Der solide Bürger repräsentiert eine alle Werte relativierende Ordnung ebenso wie der Verbrecher. Oben ist unten, und unten ist oben. Hautevolee und Ganovenwelt unterscheiden sich nicht grundsätzlich. Prononciert formuliert: *Das Individuum ist austauschbar.*

Dieser individell durchaus erfahrbare gesellschaftliche Tatbestand wird zu einem Zentralproblem im Schaffen des Schriftstellers Max Frisch. Die unverwechselbare Persönlichkeit als agens der Entwicklung muß scheinbar anonymen Kräften weichen, Individualität, wie sie mit der Renaissance ins Blickfeld der Geschichte trat, ist nur noch etwas theoretisch Behauptetes, ist Hypothese, Fiktion; so auch die künstlerische Gestalt, die in der Wirklichkeit keine direkte Entsprechung mehr findet, sondern dem Spiel der Phantasie entspringt. Die Prämissen einer spätbürgerlichen Erzählkunst fiktiver Gehalte sind Realitätsverlust und fehlende historische Positionsbestimmung. Bezeichnend ist, daß Frisch im Gegensatz zu Brecht dessen »Verfremdungseffekt« lediglich als formales Strukturprinzip betrachtet. »Es wäre verlockend, all diese Gedanken auch auf den erzählenden Schriftsteller anzuwenden; Verfremdungseffekt mit sprachlichen Mitteln, das Spielbewußtsein in der Erzählung, das Offen-Artistische, das von den meisten Deutschlesenden als ›befremdend‹ empfunden und rundweg abgelehnt wird, weil es zu ›artistisch‹ ist, weil es die Einfühlung verhindert, das Hingerissensein nicht herstellt, die Illusion zerstört, nämlich die Illusion, daß die erzählte Geschichte ›wirklich‹ passiert sei usw.«[1] Im Roman *Mein Name sei Gantenbein* sind diese gedanklichen Erwägungen ins Künstlerische umgesetzt. Die illusionszerstörende Verfremdung steht hier im Zeichen des Offen-Artistischen; denn »Erfahrung ist ein Einfall, nicht ein Ergebnis aus Vorfällen. Der Vorfall, ein und derselbe, dient tausend Erfahrungen.«[2] Erst die spezifisch subjektiv artikulierte Form des Erlebten ist geschichtsmächtig. Erkenntnistheoretische Abgrenzungen werden überspielt und die Fragen so gestellt, »als wären die rein im Bewußtsein existierenden Vorstellungen und Begriffe bereits objektiv Wirklichkeit«.[3] Antriebe und Meinungen des im geschichtlichen Raume handelnden Menschen erhalten den Anschein des Fundamental-Ontologischen; seelische Reaktionen werden »phänomenologisch« interpretiert und entbehren weitgehend der inhaltlich historischen Bestimmung. Erlebnisse und Affekte lassen sich deshalb nur bedingt an eine konkrete Außenwelt festklammern, sie objektivieren sich vielmehr in der subtilen, mit intellektuellem Raffinement vorgehenden Selbstanalyse. Das Ich konfrontiert sich nicht mit der Welt, sondern mit sich selbst. Im Rückzug auf die eigene Seele scheint die existentielle Freiheit bewahrt; allerdings nur, wenn – wie im Falle von Frischs *Gantenbein* – ein entsprechendes Bankkonto vorhanden ist.

1 Frisch, M., *Tagebuch 1946–1949*, Frankfurt a. M. 1950, S. 294.
2 Frisch, M., *Ausgewählte Prosa*, Frankfurt a. M. 1961, S. 6.
3 Lukács, G., *Existenzialismus oder Marxismus?*, Berlin 1951, S. 22.

Sonst erweist sich das gedankliche Gefüge als sehr störanfällig. Immer wieder ist man gezwungen, den nicht auflösbaren Widerspruch zwischen der erkannten, aber ahistorisch interpretierten Determiniertheit des Menschen und seinem »Verurteilt-Sein« zur Freiheit durch spekulative Konstruktionen zu eskamotieren. Typisch für Krisensituationen und Zeiten sozialer Schwäche. Einerseits schärfen sie den Blick für die gesellschaftliche Abhängigkeit des Individuums, um andererseits – so paradox es klingt – diese Bedingtheit durch die Orientierung auf das überzeitliche Wesen aller menschlichen Existenz überspielen zu wollen. Novalis redivivus: Nach innen führt der Weg. So entdeckt auch Frisch das Abenteuer der eigenen Seele, schürft in unterirdischen Räumen und fördert neben taubem Gestein auch Gold zutage. Das erklärt das Nebeneinander von plattem Empirismus und gedanklicher Tiefe und auch, weshalb die Fragestellungen seiner Werke die Problematik der Zeit nie verfehlen, wohl aber die angebotenen »Lösungen«. Im Unterschied zu Camus, Sartre oder Simone de Beauvoir liegt es allerdings auch nicht in der Absicht von Frisch, Antworten zu geben. Er bietet dem Leser vielmehr eine Skala möglicher Betrachtungsweisen. »Modelle«, die nicht den Anspruch auf absolute Gültigkeit erheben, ja nicht einmal den, objektiv wahr oder richtig zu sein. Das setzte die Welt als erkennbares Ordnungsgefüge voraus, was Frisch jedoch verneint. Seine »Modelle« sind die aus persönlichem Erleben, subjektiven Einsichten und logischen Schlüssen gewonnenen Resultanten, die gegebenenfalls Teilzusammenhänge erhellen. Die Wahrheit steckt im Detail. Frisch liefert Bausteine für ein Weltgebäude nach seinem Geschmack. Vielleicht scheint der hier angeschlagene Ton für das erregende und bewegende Bemühen des Schweizer Romanciers und Dramatikers unangemessen, doch bedenke man, daß Frisch ihn mit manchen Passagen aus dem *Don Juan*, dem *Stiller* und aus *Mein Name sei Gantenbein* dem Leser geradezu suggeriert. Wie der Komik das Grausige impliziert ist, so dem brillanten Aphorismus oft das Triviale, so der Selbstpersiflage die Angst, im reflektierten Spiegelbild das eigene Ich – oder was man dafür nimmt – nicht wiederzuerkennen. Frisch macht aus dieser Not keine Tugend, darum sind seine Werke keine existentialistischen Schemata. Seine schriftstellerischen Arbeiten sind alle Variationen des einen Themas: Zusammenbruch der Persönlichkeit.

Der Maler Jürg Reinhart aus den *Schwierigen* glaubt zunächst, sich »annehmen«, sich mit dem, was er als Persönlichkeit darstellt, identifizieren zu können, wenn er sich selber »wegnimmt«. Anatol Ludwig Stiller dagegen, der Held des gleichnamigen Romans, sucht durch die Flucht dem oktroyierten Ich zu entgehen und muß einsehen, daß das ein vergebliches Unterfangen ist. Im *Homo faber* wird das in gewisser Hinsicht Umgekehrte praktiziert: Der im Auftrag der UNESCO arbeitende Ingenieur ist überzeugt, die Welt nach seinem Bilde formen zu können. Für ihn bestürzend, entpuppt es sich als Gorgonenhaupt und zerstört ihn.
Doppelbödige Ironie: Den Gepflogenheiten der imperialistischen Industriegesellschaft gemäß stellt Frisch den Techniker als Superman dem Ungenügen des Künstlers gegenüber, er vertauscht ihre natürliche Funktion. Der Künstler formt nicht mehr, sondern wird geformt, während der Techniker der unaufhörlich produzierenden Natur seinen ordnenden Willen aufzwingt und das Geleistete vom pragmatischen Standpunkt aus beurteilt.
Unter diesem Aspekt erhält die eingangs erwähnte Ambivalenz der Begriffe den Charakter der *Kontamination von Spiel und Ernst.* Analog zur modernen Naturwissenschaft tritt die Bestimmtheit des Inhaltes hinter dem Ausprobieren von Verfahrensweisen, die bisher gültige Axiome durch neue ersetzen, zurück. Der experimentelle Charakter der spätbürgerlichen Kunst ist unverkennbar und auch für Max Frisch typisch; wenn er die Intellektualisierung auch nicht so weit treibt, daß die Passagen unverständlich werden und das Vergnügen am Erzählten verlorengeht. Davor bewahren ihn seine erfinderische Phantasie und seine phantastischen Erfindungen. Ließen bereits die tollen Geschichten, die Stiller seinem Gefängniswärter vorflunkert, keinen Zweifel an Frischs Fabulierkunst, der *Gantenbein* bestätigte es endgültig – und gleichzeitig noch etwas anderes: Die bisher durch einzelne Figuren repräsentierten Extreme sind aufgehoben. Gantenbeins vorgetäuschte Blindheit gestattet tatsächlich, sich ausschließende Existenzformen in einer Persönlichkeit zu vereinen: die des Sehenden und die des Ignoranten. Der geniale Einfall, den Romanhelden die Rolle des Blinden spielen zu lassen, erweist sich als Kunstgriff, der einerseits erlaubt, Konflikte zu umgehen, die sonst unausbleib-

lich wären, aber andererseits mit dem Verlust an Realität erkauft ist. Die Formel für die Auflösung der *Gantenbein*-Gleichung mit mehreren Unbekannten »Ich stelle mir vor« ist das Resultat einer Entwicklung, die von den *Schwierigen* über den *Stiller* und den *Homo faber* mit logischer Konsequenz zu dem bisher letzten Roman des Schweizer Autors führte. Das – vorläufig erreichte – Ziel heißt: Zeitgenosse zu sein ohne Zeitgenossenschaft. Die behauptete gesellschaftskritische Aussage seiner Werke wird durch diese Abstraktheit nicht aufgehoben, wohl aber um ihre Effektivität gebracht, weil die Geschichte, deren Rationalität man nicht leugnet, als ein abstraktes Ansich erscheint, mit deren Vollzug der Mensch zwar verbunden und deren Zufälligkeiten er ausgesetzt ist, ihm aber keine Möglichkeiten gegeben sind, in den objektiven Gang der Geschichte bewußt eingreifen zu können.[4] An die Stelle der objektiven Dialektik von Zufall und Notwendigkeit tritt die Gleichzeitigkeit von zufällig und rationell. Die Geschichte folgt zwar nicht den Zielen und Wünschen einzelner, sondern ihren eigenen Gesetzen, weil aber die Erfahrung eben »nicht ein Ergebnis der Geschichte ist, sondern ein Einfall, der die Geschichte ändern muß, um sich auszudrücken«[5], stellen sich erkannte historische Entwicklungsrichtungen als bloße subjektive Meinungen dar; müssen die im Detail frappierenden künstlerischen Aussagen bei aller moralischen Integrität des Autors und allem subjektiv ehrlichen Bemühen um eine revolutionäre Änderung der gesellschaftlichen Verhältnisse letzten Endes belanglos bleiben.

Historische Verantwortung ist nicht nur eine Frage der Gesinnung und läßt sich nicht auf das Problem der persönlichen Moral reduzieren. »Das ist das Großartige. Wir können, was wir wollen, und es fragt sich nur noch, was wir wollen; am Ende unseres Fortschrittes stehen wir da, wo Adam und Eva gestanden haben; es bleibt uns nur noch die sittliche Frage.«[6] Hier sind die Relationen verschoben. Diese Feststellung ist keine Unterschätzung der für unsere Zeit so schwerwiegenden Fragestellung über den Zusammenhang von historischer und moralischer Verantwortung; nur lassen sich die richtigen Pro-

4 Lukács, G., a.a.O., S. 108 ff.
5 Frisch, M., a.a.O., S. 7.
6 Frisch, M., *Tagebuch 1946–1949*, Frankfurt a. M. 1950, S. 67.

portionen nicht vom Standpunkt des philosophischen Agnostizismus aus gewinnen, sondern durch die Anwendung der Leninschen Widerspiegelungstheorie, die sich nicht – wie ihre Gegner behaupten – auf das Prinzip einer bloßen Wechselwirkung zurückführen läßt. Gerade die Widerspiegelung der objektiven Wirklichkeit im menschlichen Bewußtsein steht sowohl einem fatalistischen Determinismus als auch einer absoluten Relativierung entgegen; indem sie dem Individuum, das die entsprechenden Fähigkeiten besitzt und gewillt ist, das Geschehen der Außenwelt erkennend zu durchdringen, die Möglichkeit bietet, sich Bestimmungen zu widersetzen, die bedingt sind durch Herkunft, Tradition, durch das spontane und unmittelbare, dem Menschen oft nicht bewußte Einwirken des gesellschaftlichen Seins. Die verschiedensten objektiven und subjektiven Komponenten des individuellen Daseins lassen in der Konsequenz zwei Möglichkeiten zu, die geschichtliche Wirklichkeit zu erfassen: Entweder werden die den weiteren historischen Ablauf bestimmenden, als solche latent vorhandenen, aber nur in Umrissen sichtbaren Tendenzen vorausschauend in ihrer Bedeutung begriffen oder Meinungen vertreten, die hinter der Entwicklung zurückbleiben, weil sie von der bloßen Faktizität der gegebenen historischen Situationen ausgehen und damit eine Perspektive im objektiven Sinne ignorieren oder bewußt ablehnen. Mit anderen Worten: Diese beiden Möglichkeiten erweisen die grundsätzlichen Unterschiede zwischen der marxistischen und den modernen bürgerlichen Geschichtsauffassungen, wobei methodologisch das Mechanisch-Fatalistische sich auf seiten der bürgerlichen Philosophie findet. Der historische Materialismus setzt für die Wahrscheinlichkeit einer historischen Entwicklung die Gültigkeit der Kausalität voraus, während die gegnerische Philosophie die Wahrscheinlichkeit und im Zusammenhang damit die statistischen Gesetze als Ausdruck eines universellen Indeterminismus deutet und damit den Zufall verabsolutiert.[7]

Auf das Schicksal des Einzelmenschen bezogen, heißt das Postulierung einer Scheinautonomie, die durch die Lebenspraxis immer wieder ad absurdum geführt wird. »Anfangs Februar zeigen sich die ersten Spuren von Irrsinn: die Menschen, die Marion sah, bewegten sich nicht mehr von innen heraus, wie ihn

7 Gehlen, A., *Die Seele im technischen Zeitalter,* Hamburg 1964, S. 28 ff.

dünkte, sondern ihre Gebärden hingen an Fäden, ihr ganzes Verhalten, und alle bewegten sich nach dem Zufall, wer an diese Fäden rührte; Marion sah eine Welt von Fäden. Er träumte von Fäden [...] Marion war wie benommen. *Er hatte spielen wollen; er hatte sich überzeugen wollen, daß es doch nicht so war, das mit den Fäden – Aber es war so.*«[8] (Hervorhebung von U. R.) Marion begeht Selbstmord. Nicht zufällig war er Puppenspieler. Nach seinem Willen bewegten sich die Masken in einer von ihm geschaffenen künstlichen Welt. Er mußte erkennen, daß er nicht Spieler – immer galt das Spiel im Bereiche der Ästhetik als Ausdruck schöpferischer menschlicher Tätigkeit –, sondern Marionette ist. Gerade das puppenhaft Starre, verbunden mit einem automatenhaften Mechanismus, setzt die Tatsache, daß die Persönlichkeit nur noch eine theoretisch behauptete ist, großartig ins Bild. Die Marionette als absoluter Endpunkt. Die Barbarisierung geht hier über das Clownhafte, wie wir es z. B. bei Böll antreffen, noch hinaus. Dieser Vorgang ist grauenhafter als der Einbruch des Gespenstischen in die Wirklichkeit, wie etwa in den Erzählungen E. T. A. Hoffmanns. Der Dualismus ist aufgehoben: Das Tote ist Leben; der Automatismus triumphiert und zwar nicht nur im Sinne der totalen Abhängigkeit des Individuums von außer ihm liegenden Kräften, sondern auch in ihm, als *seelische Präformation.* Der Mensch ist nicht mehr er selbst. Seine psychische Struktur ist festgelegt durch das Bild, das andere sich von ihm machen und das ihn zeigt, wie sie ihn sehen wollen. Das Austauschbare der Persönlichkeit einerseits und die Frage nach ihrer möglichen Identität andererseits, *die Forderung, sich anzunehmen*, sind darum zentrale Themen der Werke Max Frischs und weisen auf die gestörten Partnerbeziehungen hin. Wenn es dabei zu Alternativen kommt wie: Heirat oder Fremdenlegion, Entscheidung für die Frauen oder die Mathematik, so ist das weder zynisch noch bloß lustspielhaft, sondern ironisch verhüllte Tragödie.

Die Ambivalenz der Begriffe erscheint somit in einer dritten Brechung als *Selbstwertproblematik*, und die Ironie macht verzweifelte Anstrengungen, den Riß, der die Welt durchzieht, zu negieren, indem sie den Menschen geistig über diese und die eigene Misere zu erheben sucht. Die Diskrepanz zwischen die-

8 Frisch, M., a.a.O., S. 17 f.

ser Überhöhung und der De-facto-Position des Subjekts in der spät-bürgerlichen Gesellschaft führt im künstlerischen Bereich zur Komik, die das Grausige impliziert. So bahnt sich der Staatsanwalt, der aus der Konvention seiner Kaste ausbricht, als Graf Öderland mit der Axt den Weg vom Staatsdiener zum entfesselten Spießbürger mit Diktatorgelüsten, der sich an Nietzsches Diktion schult: »Kurz ist das Leben [...] groß ist die Nacht, verflucht ist die Hoffnung auf den Feierabend, heilig ist der Tag, solang die Sonne scheint, und es lebe ein jeder, solang die Sonne scheint, herrlich ist er und frei.«[9] Diese paradoxe Dialektik von subjektiver Scheinautonomie und objektiver Determinierung dient auch als Vorwurf für den Roman *Homo faber,* dessen Titel auf das gebrochene Verhältnis des Menschen zur urwüchsigen Natur hinweist und die Welt der Technik und wissenschaftlichen Präzision als »nature artificielle«[10] inauguriert. Das deutet darauf hin, daß auch Frisch Auffassungen verpflichtet ist, die die Technik im »allgemeinsten Sinne zum Wesen des Menschen gehörend« ontologisch interpretieren. Der Mensch lebe »geradezu in und von sinnvoll funktionierenden, rhythmischen Automatismen«[11], die ihm dank eines inneren Sinnes für die Eigenstruktur erlauben, auf analoge Prozesse in der Außenwelt entsprechend zu reagieren. Das erhelle »die in der Technik liegende Triebkomponente«[12]. Intuition und rationales Denken stehen qualitativ gleichwertig nebeneinander. Auf diese Weise soll das Intuitive als Kriterium der Wahrheit legitimiert werden. Intuitiv gewonnene Ergebnisse verstehen sich hier nicht als Ergänzungen des diskursiven Denkens – sofern sie einer wissenschaftlichen Analyse standhalten und sich damit in unser Begriffssystem organisch einfügen lassen –, sondern sie werden den Resultaten logischer Schlüsse gleichwertig nebengeordnet.[13] Romantisches Gedankengut in neuer Form. Den Menschen als Schöpfer seiner selbst und der Geschichte degradiert man – zugespitzt formuliert – zum bloßen biologischen Organismus, dessen Äußerungen dem Gesetz dieses Regelkreises unterworfen und damit letztlich nur Reaktionen, keine Aktionen mehr sind.

9 Frisch, M., *Der Graf von Öderland,* in: M. F., *Tagebuch 1946–1949,* Frankfurt a. M., 1950, S. 107.

10 Gehlen, A., a.a.O., S. 9.

11 Gehlen, A., a.a.O., S. 16.

12 Gehlen, A., a.a.O., S. 17.

13 Lukács, G., a.a.O., S. 24 ff.

Max Frisch, Schriftsteller und Techniker (Architekt) in einer Person, hat als besonders feinnerviger Künstler, der »mit der vollen Körperlichkeit der Welt«[14] arbeitet, »intuitiv« erfaßt, daß diese Position eine Fluchtposition ist, daß der Rückzug auf die scheinbar alles leistende Technik als eine Art zweite Natur die schwindende Selbstsicherheit des Menschen zu kompensieren und die Tatsache, daß es kein stabiles Ordnungsgefüge, in das er sich sinnvoll eingliedern kann, mehr gibt, zu verhüllen sucht. Da andererseits seine Anschauungen manches mit der Existenzphilosophie gemein haben, erscheint das Verhältnis des Menschen sowohl zur technisierten Welt (Symbol der Determinierung) als auch zur Natur beziehungsweise dem Lebendigen (Sinnbild des Indenterminismus) in einem eigentümlichen Zwielicht. Er setzt weder die kulturkritische Linie eines Nietzsche oder Spengler fort, noch engagiert er sich für das andere Extrem.[15] Die Suche nach dem verlorengegangenen Lebenssinn ist trotz aller gemachten Einschränkungen für Frisch letzten Endes eine humanistische Fragestellung, ein faustisches Problem. Es geht ihm um Orientierungspunkte für die schöpferische menschliche Tätigkeit in der bürgerlichen Gesellschaft der zweiten Hälfte des 20. Jahrhunderts, nicht um »anthropologisch Fundamentales«.[16] »Als Stückeschreiber hielt ich meine Aufgabe für durchaus erfüllt, wenn es einem Stück jemals gelänge, die Frage dermaßen zu stellen, daß die Zuschauer von dieser Stunde an ohne eine Antwort nicht mehr leben können – ohne ihre Antwort, ihre eigene, die sie nur mit dem Leben selber geben können«.[17]
Homo faber stellt eine solche Entscheidungsfrage unserer Zeit: Ist es »Manie des Technikers, die Schöpfung nutzbar zu machen, weil er sie als Partner nicht aushält, nichts mit ihr anfangen kann [...]«, wird die Technik als Kniff benutzt, um »die Welt als Widerstand aus der Welt zu schaffen, beispielsweise durch Tempo zu verdünnen, damit wir sie nicht erleben müssen«[18]? – oder?

14 Blöcker, G., *Die neuen Wirklichkeiten. Linien und Profile der modernen Literatur*, Berlin 1957, S. 10.
15 Schmidt, H., *Die Entwicklung der Technik als Phase der Wandlung des Menschen*, in: *VDI*, Bd. 96, Nr. 5, S. 122 f.
16 Gehlen, A., a.a.O., S. 14.
17 Zitiert nach Arnim-Gerd Kuckhoff, *Nachwort* zu: Max Frisch, *Stücke*, Berlin (DDR) 1965, S. 330.
18 Frisch, M., *Homo faber*, Frankfurt a. M. 1962, S. 211.

Warum erleidet der für die UNESCO arbeitende Ingenieur Walter Faber – der Name ist beziehungsreich gewählt – ein Ödipus-Schicksal? In diesem Zusammenhang eine Suggestivfrage. Das technisch-pragmatische Denken hat seine Erlebnisfähigkeit so reduziert, daß keine innere Regung ihm mehr sagen kann: Das junge Mädchen, mit dem du ein Verhältnis eingehen wirst, ist deine eigene Tochter. Er zerstört sie und geht selbst zugrunde. Griechenland ist der Ort dieser Tragödie und ebenfalls nicht ohne Bezug zur aufgegriffenen Problematik. Die hintergründige Ironie, die dieses Werk durchzieht, läßt den Verteidiger des Abendlandes in eben dem, was geistig dieses Abendland repräsentiert, den Richter finden. Aber weder das delphische Orakel auferlegt ihm die Sühne, noch verheißt ihm ein Gott im Hain der Eumeniden Erlösung: Faber erleidet ein Schicksal, das nicht mehr schicksalhaft ist. Die Sinnentfaltung auch im gräßlichsten Geschehen der antiken Tragödie wird zum höllischen Widersinn. Faber trägt nicht den Dornenkranz des Märtyrers, ihm ist kein individueller Tod beschieden, sondern er erliegt einem schleichenden Magenkrebs, er stirbt »wie eine Schnecke unterm Autoreifen –«[19], also sinnlos? Nein. Sein Scheitern soll denen zur Warnung dienen, die gleich ihm bewußt oder unbewußt Ersatz für den fehlenden Lebenssinn in der Technik suchen. Die zur Schau getragene Selbstsicherheit ist Maske, sie fällt im Rausch oder der Verzweiflung. »In eurer Gesellschaft könnte man sterben [. . .] ohne daß ihr es merkt, von Freundschaft keine Spur, sterben könnte man in eurer Gesellschaft! schrie ich [. . .] wozu denn (ich hörte mich selber schreien), wozu diese ganze Gesellschaft, wenn einer sterben könnte, ohne daß ihr es merkt – Ich war betrunken.«[20] Er ist sehend und doch blind; ist sich seiner Isolierung voll bewußt, und doch zerstörte er vor Jahren die echte Partnerbeziehung zu Hanna, einer deutschen Halbjüdin, die er vor dem faschistischen Zugriff schützte und die sich von ihm abwendete und seinen Freund Joachim Hencke heiratete, weil seine Erlebnisunfähigkeit sie verletzt hatte. Das Kind, das sie erwartete, war für ihn in erster Linie ein einzukalkulierender Fakt gewesen, nicht Unterpfand einer unzerreißbaren Bindung. Ironie des Schicksals, daß gerade dieses Kind, von dessen

19 Hochhuth, R., *Der Stellvertreter*, Hamburg 1964, S. 196.
20 Frisch, M., a.a.O., S. 81 f.

Existenz Faber nichts wissen konnte, da er annehmen mußte, Hanna habe, ihrer Situation als Jüdin Rechnung tragend, einen Eingriff vornehmen lassen, ein echtes Erlebnis in ihm auslöst, das zum Inzest führt und damit zur grausigen Absurdität. In der Mentalität dieses Menschen liegt die Wahrscheinlichkeit begründet, die sich im unwahrscheinlichen Zufall ausspricht. Das gilt auch für Sabeths Tod. Sie stirbt nicht – wie man vermutet – an den Folgen eines Schlangenbisses, sondern an einer nicht diagnostizierten Schädelfraktur, die sie sich beim Sturz von einer kleinen Böschung zugezogen haben mußte. Wahrscheinlich war sie vor Schreck getaumelt und hatte das Gleichgewicht verloren. Nicht die gnadenlosen Erinnyen also folgen in der symbolischen Form der Schlange Fabers Spur, sondern ein harmloser Unfall vernichtet das Leben seiner Tochter und sein eigenes. Das Unglück macht den Blinden sehend. Er verflucht den äußeren Schein, der ihn blendete und verblendete. Die in den Dingen verborgenen Gesetze lassen sich mit Statistik allein nicht erfassen. Jetzt, da Sabeth tot und alles Licht für ihn erloschen ist, stellt er sich die Frage: »Warum nicht diese zwei Gabeln nehmen, sie aufrichten in meinen Fäusten und mein Gesicht fallen lassen, um die Augen loszuwerden?«[21], die so schmählich als erkennendes Organ versagt hatten. Und doch schützt er die Augen vor den Schlägen Hannas, die in namenlosem Schmerz über den Tod ihres Kindes auf ihn einhämmert; denn nur über das Wahrnehmen ist Erkenntnis möglich, die aber ein blinder Spiegel bleibt, wenn das Geschaute in seinem Wesen nicht begriffen wird. Könnte man diese Schlußfolgerung doch unausgesprochen lassen! Angesichts der Not eines Herzens, die bei scheinbar glatter Oberfläche wie eine sich plötzlich öffnende Gletscherspalte den Blick ins Bodenlose freigibt, wirkt die eigene Selbstsicherheit fast unangemessen. Im selben Augenblick aber begreift man auch, was Büchner, Lenin und Brecht für Frisch Faszinierendes haben mußten: die denkend erzielte Selbstgewißheit. Frischs eigene Situation ist die Umkehrung dazu. Wenn auch die Haltung des Autors nicht mit der seiner Figuren identifiziert werden kann, so erlaubt der Tenor ihrer Reflexionen doch Rückschlüsse auf Denken und Fühlen ihres Schöpfers.
Eine Stelle aus dem *Gantenbein* darf deshalb als Beleg dienen:

21 Frisch, M., a.a.O., S. 239.

»Ich bin blind. Ich weiß es nicht immer, aber manchmal. Dann wieder zweifle ich, ob die Geschichten, die ich mir vorstellen kann, nicht doch mein Leben sind. Ich glaub' nicht. Ich kann nicht glauben, daß das, was ich sehe, schon der Lauf der Welt ist.«[22] Darum legt er die Hand vor die Augen. Die aus dem *Homo faber* bekannte Geste wiederholt sich hier. Immer wieder assoziiert die Geschichte des Ingenieurs Walter Faber die Gestalt des blinden Ödipus, den die Furien verfolgen. »Ich kann es nicht ausstehen, wenn man mir sagt, was ich zu empfinden habe; dann komme ich mir, obschon ich sehe, wovon die Rede ist, wie ein Blinder vor.

Kopf einer schlafenden Erinnye.

Das war meine Entdeckung [...]«.[23] Faber betrachtet den Ludovisischen Altar, ohne zunächst zu wissen, was der steinerne Mädchenkopf, der ihn so fesselt, darstellen soll. Die künstlerische Gestaltung dieses Reliefs gleicht dem Bilde Sabeths, wenn sie am Meeresstrand mit geschlossenen Augen neben ihm ruht. Im symbolischen Bezug erschließt sich die Bedeutung: sein Kind als unerbittliches Schicksal, Erinnye und Eumenide in einem, Fluch und Erlösung verkörpernd.[24] Der Mensch kann wählen zwischen beiden. Faber wählt in eitler Selbstüberhebung den Fluch. Konnte er als Angehöriger einer sich selbst genügenden technisierten Gesellschaft unter den gegebenen objektiven und subjektiven Bedingungen überhaupt eine andere Wahl treffen?

Auch wenn die folgenschwere Begegnung mit Sabeth nicht stattgefunden hätte, wenn kein eingeklemmter Nylonfaden Faber gezwungen hätte, seinen Rasierapparat auseinanderzunehmen, was seinen Weggang verzögerte, so daß ihn der Anruf der Schiffahrtsgesellschaft, er müsse seine Reise nach Europa bis spätestens zweiundzwanzig Uhr gebucht haben, noch erreichte, wäre sein Leben so oder ähnlich verlaufen, hätte er die den menschlichen Beziehungen immanenten Gesetze verletzt, wäre er schuldig geworden. Sein Vergehen entspringt der vorgetäuschten Selbstsicherheit eines pragmatisch Denkenden, sei-

22 Frisch, M., *Mein Name sei Gantenbein*, Berlin 1966, S. 391.

23 Frisch, M., *Homo faber*, Frankfurt a. M. 1962, S. 136.

24 Man kann deshalb Marcel Reich-Ranicki nicht zustimmen, der meint, es sei für die Gestaltung des Liebesverhältnisses völlig belanglos geblieben, daß Sabeth Fabers Tochter ist. Vgl. Marcel Reich-Ranicki, *Deutsche Literatur in West und Ost*, München 1963, S. 99.

ner nicht mehr intakten Beziehung zur Welt und zum Partner. Die persönliche Schuld ist die Frucht einer in der Wurzel kranken Gesellschaft, die zur Deformation des Menschen führt. Nur noch der gelebte Augenblick, das direkt Greifbare sind Gewißheiten für ihn. Warum ein Leben auf die Zukunft hin entwerfen, wenn man nicht weiß, wozu und wofür? Weshalb für Werte kämpfen, an deren Bestand man zweifelt? Wenn von fehlenden inneren Gewißheiten und mangelndem Lebenssinn gesprochen wird, inauguriert Frisch damit nicht das Irrationale, wohl aber ein intuitives Moment, das als seismographisch reagierender Spürsinn das Charakteristische einer menschlichen Situation erfaßt. Das Unterschwellige, das die künstlerische Sensibilität ertastet, deckt sich im Ergebnis mit dem Resultat der wissenschaftlichen Analyse. Und wenn den Ingenieur Walter Faber, der sich spöttisch über Ahnungen und Schicksalsgläubigkeit ausläßt, wirklichkeitsschwangere Träume und Vorstellungen heimsuchen, so tritt gerade dadurch das verzweifelte Ringen um Distanz und Überschau zutage. Die Magenbeschwerden, der Schweißausbruch und die Ohnmacht auf dem Flugplatz in Houston wie der nicht zu Ende geführte Satz »You are looking like –«[25] deuten auf den tödlichen Keim, den er in sich trägt. Die gleiche Funktion hat auch der Traum während des Fluges nach Mexico City. Die unsinnigsten Dinge erscheinen ihm, »aber das Blödsinnigste von allem: – Ich bin mit dem Düsseldorfer verheiratet!«[26], dem jungen Deutschen, der im Flugzeug neben ihm sitzt und im Auftrag einer Düsseldorfer Firma nach Guatemala reist. Herbert Hencke repräsentiert jenes Nachkriegsdeutschland, das »auf die Nerven ging«, wenn es vom Unsinn des »gute(n) Hitler« spricht, in »europäische(r) Brüderschaft« macht und zugibt, »daß die deutsche Zigarre noch nicht zur Weltklasse gehört«.[27] Nichts scheint den Schweizer Ingenieur mit diesem unsympathisch-höflichen Agenten eines westdeutschen Konzerns zu verbinden als die zufällig gleiche Aufgabe: technische Hilfe für unterentwickelte Völker. Die absurde Ehe, die beide in Fabers Traum eingehen, verschlüsselt nicht, sondern erschließt im symbolischen Bezug gesellschaftliche Zusammenhänge: Sie stehen

25 Frisch, M., a.a.O., S. 120.
26 Frisch, M., a.a.O., S. 18.
27 Frisch, M., a.a.O., S. 8 ff.

beide ungeachtet ihrer völlig unterschiedlichen menschlichen Profilierung im Dienste des »American Way of Life«. Während den Düsseldorfer in erster Linie die Rentabilität der auszubauenden Plantage interessiert, fesselt Faber der Gedanke, eine unberührte Landschaft zu prägen und das Dumpfe, unbewußt und wahllos Produzierende der Natur ins zivilisatorisch Helle lenken zu können. Die unverkennbare ethische Komponente ist nicht dem Automatismus des Regel- oder sogenannten Handlungskreises[28] selbst implizit; der Mensch gibt den Anstoß für die technische Entwicklung und bestimmt deren Richtung. Nicht zufällig weist der Autor gleich zu Beginn des »Berichtes«, wie Frisch seinen *Homo faber* nennt, auf diesen Tatbestand. Er bejaht die Zivilisation, erkennt aber gleichzeitig die ihr unter bestimmten historisch-gesellschaftlichen Voraussetzungen immanente Gefahr einer Pervertierung des Humanen. Wer Wirkungsweise und Ursache verwechselt, ist gefährlich und lächerlich zugleich. Der Flug von New York nach Mexico City, der die Handlung einleitet, wird durch den Ausfall von zwei Motoren der Super-Constellation jäh unterbrochen. Man muß in der Wüste von Tamaulipas notlanden. Der Verfasser schildert die Rettung der »Schiffbrüchigen«. Fünf Zeilen genügen, um das Groteske der Situation zum künstlerischen Bilde zu verdichten, das die Hilflosigkeit derer, die sich als Weltbezwinger fühlen, angesichts von zwei defekten Motoren der Lächerlichkeit preisgibt. Da stehen sie nun, eine »Gesellschaft in Büstenhaltern und Unterhosen«, »mit Bierdosen« in der Hand und »dazu wieder Sonnenuntergang«, den sie auf Farbfilm nehmen.[29] Hier wird gleichzeitig die Frage nach dem echten Erlebnis provoziert. Indem Frisch auf den industriell betriebenen Tourismus anspielt, seine sentimentalisch-verkitschte Propaganda glossiert, entlarvt er die Sucht, alles Berühmte oder Außergewöhnliche auf Zelluloidstreifen zu bannen, um es schwarz auf weiß nach Hause tragen zu können, als die Kehrseite des rein pragmatischen Denkens. Es ist derselbe Herbert Hencke, einer der »Schutzherren der Menschheit«, der Schulterklopfenden, die Optimismus ausstrahlen, »bis sie besoffen sind, dann Heulkrampf, Ausverkauf

28 Gehlen, A., a.a.O., S. 17 f.
29 Frisch, M., a.a.O., S. 34 f.

der weißen Rasse«[30], der in der Wüste steht und »erlebt«. Quantität statt Qualität! »Ich habe mich schon oft gefragt, was die Leute eigentlich meinen, wenn sie von Erlebnis reden. Ich bin Techniker und gewohnt, die Dinge zu sehen, wie sie sind. Ich sehe alles, wovon sie reden, sehr genau; ich bin ja nicht blind. [...] Gebirge sind Gebirge, auch wenn sie in gewisser Beleuchtung, mag sein, wie irgend etwas anderes aussehen, es ist aber die Sierra Madre Oriental, und wir stehen nicht in einem Totenreich, sondern in der Wüste Tamaulipas, Mexico, ungefähr sechzig Meilen von der nächsten Straße entfernt, was peinlich ist, aber wieso ein Erlebnis?«[31] Wenig später folgen die ins Zentrum des Problems zielenden Sätze: »Ich weigere mich, Angst zu haben aus bloßer Fantasie, beziehungsweise fanatisch zu werden aus bloßer Angst, geradezu mystisch.«[32] Erleben heißt somit betäuben, dient als Ersatz für das echte Erlebnis. Die logische Abfolge, die vom pragmatisch-technischen Denken über den Realitätsverlust zum fehlenden Lebenssinn und von dort zur Lebensangst und zur Suche nach neuen Lebensmöglichkeiten führt, ist leicht nachzuzeichnen. Was sich bestimmten Kreisen der spätbürgerlichen Gesellschaft als Alternative zu bieten scheint, ist entweder ein antiquierter, larmoyanter Rousseauismus, der das Zeichen des Artifiziellen trägt – und eine gravierende Erscheinung der Kunstentwicklung seit Gauguin und Rimbaud ist –, oder Perversität.

Was aber ist Natur? Gegenpol zur technisierten Welt? Halt des isolierten, im Strudel der Geschehnisse treibenden Individuums? Oder was sonst?

»Tu sais que la mort est femme! [...] et que la terre est femme!«[33] Die Erde – Symbol des Weiblichen – ist fruchtbar und tödlich zugleich: Dschungel und Wüste. Der plötzliche Entschluß Fabers, den jungen Deutschen nach der unfreiwilligen Reiseunterbrechung durch die Flugzeughavarie nach Campeche zu begleiten, von der vorgesehenen Route abzuweichen, entspringt nicht nur dem Bedürfnis, einen Jugendfreund wiederzusehen, der, wie sich herausstellte, der Bruder seines Reisegefährten ist, und etwas über Hanna zu erfahren, die eben

30 Frisch, M., a.a.O., S. 220.
31 Frisch, M., a.a.O., S. 28 f.
32 Frisch, M., a.a.O., S. 29 f.
33 Frisch, M., a.a.O., S. 84.

diesen Joachim Hencke geheiratet hatte, sondern auch der Freude am Experiment, die ihn reizt, einfach zu erproben, was geschieht, wenn er der Zivilisation den Dienst aufkündigt. Warum sollte das nur der Technik erlaubt sein? So beschließt er, vorerst nicht nach Venezuela zu fliegen, sondern Herbert Hencke zu begleiten. Nach mühseliger und strapaziöser Fahrt erreichen sie ihr Bestimmungsziel und finden Joachim Hencke auf – erhängt! Hatte er das Klima nicht vertragen, oder lagen die Gründe für den Selbstmord tiefer? Joachim hatte sich von Hanna scheiden lassen und war dann freiwillig Soldat geworden. Nach seiner Entlassung aus sowjetischer Kriegsgefangenschaft siedelte er sich in einer schwer zugänglichen Gegend von Guatemala an, offenbar in der Hoffnung, hier ein neues Leben beginnen zu können. Sein Freitod führt das retour à la nature ad absurdum. Die bewußtlos produzierende Natur ist ebenso menschenfeindlich wie die Alleinherrschaft des männlichen Prinzips der Nur-Zivilisation. Natur in diesem Sinne ist »etwas wie feuchte Sonne über einem Sumpf voll blühender Verwesung, panisch, wie die klebrige Stille voll mörderischer Überfruchtung, die sich selbst auffrißt, voll Schlinggewächs – ein Dickicht, wo man ohne blanke Klinge nicht vorwärtskommt; wo man Angst hat zu verweilen.«[34] Das Weibliche steht für die nicht auswählende, bewußtlos strömende Fruchtbarkeit, die dem männlichen, zur geplanten Aktion drängenden Prinzip entgegentritt. Jedes für sich genommen wirkt tödlich. »Don Juan, geistig bestimmt, ist die Hybris, daß einer allein, Mann ohne Weib, der Mensch sein will; sein Geist bleibt pueril im Verhältnis zur Schöpfung [...] Lebte er in unseren Tagen, würde Don Juan (wie ich ihn sehe) sich wahrscheinlich mit Kernphysik befassen: um zu erfahren, was stimmt. Und der Konflikt mit dem Weiblichen, mit dem unbedingten Willen nämlich, das Leben zu erhalten, bliebe der gleiche; auch als Atomforscher steht er früher oder später vor der Wahl: Tod oder Kapitulation – Kapitulation jenes männlichen Geistes, der offenbar, bleibt er selbstherrlich, die Schöpfung in die Luft sprengt, sobald er die technische Möglichkeit dazu hat.«[35] Die Feindschaft der Geschlechter wird verabsolutiert zur metaphysischen Polarität des Seins, was sich im Verhältnis von

34 Frisch, M., *Ausgewählte Prosa,* Frankfurt a. M. 1961, S. 14 f.
35 Frisch, M., a.a.O., 17 f.

Natur und Technik widerspiegelt. Natur, die keine Spuren menschlichen Gestaltungswillens trägt, verharrt im Zustand der Bewußtlosigkeit, ohne Verantwortung dem Gezeugten gegenüber; denn sittlich verhalten kann sich nur das denkende Wesen. Faber plädiert deshalb für eine im humanistischen Sinne regulierte und korrigierte Natur.[36] So betrachtet, erhält die Feststellung, der Beruf des Technikers sei der einzig männliche, einen neuen Akzent, ohne daß dadurch bisher Gesagtes aufgehoben würde. Die Ambivalenz hält die Aussage in der Schwebe. Gerade das Spannungsverhältnis zwischen Gemeintem und tatsächlich Ausgesagtem läßt bestimmte Erscheinungen stärker hervortreten als der normale Sprachduktus es gestattete.

Der gesamte erste Teil des Romans – schon die Bezeichnung »Bericht« deutet das Bemühen um Distanz an – wird von einer Erzählhaltung bestimmt, die im Stile der romantischen Ironie nicht nur Sachverhalte ironisiert, sondern auch sich selbst. Allerdings führt sie nie – wie zum Beispiel beim jungen Tieck – zur völligen Relativierung. Die humanistische Komponente bleibt unangetastet. Hinter dem Geist, »der nach dem Unbedingten dürstet und glaubt erfahren zu haben, daß er es nie zu finden vermag«, steht »die Not eines Herzens, dem die Wünsche ersterben«.[37] Die ironische Umkehrung dazu ist die Gleichgültigkeit dessen, der glaubt, dem Unbedingten auf der Spur zu sein. Dieser Selbstvergottung haftet etwas Pueriles an: »[...] später gingen wir, da es kein Bier mehr gab, ins Kino [...] es gab tatsächlich ein Kino, Schopf mit Wellblechdach, wir sahen als Vorfilm: Harald Lloyd, Fassadenkletterei in der Mode der Zwanzigerjahre; als Hauptfilm: Liebesleidenschaft in den besten Kreisen von Mexico, Ehebruch mit Cadillac und Browning, alles in Marmor und Abendkleid.«[38]

Zu diesem Stil paßt und in diesem Stil lebt Ivy, die Geliebte Fabers, von der er sich zu trennen sucht, aber nicht loskommt. Nach seiner Rückkehr aus Guatemala und Venezuela beginnt das alte Spiel von neuem. Ivy heißt Efeu, nomen est omen. Hier bezeichnet er nicht nur das Rankende und Haftende als Merkmal des Weiblichen schlechthin, sondern meint vor allem

36 Frisch, M., *Homo faber*, Frankfurt a. M. 1962, S. 130 f.
37 Frisch, M., *Ausgewählte Prosa*, Frankfurt a. M. 1961, S. 19.
38 Frisch, M., *Homo faber*, Frankfurt a. M. 1962, S. 49.

die völlige Anpassung an die sprichwörtlich gewordene amerikanische Lebensweise.
Weder die in der Super-Constellation versinnbildlichte methodische Vollendung der Technik noch die blühende Verwesung einer von der Zivilisation unberührten Natur gaben Antwort auf die Frage nach dem Lebenssinn; die »Kosmetik noch an der Leiche« aber macht die Welt zu einem amerikanischen Vakuum mit »Neon-Tapete«, die vor der Nacht und vor dem Tod schützen soll.[39] Alles ist pervertiert, nichts Echtes kann sich entwickeln. Es gibt weder Liebe noch Freundschaft, man verführt sich gegenseitig, weil man sich haßt und sich doch nicht entbehren kann. Ivy liebt Faber auf ihre Weise, das heißt nach prästabilierten Vorstellungen, die sie ihrer Umwelt verdankt. Sie hat sich ein Bild von ihm gemacht, das der Wirklichkeit und der inneren Konstitution des Partners nicht entspricht. Sie drängt ihn in eine Rolle, die ihm nicht gemäß ist. Er kann sich ihrer nicht entledigen wie der Held der Erzählung *Bin oder Die Reise nach Peking*, die sie – wörtlich genommen – unter dem Arm trägt, er kann sich auch nicht selbst verleugnen und die Rolle »wählen«, wie der Ich-Erzähler im *Gantenbein* von dem Botschafter einer Großmacht berichtet, er »nimmt« sie auch nicht »an«, sondern wird von ihr zum Heucheln gezwungen, was zur Verfremdung der eigenen Persönlichkeit führt. Dieser Verdinglichungsprozeß macht ihn – scheinbar paradoxerweise – aufgeschlossen dem Ding gegenüber, das keinen Anteil an ihm nimmt, nichts von ihm fordert, was seine Individualität beschränkte. Zu den glücklichsten Minuten Fabers gehört der Augenblick, wenn er, eine Gesellschaft verlassend, in seinen Wagen steigt, sich eine Zigarette anzündet, die Tür zuschlägt und sich auf das Fahren konzentriert. Er fühlt sich dem Produkt menschlichen Tuns verbunden, weil es vom und für den Menschen zeugt, ohne etwas von ihm zu verlangen oder eine fiktive Gemeinsamkeit vorzutäuschen, die vom endlosen Spiel mit Figurationen lebt.
Während ihres unfreiwilligen Aufenthaltes in der Wüste von Tamaulipas hatten sich Hencke und Faber dem Schach zugewendet, um die Langeweile mit Kombinationsübungen zu überspielen. Die Assoziation zur Theorie der Spiele stellt sich ein, deren Bedeutung für die Kybernetik evident ist. Die Tech-

39 Frisch, M., a.a.O., S. 220.

nik kennt das Prinzip der schachspielenden Maschine und meint damit ein Regelverfahren, das aus mehreren möglichen Kombinationen die günstigste auswählt.[40]
Das Bild vom Schachspieler weist Faber wiederum als einen Suchenden aus, der auf dem Wege des kombinatorischen Denkens neue Lebensmöglichkeiten zu finden hofft; auf dem Schiff, das ihn wieder nach Europa bringt, spielt man nicht Schach, sondern Pingpong! Das Ticktack-Ticktack entspricht dem Lebensrhythmus einer Gesellschaft, die im Smoking Zopiloten gleicht, die auf das Aas warten. Hier begegnet er Sabeth. Auch sie spielt Pingpong, scheint sich zunächst von den anderen kaum zu unterscheiden, nur insofern, als sie jünger ist als die meisten und etwas burschikoser. Sie aber spürt mit dem Scharfsinn der Jugend in Faber den Außenseiter, dessen provozierende Gespräche über Kybernetik und Mathematik sie amüsieren und nachdenklich stimmen; denn sie fühlt das Absurde in der Augenscheinlichkeit seiner Worte. »[...] die Maschine erlebt nichts, sie hat keine Angst und keine Hoffnung, die nur stören, keine Wünsche in bezug auf das Ergebnis, sie arbeitet nach der reinen Logik der Wahrscheinlichkeit, darum behaupte ich: Der Roboter erkennt genauer als der Mensch, er weiß mehr von der Zukunft als wir, denn er errechnet sie, er spekuliert nicht und träumt nicht, sondern wird von seinen eigenen Ergebnissen gesteuert (feed back) und kann sich nicht irren; der Roboter braucht keine Ahnungen –«[41], um das Leben bestehen zu können, müßte man ergänzen. Das Loblied auf die Technik preist das, was sie nicht zu geben vermag: Freude zum Beispiel, die sich nur dann entfalten kann, wenn alle Lebensäußerungen des Menschen harmonisch zusammenklingen. Dieses In-sich-ruhen verkörpert Sabeth. »Ich staunte manchmal, wie wenig sie brauchte, um zu singen, eigentlich überhaupt nichts«.[42] Lebenssinn statt Lebensstandard. Dabei ist sie keine romantische Schwärmerin, sondern ein durchaus modernes Mädchen mit Cowboy-Hose, Pferdeschwanz, Zigarette und Existentialistenpullover, erfüllt von wißbegieriger Neugier, die sie alles für sich neu entdecken läßt: Menschen und Dinge, Kunst und Natur. Sabeth ist nicht nur wörtlich genommen das

40 Klaus, G., *Kybernetik in philosophischer Sicht*, Berlin 1965, S. 115 ff.
41 Frisch, M., a.a.O., S. 91 f.
42 Frisch, M., a.a.O., S. 135.

Kind, das dem Verhältnis Fabers mit Hanna entsprang, sondern gleichzeitig auch die Synthese der beiden sich antinomisch gegenüberstehenden Seinsprinzipien. Sie muß zugrundegehen, weil auch nach der Auffassung von Max Frisch die Subjekt-Objekt-Spaltung unter den Bedingungen der spätbürgerlichen Gesellschaft irreversibel ist und die Gesetze der Lebenswelt einer Sabeth nur als Funke des Zukünftigen im Dunkel des Vakuums mit Neon-Tapete aufleuchten können. Ihr Tod entspringt einer inneren Notwendigkeit, ist schicksalhaft, nicht widersinnig. Auch die Szenen ihres kurzen Glücks künden von Gesetz und Maß. In Avignon, Stadt der Liebenden auch für sie, bewundert Sabeth gemeinsam mit Faber das Naturschauspiel einer Mondfinsternis. Statt Mondschein und Liebe: Mondfinsternis! Das ist nicht blasphemisch gemeint, sondern offenbart die Freude beider an der Schönheit der kosmischen Ordnung. Die Natur wird nicht als Antinomie zur Technik verstanden, im Gegenteil: Gesetze zu erkennen, stofflich greifbar und nutzbar zu machen, erhöht die Ehrfurcht vor der unendlichen Vielfalt des Kosmos. Faber ist Techniker, aber nicht technisierter Mensch; er benutzt sie als Maske. Angesichts des Todes fällt sie, versagt der ironische Selbstschutz, er rechnet gnadenlos mit dem Amerikanismus und sich selbst ab. Ihm wird die Erkenntnis, viel zu lange in dieser Sphäre der »Bleichlinge« des »Coca-Cola-Volkes«, die man selbst in den Badeanzügen als solche erkennt, gelebt zu haben.[43] Er spottet über ihre »obszöne Jugendlichkeit«, über ihr »pornografisches Verhältnis zum Tod«.[44] Ihnen fehlt jede Spur von natürlicher Jugendfrische und jede Ahnung von der Größe und Unendlichkeit des Daseins, die in den Augen des kubanischen Jungen lebte, der ihm für Dollars die Schuhe putzte. »[...] keine Menschen mehr außer uns, ein Bub und ich, die Sintflut ringsum«.[45] Sollte diese Szene nicht in einer geheimen Verbindung zu Hemingway, vor allem zu dessen großartiger Erzählung *Der alte Mann und das Meer* stehen? Das Meer als Symbol des Lebens, als Sinnbild von Niederlage und Sieg, Tiefe und Klarheit, Bewegung und Ruhe, Nähe und unermeßlicher Ferne. Wie Albert Camus liebt Frisch die Musikalität seiner Bewegung:

43 Frisch, M., a.a.O., S. 218 f.
44 Frisch, M., a.a.O., S. 221.
45 Frisch, M., a.a.O., S. 219.

das Sichanschmiegende und gleichzeitig kühl Distanzierende, das den Menschen Tragende und Glück Spendende. So erfüllt sich die Begegnung zwischen Sabeth und Faber am Meer. »Sie sei glücklich, sagt sie, und ich werde nie vergessen: das Meer, das zusehends dunkler wird, blauer, violett, das Meer von Korinth und das andere, das attische Meer, die rote Farbe der Äcker, die Oliven, grünspanig, ihre langen Morgenschatten auf der roten Erde, die erste Wärme und Sabeth, die mich umarmt, als habe ich ihr alles geschenkt, das Meer und die Sonne und alles, und ich werde nie vergessen, wie Sabeth singt!«[46] Diese kulturgesättigte Landschaft, wo apollinische Helle mit dionysischem Rausch verschmilzt, erhellt, was ein Element des vielzitierten Lebenssinnes ausmachen soll: Die Erkenntnis, daß jede Verabsolutierung tödlich wirkt, sowohl die abstrakte Freiheit des bloß diskursiven Denkens als auch das Sich-ausliefern an das Unbewußte. Im Bild der Kulturlandschaft fixiert Max Frisch seine Auffassung vom Verhältnis Natur – Technik.

Nicht allein die schlafende Erinnye des Ludovisischen Altars und die ihr gleichende Sabeth am Strand von Korinth beschwören im Werk von Max Frisch die antike Welt in ihrem Bezug zur Moderne. Im *Gantenbein* stoßen wir auf das klassische Paar Baucis und Philemon. Wir erinnern uns: Zeus gewährte den beiden Alten – als Dank für ihre Gastfreundschaft –, zusammen zu sterben. In Goethes *Faust* verkörpern sie idyllische Harmonik, die der geschichtlichen Progression nicht standhalten kann. Wenn Lila und Gantenbein in der Vorstellung des Ich-Erzählers in diese Rollen schlüpfen, so nicht nur der Komik wegen, zu der die Gegenüberstellung des klassischen Ehepartners mit dem modernen eifersüchtigen Blödian führt, sondern vielmehr um der Ähnlichkeit der unähnlichen Situation willen: Die Ereignisse überrollen den Menschen, damals und jetzt. Die Heutigen wissen allerdings darum. Sie sehnen sich nach der Idylle, ohne sie eigentlich zu wollen, weil sie ihnen nicht wesensgemäß ist und darum ihr Glück nicht ausmachen kann.

Warum nicht im Schatten der Linde beim Läuten der Vesperglocken mit der Liebsten tändeln – aber mit Austin-Sport und Weltraumfahrt! Man ist sowohl verspießert als auch technisch-

46 Frisch, M., a.a.O., S. 187.

avantgardistisch prostituiert; mit sich und der Welt uneins. Baucis und Philemon dagegen oder die in sich ruhenden Statuen und Götterbilder der griechisch-römischen Kunst spiegeln das Einverständnis mit dem Göttlichen wider: Sie nehmen ihr Schicksal an. Kein Dunkel, das nicht einen Funken Licht zeugen könnte. Orpheus kehrt aus der Unterwelt zurück, den Unsterblichen gleich. Er ist Gast am Tische der Olympier; Vergöttlichung des Menschen, nicht Selbstvergottung. Sichüberheben war dem antiken Menschen fremd. Der tiefe Bezug zur Welt ging nie verloren. Er kannte nicht die absolute Einsamkeit dessen, der nur um seiner selbst willen lebt. Der Schoß, der den abendländischen Humanismus gebar, rächt sich denn auch an Faber für seine Vergewaltigung: Sabeth muß sterben. Am Geschick Fabers vollzieht sich die Abrechnung mit einer geistigen Haltung, die er als Typus repräsentiert. Er war blind wie Ödipus und wird sehend wie dieser, indem er Leben zerstört und selbst sein Leben verliert; nur geht er nicht durch einen Gott entsühnt ins Reich der Eumeniden ein. Die Götter wurden längst von Mächten entthront, die nicht mehr sichtbare Macht sind. Der Mensch, der sie schuf, unterwarf sich ihnen mehr oder weniger bereitwillig. Der Grad der Bereitwilligkeit ist Maß seiner Schuld. »Mein Zorn auf Amerika! Ich schaukle und fröstle – *The American Way of Life!* Mein Entschluß, anders zu leben – Licht der Blitze; nachher ist man wie blind, einen Augenblick lang hat man gesehen [...]«[47] und wenige Zeilen später: »Mein Zorn auf mich selbst! (Wenn man nochmals leben könnte.)«[48] Dreimal wiederholt sich die leidenschaftliche Anklage dieser Lebenshaltung. Die ironisierende Distanz weicht dem Engagement: Bitterkeit ohne Komik. Das Urteil ist hart und generalisierend, beschränkt sich auf die Analyse der ethisch-moralischen Struktur, deutet zwar tiefere Zusammenhänge an, aber erhellt sie nicht. Politik ist für Frisch eine Frage des Charakters, der Moral. Parteinahme heißt darum nicht, einer Partei anzugehören, was ihn an eine Ideologie binden würde, die aus der Sicht Max Frischs die selbständige Entscheidung des einzelnen Individuums unmöglich macht. Die Feststellung: »Wer sich nicht mit Politik befaßt, hat die poli-

47 Frisch, M., a.a.O., S. 218.
48 Frisch, M., a.a.O., S. 220.

tische Parteinahme, die er sich sparen möchte, bereits vollzogen: er dient der herrschenden Partei.«[49], darf nicht darüber hinwegtäuschen, daß es Trennendes zwischen dem Schweizer Romancier und uns gibt. Das beeindruckende Anliegen seines Werkes wird dadurch in seinem Wert nicht gemindert. Andererseits kann es uns nicht gleichgültig lassen, wie ein Autor, der das humanistische Anliegen der Kunst stets ernst genommen hat, der in Brecht nicht nur den genialen Künstler verehrt, sondern auch dessen geistige Haltung achtet, die bestimmt ist »in Hinsicht auf eine entworfene Welt«[50], unserer Auffassung gegenübersteht. Die Auseinandersetzung damit ist ein nicht auf den ersten Blick sichtbares Element der Romanhandlung. Sie ist eingebettet in die Aufhellung des Zusammenhanges von Technik-Magie-Kunst-Mythos.

Der Unfall Sabeths und ihr Tod führen Faber wieder mit Hanna, ihrer Mutter, zusammen. Das bringt die geahnte furchtbare Aufklärung. Er wartet förmlich darauf, daß Hanna den Mörder ihres Kindes erschlägt wie Klytaemnestra Agamemnon. Sie aber bittet ihn auf Knien um Verzeihung; denn auch sie ist schuldig geworden, indem sie ihrem Kind den Vater vorenthielt, durch ihre Handlungen rechtfertigte, was sie einst Faber, als er von »deinem Kind« sprach, zum Vorwurf gemacht hatte. Die Ausschließlichkeit der Herrschaft eines Prinzips ist Vergehen an der Schöpfung. Die metaphysisch überhöhte Feindschaft der Geschlechter korrespondiert mit der Subjekt-Objekt-Spaltung. Die Welt steht dem Menschen als »Gegenstand« gegenüber, und so wird eine Wirklichkeitsauffassung möglich, die sich frei von weltanschaulicher Wertsetzung dünkt; die »Tuberkelbazillen, die die Lungen eines Schiller zerstören, und der Träger dieser Lungen sind vom naturwissenschaftlichen Standpunkt aus gleich interessant.«[51] Eine völlig entgegengesetzte Haltung nahm der naive Mensch einer früheren Stufe der Menschheitsentwicklung ein. Für ihn gab es nicht die Welt und das Ich in scharfer Abgrenzung voneinander, sondern im Mythos verstand sich der Mensch als Teil des Universums, dessen Schicksal mit dem seinen durch

49 Frisch, M., *Ausgewählte Prosa*, Frankfurt a. M. 1961, S. 29.
50 Frisch, M., a.a.O., S. 22.
51 Litt, Th., *Selbsterkenntnis und technische Bemeisterung der Natur als Aufgaben des Menschen*, in: *VDI*, Bd. 96, Nr. 5, S. 156.

ewig gültige Gesetze verbunden war. Auch der geringste Impuls war wertbetont. Die Zeugnisse der antiken Kunst beweisen das tausendfach. Darum ist es kein Zufall, daß Hanna, die Mutter Sabeths, sich der Archäologie verschrieb. Sie ist in gewissem Sinne der Gegenpol zu Faber. Sie war es, die den Satz von der »Weltlosigkeit des Technikers«, der »das Leben nicht als Gestalt, sondern als bloße Addition«[52] behandle, prägte, und sie war es auch, die ihm den Beinamen »Homo faber« gab, während er sie eine »Kunstfee« und Schwärmerin nannte, »die einerseits einen Hang zum Kommunistischen« nicht verleugnen konnte, »was ich nicht vertrug, und andererseits zum Mystischen, um nicht zu sagen: zum Hysterischen.«[53] Die Blasphemie, den Kommunismus in die Nähe des Magisch-Mystischen zu rücken, ist das ungewollte Eingeständnis der Sehnsucht nach einem unabdingbaren Ziel, das stabile Werte setzt und dem Menschen die Überzeugung gestattet, daß seine Parteinahme nicht die Privatangelegenheit eines isolierten Subjekts ist, sondern Gesetzen folgt, die die Struktur der Welt bestimmen. An Hysterie (auch dieser Begriff ist ironisch gebrochen) grenze diese Anschauung – man erinnere sich in diesem Zusammenhang seiner hohen Meinung von Brecht! –, weil sie der inneren Konstitution des modernen Menschen schlechthin nicht angemessen sei. Die Subjekt-Objekt-Spaltung ließe sich nicht rückgängig machen, da sie als Produkt des sich selbst bewußt gewordenen Menschen angesehen werden müsse. »Die Primitiven versuchten den Tod zu annullieren, indem sie den Menschenleib abbilden – wir, indem wir den Menschenleib ersetzen. Technik statt Mystik!«[54] Die Frage an Marcel, einen Musiker aus Boston, der mit ungewöhnlichem Idealismus trotz Höllenhitze und klebriger Feuchtigkeit einzelne Hieroglyphen und Götterbilder in den Tempelruinen der Maya sorgfältig kopiert, ob er Kommunist sei, ist aufschlußreich. Kommunismus wird mit einem Idealismus in Verbindung gebracht, der sich auf etwas konzentriert, was »es in der Zeit noch nirgends gibt« – oder nicht mehr –, was nur in einem bestimmten Verhalten sichtbar wird, »das ein gelebter, ein unerbittlicher und durch Jahrzehnte außenseiterischer Mühsal niemals zermürbter

52 Frisch, M., *Homo faber*, Frankfurt a. M., 1962, S. 211 f.
53 Frisch, M., a.a.O., S. 56.
54 Frisch, M., a.a.O., S. 94.

Widerspruch ist«[55] (bezieht sich auf Brecht – U. R.). Nach Frisch fordert die kommunistische Weltanschauung ein ganz aus dem Denken sich speisendes Leben, das auf das Diesseits gerichtet ist und Modelle der Zukunft entwirft, die aber Utopie bleiben werden, weil ihnen der Status des Einzelmenschen aus den verschiedensten Gründen nicht entsprechen kann. So bleibe der Kommunismus trotz seiner absoluten Diesseitigkeit utopische Theorie. In Analogie dazu: Der Kalender der Maya errechnete das Sonnenjahr auf 365,2420 Tage statt 365,2422 Tage; »trotzdem brachten sie es mit ihrer Mathematik, die man anerkennen muß, zu keiner Technik und waren daher dem Untergang geweiht –«.[56] Der Zweifel an einer objektiven Perspektive der Geschichte und deren dialektischer Verknüpfung mit dem Bewußtsein der Menschen, damit an der Möglichkeit, die »naive« Haltung zur Welt auf einer höheren Ebene neu gewinnen zu können, läßt den Kommunismus, der wie die Kunst »mit der vollen Körperlichkeit der Welt«[57] arbeitet, als etwas Irreales erscheinen. Es ist also der dem Kommunismus immanente perspektivische Zug, der seine eigenartige Verkettung mit Mythos und Kunst im Roman *Homo faber* erklärt. Für Frisch ist es in diesem Zusammenhang unwesentlich, ob sich die Zukunftsgläubigkeit in der magischen Beschwörung objektiviert oder in der wissenschaftlich begründeten Voraussage einer Gesellschaftsform, die weder Krieg noch soziales Elend kennen wird. Fehlt die Gewißheit einer solchen objektiven Richtung, die den Verlauf der Geschichte bestimmt, bleibt dem Menschen nur die Situation, an die er sich klammern kann, in der er sich bewähren muß: der gelebte Augenblick. »[...] aber vor allem: standhalten dem Licht, der Freude (wie unser Kind, als es sang) im Wissen, daß ich erlösche im Licht über Ginster, Asphalt und Meer, standhalten der Zeit, beziehungsweise Ewigkeit im Augenblick. Ewig sein: gewesen sein.«[58] Das ist Fabers Vermächtnis und die Antwort auf die Frage nach dem Lebenssinn. Diese Zeilen könnte auch Camus geschrieben haben, der wie Frisch der Resignation ein Trotzdem entgegensetzt und das Handeln über

55 Frisch, M., *Ausgewählte Prosa*, Frankfurt a. M. 1961, S. 22.
56 Frisch, M., *Homo faber*, Frankfurt a. M. 1962, S. 53.
57 Vgl. Anmerkung 14.
58 Frisch, M., a.a.O., S. 247.

das Erbarmen stellt. »Das Erbarmen – kann es den Sinn haben, unser Urteil aufzulösen? Oder hat es nicht eher den Sinn, daß das Erbarmen uns über das Urteil, ohne es aufzulösen, hinausführte zum zweiten Teil der Aufgabe: zum Handeln, und wie sollte ein Handeln, das nicht aus einem Urteil kommt, jemals eine wirkliche Hilfe sein? Hilfe bedeutet Veränderung im Sinne einer Erkenntnis; beides im Maße unseres Vermögens –«.[59]
Frisch sucht sie zu leisten im Maße seines Vermögens.

1967

59 Frisch, M., *Tagebuch 1946–1949*, Frankfurt a. M. 1950, S. 45.

Friedrich Dürrenmatt
Eine Vision und ihr dramatisches Schicksal
Zu »Graf Öderland« von Max Frisch

Die Gestalt des Grafen Öderland taucht bei Frisch bereits im *Tagebuch mit Marion* auf, ein dunkles, blutiges Gespenst, eine drohende Brandröte; in der Moritat, die das Schauspielhaus nun aufführte – eine Arbeit, die Frisch mehr als ein Jahr beschäftigte –, versuchte er diese Gestalt zu verdichten, ihr ein Gesicht, ein Schicksal zu geben. Das kühne Unternehmen ist gescheitert.

Dieser Schiffbruch ist zu untersuchen. Das Abenteuer des Stükkes, sein Wagnis und sein Untergang, ist interessanter und aufregender als das Gelingen anderer Stücke. Nicht Frischs Dramatik hat beim Öderland versagt, die Dramatik selbst hat vor Öderland versagt. Der Untergang war mathematisch vorauszuberechnen, sicher nicht von Frisch, der hypnotisiert von seiner Vision den Wurf wagte, aber vom Zuschauer. Der Fehler liegt nicht in Frischs Kunst, nicht bei jener Knuths, weder in der sicheren Regie Steckels, noch im faszinierenden Bühnenbild Ottos, er liegt in der Gestalt des Öderland selbst, einer wirklichen, positiven Leistung Frischs, deren Bedeutung er durch die Bühnenfassung nicht erreichen konnte, die nicht zu erreichen ist. So blieb das abenteuerliche Schiff trotz einer guten Bemannung irgendwo in den dramatischen Meeren zwischen dem Allgemeinen und Privaten stecken. Als Bühnenstück ist der Graf Öderland ein gefallener Engel, sein Beil hat als erstes das Stück erschlagen.

Wer ist Graf Öderland? Eine Möglichkeit, die Gestalt annahm, durch Frisch Gestalt annahm. Eine Mythe, die entdeckt wurde. Das ist viel. Ein Name, aber was für ein Name! Ein Name, der allein schon das ganze Gespenst enthält, der allein schon Dichtung, vielleicht die Dichtung vom Grafen Öderland ist. Ein Mensch, der aus dem Mittelbaren ins Unmittelbare bricht, die Explosion eines Atoms aus dem Gebundenen ins Ungebundene, ein tödlicher Umwandlungsprozeß, wie er sich am Ende der Zeit abspielen mag, eine Gestalt, die eine Kraft des Menschen bloßlegt, die fürchterlicher denn seine Leidenschaft ist: die

Kraft des Gefälles, die der Sturz in das Nichts auflöst. Denn das Nichts an sich hat keine Kraft, doch entfesseln die Dinge, die in diesen Abgrund fallen, die Kraft tödlicher Geschosse: zu Öderland tritt das Beil, das Beil und Öderland sind eins.
In den ersten, lockeren, scheinbar flüchtigen Szenen, die wir aus dem *Tagebuch* kennen, erscheint Öderland als ungewisser Schatten, eine Ahnung mehr denn ein Bild. »Und so weiter« war der Schluß, Öderland schritt aus der Dichtung hinaus, aber nicht aus unserem Bewußtsein, spielte in der Wirklichkeit weiter. Im Theaterstück hat Frisch dieses »Und so weiter« ausgeführt: Der Graf springt aus dem Fenster. Öderland wird ein bestimmter Mensch, mit dem Gesicht eines Schauspielers, das er nun annehmen muß. Er bekommt ein Schicksal. Kann Graf Öderland ein Schicksal haben?
Das Schicksal Öderlands, das ihm Frisch gegeben hat, ist, genau gesprochen, die Sinnlosigkeit des Beils. Es lohnt sich nicht, zum Beil zu greifen, es lohnt sich nicht, in den Abgrund zu stürzen, die Gewalt vor allem lohnt sich nicht. Aber damit schwächt Frisch Öderland ab, ja, er verfälscht ihn. Öderlands Tat ist nicht ein Ausweg, wie behauptet wird, sondern Verzweiflung. Die Frage, ob die Verzweiflung einen Sinn hat oder nicht, ist unmöglich. Ein Sturz ins Nichts ist ein Ereignis, das jenseits von Sinn oder Nichtsinn steht. Eine Atombombe explodiert, wenn die Bedingungen gegeben sind, unbeschadet, ob dies einen Sinn hat oder nicht. Öderland ist weder ein Gewissen noch eine Idee, er kennt weder eine Reue noch eine Aufgabe. Man kann auch nicht an Stelle der Idee das Leben setzen, das zu suchen wäre, eine unerträgliche Romantik. Öderland ist ein Beil und nichts weiter. Ein Beil denkt nicht, empfindet keinen Ekel, es mordet. Leben ist Mord geworden. Ein solches Leben hat aber im strengsten Sinne keine Geschichte mehr. An die Stelle des Schicksals tritt die bloße Mechanik.
Kann man dies auf der Bühne darstellen? Ist der ungeheuerlichen Gestalt mit der Kunst der Bühne beizukommen. Kann sich ein Beil auf dem Theater verwirklichen? Frisch hat es versucht. Mit allen Mitteln. Mit einer erstaunlichen Technik. Er gab ihm ein bestechendes Schicksal, er ließ Öderland am Leben scheitern, an der ewigen Wiederholung der Figuren, die in immer neuen Verkleidungen auftreten. Aber es war nicht mehr Graf Öderland, der scheiterte, es war der merkwürdige Fall

eines gewissen Staatsanwalts, der verunglückte: an Stelle eines Allgemeinen stand ein Besonderes, an Stelle einer mythischen Figur ein Massenmörder mit einem originellen Motiv. Die Bühne selbst zwang Frisch diese Abwertung einer Gestalt auf, doch muß festgehalten werden, daß das Mißlingen Stil, Größe hat: die Größe der Notwendigkeit. Ein Abgrund, ein Rachen, der sich öffnet, kann kein Gesicht haben. Auf der Bühne wurde Öderlands Schicksal privat, nicht zwingend, denn sein Ende ist eine Hoffnung, daß etwas, das an sich schon verzweifelt ist, noch einmal verzweifelt (für den Zuschauer die Hoffnung, daß wir doch wieder einmal davon kommen). Die Verzweiflung Öderlands kann nicht durch eine neue Verzweiflung als Selbstmord enden, sie kann nur mechanisch beendet werden durch ein Attentat.
Frisch schuf im *Öderland* wie er im *Tagebuch* vorliegt, eine Dichtung; die Moritat ist ein interessanter, raffiniert ausgestatteter Theaterspektakel geworden mit großen dichterischen Stellen. Ich denke vor allem an den Mörder, an den Hellseher – eine bestechende Leistung Kalsers –, an den unerhörten Einfall, eine Gesellschaft, die, stehend, mit gefüllten Tellern über die Lage diskutiert, so grotesk behindert, einem Mörder mit einem Beil gegenüberzustellen, Momente, die allein das Stück sehenswert machen. Dies alles kann nicht genug gesagt werden. Doch eines konnte nicht glaubhaft gemacht werden: der Graf Öderland und sein Beil. Das Stück ist eine Menagerie, in der ein ausgestopfter Tiger vorgeführt wird.
Die mythische Gestalt des Öderland, nicht viel mehr als ein Wort, ist Frischs große Tat – was kann ein Dichter mehr? Als Gestalt der Phantasie wird sie ihren weiteren Weg nehmen. Das Theaterstück jedoch bleibt im Privaten stecken, es gehört Frisch allein. Ich weigere mich, im *Öderland* ein etwas blutigeres *Santa Cruz* zu sehen. Es geht um mehr. Man kann *Öderland* nicht als Warnungstafel verwenden: Greift nicht zum Beil! Wenn einmal die Bedingungen dasind, wird man zum Beile greifen. Es ist Aufgabe, diese Bedingungen aus der Welt zu schaffen. Graf Öderland kann nicht gerichtet werden, weil Öderland selbst die Hinrichtung ist. Öderland läßt sich nicht ins schweizerische Geistesleben als eine Gestalt des Kultur-Malaise einbauen. Graf Öderland geht die Welt an, er ist eine Gestalt der Apokalypse.

1951

Gody Suter
Graf Öderland mit der Axt in der Hand

Wer je sich gewundert oder gar spöttisch darüber gelächelt hat, daß ein Dramatiker eines seiner Stücke wieder zur Hand nimmt und neu schreibt, müßte gezwungen werden, die erste und diese dritte Bühnenfassung[1] von Max Frischs *Graf Öderland* miteinander zu vergleichen, Satz für Satz, Szene um Szene. Es wäre dies allerdings keine Strafe, er würde, ohne es verdient zu haben, eines hohen und faszinierenden geistigen Vergnügen teilhaftig: Zwischen dem Ur-Öderland und dem neuen Stück besteht ein Unterschied wie zwischen Dämmerung und Tag, zwischen Verheißung und Erfüllung, zwischen Begabtheit und Meisterschaft; ein Unterschied, der mehrere Dissertationen rechtfertigen könnte.

Graf Öderland mit der Axt in der Hand – »der Einfall ist der Name«, erklärt Frisch – ist ein magischer Einfall, ist wie eine uralte, urtümliche Erfahrung, die plötzlich Worte und eine Gestalt annimmt, vertraut wie ein Volkslied, schrecklich wie ein blutiger Mythos. Ein Einfall mit unzähligen Möglichkeiten, eine Figur, die jeder Phantasie und in jeder aktuellen Situation sich anders darstellt: Eine Legende, an der jeder die eigene Wirklichkeit messen kann und die doch immer über die Wirklichkeit hinausgeht. Faust, Don Juan, Don Quijote, Schwejk, Robinson, Gulliver, Puntila, Rübezahl, Graf Öderland – die Namen stehen für eine Angst oder eine Sehnsucht, für eine Erfüllung, Hoffnung oder Niederlage, je nachdem. Ich bin sicher, daß noch mancher Dichter seinen Öderland schreiben wird. Die Gestalt, von Max Frisch ans Tageslicht gehoben, ist heute schon Allgemeingut geworden.

Frisch hat sie zuerst, im *Tagebuch,* in sieben Prosa-Szenen skizziert; sie endeten mit einem ominösen »usw.«. In der ersten Bühnenfassung – 1951 in Zürich aufgeführt – wurde der Autor von seiner Figur überwältigt, und es blieb ihm nichts anderes übrig, als sie umzubringen: »Das war der Fehler der ersten Bühnenfassung, daß Graf Öderland endete. Selbstmord aus

1 Eine zweite Bühnenfassung wurde 1956 in Frankfurt a. M. aufgeführt; ich kenne sie nicht.

Verlegenheit des Verfassers«, weiß Frisch heute (und notiert er in einem *Werkbericht,* der im Programmheft des Berliner Schiller-Theaters abgedruckt ist).
Die erste Bühnenfassung, der Ur-Öderland, scheiterte daran, daß Frisch zu viele Möglichkeiten der Gestalt entdeckte und aufs Mal darstellen wollte; daß er die Wirkung der Gestalt auf sich selbst verspürte – Öderland in uns – und gleichzeitig mit der Wirkung auf andere spekulierte; daß er einer Mischung aus Taumel und kluger künstlerischer Berechnung ein Theaterstück erpreßte, in dem das eine über das andere stolperte. Es war ein wüstes, unausgegorenes Stück, ein wundervoller Wechselbalg: jugendlich und zynisch, naiv und altklug, genialisch und ungeschickt, genial und nur geschickt zugleich.
So jedenfalls vermag man es heute zu sehen und einzusehen, da der Autor den Ur-Öderland, und damit auch den kritischen Betrachter, mit einer neuen Fassung konfrontiert hat. Sie zu lesen, zu untersuchen, mit dem Ur-Öderland zu vergleichen, ist eine reine Freude, ein Genuß sondergleichen. Frisch hat die Szenenfolge und die Schauplätze kaum verändert und die Figuren und Nebenfiguren im wesentlichen übernommen; der erste Blick, der nur die Ähnlichkeit sieht, läßt an eine einfache Bearbeitung denken. Doch schon dem zweiten Blick enthüllt sich die wunderbar großartige Wandlung, die das Stück und sein Verfasser durchgemacht haben; enthüllt sich die Entwicklung zu Klarheit, Ehrlichkeit und Meisterschaft.
Verschwunden ist die langatmige Reflexion, die Selbst-Interpretation an Ort und Stelle; geblieben ist die klare, suggestive Legendengestalt des Staatsanwaltes, der zum Öderland mit der Axt in der Hand wird, weil er die Freiheit erzwingen will. Verschwunden sind die ekstatischen, kraftmeierischen Liebesszenen, verschwunden der eitle Machtrausch; geblieben ist die magische Wirkung der Öderland-Gestalt auf die Umwelt, auf Frauen und Machthaber, auf Unterdrücker und Unterdrückte. Verschwunden ist das Gewucher von konstruierten Beziehungen und verwandtschaftlichen Querverbindungen; geblieben sind klare, überschaubare Situationen. Verschwunden ist der Drang, das Symbolische und Tiefsinnige zu unterstreichen; geblieben sind die Symbole und der tiefe Sinn. Im Grund ist es, wie alles Schwere, ganz einfach: Max Frisch verläßt sich auf seine Gestalten, kann sich auf sich selbst verlassen.

Graf Öderland mit der Axt in der Hand, der Getriebene, Treibende, der Lebens-Süchtige, Freiheits-Durstige, der die Macht ergreift, weil er keinen anderen Ausweg mehr hat, und der am Schluß, als er alle Schuld auf sich geladen hat, erwachen möchte: »Man hat mich geträumt.« – Graf Öderland steht jetzt überzeugend und beklemmend eindrücklich auf der Bühne, die Moritat, die seinen blutigen Weg verfolgt, hat die lapidare Größe, die grandiose Einfachheit des *Biedermann*. Und hat ihre – korrigierbaren – Fehler; Friedrich Luft machte in der *Welt* darauf aufmerksam: »Allen anderen läßt Frisch ihre ehrenvolle, heimliche oder deutliche Tragik. Sobald der beiltragende Staatsanwalt mit den Gestalten am Regierungsbuffet zusammenstößt, geht der Druck ins Leere. Der Dramatiker stellt dem tragischen Helden Popanzen entgegen, Kabarettfiguren der Macht. Damit schädigt er seinen Helden, damit vermindert er den letzten Spaß an der tragischen Groteske. Frisch sollte diesen deutlichen Defekt noch beheben.«
Das stimmt, darin liegt eine Schwäche des starken Stückes: Um diese Regierenden wegzuschaffen, bedarf es nicht der Axt; bedarf es nicht der blutigen, urgründigen Legende. Aber der Fehler ist korrigierbar, eine kleine Korrektur könnte sogar aus dem Ur-Öderland übernommen werden: Jene Stelle nämlich, in der der Kommissar sich dem Grafen zur Verfügung stellt: »Was ich Ihnen zur Verfügung stelle, Herr Gouverneur, ist die Erfahrung eines Mannes, der fast sechs Jahre lang den Sicherungsdienst geleitet hat.« Darin ist, zu einem Teil wenigstens, die verstrickte Zweideutigkeit der Macht angedeutet. [...]

1961

Gerhard Kaiser
Max Frischs Farce »Die Chinesische Mauer«

Die Chinesische Mauer, das Theaterstück des Schweizer Dichters Max Frisch, bringt äußerst befremdliche Vorgänge auf die Bühne. Wir befinden uns in China etwa 200 Jahre vor Christus. Der chinesische Kaiser hat seine letzten äußeren Feinde geschlagen und will seine Herrschaft endgültig durch den Bau der Chinesischen Mauer befestigen. Zu einer großen Siegesfeier anläßlich der errungenen Weltherrschaft erscheinen als Masken Napoleon, Cleopatra, Philipp II. von Spanien, Romeo und Julia und andere Gestalten unseres historischen Bewußtseins. Unter den Gästen befindet sich auch der »Heutige«, ein moderner Mensch unserer Gegenwart, Dr. jur., unverheiratet, Zigarettenraucher, parteilos, Müßiggänger in Physik, Geschichte und Theologie (95).[1] Der Heutige hat die Absicht, den Kaiser von China zu sprechen, ihm die unerhörten Möglichkeiten und Gefahren der technischen Welt unserer Tage zu erläutern und ihm klarzumachen, »daß es so nicht weitergeht« (41), daß die Menschen ihr Leben von Grund auf ändern müssen. Er trifft jedoch zunächst die Prinzessin Mee Lan, eine junge verwöhnte Dame, die nicht gewillt ist, jenen Prinzen zu heiraten, dem sie versprochen ist und der für ihren kaiserlichen Vater die letzten glänzenden Siege errungen hat. Dagegen gefällt ihr der Heutige; sie führen ein langes Gespräch miteinander. Inzwischen gehen die Festvorbereitungen weiter. Ehe die Siegesfeier beginnen kann, bleibt allerdings dem Kaiser ein peinliches Geschäft: Dem Sieg über die äußeren Feinde muß ein letzter Schlag gegen Unruhestifter im Inneren folgen. Es gibt Unzufriedenheit unter den Untertanen, die sich in Versen und Aufrufen von »Min Ko, der Stimme des Volkes«, Luft macht. Man glaubt, den Verfasser der politischen Appelle gefaßt zu haben in einem stummen Bauernsohn aus der Provinz, der durch seine Sprachlosigkeit Verdacht auf sich gelenkt hat. Ihm macht der Kaiser den Prozeß und läßt ihn foltern, da er nicht zum Sprechen zu bringen ist. Der Heutige, der den

1 Zitiert wird die 2. Fassung des Stückes von 1955, Frankfurt/M. 1961.

wahren Sachverhalt kennt, macht einen halben Versuch, die Situation aufzuklären, weicht aus Angst aber wieder zurück. Er wird deshalb von seiner Prinzessin verworfen. Dadurch zum Äußersten getrieben, unternimmt er eine letzte Anstrengung, der Wahrheit Raum zu schaffen. In einer eindringlichen Warnrede versucht er, den Kaiser über die Bedrohung unserer Welt zu unterrichten, aber inzwischen ist das allgemeine Siegesfest schon so weit fortgeschritten, daß er kein Gehör mehr findet. Was als Wahrheitsbekenntnis gemeint ist, wird vom Kaiser als rhetorisches Kunststück genommen und nicht, wie zu erwarten, durch den Strang, sondern mit einer goldenen Ehrenkette belohnt. Da aber bricht der allgemeine Aufstand herein: Der siegreiche Prinz, von der Prinzessin abgewiesen, vom Kaiser nicht gebührend belohnt, hat die Front gewechselt und die Führung einer Volkserhebung an sich gerissen, die die Befreiung Min Kos, der Stimme des Volkes, zum Ziel hat. Als die Mutter des Stummen auf der Bühne erscheint, scheint die Stunde der Wahrheit gekommen, aber die Frau, vom Heutigen zur Aufdeckung des wahren Sachverhaltes gefordert, versagt. Geblendet von der Möglichkeit des Ruhms für ihren armen törichten Sohn, erklärt sie den Stummen wider besseres Wissen für Min Ko, den Rufer zur Freiheit. Das Volk braucht ein Idol. Der siegreiche Prinz kommt zur Macht und wird die Wahrheit genauso unterdrücken, wie sie bisher unterdrückt worden ist. Alles wird sein, wie es war; alles bleibt beim alten. Mit einer Polonaise der historischen Masken, wie es begann, endet das Stück. Als Geschändete und Gedemütigte bleiben der Heutige und seine Prinzessin zurück.

Die Erzählung der Fabel zeigt, daß Frischs Stück gar keine Fabel hat, jedenfalls keine geschlossene Fabel im Sinne des herkömmlichen Dramas. Frischs Theaterstück ist eine Montage aus verschiedenartigen Handlungs- und Bedeutungselementen, die einander überschneiden, kommentieren und persiflieren und sich zuletzt gegenseitig aufzuheben scheinen. Gründlich ist jede Illusion zerstört; die Schauspieler fallen aus der Rolle, das Publikum wird direkt angesprochen, die Kulissen stürzen ein, und die Bühnenmaschinerie wird sichtbar. Zeit und Raum sind durchbrochen. China und Europa, Einst und Jetzt gehen bunt durcheinander. Vordringlich wirken die Szenen und Episoden unmittelbarer Zeitkritik – der beschwörende Aufruf von der Bühne gegen jede Atombewaffnung etwa, oder die grausig-komische Gerichtsszene über den Stummen, die den Schauprozeß der Diktaturen vorführt, wo unter dem Mantel des Rechts das Entsetzliche geschieht. Alles in allem könnte der Eindruck entstehen, als zielten die Bühnenvorgänge allein auf den Schock ab, als fehle eine übergreifende Einheit, die alle Einzelteile zusammenschließt.

Dabei bietet sich ein Weg zum Verständnis des Stückes als einer Einheit gerade vom scheinbar Regellosesten her: von der Aufhebung der Raum-Zeit-Ordnung. Mit dieser Eigenart ordnet sich die Form einem inhaltlichen Motiv zu, nämlich dem der Relativitätstheorie. Ihre Erörterung spielt eine wichtige Rolle in Frischs Stück, vor allem im ersten großen Gespräch zwischen dem Heutigen und der Prinzessin Mee Lan, in dem beide sich kennenlernen und am Ende in Liebe zueinander stehen. Die Quintessenz der Relativitätstheorie erfaßt der Heutige darin, daß es einen Absolutpunkt der Raum-Zeitmessung und -wahrnehmung nicht gibt:

»[...] Setzen Sie sich auf einen Lichtstrahl, Prinzessin, und Sie werden feststellen: Es gibt keinen Raum (für Sie), daher auch keine Zeit. Und unendlich langsam wird auch jeder Gedanke sein. Nein! denken Sie: Ich will nicht ewig sein! und steigen von Ihrem Lichtstrahl ab. Nicht eine Sekunde älter (ich verspreche es Ihnen) kommen Sie wieder hierher. Auf unserer Erde aber, siehe da, sind unterdessen zweitausend Jahre vergangen –

MEE LAN

Zweitausend Jahre?

DER HEUTIGE

Unwiderrufbar.

MEE LAN

Und ich?

DER HEUTIGE

Sie, Prinzessin, leben weiter: – heute.« (38)

Raum-Zeit-Erfahrung ist also abhängig vom Bewegungszustand des Beobachters, sie ist eine Folge unserer Weltperspektive: »Nicht die Wahrheit, sondern wir sind so beschaffen, daß wir uns in Zeit und Raum zu erleben vermögen.« (38) Unser Wahrnehmen und Erleben erschafft Zeit und Raum. Aus diesem Ansatz folgert Frisch – poetisch – weiter, und damit sind wir am eigentlichen Kern des Stückes: Wir leben in d e r Zeit und d e m Raum, die unserer Erlebnisweise entsprechen. Der artistische Trick, bei dem es unzulässig ist, nach naturwissenschaftlicher Richtigkeit zu fragen, besteht darin, daß der Gedanke der Relativität in den der Subjektivität von Zeit und Raum verwandelt wird. Wir sind nicht objektiv, sondern subjektiv historisch fixiert. Wenn die Prinzessin unmittelbar vor dem ersten Auftreten des Heutigen protestierend aufbegehrt: »Ich bin keine Chinesin!« (35), dann fällt an dieser Stelle nicht nur die Schauspielerin »aus der Rolle«, es wird nicht nur mit dem Effekt der Illusionsdurchbrechung gearbeitet; es bezeugt sich hier auch, daß Mee Lan wirklich keine Chinesin sein will, daß sie nach ihrer Lebenshaltung nicht in die Raum-Zeit-Schicht des Chinesentums in diesem Stück hineinpaßt. Deshalb ergreift sie auch sofort die praktische Konsequenz aus den zunächst rein theoretischen Erwägungen des Heutigen über Raum und Zeit. Der Heutige wehrt ab:

»Du bist verwirrt. Was ist geschehn? Sie sind verwirrt, Prinzessin; denken Sie an die zweitausend Jahre zwischen uns –

MEE LAN

Ich liebe dich trotzdem.

DER HEUTIGE

Im Ernst gesprochen –

MEE LAN

Ich liebe dich trotzdem!

DER HEUTIGE

Mee Lan – ?

MEE LAN

Ich liebe dich.« (44)

Am Schluß derselben Szene erklärt die Prinzessin: »Ich komme in deine Zeit! [...]« (45), und sie erscheint bei ihrem nächsten Auftritt im modernen Abendkleid, ihren hoffnungslosen prinzlichen Verehrer mit den Worten zurückweisend: »Ich bitte Sie. Was soll das chinesische Getue? Ich suche einen Andern –« (70). Der Mensch kann somit aus einer Zeit in die andere hinüberdrängen und wieder in die erste zurückfallen. Wenn später dem Heutigen Mee Lan in ihren Meinungen altmodisch erscheint, fragt er spöttisch: »Also doch eine chinesische Prinzessin?« (91). Der Kaiser dagegen erklärt an einer anderen Stelle: »Fürchtet euch nicht vor der Zukunft, meine Getreuen. Denn so, wie es ist, wird es bleiben. Wir werden jede Zukunft verhindern.« (49) »[...] die Macht ist unser. Und wir, die an der Macht sind, wir brauchen keine Zukunft. Denn uns ist es wohl. Ich werde die Zukunft verhindern, ich werde eine Mauer erbauen [...]« (51) – eben die Chinesische Mauer, mit deren Hilfe sich der Mensch in seiner Zeit verschanzt, sich gegen die Zukunft abdichtet. Und noch ein anderes Verhältnis zur Zeit wird sichtbar: Brutus, eine der historischen Masken des Stückes, der angesichts des chinesischen Caesars abermals den Dolch zückt, wird von der Maske der Unbekannten aus der Seine weitergezogen mit den Worten: »Das hat keinen Zweck, mein edler Freund. Man hört Sie nicht. Das alles spielt doch in einer ganz anderen Zeit [...]« (48). Der Mensch kann, eingesperrt in die Raum-Zeit seiner Erlebnisweise, hoffnungslos an einer anderen Raum-Zeit-Schicht vorbeigehen. Immer wieder ist Raum je eigener Raum; Zeit je eigene Zeit. Raum ist Erlebnisraum; Zeit ist Erlebniszeit – der Heutige sagt von sich, er sei 2000 Jahre älter als die Prinzessin (37). Nach der physikalischen Zeitrechnung müßte er sagen 2000 Jahre jünger, denn er ist ja erst 2000 Jahre nach ihr geboren. Trotzdem ist er älter, denn im Unterschied zur Prinzessin trägt er die historische Erfahrung von 2000 Jahren zwischen ihnen liegender Geschichte im Bewußtsein. So setzt sich die Konzeption einer Subjektivität der Zeit bis in scheinbar banal-alltägliche Formulierungen durch.

Welche Raum-Zeit-Schichten bauen nun das Stück auf? Da ist erstens die Schicht der historischen Masken: Romeo und Julia, Philipp von Spanien, Pontius Pilatus, l'Inconnue de la Seine, Napoleon Bonaparte, Brutus, Don Juan, Cleopatra, Christoph Columbus. Diese Schicht hat verschiedene Funktionen. Sie bringt einmal die Anwesenheit aller Kultur- und Geschichtsinhalte in der jeweiligen Gegenwart zur Erscheinung. Jede Zeit trägt die gesamte Vergangenheit in sich und entscheidet über sie, indem sie das Vergangene in einer bestimmten Richtung fortsetzt und verwandelt. Jede Zeit ist ein imaginäres Museum, wie Malraux in bezug auf die Kunst formuliert hat, geschichtlicher Inhalte. »Sie gehören zu den Figuren, die unser Hirn bevölkern, und insofern, als Figur unseres Denkens, sind Sie durchaus noch lebendig«, erklärt der Heutige von den Masken (17). Was aber für alle Zeiten zutrifft, kennzeichnet unsere Zeit in besonderem Maße, denn sie setzt zum ersten Mal seit dem Bestehen der Menschheit die Geschichte nicht nur fort, sie kann sie auch – mit Hilfe der modernen Vernichtungswaffen – beenden. »Wer heutzutag auf einem Thron sitzt, hat die Menschheit in der Hand, ihre ganze Geschichte, angefangen bei Moses oder Buddha, inbegriffen die Akropolis, die Tempel der Maya, die Dome der Gotik, inbegriffen die ganze abendländische Philosophie, die Malerei der Spanier und Franzosen, die Musik der Deutschen, Shakespeare, inbegriffen dieses jugendliche Paar: Romeo und Julia. Und inbegriffen uns alle, unsere Kinder, unsere Kindeskinder«, sagt der Heutige (19). In uns steht die gesamte Menschheit auf dem Spiel.

Aber wir entscheiden nicht nur über die Masken, die Masken entscheiden auch über uns. »Sie sehen schon, meine Damen und Herren, wie heikel es ist, mit diesen Herrschaften zu sprechen, die unser Hirn bevölkern und nicht begreifen wollen, was ihnen ein Heutiger meldet, mit diesen Lemuren einer Geschichte, die nicht zu wiederholen ist«, beklagt sich der Heutige bei den Zuschauern (20). Die Masken sind Lemuren, »taub für jede Entwicklung unseres Bewußtseins« (31), Schatten der Vergangenheit. In ihnen wartet das Unzeitgemäße auf seine historische Wiederkunft. In Pilatus weichen wir immer wieder den großen Entscheidungen aus. In Cleopatra umbuhlen wir die Machthaber. Napoleon, Philipp II. wollen in uns wiederkommen, aber sie dürfen es nicht. »Eure Siege, eure Reiche, eure Throne von Gottesgnaden, eure Kreuzzüge hin und Kreuzzüge her, es kommt nicht mehr in Frage. Wir wollen leben. Eure Art, Geschichte zu machen, können wir uns nicht mehr leisten«, wird ihnen entgegengehalten (29). Napoleon, Philipp der Zweite sind nichts als Vervielfältigungen jenes kaiserlichen Tyrannen, der durch die Chinesische Mauer die Zeit aussperren will; deshalb kann auch, wie der Heutige anfangs mit kabarettistischem Effekt mitteilt, die Maske Napoleons an die Stelle Alexanders des Großen treten, der ursprünglich im Spiel vorgesehen war, »was für dieses Spiel keinen Unterschied macht. Wir müssen uns an unseren Fundus halten.« (8) In den Masken erscheinen aber auch die immer gleichen Lebenssehnsüchte, die sich in uns erfüllen, die stets gleichen Kräfte des

Menschen, die uns helfen wollen, unser Leben zu erneuern: In Columbus suchen wir die Wahrheit, in der Gestalt des Don Juan das Ursprüngliche, in der Unbekannten aus der Seine die Freude, in Romeo und Julia die Liebe, in Brutus die Freiheit. Wenn Romeo und Julia oder Brutus in Shakespeare-Versen, der Heutige in Schillerzitaten sprechen, offenbart sich einerseits die Diskrepanz zwischen Wirklichkeit und unseren Denk- und Sprachschablonen – ein Effekt, den auch Brecht liebt – andererseits tritt aber auch in Romeos und Julias Versen ein Abglanz ewigen Maßes, des ewigen Schönen, der menschlichen Liebe in einer unmenschlichen Welt hervor. Wenn Pilatus aus wörtlichem Anklang an die Evangelienberichte in die Abbreviatur des zum Überdruß Wiederholten fällt: »[...] ich sprach zu ihnen: Was für eine Klage bringet ihr wider diesen Menschen? Die Juden aber antworteten und sprachen so und so« (22) – dokumentiert sich darin neben der Verwahrlosung der Heilsfrage auch deren Unbesiegbarkeit, ihre stereotype Präsenz. Wenn Don Juan den Gabriel Tellez, Brecht und Frisch selbst als Bearbeiter und Verfälscher seiner Geschichte zitiert (24), ist ironisch die ständig neue Verkürzung der Wahrheit durch die literarische oder legendäre Formel, aber auch die proteushafte Erneuerungskraft der Gestalt angesprochen. In den Masken ist das Gute und Böse der ganzen Menschheit gegenwärtig, und infolgedessen ist auch ihre Äußerungs- und Erscheinungsweise doppeldeutig.

Den Gegensatz zur Zeitschicht der Masken bildet in der *Chinesischen Mauer* die Zeitschicht, die im Wissensstand des Heutigen gegenwärtig ist. Er ist ein »Intellektueller« (13), der alle Möglichkeiten, aber auch alle Gefahren der Moderne, vor allem soweit sie in der modernen Naturwissenschaft und Technik, in der Massengesellschaft und in der Diktatur liegen, kennt. Er wartet mit Vokabeln wie Atom, Elektron, Wärmetod der Welt, Entropie, Radioaktivität usw. und mit Formeln auf, leitmotivisch fast mit der Energieformel: »Energie gleich Masse mal Lichtgeschwindigkeit im Quadrat« (37,40). Er erscheint in China, um die Menschen wachzurütteln, um sie mit ihrem Bewußtsein in die Gegenwart, in die Entscheidung zu rufen: »Die Sintflut ist herstellbar. Technisch kein Problem. Je mehr wir (dank der Technik) können, was wir wollen, um so nackter stehen wir da, wo Adam und Eva gestanden haben, vor der Frage nämlich: Was wollen wir? vor der sittlichen Entscheidung ... Entscheiden wir uns aber: Es soll die Menschheit geben! so heißt das: Eure Art, Geschichte zu machen, kommt nicht mehr in Betracht.« (101)

Zwischen der Zeitschicht der Masken und der anderen der Erkenntnisse des Heutigen liegt nun die Chinahandlung als dritte Zeitschicht in der Mitte. Wie ist sie zu verstehen? Aufschluß gibt eine Äußerung der Prinzessin Mee Lan zu ihrem Vater, nachdem sie den Heutigen kennengelernt hat: »Ich weiß nicht, Papa, ob du es weißt?

HWANG TI

Was?

MEE LANG

Wegen der Zukunft ... ich kann es nicht erklären. Wenn ich recht begriffen habe: Unsere Zukunft, Papa, liegt hinter uns – sozusagen ... Wir befinden uns (wenn ich recht begriffen habe) zweitausend Jahre hinter der Wirklichkeit.« (51 f.)

Kurz vor seinem Untergang, in der allgemeinen Orgie, nimmt der Kaiser selbst mit der Hellsicht des Berauschten diesen Gedanken noch einmal auf: »Meine Getreuen! Wir trinken auf die Große Mauer, wie sie in den Büchern steht, meine Getreuen, später einmal – heißt das, für den Augenblick ist mir, als würden wir eine Sache beschließen, die schon seit Jahrtausenden – gewissermaßen – als bauten wir eine Sache, uff! die schon verbröckelt ist – heißt das, als liege unsere Zukunft – gewissermaßen – uff! hinter uns ...« (97) Hier liegt der Schlüssel zum Verständnis der zentralen China-Schicht des Stückes. Sie gibt nicht ein historisches China, 200 Jahre vor Christus, 2000 Jahre vor unserer Gegenwart – dieses China sind wir alle, soweit unsere Lebensformen 2000 Jahre hinter der Wirklichkeit, hinter unseren Erkenntnissen und technischen Möglichkeiten herhinken. Selbst wenn wir an die Zukunft denken, erreichen wir damit unsere Gegenwart noch nicht. Die Gegenwart hat uns hinter sich zurückgelassen; wir sind hoffnungslos, oder doch fast hoffnungslos, veraltet in Politik, Gesellschaft und Lebensanschauung. »Wo liegt (heute) dieses Nanking? Und wer ist (heute) Hwang Ti, der Himmelssohn, der immer im Recht ist?« (12) Diese Frage wird schon im Vorspiel den Zuschauern in den Mund gelegt. Eine direkte Antwort verweigert uns das Spiel, aber es ist wohl deutlich genug, wenn der Kaiser Hwang Ti die Zuschauer anspricht: »Ich weiß genau, was ihr denkt, ihr da unten. Aber ich lächle über eure Hoffnung. Ihr denkt, noch heute abend werde ich von diesem Thron gestürzt, denn das Spiel muß doch ein Ende haben und einen Sinn, und wenn ich gestürzt bin, könnt ihr getrost nach Hause fahren, ein Bier trinken und einen Salzstengel essen. Das könnte euch so passen. Ihr mit eurer Dramaturgie! Ich lächle. Geht hinaus und kauft eure Zeitung, ihr da unten, und auf der vordersten Seite, ihr werdet sehen, steht mein Name. Denn ich lasse mich nicht stürzen; ich halte mich nicht an Dramaturgie.« (57) Der Ort der Handlung ist diese Bühne, erklärt der Heutige. »Zeit der Handlung: heute abend.« (13) Nicht weil das Stück im konventionellen Sinne der Ästhetik und Poetik Tendenz, den Bezug zur Wirklichkeit vermeiden will, bleibt die Frage: wo ist heute Nanking? offen, sondern weil Frisch die Vereinseitigung der Tendenz verhindern will. Nanking heute ist so wenig Moskau wie Washington. Frischs China reicht über die Grenzen der Machtblöcke hinweg. Nicht die anderen – wir selbst bauen die Chinesische Mauer. Sie ist »einer der immerwiederholten Versuche, die Zeit aufzuhalten, und hat sich, wie wir heute wissen, nicht bewährt. Die Zeit läßt sich nicht aufhalten.« (7). Die Mauer ist immer da, wird immer gebaut, zerbröckelt zu jeder Zeit, wo Menschen ihre Gegenwart nicht wahrhaben wollen. »Was ist geschehn?« fragt Julia, und Romeo antwortet:

»Was, weiß ich nicht, doch etwas ist geschehn.
Was heißt das: Entropie? Was heißt Atom?
Ein jeder sagts, doch keiner kanns verstehn.
Was heißt: der Wärmetod der Welt? Und so.
Ich fühle bloß: Die Zeit, die Zeit blieb stehn.« (16)

Alles geht durcheinander, die Masken, China, das Heutige, der Jambenfluß Schlegels und Tiecks und die Kennworte moderner Technik, weil in uns die Zeit stehengeblieben ist.

Noch ein weiterer formaler Zug des Stückes klärt sich von hier aus in seinem Aussagewert auf: Lebensformen, die hinter der Wirklichkeit zurückbleiben, werden zum »Theater« im schlechten Sinne. Weil wir selbst es sind, die 2000 Jahre zurück leben, ist auch unser Leben nur Maske, ist unser Dasein Theater geworden. Neben den Lemuren der Vergangenheit stehen die

Versatzstücke der China-Kulisse, stehen, Jamben sprechend, als moderne Masken »Cut« und »Frack«, den Spitzen der Gesellschaft zugehörig, denen Brutus nachruft: »Getrost! – als Sorte bleibt ihr an der Macht.« (111) Die vorgeprägte Sprache der historischen Figuren und die moderne Alltagssprache der China-Handlung und des Heutigen demaskieren einander ebenso wie die Verschränkung moderner und altertümlicher Elemente innerhalb der Rede einzelner Figuren, so daß bei dieser wechselseitigen Demaskierung keine Sprachschicht im ganzen als wesentlich zurückbleibt, vielmehr innerhalb der verschiedenen Sprachschichten substantielle, »wahre« Sprache nur jeweils inselhaft auftaucht. So kann zuweilen in der Gegenwartssprache, zuweilen aber auch in der vorgeprägten Sprache der Masken Wahrheit sein; im zweiten Falle als gültig formulierte Wahrheit alter, doch stets aktueller, weil nicht eingelöster Forderungen des Menschen an die Welt. So kann umgekehrt sowohl die Sprache der Masken als Formel des ewig Gestrigen in seiner starren Gegenwärtigkeit wie die China-Sprache als illusionäre und zur Illusionierung bestimmte Attrappe erscheinen – nicht umsonst bezeichnet man ja umgangssprachlich einen Parteijargon als »Parteichinesisch«. Der Kaiser, rechtloser Tyrann, trägt den Namen »Himmelssohn, der immer im Recht ist«. (11) Seine Ordnung, die auf Unrecht und Gewalt beruht, heißt die »einzige Ordnung [...] die Große Ordnung und die Wahre Ordnung und die Endgültige Ordnung« (49). Die hündischen Barbaren der Steppe widersetzen sich dem Frieden, wie der Kaiser meint, weil sie Friedensverträge auf 20 Jahre wünschen (49). Wir alle kennen diese Art von Sprache, die nicht mehr ausspricht, sondern verhüllt. Und auf solche Verhüllungen fällt dann Licht. Nach heroisch-pathetischer Begrüßung zwischen Kaiser und Feldherrn »wechseln Ton und Gehaben plötzlich«, wie die Bühnenanweisung vorschreibt. »Der Prinz nimmt seinen chinesischen Helm ab, aufatmend, und wischt sich den Schweiß.« (61) Vier Sätze später erklärt er: »Diese historischen Kostüme sind ja zum Ersticken. Allein dieser Unfug von Kragen!« Dann beginnt eine höchst nüchterne Verhandlung zwischen dem Kaiser und dem Prinzen über Materiallieferverträge und Gewinnspannen beim Bau der geplanten Mauer, an denen sie als Geschäftspartner interessiert sind. (62f) Die Prinzessin Mee Lan erkennt die Doppelbödigkeit der Situation, wenn sie unmittelbar nach der bereits zitierten Erklärung, die Zukunft liege hinter uns, ihrem Vater sagt:

»... es ist alles nicht wahr. Ich weiß nicht, Papa, ob du es weißt.

HWANG TI

Was ist nicht wahr?

MEE LAN

Was hier gespielt wird. Alles. Dein ganzes Reich. Nichts als Theater ... vieux jeu.« (52)

Damit fassen wir den Sinn der Illusionsdurchbrechungen. Das Theater in klassischer Tradition kennt sie nicht, denn dort ist das Dramengeschehen ein geschlossenes Sinnganzes eigenen Rechts, das eine in sich geschlossene, sinnhaltige Welt abbildet. Das Theater ist eine andere Welt. Bei Frisch wird das Theater als Theater entlarvt, um die Welt als Theater zu entlarven. Unsere Welt ist ein anderes Theater. Nicht jedoch in der Art des Barock, wo hinter dem Schein des Diesseits die Wirklichkeit des Jenseits steht, die Scheinhaftigkeit der Welt also einen metaphysischen Sinn hat, sondern so, daß die Scheinhaftigkeit der Welt eine Sinnverfehlung unseres Verhaltens anzeigt. Die Welt ist nicht an sich scheinhaft: Wir haben uns vielmehr aus ihrer Wirklichkeit in den Schein entfernt, besser: Wir versuchen es, so daß die Grenze zwischen Wirklichkeit und Schein, ständig sich verschiebend, mitten durch uns hindurchgeht: die verlassene Wirklichkeit bricht unaufhaltsam in die Kulissenwelt unseres veralteten Verhaltens ein. Die Illusionsdurchbrechungen auf der Bühne signalisieren: wir selbst sind »vieux jeu«.

Aus dieser Perspektive fällt auch auf die Gestalt des Heutigen ein neues Licht. Mit Absicht sprach ich vorhin davon, daß die Zeitschicht der Moderne im Wissen des Heutigen repräsentiert ist. In seinem Fühlen und Handeln ist nämlich auch der Heutige in der China-Schicht. Mit seinem Denken steht er auf modernstem Stand und damit über der Handlung, die er nach Art einer Conference interpretieren kann. Mit seinem Erleben steht er in der chinesischen Welt und damit in der Handlung. Er ist ihren Konflikten und Gefahren unterworfen. Mehrmals im Verlauf des Stückes droht seinem Hals der Strang des Henkers, mehrfach sind seine Liebe und sein Mut auf die Probe gestellt. So ist der Heutige Kommentator und Spieler in einem. Erst dadurch wird er zur Mittelpunktsfigur des Stückes. Die Masken sind untereinander und zur Chinahandlung – mit Ausnahme von Romeo und Julia, wovon noch zu sprechen sein wird – fast ohne Bezug. Jede monologisiert, auch bei scheinbarem Zwiegespräch, vor sich hin. Als der chinesische Kaiser angeblich ganz offen fragt, ob etwa einer in der Versammlung seiner Höflinge das Bedürfnis habe, ihm ins Gesicht zu speien, und Brutus vortritt, wird präzisiert: »Ich meine: von meinen Zeitgenossen, die es könnten«, und Brutus tritt zurück (84). In eine Auseinandersetzung zwischen Mee Lan und dem Heutigen ist eine Brutus-Episode eingeschaltet, von der die Bühnenanweisung ausdrücklich erklärt: »Es bleiben Mee Lan und der Heutige, die von dem Brutus-Intermezzo, das über den Vordergrund ging, keinerlei Notiz genommen haben.« (95) Entsprechend geht die China-Handlung völlig an der vom Heutigen aufgeworfenen Atomfrage vorbei. Der Kaiser hört zwar, aber er versteht gar nicht, worum es geht. Lediglich der Heutige »versteht« die Masken, er »versteht« China, er »versteht« die moderne Welt. Er überblickt alle drei Weltgegenden des Stückes. Er ist aber auch in alle einbezogen und bezeugt damit die tiefe Zerrissenheit des Menschen, die mit seinem Veraltetsein zusammengeht. Wir, die wir nicht in der Gegenwart leben wollen, können doch auch nicht in »China« leben. Unser Wissen und unser Tun, unser Können und unser Wollen passen nicht zusammen. Unsere Zerrissenheit ist es, die die Gefahr heraufbeschwört, daß sich der Tanz der Masken in einen Totentanz verwandelt, bei dem l'Inconnue de la Seine Totenköpfe als Cotillons verkauft (67 ff.). Unsere Wesensaufspaltung führt zu jener Selbstentäußerung, die ihren theatralischen Ausdruck in der Ablösung unserer Bewußtseinsinhalte zu Masken findet. Wo der Mensch radikal sich selbst entfremdet ist, ist das Ende der Psychologie und psychologisch motivierter Beziehungen zwischen dramatischen Charakteren gekommen; das Ende auch der Konfrontation von Ich und Welt. Die Kontur der Realität wird verdeckt von den Auflösungsprodukten unseres Bewußtseins, die uns, weil nicht mehr im Ich integriert, als fremde Welt entgegentreten. Das Geschehen wird zur bodenlosen Groteske. Die schon zitierte Aussage, der Ort der Handlung sei diese Bühne, kann vom Heutigen im Vorspiel dahin erläutert werden: »Ort der Handlung: diese Bühne. Oder man könnte auch sagen: unser Bewußtsein.« (13) Unser Bewußtsein ist der Kampfplatz zwischen Heute und Morgen; ein Bewußtsein, das schon so weitgehend das Selbstverständnis verloren hat, daß es sich in untereinander beziehungslose Einzelinhalte aufzulösen beginnt.

Wir haben den breitesten Raum unserer Analyse auf die Kennzeichnung des Ereignisrahmens verwendet. Wir können viel knapper die Ereignisse des Stückes selbst interpretieren. Genauer besehen geht es bei Frisch nur um ein Handlungsmodell, und zwar um das Modell eines Kreislaufes. In der China-Handlung besiegt der Kaiser einen Feind nach dem anderen, um dann dem Feind doch zum Opfer zu fallen, denn der gefährlichste Feind, den er außen sucht, ist innen. Die Barbarenvölker werden geschlagen, aber das eigene Volk schlägt den Kaiser. Die Revolution trägt den Prinzen nach oben, er wird der neue Tyrann sein. Das Spiel beginnt von vorn. Nach dem Sieg des Prinzen, nachdem Brutus anschließend die ewigen Kriegs- und Revolutionsgewinnler erdolcht hat, obwohl er weiß, daß sie als »Sorte« an der Macht bleiben, tritt der Heutige vor mit den Worten:

»Wir spielen nicht weiter!

BRUTUS

Was ist der Grund?

DER HEUTIGE

Weil die ganze Farce (als dürften wir sie wiederholen!) soeben von vorne beginnt ...« (111)

Die Masken verdeutlichen das Kreislaufmotiv noch weiter: Mit der Maskenpolonaise fängt das Stück an, mit ihr geht es dem Ende entgegen. »Auftreten Romeo und Julia wie zu Anfang, Musik wie zu Anfang« (111), heißt die Bühnenanweisung der vorletzten Szene. Die Geschichte wird im ganzen zum Maskentanz, zu einem unwirklichen Auf und Ab, Vor und Zurück. »Wenn ich nur wüßte, wo wir sind? – und wann?« fragt Romeo.

»Kostüme wimmeln, und es riecht nach Mottengift;
Es ist, als sei'n sie tot, doch reden sie
Und tanzen auch und drehen sich im Kreis,
Wie sich Figuren einer Spieluhr drehn.« (113)

Noch einmal müssen wir erinnern, daß die eigentliche Entscheidungsfrage, die der Heutige den Figuren bewußt machen will: die Frage, ob die Menschheit sich selbst vernichten will oder nicht, gar nicht in das Feld des Bühnengeschehens einbezogen wird. Das Menetekel wird an die Wand geschrieben, aber es bleibt Hintergrund. Die Figuren nehmen es nicht zur Kenntnis. Die Polonaise geht weiter, man handelt, als sei alles wie immer. Und so treibt die Menschheit in wiederholten Kreisläufen doch einem Ziel: dem Ende zu. So endet die vorletzte Szene:

ROMEO

»Wie oft sind Menschen, schon des Todes Raub,
Noch fröhlich worden. O mein Herz! mein Weib!
Bald ist die Welt ein einzig Grab, Ihr Augen,
Nehmt euer Letztes! Arme, nehmt die letzte
Umarmung! Und so, im Kusse, sterb ich . . .

Es wird dunkel, und die Musik verstummt.« (115)

Und doch gibt es Kräfte, mit deren Hilfe der Mensch den verhängnisvollen Kreislauf vielleicht durchbrechen könnte: Liebe und Wahrheit. In einem Stück, in dem alle Figuren aneinander vorbeireden, können die Liebenden sich miteinander verständigen. Romeo und Julia sind die einzigen unter den Masken, die nicht nur zueinander reden, sondern auch aufeinander antworten. Vor der Liebe Mee Lans schmelzen die Formeln des Heutigen, mit denen die Prinzessin nichts anfangen kann. Er findet eine menschliche Sprache, Verständigung, die Welt wird vertraut. In den Steinen, in den Bäumen, in den Tieren, in den Wolken, in der Sonne wird die Prinzessin den Geliebten wiederfinden (44). Und wenn auch dieses Einverständnis im beiderseitigen Versagen wieder zerbricht – am Ende stehen der Heutige und die Prinzessin als Geschlagene zusammen. Sie kniet vor ihm:

»Ich liebe dich. Ich habe dich erkannt und liebe dich.
Ich, die Hochmütige, knie vor dir, dem Verhöhnten,
und liebe dich.

Er schweigt.

Nun bist du der Stumme.« (115)

In diesem Schluß verknüpft sich mit dem Motiv der Liebe das der Wahrheit, das eine noch vordringlichere Rolle im Stück spielt. Sie lebt in der vom Kaiser verfolgten »Stimme des Volkes« anonym, sie ist die äußerste Gefährdung der kaiserlichen Tyrannis. Die Stimme des Volkes ist das öffentliche Gewissen, das sich einzelne zu Werkzeugen bereiten kann: so den Stummen. Der törichte, stumme Bauernsohn ist natürlich nicht der Erfinder jener Sprüche, die die kaiserliche Autorität untergraben, er ist nicht Min Ko, die Stimme des Volkes. Aber er wird zur Stimme der Wahrheit, er wird dazu gemacht. Es ist vielleicht die stärkste Szene des Stückes, wenn der Kaiser, völlig aus der Fassung gebracht durch das Schweigen des Stummen im Schauprozeß, alle die Vorwürfe, die er hinter dieser Sprachlosigkeit vermutet, wie unter Zwang ausspricht und damit sich selbst anklagt:

> »Verräter, du elender, du verstockter, meinst du, wir wissen nicht, was du denkst hinter deiner dreckigen Stirn, du Maulaffe, du verlumpter, du Mann von der Straße – Die Große Mauer, sagst du, nichts als Geschäft! Millionen verrecken dabei, sagst du, für unser Geschäft – bestreite es, wenn du kannst!
>
> *Der Stumme schweigt.*
>
> Blutegel, sagt du, mein ganzer Hof, sagst du, eine Gesellschaft von Blutegeln! Meinst du, ich habe es nicht gehört? Ich, Tsin Sche Hwang Ti, der die Völker befreit, ich, der die Welt befriedet hat, ich: ein Blutegel – sagst du – ich sauge das Blut der Armen, ich nähre mich von den Früchten eurer Kraft! Deiner Kraft!
>
> *Hwang Ti versucht Hohnlachen.*
>
> Ha! Ha!
>
> *Der Stumme schweigt.*
>
> Glotze mich an, ja, und zittere! Ich werde dich zum Schweigen bringen, du Schwätzer [...]« usw. (83)

Es tritt hier genau das ein, was der Heutige dem Stummen vorhersagt: »Dein Schweigen bringt alles durcheinander. Am Ende zwingst du sie noch, die Wahrheit selbst zu sagen.« (81) Noch im Leiden, noch im Schweigen spricht sich die Wahrheit aus. Diese Paradoxie vertieft sich dadurch, daß dem schweigenden Stummen damit für einen Augenblick gelingt, was dem so beredten Heutigen völlig versagt ist: die Wahrheit zu Gehör zu bringen. Der Stumme will nicht die Stimme des Volkes sein, aber er wird als solche gehört. Der Heutige will die Stimme des Volkes sein, aber seine Beredsamkeit bleibt stumm.

In dem großen Parallelauftritt zur Gerichtsszene, in dem der Heutige sich Kaiser und Hof anbietet: »Nehmen Sie mich, meine Herrschaften, als die Stimme des Volkes! [...] Um zu vernehmen, was das Volk denkt, foltern Sie nicht länger einen Stummen! Ich will es Ihnen sagen. Hören Sie mich an!« (99), wird der Warner nicht ernst genommen. Der Stumme wird gefoltert. Der Heutige wird verhöhnt durch Verleihung eines Staatspreises für Beredsamkeit. Und auch die Prinzessin hört es nicht, wenn der Heutige sich rechtfertigt für einen Augenblick der Schwäche und dabei lauter Richtiges und Wohlformuliertes sagt. »Durch alles hindurch – hörst du nicht?« fragt die Prinzessin. »Ein Stummer, der gefoltert wird, bis er schreit! [...] Und du hörst nur dich selbst? Ich will nicht wissen, was du weißt. Warum weinst du nicht? Du mit deinem tauben Wissen, warum schreist nicht du für ihn? –» (90) Alles, was der Heutige sagt, stimmt, aber es ist »taubes Wissen«, es ist nicht die Wahrheit. Denn die Wahrheit ist nicht in der Formel, im bloßen Wissen, sie ist in der ganzen, ungeteilten Existenz, die auch der Heutige nicht besitzt. Auf den Heutigen hört das Volk nicht, aber für den Stummen steht es auf. In ihm überspringt die Wahrheit und damit die Zukunft jene Mauer, die dem Stück seinen Namen gibt.
Trotzdem wird in der *Chinesischen Mauer* auch die Wahrheit des Stummen wieder verschüttet, und zwar durch die Mutter, die wider besseres Wissen ihren Sohn für Min Ko, den Verfasser der politischen Aufrufe, erklärt und ihn durch diese Lüge auch im geistigen Sinne wieder stumm macht, zum Idol erniedrigt. In der Sekunde der Entscheidung hat die Mutter, wie der Heutige schon im Vorspiel sagt, »eine entscheidende Rolle« (8). »Die einzige Hoffnung in diesem Spiel, die letzte Hoffnung, die ich sehe, bist du!«, prägt ihr der Heutige ein (106), und er kann versprechen: »Es wird nie wieder geschehen. Wenn du vor allen, die uns hören, die Wahrheit sagst.« (107) Die Wahrheit kann den Kreislauf aufbrechen, den Menschen in seiner Gegenwart einbürgern. Indem sie verraten wird, beginnt der Kreislauf des Verhängnisses von neuem. Aber nicht dieser Kreislauf, nicht die Polonaise der Masken ist das letzte Wort des Stückes – es liegt bei der Prinzessin, die dem Heutigen erklärt: »Nun bist du der Stumme [...]« (115). Die beiden Geschändeten, der Heutige und die Prinzessin, sind Träger

einer letzten Hoffnung. Der Stumme hatte in der Niederlage gesiegt, und nun ist der Heutige der Stumme – er ist es geworden durch seine Niederlage. Sein Reden hat nichts geholfen. Durch das Leiden wird seine Existenz zur Stimme der Wahrheit, zum Gewissen. Wie Frischs Romanheld Stiller stiller wird, als er sein Leben mit seinen Niederlagen angenommen hat, so der Heutige. Er ist am Ende der Stumme, aber auf einer höheren Stufe; denn der erste Stumme war naiv, der Heutige ist bewußt. Und an ihm, in ihm wird die Wahrheit noch einmal zur Entscheidung gestellt werden. In ihm bleibt der Mensch unterwegs, sind wir alle unterwegs nach unserer Gegenwart. Ob wir sie erreichen, ist völlig offen. Das Stück beginnt von vorn, und es kann auch wieder in einen Kreislauf hineinführen, der uns dem Ende näher bringt. Vieles spricht dafür. Die Wahrheit ist in der *Chinesischen Mauer* fast schon eine Utopie geworden. Und doch haben wir noch eine Möglichkeit. Wir können noch einmal versuchen, zu uns selbst zu finden in Liebe und Wahrheit und damit unsere Gegenwart einzuholen.

Das für den flüchtigen Blick formlose dramatische Gebilde Frischs hat sich, so hoffe ich, als eigenständig geformt erweisen lassen. Aufhebung der Raum-Zeit-Einheit und Durchbrechung der Illusion sind die Form eines Inhalts. Es bleibt vielleicht noch die Frage zu gewärtigen, was man mit einer dichterischen Aussage anfangen soll, die so verschlüsselt ist, daß sie derartig langwieriger Auslegungen bedarf. Darauf wäre zunächst einmal zu antworten, daß Frischs Werk für den, der hören und sehen kann, durchaus für sich besteht, auch ohne Kommentar, der ohnehin nichts anderes tun kann, als das vom empfänglichen Sinn Wahrgenommene ins Licht des kritischen Bewußtseins zu heben. Über ein Kunstwerk zu sprechen, wird immer erst dann nötig, wenn es für sich selbst spricht. Vor allem aber: Wenn Frisch komplizierte Strukturen vor uns hinstellt, die mannigfach vom gewohnten Drama abweichen, ist das kein Experiment um des Experiments willen. Das Drama muß, wie jede Kunst, neue Ausdrucksmittel entwickeln, um eine sich ständig wandelnde Welt fassen zu können. In dieser Perspektive haftet Frischs Werk keine Willkürlichkeit an. Es steht in einem geistes- und literaturgeschichtlichen Zusammenhang.

Verwandtes läßt sich vielerorts finden. Wiederholt ist für das moderne Drama allgemein – und das trifft auch für Frisch zu – auf Analogien zum Drama der Reformationszeit hingewiesen worden, das wie die Moderne den Appell an den Zuschauer, den offenen Schluß als Aufruf zur Entscheidung kennt, das plakathaft demonstriert, nicht differenziert und individualisiert. Zeiten der Umwälzung hatten auch früher keine Muße für ein seliges in sich Ruhen des Kunstwerkes. Im sogenannten Sturm und Drang der 70er Jahre des 18. Jahrhunderts, bei Friedrich Maximilian Klinger und Jakob Michael Reinhold Lenz etwa, entstehen Dramen, bei denen sich die Zerrissenheit des Menschen in der Weise dramatisch niederschlägt, daß der Held auf der Bühne seinen eigenen Bewußtseinsprojektionen als eigenständigen Figuren begegnet. Der Romantik ist die Technik der Illusionsdurchbrechung, das Aus-der-Rolle-Fallen des Schauspielers geläufig als Zeichen der Allmacht und Willkür des schöpferischen Geistes, der die starren Konfigurationen der Wirklichkeit, aber auch die festen Grenzen des Kunstwerkes auflösen will. Christian Friedrich Grabbe, ein verzweifelter Humorist, deformiert in seinem Lustspiel *Scherz, Satire, Ironie und tiefere Bedeutung* bewußt die Einheit der Handlung und der Charaktere, um in einem nach klassischen Begriffen »höchst mittelmäßigen Lustspiel« eine ebenso mittelmäßige Welt, die bis auf den Grund fragwürdig ist, abzubilden. Grabbe und Frisch stimmen sogar in einem einzelnen Einfall überein: Wie bei Grabbe die großen Gestalten der Literatur, Wallenstein, Marquis Posa usw., in einer literarischen Hölle schmachten, kommt Frischs Don Juan »aus der Hölle der Literatur« (24).

In der Moderne vollends zerbrechen allgemein die Konventionen des Dramas, da die Prozesse unserer Gegenwart nicht mehr in den traditionellen Formen darstellbar sind. »Wenn man sieht, daß unsere heutige Welt nicht mehr ins Drama paßt, dann paßt das Drama eben nicht mehr in die Welt«, sagt Brecht in den 20er Jahren.[2] Mit dem Abstraktwerden der gesellschaftlichen, politischen und wirtschaftlichen Vorgänge wird auch das Drama abstrakt. An die Stelle des Helden aus dem klassischen Drama, in dem sich weltgeschichtliche oder allge-

2 Zitiert nach *Euphorion* 52, 1958, S. 277.

mein menschliche Kräfte individuellen Ausdruck schaffen, tritt der Typus, oder, wie es bei Frisch heißt, die »Sorte«. Wallenstein ist Exponent der Geschichte, aber er ist auch ein einzelner Mensch, ein »Dieser«, wie Hegel sagt. Die Matrosen in Reinhard Goerings *Seeschlacht,* einem Meisterwerk des expressionistischen Theaters, sind nur noch anonyme Funktionäre der Historie, ihre Gesichter verschwinden nicht nur äußerlich unter der Gasmaske. Die Austauschbarkeit des Menschen in der Anonymität der Massengesellschaft, die die Möglichkeit der selbstverantworteten Tat einschränkt, artikuliert sich theatralisch in Figuren, die nicht mehr als individuelle Charaktere, sondern als Verhaltensmodelle interessieren. Die Austauschbarkeit des Menschen wird zum Motiv. Wie in der *Chinesischen Mauer* jeweils beim Verschwinden eines Zeremonienmeisters automatenhaft der nächste gleichen Namens, gleichen Aussehens und gleichen Verhaltens auftritt, wird bei Brecht in *Mann ist Mann* der arme Packer Gay an die Stelle eines Soldaten gesetzt, der gerade abhanden gekommen ist, und nimmt mit der Militärmontur Stück für Stück die Funktionen des Verlorenen an. Wie bei Frisch die Masken historische Duplikate der Figuren der Chinahandlung sind, tritt bei Thorton Wilder in seinem Stück *Wir sind noch einmal davongekommen* im wechselnden Kostüm immer der gleiche Mr. Anthropus mit seinen Söhnen Kain und Abel auf, und aus der Wiederholung der Figurenkonstellation entspringen immer wieder die gleichen Geschehensabläufe. Die Funktionsmodelle von Menschen führen so zu Funktionsmodellen von Handlungen. Mr. Anthropus und seine Familie spielen stets wieder die gleiche Handlung durch. Am Ende von Friedrich Dürrenmatts Komödie *Die Ehe des Herrn Mississippi* steht eine Allegorie, die den unaufhörlich gleichbleibenden Gang der Geschichte im Bild einer Windmühle faßt. In Brechts Stück *Die Rundköpfe und die Spitzköpfe* findet sich die *Ballade vom Wasserrad,* die ähnliches aussagt, wie Frischs Polonaise der Masken oder Dürrenmatts drehende Windmühle der Geschichte:

»Freilich dreht das Rad sich immer weiter
Daß, was oben ist, nicht oben bleibt.
Aber für das Wasser unten heißt das leider
Nur: daß es das Rad halt ewig treibt.«

Wir sehen, daß die bei Frisch auffallenden Stilzüge – Typik der Personen, Kreislauf der Handlung – dem modernen Drama gemein sind. Dasselbe gilt zuletzt auch für die Spaltung der Person und des Geschehens, für das Farcenhafte der Vorgänge. Wie bei Frisch der Heutige ist in Brechts *Gutem Menschen von Sezuan* die Heldin zerrissen bis zum Verlust der Einheit der Person. Das Böse, das sie nicht tun will und tun kann, das aber notwendig ist als Voraussetzung des Guten, tut sie in der Maske ihres Vetters. Als einem Fremden begegnet sich der Mensch, begegnen wir uns in der *Chinesischen Mauer*, und wieder weist der Sachverhalt über Frisch hinaus. Der Begriff der Verfremdung ist von Brecht theoretisch entfaltet worden, bei dem Frisch manches gelernt hat, ohne doch im geringsten zum Imitator zu werden. Denn Brecht wendet die Verfremdung in einem anderen Sinne an als Frisch. Brecht verfremdet eine Welt, die er als politischer Dichter selbst durchschaut oder zu durchschauen glaubt, um sein Publikum zur Veränderung der Verhältnisse in Richtung auf jene »Normalität« aufzurütteln, wie sie der Marxismus versteht. Auch Frisch will, daß wir uns verändern, aber er erspart uns das Rezept. Sein Denken ist offen wie sein Theater zur Zukunft, und gerade diese Offenheit soll auch der Zuschauer oder Leser gewinnen. Frisch hält keine Lösungen parat; er verfremdet uns unsere Welt, weil er sie selbst als fremd erlebt. Frisch schreibt, gleich Brecht, Lehrstücke, aber »Lehrstücke ohne Lehre«, wie er für seine Groteske *Biedermann und die Brandstifter* formuliert. Nicht nur sind, wie früher bei Grabbe, Handlung und Personen deformiert, das Raum-Zeit-Sinn-Kontinuum ist aufgesplittert als Ausdruck für den Verlust der Einheit von Denken, Fühlen und Urteilen, unter dem auch der Stückeschreiber steht. Wo die Welt kein Sinnganzes mehr ist, sind zuletzt Tragödie und Komödie als reine Formen nicht mehr möglich. Frisch schreibt, wie die meisten bedeutenden Dramatiker der Gegenwart, Stücke, in denen Tragik und Komik unvermittelt nebeneinanderstehen. Obwohl es in der *Chinesischen Mauer* im wahrsten Sinne des Wortes um die letzten Fragen der Menschheit geht, nennt Frisch das Stück eine Farce. Schon im Vorspiel wird das Wort verwendet und legt sich dort selbst aus: Der Heutige erklärt, die Zeit der Handlung sei heute abend: »Also in einem Zeitalter, wo der Bau von Chinesischen Mauern, versteht sich, eine Farce ist.« (13) Später bezeichnet die Prinzessin den Versuch ihres Vaters, die Wahrheit zu ändern, als Farce (84), und am Schluß verkündet der Heutige, daß soeben die ganze Farce von vorne beginnt. (111) Weil wir uns im Kreis drehen, weil wir immer noch und immer wieder, heute wie gestern, Chinesische Mauern zu bauen versuchen, die uns die Wahrheit verdekken, ist unser Verhalten farcenhaft: und das heißt im ursprünglichen Sinne des Wortes und der Gattung ein »Füllsel«, ein Zwischenspiel, eingefügt in die Haupthandlung. Unsere Wirklichkeit, unsere Gegenwart, die eigentliche Geschichte ist noch nicht erreicht. Das ist keine sehr erheiternde Feststellung, und so nennt Frisch auch die *Chinesische Mauer* in seinem *Tagebuch*[3] »eine bereits ziemlich verzweifelte Farce«. Immerhin bleibt sein Stück ein Appell, und wer noch appelliert, hat die Hoffnung nicht ganz verloren. »Dichtung, die ihre Ohnmacht erkennt, ihre Ohnmacht zeigt, hat etwas von einem letzten Alarm, der ihr möglich ist –.«[4]

1962

3 M. Frisch, *Tagebuch* Berlin 1950, S. 281.
4 *Tagebuch*, a.a.O., S. 70. Zu der hier gegebenen Kurzcharakteristik des Gegenwartsdramas vgl. Fritz Martini, *Das Drama der Gegenwart* in: *Deutsche Literatur in unserer Zeit*, Göttingen 1959, S. 80–104.

Hellmuth Karasek
»Biedermann und die Brandstifter«

In einem *Versuch über die Grenzen des modernen Dramas* hat Joachim Kaiser festgestellt, daß gerade das Zeitdrama nicht »im leeren, gar im luftleeren Raum« entstehen könne: »Es muß ein Rahmen, ein Weltausschnitt da sein, in dessen Bezirk sich die Beziehungen zwischen den Figuren des Dramas überhaupt erst herstellen können.« Dieses »Gemeinsame, Voraussetzende« – Kaiser nennt es »Klima« – beobachtet er vor allem bei Frisch und Dürrenmatt, in denen beiden zwar »ein wütender Anti-Schweizer-Affekt« tobe: »Aber ihre dramatischen Szenerien sind zugleich schweizerisch bis auf die Knochen«. Obwohl Kaiser als Belege das Güllen der *Alten Dame* und Frischs Zwergstaat »Andorra« erwähnt, läßt sich das Gesagte leicht auf Frischs ersten ungetrübten Welterfolg, den *Biedermann und die Brandstifter* anwenden. Das Stück 1957/58 aus dem Hörspiel *Herr Biedermann und die Brandstifter* entstanden, wurde zusammen mit dem Schwank *Die große Wut des Philipp Hotz* 1958 in Zürich unter der Regie von Oskar Wälterlin uraufgeführt. Bei der deutschen Erstaufführung in Frankfurt wurde das Stück erstmals mit dem Nachspiel gezeigt.
Es mag auf den ersten Blick befremdlich wirken, wenn man das schweizerische Klima gerade in einem Stück bemerken will, das von allen Frisch-Dramen das geradlinigste, knappste, konsequenteste ist, das – wenn man Parabel auch als Abstraktion begreift – von allem Zufall, von aller privaten Beiläufigkeit, von aller persönlichen Charakterisierung am meisten abstrahiert ist. *Biedermann und die Brandstifter* »erzählt« seine Handlung mit mathematischem Kalkül, das Stück duldet keine Abschweifung und Aufweichung; den Figuren, die auftreten, wird nichts abgenommen, nichts gestattet, was nicht streng der Enthüllung der Parabel untergeordnet wäre – und dennoch beruht seine stupende Überzeugungskraft auch darauf, daß zwischen der kompromißlosen Konsequenz der Handlung sich das unverwechselbare »Klima« des Stücks ausbreiten kann, je-

ner gutbürgerlich schweizerische Biedersinn, jene wohlgeordnete, von chorischen Feuerwehrleuten umgebene Ordnung, die hier mit mathematischer Präzision in ihr Cannae geführt wird, in ihren Untergang, den sie als Keim in sich selbst trägt. Zeigt der *Öderland* die Gefährdung der Ordnung durch wilde Träume, durch die Flucht des Spießers aus dem Spießerdasein, so führt Frisch im *Biedermann* vor, daß große spektakuläre Aufbrüche für den Spießer gar nicht nötig sind, damit seine Welt der Gewalt zum Opfer falle. Im Unterschied zum *Öderland* ist der *Biedermann* nicht mehr das Drama derjenigen, die das Chaos in ihrer Brust entdecken und deshalb reif für Gewalt und Umsturz werden, sondern das der feigen, puren Mitläufer, bei denen Phantasielosigkeit, eine erschreckende Anpassungsfähigkeit und ein schrankenloser Egoismus die Voraussetzungen bilden, in denen sich die Gewalt ohne Schwierigkeiten einnisten kann.

Das, wie gesagt, geschieht in einer »reinen«, von Zufälligkeiten unbehelligten Parabelform, aber gerade diese Form offenbart ein »Klima« kleinbürgerlicher Reputierlichkeit und Enge, für die der Autor sicher nach dem nächstliegenden »Modell«, seinem Land, gegriffen hat. Daß dies so ist, geht schon allein aus der Hörspielfassung hervor, wo ausdrücklich vom »Brand von Seldwyla« die Rede ist. Gerade deshalb ist im *Biedermann* so etwas wie ein Welttheater geglückt, eine höhnische Jedermann-Version, ein Bild des verschreckten Bürgers, der jeder Gewalt hilflos ausgeliefert ist, ja ihr Wegbereiter wird. Das Stück, das allein nicht ganz abendfüllend ist (was dem Umstand zugeschrieben werden muß, daß Frisch ursprünglich mit Dürrenmatt zusammen einen Theaterabend bestreiten wollte; Dürrenmatt wollte in Ergänzung zum *Biedermann* ein Knechtling-Stück schreiben), geht wiederum auf eine Tagebucheintragung zurück. Im Tagebuch erzählt Frisch unter dem Titel *Burleske* in einem Stil, der ein wenig an Kafkas kleine Prosa erinnert, die Fabel des *Biedermann* – sicher nicht ohne Grund folgt sie unmittelbar einer Eintragung über den Umsturz in der Tschechoslowakei, bei dem die bürgerliche Regierung auch der »Revolte« den Weg bereitete. In dieser Burleske ist schon von der »Ruhe« die Rede, die der Bürger als sein erstes und einziges Recht in Anspurch nimmt. Der Gast, der ihm unheimlich vorkommt, wird gar nicht erst ernsthaft verdächtigt: »aber du willst Ruhe, wie gesagt, und also bleibt dir nichts anderes übrig, als keinen Verdacht aufkommen zu lassen in deiner Brust.« Schon hier in der Prosavorstudie findet die Umwertung der Bürgertugenden zu Untugenden statt, die eine der großen Entdeckungen des *Biedermann*-Dramas ist. Gemeint ist das, was Werner Weber »die verdorbene Sprache« genannt hat: »Biedermann und Frau unterliegen gegen die Brandstifter, weil, was sie sagen, nicht gemeint ist; und weil, was sie meinen, nicht gesagt ist. Ihre Sprache dient nicht der Darstellung, sondern der Verstellung. Was sie reden, ist ein unaufhörlich erneuter Hinweis auf die verlorene Identität von Wort und Welt. Biedermann ist nicht beim Worte zu nehmen; er wird darum so lächerlich, wie grauenvoll verfügbar.« Wenn es in der Burleske zum Einlassen des Brandstifters heißt: »Man muß Vertrauen haben, man soll nicht gleich das Schlimmste annehmen, wenn man einen Menschen nicht kennt [. . .]«, so ist das Gemeinte genau das Gegenteil des Gesagten: wo Biedermann Vertrauen vorschützt, ist er von Mißtrauen zerfressen. Und es ist nur seine Feigheit, die ihn einerseits blind macht, andererseits seiner Untätigkeit die nötigen Phrasen und Tugenden als Beschwichtigungen und Rechtfertigungen in den Mund legt.

Auch im *Biedermann* wird mit dem Drama gleichzeitig die Form des Dramas denunziert. Welttheater schrumpft da auf die Lächerlichkeit und Banalität einer Handlung zusammen, bei der das Unheil unvermeidbar wird, weil es in jedem Augenblick zu vermeiden wäre. Mit dem chorischen Auftreten von Feuerwehrleuten »parodiert« Frisch die antike Schicksalstragödie, um sie dem Bürger als Selbstberuhigung und als Stilisierungsmöglichkeit seines banalen Tuns zu zerstören. Während der Biedermann der »Burleske« im Bett zur Beruhigung das *Apostelspiel* von Max Mell liest (»jene Legende, die uns die Kraft des rechten Glaubens zeigt, mit einer Befriedigung, die das Schlafpulver fast überflüssig macht«), wird im Stück höhnisch der Jedermann-Ruf zitiert, bei dem sich Biedermann und seine Frau pflichtschuldigst an Salzburg erinnern, ohne durch den Ruf selbst verschreckt zu werden. Literatur als Beruhigung des Bürgers, aus der er die hohen Worte für seine kleinen Taten borgt – auch sie wird im *Biedermann* hohnvoll in die Parabel einbezogen. Und daß es kein hohes, blindes Schicksal ist, was der »Held« im Drama dem Publikum vorleidet, auf daß es sich ihm gleich fühlen kann – das verkündet der Feuerwehrchor gleich eingangs den Zuschauern:

»CHORFÜHRER Feuergefährlich ist viel,
Aber nicht alles, was feuert, ist Schicksal,
Unabwendbares.
CHOR Anderes nämlich, Schicksal genannt,
Daß du nicht fragest, wie's kommt,
Städtevernichtendes auch, Ungeheueres,
Ist Unfug.«

Und noch deutlicher resümiert der Chor:

»Nimmer verdient,
Schicksal zu heißen, bloß weil er geschehen:
Der Blödsinn,
Der nimmerzulöschende einst!«

Gottlieb Biedermann – schon der Name offenbart die parodierende Reduktion des Welttheaters auf Alltagsbanalität – liest in seiner Stube sitzend und rauchend die Zeitung. Er ist Haarwasserfabrikant, Millionär, und erregt sich über die Brandstifter, von denen die Zeitungen Tag für Tag voll sind. Jetzt wiederholt er sich, was er schon am Stammtisch, mit der Faust kraftvoll auf den Tisch schlagend, zu diesem Thema zu sagen hatte: »Aufhängen sollte man sie. Hab ich's nicht immer gesagt? Schon wieder eine Brandstiftung. Und wieder dieselbe Geschichte, sage und schreibe: wieder so ein Hausierer, der sich im Dachboden einnistet, ein harmloser Hausierer.« Diese knappen Sätze enthalten fast die ganze, glänzende Explosion des Stücks. Denn das, was Biedermann, durch die Zeitung gewarnt, weiß, das passiert ihm im Verlauf des Stücks. Während er gegen die Brandstifter wettert, meldete ihm Anna, das Dienstmädchen, daß ein Hausierer ihn sprechen wolle. Ehe Herr Biedermann ihn noch abwimmeln lassen kann, steht er neben Anna in der Tür, »ein Athlet, sein Kostüm erinnert halb an Strafanstalt und halb an Zirkus.« Schmitz, der da als erster Brandstifter bei Herrn Biedermann eindringt, ist also durchaus keine vertrauenerweckende Erscheinung. Das erste Mittel, wodurch er sich einnisten kann, ist der Schrecken, den er verbreitet, sind die sanften Hinweise auf seinen Ringerberuf. Im übrigen macht er dem Biedermann den ersten Schritt leichter, er hilft ihm scheinbar das Gesicht zu wahren, indem er so tut, als habe er gemerkt, daß er aus Menschlichkeit eingeladen werde.

Er baut Herrn Biedermann eine Brücke, die zur ersten Ausrede des Überraschten wird. Dazwischen droht er ebenso versteckt wie unzweideutig: »da packt so ein Herr, der noch nie gerungen hat, unsereinen am Kragen – Wieso, frage ich, und drehe mich bloß um, bloß um ihn anzublicken, schon hat er die Schulter gebrochen (er nimmt das Glas), Prost!«
Das Stück führt Schmitz auf unnachahmlich wirksame Weise ein. Die Mischung aus scheinbarer Unterwürfigkeit und offenkundiger Unverschämtheit ist ebenso effektvoll komisch, wie sie den typischen Terror, durch den der Bürger eingeschreckt wird, parabolisch einfängt:

»SCHMITZ Das Mädchen hat mir gesagt, Herr Biedermann will mich persönlich hinauswerfen, aber ich habe gedacht, Herr Biedermann, daß das nicht Ihr Ernst ist . . .

Anna ist eingetreten

BIEDERMANN Anna, bringen Sie ein zweites Glas.

ANNA Sehr wohl.

BIEDERMANN Und etwas Brot – ja.

SCHMITZ Und wenn's dem Fräulein nichts ausmacht: etwas Butter. Etwas Käse oder kaltes Fleisch oder so. Nur keine Umstände. Ein paar Gurken, eine Tomate oder so, etwas Senf – was Sie grad haben, Fräulein.

ANNA Sehr wohl.

SCHMITZ Nur keine Umstände!«

Während sich Schmitz so hurtig im Hause des Herrn Biedermann einnistet, meldet Anna Herrn Knechtling, einen Angestellten Biedermanns, den er entlassen hat, weil dieser an dem Gewinn des von ihm für Biedermann erfundenen Haarwassers beteiligt werden wollte. Biedermann läßt ihn hinauswerfen: »Soll er einen Anwalt nehmen. Bitte! Ich werde auch einen Anwalt nehmen. Beteiligung an seiner Erfindung. Soll er sich unter den Gasherd legen oder einen Anwalt nehmen – bitte! – wenn Herr Knechtling es sich leisten kann, einen Prozeß zu verlieren oder zu gewinnen. Bitte! Bitte!«
Hier zeigt sich der wahre Biedermann, ohne den Schutz der Phrasen von Menschlichkeit und Vertrauen, mit denen er sich darüber hinwegtröstet, daß er sich Schmitz nicht vom Halse schaffen kann. So gibt er Schmitz Asyl, auch noch auf dem Dachboden, unter der Bedingung, daß er keinen Lärm mache. Denn Frau Biedermann ist herzkrank. Auf dem Dachboden, zu

dem die beiden Männer leise schleichen, weil Babette Biedermann nach Hause gekommen ist, nimmt Biedermann seinem Gast das Versprechen ab, daß er kein Brandstifter sei. Der Chor beschließt die Szene mit dem Ruf »Heil uns!«. Noch ist der nächtlichen Stadt nichts geschehen »Heute noch nichts ...«
Die zweite Szene zeigt die Etablierung des Terrors im Hause der Biedermanns. Zunächst versucht Biedermann, den ungebetenen Gast durch seine Frau hinauswerfen zu lassen, nachdem sie klagte: »Du bist zu gutmütig. Das mach ich nicht mit, Gottlieb. Du läßt dein Herz sprechen, während ich die ganze Nacht nicht schlafen kann ... ich will ihm ein Frühstück geben, aber dann, Gottlieb, schick ich ihn auf den Weg.« Nach dem Terror, der sich gleichzeitig bieder und unterwürfig gibt, folgt jetzt die zweite Tarnung: Schmitz darf bleiben, weil er an die Sentimentalität von Frau Biedermann appelliert. Während sie gerührt von seiner schrecklichen Jugend hört, ihm widerspricht, wenn er wehleidig darüber jammert, daß er keine Manieren habe, kündigt er noch einen zweiten Besucher an. Die Szene endet damit, daß es läutet und Schmitz erfreut sagt: »Der Willi!«
Das Unheil nimmt seinen Fortgang. In der nächsten Szene stapeln der Ringer Schmitz und Willi, ein ehemaliger Kellner in Frack mit geschniegeltem Haar und sogenannten feinen Manieren, die eine bühnenwirksame Mischung aus öliger Anbiederung und ehrlicher Unverschämtheit darstellen, Fässer mit Benzin auf dem Boden. Herr Biedermann kommt dazu und tobt zum erstenmal. Ungerührter ständiger Kommentar von Schmitz: »So war er noch nie.« Eisenring, der Kellner, nimmt ihm den Wind aus den Segeln, indem er die Vorwürfe des Herrn Biedermann vorwurfsvoll an Schmitz weitergibt. Die beiden Gangster machen auch gar nicht den Versuch, Biedermann über die Fässer zu belügen. Sie überrumpeln ihn durch die ungerührte Selbstverständlichkeit ihres Tuns, kalkulieren ganz folgerichtig mit seiner Feigheit. Biedermann ist sprachlos. Unten, in der Wohnstube ist inzwischen ein Polizist eingetreten, um Herrn Biedermann den Selbstmord seines ehemaligen Angestellten Knechtling zu melden. Aus Feigheit und schlechtem Gewissen deckt nun Biedermann die Brandstifter, macht sich vor der Polizei zu ihrem Komplizen. Er behauptet, daß in den Benzinfässern, die sein eigenes Haus bedrohen, Haarwasser

sei. Auch hierfür hat der traurige Held später, auf die Frage des Chors, warum er es dulde, eine beschwichtigende Phrase parat: »Man soll nicht immer das Schlimmste denken. Wo führt das hin! Ich will meine Ruhe und meinen Frieden haben, nichts weiter, und was die beiden Herren betrifft – ganz abgesehen davon, daß ich zur Zeit andere Sorgen habe [...] kurz und gut, meine Herrn, ich habe es satt. Ihr mit euren Brandstiftern! Ich geh an keinen Stammtisch mehr, so satt hab ich's. Kann man eigentlich nichts andres mehr reden heutzutag? Schließlich lebe ich nur einmal. Wenn wir jeden Menschen, ausgenommen uns selbst, für einen Brandstifter halten, wie soll es jemals besser werden? Ein bißchen Vertrauen, Herrgottnochmal, muß man schon haben, ein bißchen guten Willen. Finde ich. Nicht immer nur das Böse sehen. Herrgottnochmal! Nicht jeder Mensch ist ein Brandstifter. Finde ich. Ein bißchen Vertrauen, ein bißchen [...]«

Diese wortreiche Zuversicht sitzt wie eine schlechtpassende Maske über der puren Furcht des Biedermann, der zur gleichen Zeit gesteht, daß er des Nachts vor Angst kein Auge mehr zumachen könne, seit die beiden in seinem Haus seien. Die Brandstifter aber treffen immer unbekümmerter auf dem Boden ihre Vorbereitungen. Und Biedermann fällt nichts anderes mehr ein, als sich noch mehr mit ihnen zu verbrüdern. Er hofft auf Schonung, indem er sie zu seinen Freunden macht. So läßt er ein Festessen mit Gans und bestem Wein vorbereiten.

Die konsequente Steigerung der grotesken Situation – Biedermann ist um so herzlicher zu den Gangstern, je mehr sie ihre wahren Absichten unverschleiert offenbaren – ist dramaturgisch mustergültig konzipiert. Auf dem Dachboden wird der immer hilflosere Biedermann zum Handlanger der Brandstifter. Er sucht mit Eisenring die Zündkapsel, hält ihm die Lunte und hört es sich wie einen guten Scherz an, daß Schmitz weg sei, mehr Lunte zu besorgen. Eisenring verrät ihm sogar sein System: Scherz ist die drittbeste Tarnung. Die zweitbeste: Sentimentalität. Was unser Sepp so erzählt: Kindheit bei Köhlern im Wald, Waisenhaus, Zirkus und so. Aber die beste und sicherste Tarnung (finde ich) ist immer noch die blanke und nackte Wahrheit. Komischerweise. Die glaubt niemand.«

Man sieht: eine Parabel, in der die Machtergreifung Hitlers treffend eingefangen ist. Die Erfahrung, daß Hitler aus seinen wahren Absichten in *Mein Kampf* nie einen Hehl gemacht hat, ist hier szenisch faßbar geworden. Der Terror kann sich unverblümt geben, sobald er den Bürger mitverstrickt hat, ihn zum Mitschuldigen machte. Er kann sich darauf verlassen, daß das Opfer nicht glauben wird, was es ahnt. Die Feigheit verschließt noch vor der Wahrheit Augen und Ohren. Biedermann hat auch jetzt Tröstungen bereit, weil für ihn nicht sein kann, was nicht sein darf. Bei dem Festessen macht er sich mit den Ganoven gemein, angeblich, um Schlimmeres zu verhüten. Der Mitläuferei werden alle Maskeraden nach und nach entrissen Biedermann geht seinen schäbigen Weg bis zum bitter-erbärmlichen Ende.

Für dieses Sichgemeinmachen hat das Stück eine überzeugende bühnenwirksame Entsprechung gefunden. Während das Dienstmädchen den Tisch festlich decken will, verbietet Biedermann allen Luxus, auf daß sich seine Gäste wie zu Hause fühlen sollen:

»BIEDERMANN Silber!

Er starrt auf den Kübel und dann auf Anna.

Haben wir das immer?

ANNA Das braucht man doch, Herr Biedermann.

BIEDERMANN Brauchen! Was heißt brauchen? Was wir brauchen, das ist Menschlichkeit, Brüderlichkeit. Weg damit!«

Inzwischen ist, als komisches »Zitat« eines szenischen Menetekels, der Kranz, den Biedermann für den toten Knechtling bestellt hat, mit falscher Schleife bei Herrn Biedermann selbst abgegeben worden. Biedermann übersieht auch diese Warnung. Das Festmahl mit den Gangstern wird zur schäbigen Verbrüderung, zur völligen Selbstaufgabe Biedermanns, der über die Brandstifter-Anspielungen seiner Gäste wie über gelungene Scherze lacht, mit den beiden ein albern-ordinäres Lied grölt und ihnen am Schluß sogar die Streichhölzer reicht, mit denen sie sein Haus und die Stadt anzünden, während es in den Außenbezirken schon brennt, die Feuerwehrwagen heulend vorbeifahren. »Wenn es wirkliche Brandstifter wären, du meinst, die hätten keine Streichhölzer?« beruhigt Biedermann sich und seine Frau zum letzten Mal, bevor sie in den Flammen umkommen.

Vorher ließ Frisch noch einen Intellektuellen auftreten, den dritten Verbündeten der Brandstifter, der jetzt sein Manifest gegen sie verliest, da er festgestellt hat, daß sie nicht aus Ideologie, sondern aus purer Lust brennen. Die Figur des Dr. phil., dessen Proklamation unverständlich bleibt, da sie von Sirenengeheul übertönt wird, ist eine neue Variation der Frischschen Grundfigur des ohnmächtigen Intellektuellen. Sie ist auch zur Parabelfigur des geistigen Wegbereiters der Macht gesteigert, der in Worten den Terror mit vorbereitete und jetzt, da er Wirklichkeit geworden, entsetzt und wirkungslos gegen ihn protestiert: so hatte er es nicht gewollt.

Biedermann und die Brandstifter heißt im Untertitel *Ein Lehrstück ohne Lehre*. Die Unbelehrbarkeit des Helden Biedermann, der aus Feigheit sehend blind ist, seinem Untergang zu entkommen sucht, indem er ihn selbst mitinszeniert, diese Blindheit hat Frisch gewissermaßen zum Gattungsmerkmal erhoben: nicht nur im Stück zeigt er keine Einsicht und Wirkung, auch durch das Stück glaubt er an keine Änderung. So wird die Parabel, deren Form Frisch von Brecht adaptiert hat, zur Widerlegung des Optimismus angesetzt, der Brecht glauben ließ, das Theater verändere die Welt, belehre seine Zuschauer. Statt dessen sieht sich Frisch auch als Dramatiker in der Rolle, die er in seinen Stücken dem Intellektuellen zuschreibt: sie predigen tauben Ohren, werden nicht gehört. Man wird trotzdem, so glaube ich, in der Bezeichnung Lehrstück ohne Lehre nicht die strikte Aufhebung der Brechtschen Lehrstücks-Absichten erblicken dürfen. Sie ist wohl eher Ausdruck dafür, daß Frisch die Wirkung des Theaters vorsichtiger einschätzt, daß er mit der provokanten Formulierung von der Nichtbelehrbarkeit seiner Zuschauer vielleicht doch Wirkungen provozieren will: Der *Biedermann* ist mindestens als warnendes Modell gemeint, ein Modell, dessen Anwendung sich nicht darin erschöpft, daß es der Machtergreifung des deutschen Faschismus theatralisch auf die Spur zu kommen sucht. Friedrich Luft hat auf seine »Vielfache Anwendbarkeit« aufmerksam gemacht: »Man kann die Moral dieses Lehrstücks ohne Lehre auf die jüngste Vergangenheit anlegen. Man kann bedeuten: wir wußten ja, daß Hitler Krieg, Vorherrschaft, Brand und Ausrottung meinte. Er hat's deutlich genug gesagt. Trotzdem hat man's nicht recht geglaubt: Biedermann als Mitläufer. Oder man kann (und soll wohl) an die Brandstifter denken, die mit dem neuen großen Feuer, mit der Teufelsbombe kokeln.

Wir dulden es. Wir sehen es mit an und finden viele Gründe, es zu tun. Aber die Lunte ist gelegt. Wehe! Oder man kann an die demokratische Duldsamkeit denken, mit der extreme Brandstifter biedermännisch von uns ausgehalten werden, ganz rechts und ganz links. Die Luntenleger des Umsturzes sitzen an unseren Tischen, kaum verdächtigt. Aus Gründen der öffentlichen Gemütlichkeit schieben wir die Regungen einer besseren Einsicht einfach weg: Ist ja alles nicht so schlimm [...]«

Schon diese drei »Auslegungen« zeigen, wie sehr es Frisch gelungen ist, mit seinem *Biedermann* ein umfassendes »Modell« zu schaffen, das in dem unheilvollen Zusammentreffen und -gehen von Spießern und Gangstern eine Gefährdung moderner Staatswesen eingefangen hat: das Unheil, das in der sogenannten privaten Sphäre, in den schützenden vier Wänden auf offene Arme stößt, gerade weil der Bürger hier in Ruhe gelassen sein will und daher seine Ruhe Schritt um Schritt preisgibt. Der *Biedermann* ist ein Stück der zu Ende gedachten Ausflüchte, die in die allgemeine Katastrophe münden. Das Stück hat, wenn man so will, nur einen »Fehler«: es ist allein nicht abendfüllend, auf der anderen Seite in sich so konsequent zu Ende gedacht, daß es das Nachspiel, das Frisch angehängt hat, nicht mehr benötigt, nicht mehr erträgt.

Was wie eine verschärfende Bestätigung der Unbelehrbarkeit des traurigen Helden wirken soll, wird zur verharmlosenden, weil keineswegs zwanghaften Fortsetzung. So witzig der Einfall sein mag, daß Biedermann sich auch nach seinem schmählichen Ende nichts anders vorstellen kann, als im Himmel zu sein – und hier nur nach Wiedergutmachung, nach seinem Recht verlangt –, so sehr wird das Stück im *Nachspiel* zum bloßen politischen Kabarett, wenn in der Hölle Teufel und Beelzebub mit Streik drohen, weil die uniformierten Verbrecher vom Himmel amnestiert wurden. Frischs berechtigter galliger Spott über die Entnazifizierung und Rehabilitierung der am Krieg beteiligten Militärs hat hier kein Stück mehr hervorgebracht, sondern einen (gewiß sehr scharfen und witzigen) Kabarett-Kommentar zu diesem zeitgeschichtlichen Thema. So droht dem Lehrstück im Nachspiel die Gefahr, daß es sich zur bloßen Kabarettpointe verengt.

1966

Karl Schmid
»Andorra« und die Entscheidung

Max Frisch ist 1911 geboren. Er ist also um eine Generation jünger als Jakob Schaffner (1875–1944), und durch fast ein Jahrhundert von C. F. Meyer (1825–1898), Jacob Burckhardt (1818–1897) und H. F. Amiel (1821–1881) getrennt. Diese drei waren Zeugen der deutschen und der italienischen Einigung. Schaffner erlebt den Ersten Weltkrieg, den Zusammenbruch Deutschlands von 1918 und dessen »Wiedergeburt« im Dritten Reich. Frischs Jugend steht im Schatten der europäischen Auseinandersetzung mit der faschistisch-nationalsozialistischen Ideologie und im besonderen des Spanischen Bürgerkriegs. Die deutsche Katastrophe von 1945 beschäftigt ihn aufs stärkste; er ist Zeitgenosse des Aufstiegs der Sowjetunion zur Großmacht und der seitherigen Spaltung der Welt in einen »Westen« und in einen »Osten«. Die allerersten Werke ausgenommen, ist die Spur dieser geschichtlichen Geschehnisse in seinem Oeuvre durchgängig sichtbar, als Hintergrund oder als eigentliches Thema. Das Bild der Schweiz als des Ortes, von dem Frisch herkommt, ist insbesondere greifbar im *Tagebuch*; sie erscheint als Problem im *Stiller* und im *Homo faber*, und als Modell in *Andorra*.

Wie weit aber ist Frischs Weg wirklich durch die Schweiz mitbestimmt, und wie weit ist sein geistiges Schicksal schlechthin dasjenige der europäischen Generation, der er zugehört? Die Frage könnte auch lauten: Wie weit ist die Schweiz für ihn nur »Modell« einer Welt, die er aus seiner Generation heraus bestreitet, und wie weit ist das, womit er im Streite liegt, wirklich das spezifische Wesen dieses bestimmten neutralen Kleinstaates? Man ahnt bald, daß auch für Frisch gilt, was bei Meyer, Amiel und Schaffner festzustellen war: Indem sie mit dem Vaterlande ringen, ringen sie mit sich selber. Sicher spielt auch für Frischs menschlichen und geistigen Weg das Privat-Biographische eine bedeutende Rolle, nicht anders als für Amiel, Meyer oder Schaffner. Aber auch im Falle Frischs soll diese private Linie für uns nicht im Vordergrunde stehen. Uns interessiert hier das Bild der Schweiz, wie es sich aus seinem Werk herauslesen läßt, und im besonderen die magische Kraft, mit der das Bild dieses bürgerlichen Kleinstaates fast alles an sich gezogen hat, was Frisch überwinden mußte und überwinden wollte. Es besteht auch Grund zur Annahme, daß Frischs Problematik ein »Modell« ist für vieles andere, was »in der Zeit liegt«.

In dichterischen Werken und in Texten ohne künstlerischen Anspruch hat sich Frisch so intensiv und häufig zu seinem Vaterlande geäußert wie Gottfried Keller. Während aber für Keller die Gewinnung des eigenen menschlichen Umrisses recht eigentlich an die Bejahung des jungen Staates gebunden war und der Grüne Heinrich nach so viel romantischen Versuchen genau in dem Maße etwas Rechtes wird, als er sich als Glied der Nation versteht und als Bürger des Staates bescheidet, hat Frisch den Weg zu sich selber umgekehrt im Ausgange aus seiner Nation finden müssen. Wenn wir vorsichtig sein und uns nichts verbauen wollen, müßten wir sagen: Er hat sich vielleicht nicht so sehr von seiner Nation entfernt als von dem Bildnisse, das diese Nation sich von sich macht, und gesteht ihm keine bildende und bindende Gewalt über sich selber zu.

Die Entwicklung Frischs ist eine Entwicklung *im Widerspruche zu seiner Nation*. Und insofern ist er niemandem ähnlicher als Conrad Ferdinand Meyer. Doch trennt ihn auch wieder ein Abgrund von diesem. Meyers Evasion war eine ästhetische Emigration in die historisierende Kunst, eine innere, ihm ausgesprochen leichtfallende Absage an den »größenlosen« Alltag seiner zürcherischen Umgebung. Hinter den Mauern seines Kilchberger Hauses fühlte er sich in keiner Weise mehr angefochten, und er focht auch seine Nation nicht eigentlich an. Anders Frisch. Keine Distanz, die er zwischen sich und die Schweiz legt, nimmt ihm ihr Bildnis ab, das er als Widersacher in sich trägt. Das Land, dessen Kleinheit Meyer und Schaffner in die Richtung der Größe hinausdrängte, hat auch Frisch abgestoßen. Aber dieser Stoß geht auf etwas ganz anderes als gegen den Rausch der Renaissance oder den Schicksalsmarsch des Reiches hin.

Sein Dasein in der Schweiz hat Frisch früh schon als *Haft* verstanden. Er fühlt sich behaftet auf seine Nation und ihre Lebensform. Da er dieser Nation zugehört, erwartet man von

ihm, daß er sie bejahe. Hier erwacht der Rebell. Die Rebellion gilt einmal der Nation und dem Staat an sich und allgemein. Mit Frisch stehen wir in einer Generation, die – Blick zurück im Zorn! – die Forderung nach verbindlicher Zugehörigkeit des einzelnen zu einem Kollektiv dem »Nationalismus« zuordnet und daher von vorneherein zu verwerfen gesonnen ist. Alle menschlichen Beziehungen, die stillschweigend oder ausgesprochen ein Anrecht auf die Gestaltung seines Denkens und Lebens anmelden, lehnt Frisch spontan und scharf als Ansprüche des Kerkers ab. Die Ehe ist eine solche Form der Haft, die bürgerliche Gesellschaft und die Nation sind andere. Ehe, Nation und Staat sind für Frisch aus Elementen, die der Ordnung des Kollektivs dienten, zu solchen geworden, die das Leben des Individuums schmälern. Unter dem Vorwande, die höheren Formen des Lebens zu sichern, sperren sie die Freiheit aus. Von *Santa Cruz* an begegnen wir diesem Kerker – der ein Schloß sein kann oder die Villa eines Staatsanwalts –, und in immer stärkerem Maße zeichnet es sich dann ab, daß der Weg in die Freiheit wie aus der Ehe, so auch aus der Gesellschaft und aus der Nation herausführen *muß*. Dabei wird auch immer deutlicher, daß der dreifache Kerker dreifach das Leben verletzt: als Enge, als Öde und als unfreie Scheinsicherheit.
Und hier muß nun die Rede auf die Schweiz kommen. Gewiß ist diese Rebellion, allgemein gesehen, nicht notwendig an eine bestimmte Nation gebunden. Aber die Ansprüche der Ehe, der kollektiven Ordnung und des bürgerlichen Perfektionismus werden für Frisch in einer Nation besonders anstößig, die, wie er sie sieht, seit langer Zeit überhaupt keinen echten Ansprüchen mehr zu genügen hatte. Alle nationalen Grenzen schaffen in Frischs Augen abgeleitete und künstliche Wesenheiten. Die Schweiz aber ist für ihn dadurch ausgezeichnet, daß die sie umreißende Grenzlinie auf ganz einmalige, gefährlichste Weise moralisch nachgezogen wird. Stillers Verleugnung der Zugehörigkeit zu den »Seinen« kann noch als unspezifisch gelten, und auch das Unbehagen im bürgerlichen Öderland. Das Bild Andorras aber ist sichtbar das Bild des neutralen Kleinstaates, der nicht unter dem Himmel lebt, sondern unter der Glasglocke seiner Verschontheit ruht. Als »Hort« und »Inbegriff«, wie es dort wörtlich heißt. Da verödet das Bürgertum, wird pharisäisch und schläft in seiner Selbstgefälligkeit moralisch ein. Wir

kennen die Namen dieses kleinen Raums; an Seldwyla reiht sich Mythikon und Öderland, dann Andorra – oder Güllen. Man nähme diesen Sachverhalt – der für Frisch weniger Spaß abwirft als für Dürrenmatt – wohl zu leicht, wollte man einfach von einem »schweizerischen Komplex« Max Frischs sprechen. Es gibt diesen Aspekt zwar ohne Zweifel; die stereotype Wiederkehr des Kerkerbildes und seines unverwechselbar schweizerischen Gittermusters beweist es. Doch ist mit solcher Reduzierung des Œuvres auf die privaten Zeichen, unter denen es begann, wenig gewonnen. Auch für Frisch gilt das Lessingsche Wort:

»Ein Mann wie du bleibt da
nicht stehen, wo der Zufall der Geburt
ihn hingeworfen, oder, wenn er bleibt,
bleibt er aus Einsicht, Gründen, Wahl des Bessern.«

Frisch ist auf höchst bewußte Weise in der Nähe des Ortes geblieben, wo der Zufall der Geburt ihn hingeworfen, und hat ihn schärfer angegangen als irgend einen anderen. Er hat diese Schweiz in die Bilder Öderlands und Andorras aufgelöst, um Öderland und Andorra mit seiner Dichtung wie mit Krieg zu überziehen. Wenn er als Dichter immer wieder zu diesem Zufallsorte der Geburt zurückkehrte, so ist daran nicht nur ein fataler Zwang schuld; es geschieht dies offenbar auch aus der Einsicht und dem Grunde, daß er in diesem Kleinstaate das *Modell* jener menschlichen Ordnung sieht, deren moralische und kulturelle Problematik in jedem Falle das Thema seines Lebens geworden wäre. Dieser Kleinstaat, der für Meyer Modell des Kleinen, für Amiel Modell des Dazwischen, für Burckhardt Modell der Polis, für Schaffner Modell des Abgefallen-Abseitigen war, wird bei Frisch hermetisches Modell des unschöpferischen Pharisäertums. Eine Experimentierkammer von beschränkter Dimension, aber hohen Druck gestattend, in der die Bedingungen bürgerlicher Lebensform – Besitz, Kultur, Moral und gutes Gewissen – rein und extrem zur Auswirkung gelangen. Wie für Dürrenmatt, liefert auch für Frisch die schweizerische Welt die Requisiten dessen, was ad absurdum geführt werden soll. Die Schweiz als Modell und Bühnenbild. Dem Absurden dient die Perfektion der Ordnung als Hintergrund.

Das Eingesperrte und Einsperrende der bürgerlichen Welt, wie er es in seiner engeren und engsten Heimat, der Schweiz und Zürich im besonderen, erfährt, der Widerspruch zwischen dem Willen nach offener Weite und der imperativen Enge, steht am Anfange von Frischs dichterischer Existenz. Die Bilder dieser Existenznot sind einfach und kehren immer wieder: die Zelle; der Uniformierte, der den Übertritt über Schwelle und Grenze verwehrt; und das beschwörende Geflüster der Ordentlichen, Rührenden, ihn Liebenden: »Wo willst du hin? Erkenne, daß du hierhin gehörst! Liebe, wozu du bestimmt bist! Sei glücklich hier! Sei treu!« Früh schon, bevor Frisch im *Stiller* für diese verweigerte Identifizierung seiner selbst mit dem Kollektiv und seinen Normen die exemplarische Fabel fand, treffen wir auf die Symbole der Evasion: Schiff und Axt. Symbole des schweifenden Aufbruchs ins Weite und des gewaltsamen Ausbruchs aus der Enge. Das Motiv des Schiffes wird schon in *Santa Cruz* angeschlagen, auf der ersten Seite. Als Symbol der Freiheit kehrt es in *Graf Öderland* wieder, in den Träumen des Staatsanwalts: »Einmal war ich Kapitän. O ja. Draußen auf der offenen See. Mein Schiff hatte drei Maste, der Bug hatte einen Schnabel, den ich noch heute zeichnen könnte, wie ein Adler. Wir fuhren nach allen Küsten der Welt. Kreuz und quer. Ohne Ziel und Zeit. Wir lebten von Fischen, wovon es genug gibt, und von den Früchten der Küsten, manchmal gingen wir auf die Jagd, und wenn wir das Nötige hatten, segelten wir weiter – ja – und dann ... dann, plötzlich, war es ein Spielzeug, mein Schiff mit den drei Masten – so groß: man kann es in beide Hände nehmen, mein Schiff, wo ich Kapitän drauf war, man kann es auf eine Truhe stellen [...] Und ein Dienstmädchen staubt es ab Tag für Tag –«. Nun also ist das romantische Traumsymbol des freien, schweifenden, segelnden Lebens zum Requisit des bürgerlichen Salons herabgesunken und zur unverbindlichen Erinnerung geworden, wenn überhaupt Erinnerung noch ist. Es ist kein allzu weiter Weg aus diesem bürgerlichen Salon zurück in Conrad Ferdinand Meyers Arbeitssalon, in dem Jürg Jenatsch geträumt und das Weltmeer der Geschichte unaufhörlich befahren wurde. In diesen seinen Anfängen steht Frisch Meyer viel näher als Bert Brecht; das Schiff ist näher als die Axt. Der beträchtliche Unterschied sei aber nicht verschwiegen: Meyer hat diese Aus-

fahrten völlig naiv als legitime »Entscheidungen für das Große« genommen. Den grotesken Widerspruch, der zwischen der von ihm genossenen bürgerlichen Küsten-Sekurität und dem anderen Leben auf den Karavellen der historischen Versetzung klafft, nahm er überhaupt nicht wahr. Die existentielle Unverträglichkeit des einen mit dem anderen ging für ihn schweigend in das selbstverständliche Schema ein, nach dem die Kunst »etwas anderes« ist als das Leben und der Seele sonntäglich verabreicht, was ihr der Alltag schuldig blieb. Mit solchen Versetzungen war Frisch höchstens in seinen Anfängen zu spielen versucht. Was für Meyer Glück war, wird für Frisch tragische Qual. Denn ebenso tief wie von der Sehnsucht nach der Schiffahrt ist er durch das Wissen bestimmt, daß solches Absetzen von der Küste der Wirklichkeit nicht angeht. Deshalb tritt an die Seite des Schiffes die Axt. Heißt: Man kann die Wirklichkeit nicht verlassen, indem man am Pier der Innerlichkeit das Schiff »Dichtung« besteigt; Veranstaltungen solcher Art sind Bürger-Luxus, es sind die Sensationen von Böcklin-Ausstellungen, Bildungsreisen und Musik. Der ernstliche Aufbruch kommt ohne die Axt nicht aus, mit der die Wände der »Ordnung« zerschlagen werden. Nicht Meyer also ist zu folgen, sondern Brecht. Hinter dem bürgerlichen »Unbehagen in der Kultur« – die Formel steht wörtlich in der ersten Fassung des *Öderland* – steckt eine viel allgemeinere Not, ein den Massen innewohnender Wille nach Glück; so mündet der *Öderland* in das Bild des sozialen Aufstandes. Die Zelle »Bürgerlichkeit« hält nicht nur das »Leben« fern, das in Phantomen von Schiffahrt, Santa Cruz, Santorin – oder Renaissance beschworen werden kann, sondern, was belangvoller ist, auch die Erfahrung der mitmenschlichen Wirklichkeit.
Der Gang Frischs ist nun dadurch gekennzeichnet, daß er nacheinander den Traum vom Schiff und den Traum von der Axt begräbt. Sie sind nur als Träume möglich, aber Schiff und Axt sind keine echten Wege in die Freiheit. Mehr noch: Sie sind das Gefährlichste, denn sie sind Vorspiegelungen der Befreiung. So kommt es zum Stiller, der weder mit Schiff noch Axt mehr spielt; was ihm bleibt, ist die Absage gegenüber dem Befehl des Zugehörens, die stumme Sabotage der Zugehörigkeit, die gebärdenlose Verweigerung des bürgerlichen Gehorsams. Und so kommt es zu den Komödien von *Biedermann* und *Philipp*

Hotz: Ironisierungen der biedermännischen Blindheit und der geräuschvollen »großen Wut« des Bürgers, über die nur zu lachen ist.
Nicht das romantische Abenteuer des Ausbruchs also steht in Frischs neueren Werken mehr zur Diskussion, sondern die *Existenz des einzelnen Gefangenen* im Kollektiv. Nicht daß Frisch sich mit diesem Kollektiv irgendwie abgefunden hätte. Der Grüne Heinrich kehrt nach seiner Reise auf fremden Schiffen in die Heimatstadt zurück und wächst in jene Nation hinein, zu der der Vater gehörte und die er in der Mutter verriet. Demgegenüber anerkennt auch der ältere Frisch weniger als je ein Vaterland, das auch das seinige sein *müßte,* weil es das Land der Väter war. Stiller tut es nicht, und nicht Faber. Immer stärker prägt sich Frischs Wille aus, nur das für sich gelten zu lassen, wozu er sich selber entschlossen hat. Über sein Vaterland wird man nicht befragt; also sind seine Ansprüche an den Einzelnen nicht legitim. Der tiefe Haß Frischs auf all dies ohne sein Zutun Ausgewürfelte steigt aus *Andorra* auf. Andri, der als Fremder gilt, obwohl er tatsächlich Andorraner ist, ist das genaue Spiegelbild und ironische Gegenstück zu Stiller-Frisch, der als »Andorraner« gilt, aber es nicht sein will. Andri bezahlt für den Mythos seiner Fremdheit mit dem Tode; Frisch möchte nicht mit dem Verzicht auf ein eigenes Leben für den Mythos seiner Zugehörigkeit zu einer Nation bezahlen, die er nicht als die seinige anerkennen will.
Dieser Wille zur ganz individuellen Freiheit des Schweifens, des Entwurfes und der Tat macht es, abgesehen von vielen anderen Gründen, begreiflich, warum die Ehe in Frischs Werk eine solche Rolle spielt. Die Ehe und die Scheidung der Ehe um der Freiheit willen sind nicht weniger als das Modell für die Bindung an die Nation und für die Scheidung von ihr – um der Freiheit willen. Dieser Abschied erscheint wie jene Scheidung buchstäblich als Akt des Lebenswillens und Beweis des Entschlusses zur Freiheit; man muß den Mut haben, Bezüge aufzulösen, die man nie willentlich einging oder einging als einer, der man nun nicht mehr ist.
Scheinbar hat uns unsere Betrachtung Max Frischs nun ganz von seinem und unserem schweizerischen Ausgangspunkte weggeführt. Der »Fall Frisch« scheint das Drama eines einzelnen zu sein, zu dem die Parallelen weniger in der Schweiz als eben

in der europäischen Generation zu suchen sind, der er angehört: bei Camus, Malraux, Saint-Exupéry zum Beispiel. Doch soll nun Frisch doch in die Reihe Meyer-Amiel-Schaffner gerückt werden, um der Klärung dessen willen, worin sich nicht nur Frisch, sondern seine ganze schweizerische Generation – man denke an Dürrenmatt – von jenen unterscheidet. In zugespitzter Form wäre das Ergebnis wie folgt vorauszunehmen: Das Erlebnis der Kleinheit und Unbeträchtlichkeit des Kleinstaates ist heute stärker als je. Stärker als je erweist sich auch die gesellschaftliche Ordnung, die in ihm gilt – noch immer gilt –, als durch Übereinkünfte und Überzeugungen gesichert, die die übrige Welt mehrheitlich nicht mehr teilt. Die beiden großen Wege, die die schweizerischen Dichter bisher beschritten, sind offenbar schwer begehbar geworden. Die rückhaltlose Bejahung des kleinen Kreises (heiße er Seldwyla, Emmenthal oder Bonnal) als eines Menschheits-Modells scheint nicht mehr möglich zu sein, aber auch die spirituellen Überspielungen und ästhetischen Evasionen, wie sie Amiel und Meyer übten, sind verdächtig. Was bleibt, ist das Gefühl der Beengung und die Auffassung der nationalen Wirklichkeit unter dem tragischen Bilde der Haft oder eines ironischen Modells, als eines Beispiels mit negativen Zügen. So versteht sich, was gestern schweizerischer Dichter hieß, nun leicht nur mehr als Dichter in der Schweiz.

Meyer und Amiel, Spitteler und Schaffner konnten sich, auf sehr verschiedene Weise beengt, noch – auf höchst verschiedene Weise – für vorgeprägte Welten entscheiden, die ihnen wie ferne Inseln Weite und Glück versprachen. So ging Meyer in der Vergangenheit an Land, und Spitteler im Mythos. Schaffner ließ sich willig auf große Geschichtsfahrt anheuern, und Amiel führt das unendliche Logbuch seiner unendlichen Geisterkreuzfahrt. Nehmen wir Schaffners »Lösung« voraus: Es liegt auf der Hand, daß für einen Menschen vom Schlage Frischs eine Entscheidung von ähnlicher Art, wie Schaffner sich für das Dritte Reich entschied, unmöglich ist. Eine Magie gleich derjenigen, wie sie das »Reich« auf Schaffner oder auf Meyer ausübte – Magie des Großen, das die Welt von Grund auf organisiert –, könnte heute nur von Rußland ausgehen. Man erinnert sich der spanischen Bürgerkriegs-Episode im *Stiller;* Frisch ist nicht unempfänglich für die russische Faszination, wie für alles Anti-Bürgerliche, aber man vergißt auch nicht, daß Stiller im entscheidenden Augenblicke sein russisches Gewehr nicht abdrükken kann. Aufs schonungsloseste wird dieser russische Versuch von Stiller selber als tragikomische Koketterie entlarvt; er führt zu nichts. Frisch weiß, mit Hemingway zu sprechen, daß der Banderillero zum Matador nie mehr taugt.[1] Das Land oder die Nation, zu der er sich an der Stelle *Andorras* politisch entscheiden könnte, *gibt es für Frisch nicht*. In schärfstem Unterschied zu Schaffner weiß er, daß die Zugehörigkeit zu keinem Staat den einzelnen je »heilen« kann. So oder so würde er überall wieder auf Andorra stoßen, ein anderes Andorra vielleicht, aber wiederum ein kollektives Gefängnis. Aber auch Meyers oder Spittelers »Versetzung« ins Große – das ästhetische Gegenstück und Vorbild zu Schaffners tatsächlichem Hinübertreten in den Bannkreis des Reichs – ist Frisch verwehrt. Die Urgebärde der Abkehr von den allgemeinen Anliegen, die solcher Kunst und solchen Künsten eingeschrieben ist, kann Frisch nicht anders als unsittlich erscheinen. Es gibt eine Solidarität mit der Menschheit, die es Frisch verbietet, die Kunst als eine Zone zu verstehen, in der sich die Dichter Villen bauen.

Wenn so Schaffners verbindlicher Anschluß ans Fremde und Meyers unverbindliches Betreten des historischen Zauberteppichs, wenn diese beiden Befreiungen aus der Zelle verworfen werden, stünde als Drittes immer noch die Möglichkeit offen, das Abseits und Dazwischen in der Weise umzustilisieren, daß aus dem moralischen Stigma eine geistige Auszeichnung wird. So hat Amiel seine entscheidungsfähige »Neutralität« aufgewertet und sich der Faszination des Konkreten bis zu dem Punkte entzogen, wo er nur noch von der eigenen geistigen Freiheit fasziniert ist: »Ich bin also frei vom Aberglauben der Größe und Zahl, losgebunden von Raum und Zeit, unabhängig von der Geschichte; ich bin in keines der nationalen, örtlichen,

1 E. Hemingway, *Tod am Nachmittag*, Hamburg 1957, S. 170 f.: »Die besten Banderilleros sind häufig Leute, die Matadore werden wollten, die sich aber, nachdem sie bei ihren Versuchen mit dem Degen versagten, damit abgefunden haben, für ein Entgelt in einer Cuadrilla zu arbeiten. Sie wissen häufig mehr über die Stiere als der Matador, für den sie arbeiten, und haben häufig mehr Persönlichkeit und Stil, aber sie sind in einer dienenden Stellung und müssen sich in acht nehmen, nicht die Aufmerksamkeit von ihrem Herrn abzulenken.«

beruflichen Gehege eingesperrt. Das ist das Vorrecht der Unpersönlichkeit. Diese innere Freiheit ist eine geistige Wollust, von der die Gefangenen nichts ahnen, die sich mit ihren Ketten brüsten, diese Kriechtiere, die stolz darauf sind, daß sie keine Flügel haben. Sie wissen nicht einmal, was ein Geist, was der Geist ist [...] Betrachte dich als Bevorzugten!« (7. 2. 1877) Welche Verherrlichung des »Flügels« der Kultur! Kultur verstanden als geistige Wollust des Einsam-Ungebundenen, den Raum und Zeit, Geschichte und Gesellschaft nicht anfechten. Es ist, als spotte ein Leuchtturmwächter der Schiffe und Kapitäne. Es braucht nicht lange dargetan zu werden, daß diese Umstilisierung des Nicht-Engagiertseins in ein geistiges Privileg von Frisch zu den andorranischen Taschenspielereien gerechnet werden muß. Es ist *das* andorranische Kunststück, aus dem vor sich selbst gezogenen Hut die Tauben »Hort« und »Inbegriff« aufflattern zu lassen. An diese beflügelte und beflügelnde »Kultur« glaubt Frisch nicht. Daran ist seine Zeitgenossenschaft zum Dritten Reich schuld, das ihm keine Erfahrung so einbrannte wie diejenige von der absoluten Folgenlosigkeit einer solchen von Raum und Zeit und Geschichte »unabhängigen« Kultur. Denn der Hochmut derjenigen, deren Kultur sich im Selbstgenuß mehrt und verzeht, wird im Augenblicke der Bewährung sich in die Pilatus-Gebärde flüchten; diese Kulturellen geht das nichts an, was auf dem Markt geschieht. Diesen Verrat des losgebundenen Geistes wird Frisch zu erinnern nicht müde. So heißt es schon im *Tagebuch*: »Zu den entscheidenden Erfahrungen, die unsere Generation, geboren in diesem Jahrhundert, aber erzogen im Geiste des vorigen, besonders während des Zweiten Weltkrieges hat machen können, gehört wohl die, daß Menschen, die voll sind von jener Kultur, Kenner, die sich mit Geist und Inbrunst unterhalten können über Bach, Händel, Mozart, Beethoven, Bruckner, ohne weiteres auch als Schlächter auftreten können; beides in gleicher Person. Nennen wir es, was diese Menschenart auszeichnet, eine ästhetische Kultur. Ihr besonderes, immer sichtbares Kennzeichen ist die Unverbindlichkeit, die säuberliche Scheidung zwischen Kultur und Politik, oder: zwischen Talent und Charakter, zwischen Lesen und Leben, zwischen Konzert und Straße. Es ist eine Geistesart, die das Höchste denken kann (denn die irdische Schwere werfen sie einfach über Bord, damit der Ballon steigt)

und die das Niederste nicht verhindert, eine Kultur, die sich strengstens über die Forderung des Tages erhebt, ganz und gar der Ewigkeit zu Diensten. Kultur in diesem Sinn, begriffen als Götze, der sich mit unserer künstlerischen oder wissenschaftlichen Leistung begnügt und hintenherum das Blut unserer Brüder leckt, Kultur als moralische Schizophrenie ist in unserem Jahrhundert eigentlich das landläufige. Wie oft, wenn wir einmal mehr von Deutschland sprechen, kommt einer mit Goethe, Stifter, Hölderlin und allen andern, die Deutschland hervorgebracht hat, und zwar in diesem Sinn: Genie als Alibi –«.
Zu den Kennzeichen der europäischen Generation, die für die Schweiz durch Max Frisch repräsentiert wird, gehört der Glaube an die Unabtrennbarkeit der moralischen von der geistigen Existenz, der Urverdacht, anders gesagt, gegenüber allen schizoiden Veranstaltungen, die ein barockes Leben ermöglichen in dürftiger Zeit; Urverdacht gegenüber kulturellem Reichtum, der durch Verzicht auf menschliche Solidarität erkauft wird; Urverdacht gegenüber der Kultur als spirituellem, luftigem Element, durch das auf rauschenden Flügeln zu schweben wäre. Kultur als Besitz und Privileg, Kultur als Alibi: Durch solche Vorstellungen ist Frisch aufs ärgerlichste erregt. Mit dem Wort »Kultur« ist nach seiner Meinung kein Staat mehr zu machen, auch kein harmloser Kleinstaat.
Nun weiß Frisch freilich, daß die Übertragung des Bildes diesen deutschen »Kulturträgers« auf die Schweiz nicht ganz zulässig ist. Der Begriff der Kultur ist innerhalb der Schweiz tatsächlich aufs beträchtlichste von Zeit und Raum und Geschichte geprägt. Das Volk des Kleinstaates ist nicht geneigt, den Wechsel auf die »Kultur« einzulösen, mit dem der einzelne sich von der Allgemeinheit etwa loskaufen möchte. »Unter Kultur verstehen wir wohl in erster Linie die staatsbürgerlichen Leistungen, die gemeinschaftliche Haltung mehr als das künstlerische oder wissenschaftliche Meisterwerk eines einzelnen Staatsbürgers. Auch wenn es für den schweizerischen Künstler oft eine trockene Luft ist, was ihn in seiner Heimat umgibt, so ist dieses Übel, wie sehr es uns persönlich trifft, doch nur die leidige Kehrseite einer Haltung, die, von den meisten Deutschen als spießig verachtet, als Ganzes unsere volle Bejahung hat – eben weil die gegenteilige Haltung, die ästhetische Kultur, zu einer tödlichen Katastrophe geführt hat, führen muß.

Die Heidenangst, ein Spießer zu sein, und das Mißverständnis, das darin schon enthalten ist, die Bemühtheit, sich in den Sphären des Ewigen anzusiedeln, um auf der Erde nicht verantwortlich zu sein, die tausend Unarten voreiliger Metaphysik – ob das für die Kultur nicht gefährlicher ist als alle Spießer zusammen?«

So klar Frisch hier die Gefahren »voreiliger Metaphysik« erkennt und der Kultur die Bewährung im Physischen und Moralischen als Zerreißprobe abverlangt, so hat ihn dieser in seinem Œuvre recht einsame Ansatz zu einem Lob des Kleinstaates auf die Dauer mit Andorra nicht versöhnen können. In keinem Abschnitte seines Werkes ist Frisch in größere Nähe zu Gottfried Keller geraten als in diesen Teilen seines *Tagebuchs 1946–1949*. An dieser Wegscheide hat sich Keller von der romantischen Metaphysik abgewandt und in den Dienst an der endlichen Wirklichkeit der menschlichen Gemeinschaft, in der Gestalt seines kleinen Vaterlandes, begeben. Angesichts der fundamentalen Bedeutung, die der Begriff »Kultur« für Frisch besitzt, hätte sich theoretisch auch für ihn, hundert Jahre nach Keller, die Möglichkeit eröffnet, nach dem Modell des kleinen Raumes – vielleicht utopisch – das Bild einer ungespaltenen, sozialen, kollektiven Kultur zu gestalten, die nicht verblasen, sondern verbindlich, aber auch nicht beengend, sondern offen und progressiv ist. Das schöne Bild eines Anti-Andorra – als Modell . . .

Aber das konnte er augenscheinlich durchaus nicht vollziehen. Nicht allein, weil die Grundrebellion gegen den Kerker offenbar durch keine Einsicht mehr zu dämpfen war. Zwei andere Gründe standen und stehen Frischs Versöhnung mit Andorra im Wege: der andorranische Mangel an Größe und seine pharisäische Moralität.

Es ermöglicht sich Frisch die ihm notwendige Ablehnung des Schweizerischen nun nämlich auf die Weise, daß er dieser Kultur der »gemeinschaftlichen Haltung« plötzlich doch »Größe« abverlangt. Darüber entzweien sich Stiller und sein Verteidiger: »›Die Größe eines Landes‹, sagt er, ›das ist nicht als Fläche zu messen und nicht als Einwohnerzahl; die Größe unseres Landes ist die Größe seines Geistes.‹

Das ist richtig, und was mich zum Widerspruch reizt, ist nur die selbstgefällig-fraglose Annahme, daß es je den Schweizern

jedenfalls nicht an Größe des Geistes fehle. Ich werde ausfällig, man kann den Selbstgerechten nicht gerecht werden, ich frage nach den Manifestationen dieser Geistesgröße, verbeuge mich vor einem Schwarm historischer Persönlichkeiten, den mein Verteidiger dann jedesmal auf mich losläßt; indessen habe ich ja nicht nach historischen, sondern ausfälligerweise nach heutigen Manifestationen einer schweizerischen Geistesgröße gefragt. Darauf wird mein Verteidiger geradezu persönlich.
›Ihr Haß gegen die Schweiz ist krankhaft!‹«
Hier zeigt sich Frisch doch wohl auch selbst im Banne jenes fatalen Mechanismus, den er früher und später, vor allem aber im *Stiller* so schonungslos bloßstellte: der Notwendigkeit nämlich, sich *Bildnisse* zu machen, damit man diese zerschlagen kann. Frisch macht sich ein Bildnis der Schweiz, oder genauer: Etwas in Frisch schafft ihm ein Bildnis der Schweiz, *damit* er es vernichten kann. Er erkennt die Gefahren der »voreiligen Metaphysik« in der ästhetischen Kultur, zum Beispiel der deutschen, die auf »Höhe« tendiert und nicht auf Tragkraft, und merkt genau, daß der Kleinstaat in seiner ganzen Unansehnlichkeit den schätzenswerten Vorzug bietet, keine Alibis durch die Kultur zu gestatten. Das hindert ihn nun aber eben nicht, den Schweizern im Handkehrum ihren Mangel an Größe vorzuwerfen. So sagt Stiller:
»Sie selber nennen es Mäßigung, was mir auf die Nerven geht; überhaupt haben sie allerlei Wörter, um sich damit abzufinden, daß ihnen jede Größe fehlt. Ob es gut ist, daß sie sich damit abfinden, weiß ich nicht. Verzicht auf das Wagnis, einmal zur Gewöhnung geworden, bedeutet im geistigen Bezirk ja immer den Tod, eine gelinde und unmerkliche, dennoch unaufhaltsame Art von Tod, und in der Tat (soweit ich von meiner Zelle aus und auf Grund einiger Ausflüge urteilen darf) finde ich, daß die schweizerische Atmosphäre heute etwas Lebloses hat, etwas Geistloses in dem Sinn, wie ein Mensch stets geistlos wird, wenn er nicht mehr das Vollkommene will. Ihre offenkundige Sucht nach materieller Perfektion, wie sie sich in ihrer heutigen Architektur und auch sonst manifestiert, sehe ich als unbewußte Ersatzleistung; sie brauchen diese materielle Perfektion, weil sie in der Idee nie sauber sind, nie kompromißlos. Um nicht gröblich mißverstanden zu werden: nicht der politische Kompromiß, der die Demokratie ausmacht, ist das Be-

denkliche, sondern der Umstand, daß die allermeisten Schweizer außerstande sind, an einem geistigen Kompromiß überhaupt noch zu leiden. Sie helfen sich, indem sie das Bedürfnis nach Größe schlechterdings verpönen. Ist es aber nicht so, daß der gewohnheitsmäßige und also billige Verzicht auf das Große (das Ganze, das Vollkommene, das Radikale) schließlich zur Impotenz sogar der Phantasie führt? Die Armut an Begeisterung, die allgemeine Unlust, die uns in diesem Lande entgegenschlägt, sind doch wohl deutliche Symptome, wie nahe sie dieser Impotenz schon sind [...]«

Die Unvereinbarkeit des einen mit dem anderen ist offenkundig. Entweder haben wir die Kultur eines Kollektivs nach ihren höchsten Individuen zu beurteilen oder aber mit dem ganz anderen Maßstabe der kollektiven Verbindlichkeit. Es geht aber wohl nicht an, der deutschen Kultur ihre einsamen Aufgipfelungen anzukreiden und gleichzeitig der schweizerischen Kultur ihre kollektive Moderiertheit. Die zitierte *Stiller*-Seite erinnert bis in den Wortlaut hinein an Meyers Urteile über seine Landsleute. Im Œuvre Frischs nimmt sich dieses Lob der Größe einigermaßen anachronistisch aus. Schuld an dem Widerspruch ist ein Sachverhalt, den wir wie einen roten Faden immer wieder in die Hand bekommen, jene wechselseitige Übertragung nämlich des Bildes vom Staate auf das Bild vom Menschen, des Menschenbildes auf das Bild des Staates. Wir sahen das bei Meyer und Schaffner; es gilt auch für Frisch. Weil sie im Kleinstaat, dem sie zugehören, ihre eigene problematische Existenz mitfühlen und mitdenken, müssen sie ihn verachten und verlassen. Und weil sie hinwiederum die Forderung des schöpferischen Wagnisses, die sie an sich selber richten, auch auf den Staat übertragen, kommt es zu dem Rufe nach Größe des Staates, der Meyer vom Reiche schwärmen, Frisch aber vollends an den Gitterstäben der kleinen Nation rütteln läßt.

Zu diesem Vorwurf an den Kleinstaat, der tatsächlich der Größe schuldig bleiben muß, was er möglicherweise an Dichte und Allgemeinverbindlichkeit besitzt, kommt nun ein ganz anderer hinzu, der seine *Moralität* betrifft. Er dürfte den wesentlichsten Grund bilden, aus dem Frisch emigrieren mußte; *Andorra* beweist es. Und wenn wir eine Zeitlang mit Grund meinen konnten, daß Frischs Rebellion gegen das Bürgerliche, das Nationalistische und die Ideologien der Kultur weniger mit dem Malaise an der Schweiz zu tun habe als mit den seelischen Entwicklungen, die seine ganze europäische Generation kennzeichnen, sehen wir hier ganz deutlich, daß sie sich an seiner Zugehörigkeit zu gerade diesem Staat, der neutralen Schweiz, entzündete. Dabei ist etwas Ähnliches festzustellen, wie hinsichtlich der diskutierten »Kultur«: Frisch will und muß den Kleinstaat in jedem Falle verurteilen, auch da, wo der Freispruch leichter fiele – um ihn verlassen zu können. Camus zitiert in seinen *Carnets* einmal Baudelaire: »On a oublié deux droits dans la Déclaration des Droits de l'Homme: celui de se contredire et celui de s'en aller.«[2] Frisch zeigt, wie der Anspruch auf das zweite dieser Menschenrechte denjenigen auf das erste nach sich zieht. Der Wille zum Ausbruch rechtfertigt auch den Widerspruch. Kerkern braucht man nicht gerecht zu werden. Seine leidenschaftliche Anklage der nationalsozialistischen Greuel, oder, allgemeiner gesagt, die ihm angeborene Überzeugung, daß die Macht immer und in jeder Weise böse ist, hätte ihm, müßte man meinen, eine mäßige Achtung für den neutralen Kleinstaat abverlangen können, der auf jede Machtpolitik verzichtet hat. Verständnis für einen Staat, der immerhin ein Jahrzehnt lang unter sehr starkem Druck vom Dritten Reiche her stand und während eines Jahrfünfts ganz von den Achsenmächten umschlossen war, was kaum zu den beneidenswerten Situationen gehört. Die Tatsache, daß die Schweiz in dieser Zeit ihren wesentlichen Grundsätzen nicht untreu wurde und durch ihre passive Resistenz auf sichtbare und unsichtbare Weise einen gewissen Beitrag wenn nicht zur Vernichtung des Bösen, so doch zu seiner Eindämmung leistete, zählt für Frisch nicht; sie verschwindet ganz im Schatten der Behauptung, diese Nation habe eben nicht in der Versuchung gestanden. Das Bildnis, das sich Frisch von seinem Vaterlande machen muß, um sich von ihm scheiden zu können, zwingt ihn zu einer Fülle von zum Teil recht grotesken Verdächtigungen, an denen namentlich der *Stiller* reich ist. Ein apriorischer Urverdacht Frischs gegen »das Bürgertum« läßt ihn das erwiesene Faktum schlechthin nicht gelten, daß dieses schweizerische Volk dem fa-

2 Albert Camus, *Carnets mai 1935–février 1942*, Paris 1962, S. 160. Es wäre nur allein aus diesen Carnets eine Fülle von Notizen zu zitieren, welche die tiefe Wesensverwandtschaft zwischen ihm und Frisch belegen. Vgl. auch Hans Bänziger, *Frisch und Dürrenmatt*, 2. Aufl., Bern 1962.

schistischen und nationalsozialistischen Gefälle tatsächlich widerstand. Im *Stiller* wird dies damit erklärt, »daß Hitler damals eure Souveränität und damit euer Geschäft bedroht hat; damit verbot sich die eigene Entwicklung zum Faschismus. Aber Sie glauben doch nicht im Ernst, daß das schweizerische Bürgertum, als einziges in der Welt, kein Gefälle habe zum Faschismus, wenn er einmal ihr Geschäft nicht bedroht, sondern steigert?« Dieser Satz – von dem freilich gesagt werden könnte, er sei Stiller in den Mund gelegt und also vielleicht nicht ohne weiteres Frischs letzte Meinung – ist in seinem faktischen Teil ganz schlicht falsch; der Anschluß an die Achsenmächte hätte das »Geschäft« nicht geschmälert, sondern gegenteils erhöht. Doch trifft ein solcher Streit über die Fakten die innerste Sache nicht. Was Frisch mit solchen Sätzen dartun will, ist die These, die Schweiz habe überhaupt nicht vor der *Entscheidung* gestanden, da sie nicht wirklich in der *Versuchung* gestanden habe. Das führt zur Karikatur des Stückes *Andorra.* Wenn wir von dem Motiv des »Tötens auf dem Wege über das Bildnis« absehen, das den einen Teil der Handlung trägt, bleibt als dessen Aussage: Andorra ist besser als die anderen, solange es nicht versucht wurde, und es ist in keiner Weise anders als die anderen in dem Augenblicke, wo es auf die Probe gestellt wird. Gewiß gibt es auch eine Interpretation des Theaterstückes *Andorra,* die des Rückgriffes auf den menschlichen Zusammenhang Frischs mit der Schweiz entraten kann – Frisch selber bezeichnet Andorra als Modell und nicht als Pseudonym –, aber der Hinweis auf die Moralität aus Friedlichkeit, die Friedlichkeit aus Verschontheit, läßt keinen Zweifel darüber zu, welches Land seinerseits für das Modell Andorra Modell stand.

Frischs Wille, aus dem Kerker der Nation auszubrechen, ist stärker als alle intellektuelle Einsicht, daß sich draußen keine anderes Gehäuse fände, das, zur Wohnstatt gemacht, nicht auch Kerker würde. Er verhindert ihn, wie wir sahen, an der Anerkennung selbst der vor ihm gesehenen Positiva, wie etwa der »gemeinschaftlichen Kultur«. Und so verwundert es nun auch nicht, wenn ihn die Tatsache, daß die Schweiz der faschistischen Verführung nicht erlag, letztlich nur zu der Aussage führt, sie wäre *sicher* erlegen, wenn sie *wirklich* in Versuchung gestanden hätte. Die Neutralität erscheint innerhalb eines sol-

chen Denkens als ein fragwürdiges Alibi; sie schützt den Schwachen und läßt den solcherweise Verschonten glauben, er sei besser als die anderen. Sie macht den Kleinen, indem sie ihn in die Loge setzt, selbstgerecht und damit vollends klein. Die politischen Folgen der Neutralität für das Kollektiv kümmern Frisch augenscheinlich nicht. Sie scheint ein andorranisches Emblem zu sein, das danach ruft, mit der Axt herabgeschlagen zu werden. »Pecca fortiter« ist besser als »ne quid nimis«.
Man würde sich täuschen, nähme man an, Frisch selber ahne nicht, was alles im Spiele ist, wenn er den neutralen Kleinstaat auf diese Weise in den Anklagezustand versetzt. Etwas in Frisch weiß zu Zeiten genau, daß er damit sich selber den Prozeß macht. Und daß die »Selbstüberforderung«, die an Stillers Versagen schuld ist, zu ebenso tragischen Enttäuschungen führen muß, wenn sie als *Überforderung der Nation* geübt wird. So heißt es über Stiller: »Zuweilen macht er sich Vorwürfe, feige zu sein, dann fällt er Entscheidungen, die später nicht zu halten sind. Er ist ein Moralist wie fast alle Leute, die sich selbst nicht annehmen. Manchmal stellt er sich in unnötige Gefahren oder mitten in eine Todesgefahr, um sich zu zeigen, daß er ein Kämpfer sei. Er hat viel Phantasie. Er leidet an der klassischen Minderwertigkeitsangst aus übertriebener Anforderung an sich selbst, und sein Grundgefühl, etwas schuldig zu bleiben, hält er für seine Tiefe, mag sein, sogar für Religiosität.« Es ist der Staatsanwalt, dem Frisch die wichtigsten analytischen Einsichten in den Mund legt. Der kluge Staatsanwalt weiß Bescheid um die Notwendigkeit, sich selbst anzunehmen, und um die Veranstaltungen unseres Unbewußten, das vom Kollektiv verlangt, was das Individuum sich selber schuldig geblieben zu sein sich vorwirft. »Die weitaus meisten Menschenleben werden durch Selbstüberforderung vernichtet«, sagt er. »Zur Selbstüberforderung gehört unweigerlich eine falsche Art von schlechtem Gewissen. Einer nimmt es sich übel, kein Genie zu sein, ein anderer nimmt es sich übel, trotz guter Erziehung kein Heiliger zu sein, und Stiller nahm es sich übel, kein Spanienkämpfer zu sein [. . .]«
Denkt man das zu Ende, so muß man denn wohl zu dem Schlusse gelangen, es sei nicht nur die Schweiz das Modell zu Andorra gewesen, sondern dieses Bildnis der Schweiz sei seinerseits nach dem Modell Max Frisch gegossen worden. Wie die

Idee des »Reiches« dem Individuum die Möglichkeit bietet, alle seine Strebungen nach Zugehörigkeit, Ganzheit und Größe auf ein Objektiv-Schaubares zu übertragen, bietet der Kleinstaat sich als szenisches Modell an, wenn jenes den meisten Menschen vertraute Gefühl, den Forderungen des Mutes und der Freiheit nicht genügt zu haben, nach einem Grund und Symbol sucht. Für jenen Mythos des Reichs zeugen Schaffner und Meyer, für diesen Anti-Mythos des Kleinstaates Meyer, Amiel und Frisch: der Kleinstaat als Modell und Symbol für den mutlosen Menschen, der sich zu Recht oder zu Unrecht seine Kompromisse vorwirft. Die Neutralität dieses Staates kann dann nur ärgerlich sein, weil in ihr etwas zu einem kollektiven Werte umstilisiert erscheint, woran man als an einer individuellen Schwäche leidet: die Unentschiedenheit, die Unfähigkeit zur Entscheidung, auch zu derjenigen Entscheidung, die in der Selbstannahme bestünde. In den Augen Frischs ist die Neutralität nicht mehr als ein feuersicherer Anstrich; dank ihm hat kein Funkenwurf des Krieges und des Zweifels die Biedermanns-Wohnung der Nation je angesengt.

Es gehen mithin in Frischs bis jetzt unausgesetzter Befassung mit der Nation, in die er geboren wurde, die subjektiven Beweggründe und die objektiven Anstöße schwer entwirrbar ineinander über. So wenig er selber mit Andorra nur die Schweiz meint, so sehr müssen wir uns doch wohl hüten, seine Auseinandersetzung mit ihr nur und lediglich als ein pseudonymes Sprechen über sich selber zu verstehen. Weder Meyer noch Kafka schweben Frisch vor, aber Bert Brecht. Der fatalen Notwendigkeit, seine Ansätze und Anläufe immer wieder in sich selber nehmen zu müssen, hält in Frisch ein bewußter Wille die Waage, kein ästhetischer, sondern ein extravertierter, sich an das Allgemeine richtender Dichter zu sein. Stiller ist, so gesehen, nicht nur eine Maske Frischs; Frisch möchte damit ohne Zweifel auch in seinem Volke jene Affekte gegen das kollektive Bildnis wecken, die Stiller in die Selbstverleugnung trieben.

Man hat bei den schweizerischen Dichtern – A. v. Haller, Pestalozzi, Gotthelf, Keller usf. – zu Recht eine besonders intensive Befassung mit den kollektiven Anliegen des Staates erkannt; der augenscheinlich pädagogische Zug der schweizerischen Dichtung hängt damit zusammen. Frisch tritt nur scheinbar aus dieser Reihe heraus. Der ihn beherrschende Affekt, sich nicht vom Kollektiv der Nation her identifizieren zu lassen, gewinnt seine Stärke aus der Tatsache, daß er immer wieder das Bild seiner selbst mit demjenigen seiner Nation in Zusammenhang zu bringen *gezwungen* ist. Wer die Hülle der Nation immer wieder so leidenschaftlich von sich abstreifen muß, beweist damit nicht nur seinen Willen, sich und nur sich selber treu zu sein, sondern auch, daß ihm die Hülle immer wieder nachwächst, wie eine zweite Haut. Frischs emigrantische Entfernung von der Nation hat – *Andorra* belegt es – offenbar nichts an der Notwendigkeit verändert, daß er sich im Kampfe mit Andorra zu verwirklichen genötigt ist – und zu den Andorranern sprechen will und muß. (Hier liegt der tiefste Unterschied zwischen ihm und Dürrenmatt, für dessen ganz anderen Kunstwillen seine Nation und ihre Phänomene offenbar von Anfang an eher requisitären als problematischen Charakter besaßen. Andorra ist ein Anliegen Frischs, Güllen ist für Dürrenmatt ein szenischer Fund.) Im Beginne dieses Kleinstaates, vor hundert Jahren, wollte Gottfried Keller die »Anlagen« dieser Nation stärken; wir setzen die Stelle noch einmal hin: »Ich halte es für Pflicht eines Poeten, nicht nur das Vergangene zu verklären, sondern das Gegenwärtige, die Keime der Zukunft so weit zu verstärken und zu verschönern, daß die Leute noch glauben können, ja so seien sie und so gehe es zu! Tut man dies mit einiger wohlwollenden Ironie, die dem Zeuge das falsche Pathos nimmt, so glaube ich, daß das Volk das, was es sich gutmütig einbildet zu sein und der innerlichen Anlage nach auch schon ist, zuletzt in der Tat und auch äußerlich wird. Kurz, man muß, wie man schwangeren Frauen etwa schöne Bildwerke vorhält, dem allezeit trächtigen Nationalgrundstock stets etwas Besseres zeigen, als er schon ist; dafür kann man ihn auch um so kecker tadeln, wo er es verdient.« Nach einem Jahrhundert der Verschonung, der wachsenden Selbstsicherheit und des gefährlichen Blickes der Nation auf das Versagen und auf die Verbrechen der Nachbarn fühlt Frisch sich zum Gegenteiligen verpflichtet: Es soll der Nation das unschöne Bild vorgehalten werden, das sie zu bieten in Gefahr ist und das sie nur deswegen nicht bietet, weil sie nicht in der Entscheidung stand. Zu jenem Lobe freilich, das sich der Dichter folgerichtigerweise dann auch gestatten könnte, wo die Nation es verdient, konnte Frisch sich nicht bewegen lassen.[3] Wie er das Lob der politischen Kultur, das ihm angesichts Deutschlands entschlüpft, wieder zunichte macht mit dem Hinweis auf die mangelnde Größe, haben wir gesehen. Im selben *Tagebuch* stehen drei Entwürfe eines Briefes an einen deutschen Obergefreiten, der vor Stalingrad war und den es empört, daß ein Ausländer, ein verschonter, vom Tode schreibt. Der dritte dieser Entwürfe enthält den Versuch einer objektiven Datstellung des Daseins im neutralen Kleinstaat: »Wir haben den Krieg nicht am eignen Leib erlitten, das ist das eine, und anderseits haben natürlich auch wir ein gewisses Erleben von Dingen, die unser Schicksal bestimmen. Daß der Krieg uns anging, auch wenn er uns nochmals verschonen sollte, wußte jedermann. Unser Glück blieb ein scheinbares. Wir wohnten am Rande einer Folterkammer, wir hörten die Schreie, aber wir waren es nicht selber, die schrien; wir selber blieben ohne die Tiefe erlittenen Leidens, aber dem Leiden zu nahe, als daß wir hätten lachen können. Unser Schicksal schien die Leere zwischen Krieg und Frieden. Unser Ausweg blieb das Helfen. Unser Alltag, den wir auf dieser Insel verbrachten, war voll fremder Gesichter: Flüchtlinge aller Art, Gefangene und Verwundete. Wir hatten, ob wir mochten oder nicht, einen Anblick dieser Zeit, wie er für ein Volk, das außerhalb des Krieges steht, nicht aufdringlicher

3 Es wäre interessant, Max Frisch mit Charles Ferdinand Ramuz zu vergleichen, in Hinsicht nämlich auf das Malaise, das aus dem »Besoin de grandeur« entspringt. Auch Ramuz war lebenslänglich von der Frage beunruhigt: »Un petit pays est-il condamné par sa petitesse même à ne pas connaître la grandeur?« Seine Schrift *Besoin de grandeur* (Paris 1938), der dieser Satz entnommen ist, zeigt in keiner Weise Lösungen dieser Frage auf; sie mündet in die Feststellung: »J'exprime un besoin, sans voir où il tend, ni de quoi il est fait, ni par quels chemins on peut atteindre à sa satisfaction [...] Nous sommes matériellement tout petits, tout petits par le territoire et l'histoire: où trouver la grandeur qui seule peut nous sauver?« Da Ramuz alles Ideologische, mit dem man sich im Kleinstaat so oft über die Gegebenheiten hinaushilft, schroff ablehnte, konnte er ironisch werden gegenüber der Schweiz wie Frisch, ja böse wie Schaffner, so in dem bekannten Aufsatz in *Esprit*, 1937. Was ihn von Meyer, Schaffner und Frisch unterscheidet, ist, in Kürze angedeutet, daß er den bürgerlichen Kleinstaat nicht »nach außen« verließ, als Emigrant oder gar Überläufer, sondern »nach innen«: auf die »réalité de nature« hin, den »homme tout près de ses origines«, den Bauern und seine Welt. Man kann der harmlosen Wirklichkeit des Kleinstaates den Prozeß machen im Namen des Reiches oder der »Größe«, aber auch als einem Moloch, von der Welt der Bauern her! Das zeigt schon Gotthelf.

hätte sein können. Wir hatten sogar, was die Kriegsländer nicht haben: nämlich den zwiefachen Anblick. Der Kämpfende kann die Szene nur sehen, solange er selber dabei ist; der Zuschauer sieht sie immerfort. Zwar hatten wir durchaus unsere leidenschaftlichen Wünsche, aber nicht die Not des Kämpfers: nicht die Versuchung zur Rache. Vielleicht liegt darin das eigentliche Geschenk, das den Verschonten zugefallen ist, und ihre eigentliche Aufgabe. Sie hätten die selten gewordene Freiheit, gerecht zu bleiben. Mehr noch! Sie müßten sie haben. Es ist die einzig mögliche Würde, womit wir im Kreise leidender Völker bestehen können.«

Alle diese Brief-Konzepte aber werden »nicht abgeschickt«. Das Gewehr des Spanienkämpfers ging nicht los, der Brief wird nicht versandt. Weder jener noch dieser Entschluß wird zu Ende geführt. Wird man ganz ohne Grund an Amiel erinnert? Ist Frisch nicht ein modernes, energischeres, sinnlicheres Gegenstück zu dem Genfer, der von sich schrieb: »J'ai reconnu que j'etais mal marié pour la vie, et qu'en épousant Genève, j'avais épousé la mort, la mort de mon talent et de ma joie«? Es ist die gleiche Fixierung an den Ort der Herkunft und das gleiche Leiden an ihr, was wir bei diesem und bei jenem finden; ob Frischs versuchter Austritt aus der schlechten Ehe mit der Heimat ganz gelang, bleibt mindestens offen. Amiel kokettiert mit seiner proteischen Fähigkeit, in alle nur denkbaren anderen Figuren hineinzuschlüpfen; seine Genfer Klause ist voll von jenen imaginären »Schiffen«, die die Freiheit versprächen, eine heimliche Reede voll abenteuerlicher Bewegtheit – die »Axt« freilich fehlt. Frisch hat manche Schiffahrt versucht und die Axt gegen Andorra-Öderland erhoben, aber in der Tiefe auch seines Journal intime werden diese Ausbrüche, diese geschwellten Gebärden der Entscheidung begleitet von dem Amielschen Geflüster: »Je n'ai été ni oriental ni occidental, ni homme ni femme tout à fait, je suis demeuré amorphe, atone, agame, neutre, tiède at partagé.« Es ist, als seien in Frisch die Blutströme Meyers und Amiels zusammengeronnen: das flammenrote Aufbruchs-Pathos Meyers und Amiels graues Wissen um die Fruchtlosigkeit solcher Selbsttäuschungen, Selbstüberforderungen.

Da ihm jenes entschlossene Sich-Bescheiden, das Keller übte, unmöglich ist, und unmöglich auch jenes buddhistische Sich-

Verschließen, in das Amiels und Burckhardts Weg mündete, da aber auch Schaffners blinder Verrat seine Verachtung und alle oft geübten Umstilisierungen dieses kleinen Gehäuses in ein »paradis artificel«, des peripheren Sonderfalls in eine hochgemute geistige »Mitte Europas«, in »Hort« und »Inbegriff« vollends seinen Spott hervorrrufen, blieb ihm nur die Auflösung des »mariage« mit der Schweiz, dem Lande »dessen Gefangener ich bin«, übrig. Der Name für diese Scheidung heißt »Emigration«. Das Wesentliche an dieser Emigration ist, daß sie nicht, wie die Schaffnersche, in das größere Kollektiv mit den noch stärkeren Kohäsionskräften führt, sondern in die Einsamkeit des Privaten. Sie ist an keinen Aufbruch gebunden und an keine Orts-Veränderung.

Der Ausdruck »Emigrant« wird in solchem Sinne schon von Stiller gebraucht, gegen Ende des Romans, wo er sich an den Genfersee zurückgezogen hat, ein immer mehr Verstummender, in eine nicht ganz reale Privatwelt sich einspinnend. »Stiller gab sich fröhlich, etwas zu fröhlich, nahm seine Frau am Arm und stellte vor: ›ein schweizerisches Inland-Emigranten-Ehepaar‹. Jede Frage nach der Zukunft wurde vermieden.« Solche Emigration ist durchaus innerlicher Natur und meint in ihrem Kerne den Heraustritt des Einzelnen aus der Bildniswelt des Kollektivs. Aus der Ideologie des Kollektivs. Nicht aus dem Kleinstaat nur; die graduellen Unterschiede, die zwischen dem kleinen und dem großen Staate bestehen mögen, sind hier nicht von Belang. Die Emigration Frischs hat mit den Emigrationen aus politischen Gründen, an denen unser Jahrundert so reich ist, überhaupt nichts zu tun. Und auch nur scheinbar etwas mit den Einsamkeiten Burckhardts und Amiels. Diese »buddhistischen« Rückzüge aus der Welt des Willens in die reine Welt der Vorstellungen geschahen um der geistigen Freiheit des Betrachtens und Erkennens willen; Frisch aber empfindet seine eigene Emigration gerade umgekehrt als eine aus »Engagement«. Noch einmal wird deutlich, daß den Menschen im Kleinstaat je länger desto mehr nicht die romantische Größe des »Lebens« oder des »Reiches« anficht, sondern die Größe des Einsatzes, wie ihn die Entscheidung verlangt. Nicht daß er die große Gebärde nicht gestattet, macht den Kleinstaat klein, sondern das andere, daß ihm das *Entschiedene* zuwiderläuft. Frisch steht mehr im Banne Rohans als Jenatschs. Er ist mehr Moralist als Renaissancist. Sein Haß gilt der Schweiz, die sich rohanisch-moralisch versteht, weil sie die Kraft Jenatschs und die aus ihr aufbrechende Verführung nicht kennt. Er steht im Banne keines Reiches, aber in demjenigen der schöpferischen »Entwürfe«, die kein Kollektiv, der Kleinstaat freilich am wenigsten, leicht erträgt. »Ich bin Schweizer und begehre nicht andres zu sein, mein Engagement als Schriftsteller aber gilt nicht der Schweiz«, heißt es in seiner Rede *Emigranten*, mit der er die Verleihung des Georg-Büchner-Preises 1958 verdankte. Es heißt da weiter: »Nicht zufällig habe ich mich mit Emigranten befaßt! Das Emigrantische, das uns verbindet, äußerst sich darin, daß wir nicht im Namen unsrer Vaterländer sprechen können noch wollen; es äußert sich darin, daß wir unsere Wohnsitze, ob wir sie wechseln oder nicht, überall in der heutigen Welt als provisorisch empfinden [...] Wir stellen eine Bedingung: Unser Wohnort soll uns das unausgesprochene Gefühl der Unzugehörigkeit gestatten. Oder wie Friedrich Dürrenmatt, von einem schweizerischen Kritiker befragt, wie er sich zum Problem Schweiz stelle, sehr einfach sagte: ›Sie irren sich, Herr Doktor, die Schweiz ist mir kein Problem, es tut mir leid, sondern halt ein angenehmer Ort zum Arbeiten.‹« Als Stationen dieser Emigration nennt Frisch ausdrücklich die »Ironie« und dann die »Arbeit«. Es gibt auch für uns kein Zurück ins Vaterland.« Und das freiheitlich-individualistische Credo wird so formuliert: »Sind denn wir, die wir versuchen, das Leben schreibend zu bestehen, nicht vereidigt einer andern Instanz, treu in einem andern Sinn, Zeugen einer andern und unbedingten, vom Wechsel der Könige und Kammern freien Freiheit? – über die Landesgrenzen hinweg, über die Sprachgrenzen hinweg, über die Rassengrenzen hinweg verbunden in unsrer Bejahung des einzelnen, selber nichts andres als Einzelne, gemeinsam in unsrer produktiv-stillschweigenden Absage an die Vaterländer überhaupt.« Der einzelne Staat, dem man ungefragt zugehört, ist zunächst zum »Modell« entwirklicht worden, und nun löst er sich als Wirklichkeit vollends auf. Die Wirklichkeit des Staates, die in der europäischen Neuzeit so oft als die Wirklichkeit schlechthin ausgegeben wurde und das totale Engagement des Einzelnen für sich beanspruchte, wird als sekundäres Phänomen zufälliger Art abgetan. Der Kronprätendent, der nach seinem Erbe greift,

ist der Einzelne in seinem Engagement für die Menschheit. Auf ihn soll die Souveränität übergehen, die beim Staate und der Gesellschaft lag.
Die Parallele zwischen dem Prozeß, den man heute solcherart den Nationen macht, und jenem anderen, den man vor zweihundert Jahren den Konfessionen machte, ist offenbar. Wie auf das Jahrhundert des Dreißigjährigen Krieges, den man als konfessionellen Krieg interpretierte, die Epoche der religiösen Aufklärung folgte, ziehen nun die Weltkriege, die man als nationalistische Kriege interpretiert, offenbar eine Epoche ähnlicher Befreiung von den Fesseln des Nationalen nach sich. Der Zufall der nationalen Herkunft wird heute nicht anders abgelehnt, als es Lessing mit dem Zufall der Geburt hinsichtlich des Glaubens tat. Dieses Verglühen des Staaates zwischen den Polen des Einzelnen und der Menschheit hat sein genaues Modell in jenem Verglühen der Konfessionen, ja der Religionen zwischen dem freien Einzelnen und dem allgemeinen Gott. Dem Freigeist dort entspricht hier der Emigrant im Sinne Frischs. Diese Wörter sind auswechselbar; Frisch könnte sich mit so gutem Grunde als nationalen »Freigeist« bezeichnen, wie Lessing ein »Emigrant« aus den Konfessionen war. Er kämpfte gegen Goeze nicht anders, als Frisch gegen Andorra. Was Reimarus für Lessing war, ist Brecht für Frisch: der Radikale, der keine Sentimentalitäten mehr gestattet. Den Satz, mit dem Kant die Aufklärung seiner Zeit bestimmte, könnte Frisch wörtlich für seine Emanzipation von den Vaterländern verwenden: »Aufklärung ist der Ausgang des Menschen aus seiner selbstverschuldeten Unmündigkeit. Unmündigkeit ist das Unvermögen, sich seines Verstandes ohne Leitung eines anderen zu bedienen. Selbstverschuldet ist die Unmündigkeit, wenn die Ursache derselben nicht am Mangel des Verstandes, sondern der Entschließung und des Mutes liegt, sich seiner ohne Leitung eines andern zu bedienen! Sapere aude! Habe Mut, dich deines eigenen Verstandes zu bedienen, ist also der Wahlspruch der Aufklärung.« Camus liebte das Wortspiel »solitaire« – »solidaire«; es könnte von Frisch übernommen werden. Und ergänzt durch die Magie des Gleichklangs, die es will, daß Entscheidung sich in Scheidungen zu vollziehen habe.
Nur müßte das geschichtliche Beispiel der religiösen Aufklärung, die nun da offenbar auf dem politischen Felde nachvoll-

zogen werden sollte, doch zu denken geben. Ihr schönster Stern, mit dem Namen »Toleranz«, zeigte eine verdächtige Neigung, zum Nebel des Indifferentismus zu werden. Indem man das Konfessionelle in Frage stellte, verlor man offenbar tragischerweise das Religiöse aus den Augen. Es wäre in jedem einzelnen Falle genau nachzuprüfen, wie weit der »Emigrant« vom Schlage Camus' oder Frischs, indem er die Nation verläßt, damit die ältere Wirklichkeit der Gemeinschaft an sich aus den Augen verliert. Vielleicht schreibt Frisch einmal über »Ironie als Alibi«, »Arbeit als Alibi« oder über »Emigration als Alibi«. Und prüft im Rückblick, wie weit es tatsächlich die Zugehörigkeit zum Kleinstaat ist, was man abwerfen muß, um im entscheidenden Engagement entschieden sein zu können. Er ist klug genug, sich diesen Fragen zu stellen, und wird in ihrer Beantwortung weder sich noch die Andorraner schonen.

1963

Wolfgang Hegele
Max Frisch, »Andorra«

I.

»Das Theater (wenn Sie mich jetzt richtig verstehen, nämlich buchstäblich) ist eine politische Anstalt; es setzt eine Polis voraus, die sich bekennt ... Ich will nicht zu ausführlich werden. Nur dies: Theater ist Auseinandersetzung mit einer Gesellschaft [...]«[1] Bezieht man dieses Wort von Max Frisch auf sein Stück *Andorra*, so wird man feststellen, daß hier in der Tat wie kaum in einem anderen deutschsprachigen Drama der letzten Jahre das Theater zu einer »politischen Anstalt« im allgemeinen Sinne gemacht wird. Der Zuschauer kann sich, ja er soll sich herausgefordert fühlen. In den *Notizen von den Proben der Züricher Aufführung* bemerkt der Autor: »Die Andorraner sitzen im Parkett, nicht Richter, sondern ebenfalls Zeugen.« Er fügt hinzu: »Was der Verfasser gemeint hat – gemeint, ja, aber nicht in der Machart entworfen – nämlich: Konfrontation des heutigen Zeugen mit dem geschichtlichen Tatort.«[2] Kein imaginärer, sondern ein »geschichtlicher Tatort« also liefert den Hintergrund. Wo sollte man ihn anders suchen als in der Epoche der nazistischen Judenvernichtung? Wenn wir im Unterricht der gymnasialen Oberstufe *Andorra* behandeln, dürfen wir die solchermaßen erklärten Absichten des Autors nicht außer acht lassen. Manche halten möglicherweise die Lektüre dieses Dramas schon deshalb für empfehlenswert, weil hier das schreckliche Geschehen des Antisemitismus in einem Phantasiestaat als »Modell«[3] vorgestellt wird, das ohne Zweifel auch für andere Fälle von kollektiven Vorurteilen Gültigkeit besitzt. Allein, der Modellcharakter des Stückes – so sehr er dessen künstlerischen Rang mitbestimmt – sollte uns nicht zu einem allzu schnellen Ausweichen ins allzu Allgemeine

1 Max Frisch in Bienek, Horst, *Werkstattgespräche mit Schriftstellern*, München 1965, S. 35.
2 Frisch, Max, *Notizen von den Proben der Züricher Aufführung*, in: *Spectaculum 5*, Frankfurt/M 1963, S. 282.
3 Frisch, Max, *Andorra*, Frankfurt/M 1961, Anm. S. 125.

verleiten. Die von Frisch beabsichtigte »Auseinandersetzung mit einer Gesellschaft« würde sonst verfehlt. Unsere Schüler sind nun freilich nicht mehr wie die Mehrheit der Andorraner »im Parkett« Zeugen im Sinne einer historischen Zeitgenossenschaft. Sie sind in diesem Zusammenhang oftmals eher die unwilligen Erben einer schlimmen Vergangenheit. Eine Beschäftigung mit dem Drama *Andorra* mag ihnen indes helfen, mit diesem Problem besser fertig zu werden. Darin liegt für sie der Sinn einer »Auseinandersetzung mit der Gesellschaft«. Wir sollten deshalb ernsten Gesprächen, die sich bei der Behandlung des Stückes ergeben, genügend Zeit lassen. Wenn sie in anderen Fächern weitergeführt werden, um so besser. Man bleibt dabei durchaus im Einverständnis mit dem Autor, der sagte: »Komödie oder Tragödie, beides setzt ein öffentliches Wertbekenntnis voraus, eine Gesinnung, ob sie mir paßt oder nicht. Es gibt, meine ich, kein Drama vor Tarnkappen – oder es bleibt das absurde Theater.«[4]

Nach Auskunft seines Tagebuches besuchte der Schweizer Max Frisch im Frühjahr 1946 das zerstörte Deutschland. Zwischen Aufzeichnungen über seinen Aufenthalt in Süddeutschland findet sich die Prosaskizze *Der andorranische Jude,* eine lehrhafte Fabel über den Massenwahn des Antisemitismus.[5]

»In Andorra lebte ein junger Mann, den man für einen Juden hielt. Zu erzählen wäre die vermeintliche Geschichte seiner Herkunft, sein täglicher Umgang mit den Andorranern, die in ihm den Juden sehen: das fertige Bildnis, das ihn überall erwartet. Beispielsweise ihr Mißtrauen gegenüber seinem Gemüt, das ein Jude, wie auch die Andorraner wissen, nicht haben kann. Er wird auf die Schärfe seines Intellektes verwiesen, der sich eben dadurch schärft, notgedrungen. Oder sein Verhältnis zum Geld, das in Andorra auch eine große Rolle spielt: er wußte, er spürte, was alle wortlos dachten; er prüfte sich, ob es wirklich so war, daß er stets an das Geld denke, er prüfte sich, bis er entdeckte, daß es stimmte, es war so, in der Tat, er dachte stets an das Geld. Er gestand es; er stand dazu, und die Andorraner blickten sich an, wortlos fast ohne ein Zucken der Mundwinkel. Auch in Dingen des Vaterlandes wußte er genau, was sie dachten; sooft er das Wort in den Mund ge-

4 Bienek, a.a.O., S. 36.
5 Frisch, Max, *Tagebuch 1946–1949,* Frankfurt/M 1950, S. 35 ff.

nommen, ließen sie es liegen wie eine Münze, die in den Schmutz gefallen ist. Denn der Jude, auch das wußten die Andorraner, hat Vaterländer, die er wählt, die er kauft, aber nicht ein Vaterland wie wir, nicht ein zugeborenes, und wie wohl er es meinte, wenn es um andorranische Belange ging, er redete in ein Schweigen hinein, wie in Watte. Später begriff er, daß es ihm offenbar an Takt fehlte, ja, man sagte es ihm einmal rundheraus, als er, verzagt über ihr Verhalten, geradezu leidenschaftlich wurde. Das Vaterland gehörte den andern, ein für allemal, und daß er es lieben könnte, wurde von ihm nicht erwartet, im Gegenteil, seine beharrlichen Versuche und Werbungen öffneten nur eine Kluft des Verdachtes; er buhlte um eine Gunst, um einen Vorteil, um eine Anbiederung, die man als Mittel zum Zweck empfand auch dann, wenn man selber keinen möglichen Zweck erkannte. So wiederum ging es, bis er eines Tages entdeckte, mit seinem rastlosen und alles zergliedernden Scharfsinn entdeckte, daß er das Vaterland wirklich nicht liebte, schon das bloße Wort nicht, das jedesmal, wenn er es brauchte, ins Peinliche führte. Offenbar hatten sie recht. Offenbar konnte er überhaupt nicht lieben, nicht im andorranischen Sinn; er hatte die Hitze der Leidenschaft, gewiß, dazu die Kälte seines Verstandes, und diesen empfand man als eine immer bereite Geheimwaffe seiner Rachsucht; es fehlte ihm das Gemüt, das Verbindende; es fehlte ihm, und das war unverkennbar, die Wärme des Vertrauens. Der Umgang mit ihm war anregend, ja, aber nicht angenehm, nicht gemütlich. Es gelang ihm nicht, zu sein wie alle andern, und nachdem er es umsonst versucht hatte, nicht aufzufallen, trug er sein Anderssein sogar mit einer Art von Trotz, von Stolz und lauernder Feindschaft dahinter, die er, da sie ihm selber nicht gemütlich war, hinwiederum mit einer geschäftigen Höflichkeit überzuckerte; noch wenn er sich verbeugte, war es eine Art von Vorwurf, als wäre die Umwelt daran schuld, daß er ein Jude ist –

Die meisten Andorraner taten ihm nichts.

Also auch nichts Gutes.

Auf der anderen Seite gab es auch Andorraner eines freieren und fortschrittlichen Geistes, wie sie es nannten, eines Geistes, der sich der Menschlichkeit verpflichtet fühlte: sie achteten den Juden, wie sie betonten, gerade um seiner jüdischen Eigenschaf-

ten willen, Schärfe des Verstandes und so weiter. Sie standen zu ihm bis zu seinem Tode, der grausam gewesen ist, so grausam und ekelhaft, daß sich auch jene Andorraner entsetzten, die es nicht berührt hatte, daß schon das ganze Leben grausam war. Das heißt, sie beklagten ihn eigentlich nicht, oder ganz offen gesprochen: sie vermißten ihn nicht – sie empörten sich nur über jene, die ihn getötet hatten, und über die Art, wie das geschehen war, vor allem die Art.
Man redete lange davon.
Bis es sich eines Tages zeigt, was er selber nicht hat wissen können, der Verstorbene: daß er ein Findelkind gewesen, dessen Eltern man später entdeckt hat, ein Andorraner wie unsereiner –
Man redete nicht mehr davon.
Die Andorraner aber, sooft sie in den Spiegel blickten, sahen mit Entsetzen, daß sie selber die Züge des Judas tragen, jeder von ihnen.«
Aus diesem, von ihm erfundenen Stoff begann Max Frisch 1958, das Stück *Andorra* zu formen, das 1961 in Zürich uraufgeführt wurde. Zu dieser Umformung bemerkt der Autor selbst: »[...] nachdem ich mich inzwischen aus meinen bisherigen Versuchen kennengelernt hatte, sah ich, daß dieser Stoff *mein* Stoff ist. Gerade darum zögerte ich lang, wissend, daß man nicht jedes Jahr seinen Stoff findet. Ich habe das Stück fünfmal geschrieben, bevor ich es aus der Hand gab.«[6]
Das Ergebnis der Bemühungen, von denen dies Wort aus der Werkstatt berichtet, ist die ebenso wirksame wie eigentümliche Struktur des Stückes. Wir können sie im Unterricht am besten dadurch erarbeiten, daß wir sie mit der epischen Skizze vergleichen. Dabei gewinnen wir nicht nur Einsichten in den Unterschied zwischen epischer und dramatischer Form, wir stoßen auch auf wesentliche Ansätze zur Sinninterpretation des Stückes. Demnach wird die häusliche Lektüre von *Andorra* durch den (hektographierten) Text der Prosaskizze ergänzt und mit folgender Leitfrage verbunden: Was ändert der Dichter für die dramatische Gestaltung und was behält er bei?
Gemeinsam ist beiden Gestaltungen eine Art Grundfabel: Ein junger Mann, der kein Jude ist, glaubt ebenso wie fast seine ganze Umwelt, daß er Jude sei. Als Jude aber wird er ver-

6 Bienek a.a.O., S. 32.

achtet und schließlich getötet. – Die mannigfachen, von den Schülern erkannten Veränderungen, ordnet man zweckmäßigerweise nach drei Gesichtspunkten.
Was zunächst am meisten auffällt, ist die zusätzliche Erfindung einer zwischen Hauptpersonen spielenden Handlung. In der Prosaskizze bleibt die allgemeine Erklärung des andorranischen Juden als Findelkind plausibel genug. Für die Darstellung auf der Bühne genügte das nicht mehr. Hier mußte Andri als handelnder und leidender Held in einem Geflecht menschlicher Beziehungen vorgestellt werden, deren konfliktreiche Entwicklung in seiner Herkunft begründet liegt. Die Verschleierung der Wahrheit durch Can läßt starke dramatische Gegensätze in einem inneren Kreis von Hauptpersonen aufbrechen (Inzestproblem).
Wie in Schillers *Demetrius*-Fragment werden aus der Unkenntnis über die wahre Herkunft des Helden starke Spannungswirkungen erzielt: Wenn Cans Ehefrau, die sich getäuscht fühlen kann, in der Judenschau dennoch die Unschuld ihres Pflegesohnes bezeugt (118)[7]; wenn die Senora, Andris Mutter, von Can Rechenschaft über das bedrohte Leben ihres gemeinsamen Kindes fordert (76); wenn Andri seiner leiblichen Mutter gegenübersteht und sie für eine »fantastische Frau«, keinesfalls aber für seine Mutter zu halten bereit ist (78 – in gewisser Weise Umkehrung der Situation zwischen Demetrius und Marfa); wenn schließlich Andri auch in höchster Gefahr, als die Schwarzen schon im Begriffe sind, Andorra zu besetzen, von seinem Vater die Wahrheit nicht annehmen will (92), so daß er selbst dem Tod durch die schwarzen Schergen nicht mehr entrinnen kann und sein Vater zum Selbstmord getrieben wird. In diesen Konfliktsituationen werden von den beteiligten Hauptpersonen Entscheidungen verlangt. Kein Zweifel: Bis zu einem gewissen Grad entsprechen Struktur und Zusammenhang jener Szenen, welche die Handlung zwischen Hauptpersonen vorantreiben, den Grundsätzen einer traditionellen Dramaturgie. Allein – das Stück heißt weder ›Andri und Barblin‹, noch ›Can‹. Das Stück heißt *Andorra*. Zu der für das Drama neu geschaffenen Handlung zwischen Hauptpersonen tritt auch auf der Bühne ein anderer Darstellungsbereich

7 Frisch, Max, *Andorra*. Frankfurt/M 1961. – Die folgenden Seitenangaben im Text beziehen sich auf diese Ausgabe.

hinzu, der in der epischen Skizze vor allem vorgebildet erscheint.
Die epische Skizze handelt fast nur vom »täglichen Umgang« des angeblichen Juden mit den Andorranern. Das Verhalten eines Kollektivs zu erzählen, ist einfacher als es dramatisch darzustellen. Das zeigt die Tagebuchskizze selbst, in der typisch antisemitische Klischeevorstellungen beschrieben und mit ironischen Erzählerkommentaren gedeutet werden (»Mißtrauen gegenüber seinem Gemüt, das ein Jude, wie auch die Andorraner wissen, nicht haben kann«). Wie war nun das Verhalten eines Kollektivs auf die Bühne zu bringen? Frisch löst dieses Problem dadurch, daß er einzelne andorranische Typen wie den Soldaten, den Wirt, den Tischler, den Doktor, den Pater immer wieder Andri gegenüberstellt, wobei in verschiedenartigen Situationen die antisemitischen Vorurteile der Andorraner »demonstriert« werden. Wie beim guten kabarettistischen Sketch erfaßt der Zuschauer den Sinn dieser bühnenwirksam gestalteten Auftritte sofort. Er braucht ihren funktionalen Zusammenhang im Gefüge der Gesamtkonzeption nicht zu berücksichtigen. Insofern eignet derartigen Szenen (3. Bild) eine gewisse »Selbständigkeit der Teile«, so daß wir sie getrost als Mittel des epischen Theaters auffassen können. Wie ähnliche Szenen bei Brecht verfolgen diese »Demonstrierszenen« ganz offenbar den Zweck, die Zuschauer zum Nachdenken über gesellschaftliche Vorgänge zu veranlassen. Das geschieht aber ohne Berücksichtigung der ideologischen und ästhetischen Dogmatik Brechts. »Es braucht kein Anti-Illusionismus demonstriert zu werden« (125), heißt es in den Anmerkungen, die Frisch seinem Stück beigefügt hat.
Im Unterrichtsgespräch wird eine belesene Prima Demonstrierszenen auch aus dem Werk anderer Dramatiker nennen können. Außer Brecht kommt hier vor allem Georg Büchners *Woyzeck* in Frage. Jene *Woyzeck*-Szenen, in denen der Hauptmann und der Doktor den armen Teufel Woyzeck traktieren, eignen sich vorzüglich zu einem vergleichenden Vortrag. Der Lehrer mag in diesem Zusammenhang auf Max Frischs Rede zur Verleihung des Georg-Büchner-Preises 1958 hinweisen, in der er im Hinblick auf Büchners Werk und seine eigene Arbeit sagt:
»Es ist eine Resignation, aber eine kombattante Resignation,

was uns verbindet, ein individuelles Engagement an die Wahrhaftigkeit, der Versuch, Kunst zu machen, die nicht national und nicht international, sondern mehr ist, nämlich ein immer wieder zu leistender Bann gegen die Abstraktion, gegen die Ideologie und ihre tödlichen Fronten, die nicht bekämpft werden können mit dem Todesmut des einzelnen; sie können nur zersetzt werden durch die Arbeit jedes einzelnen an seinem Ort.«[8]

In der Tat: sowohl in den genannten *Woyzeck*-Szenen als auch in den Demonstrierszenen des Stückes *Andorra* wird jeweils eine Ideologie auf künstlerische Weise zersetzt.

Insgesamt wird die Darstellung von Andris Schicksal siebenmal durch monologartige Auftritte an der »Zeugenschranke« unterbrochen, die alle zu einem Zeitpunkt lange nach Andris Tod vorzustellen sind. In der Prosafabel wird die Zeit nach dem schrecklichen Tode des andorranischen Juden auch geschildert, aber unter Beachtung des natürlichen Zeitablaufes. »Die Andorraner aber, sooft sie in den Spiegel blickten, sahen mit Entsetzen, daß sie selber die Züge des Judas tragen, jeder von ihnen.« Bemerkenswert ist, daß bei der Dramatisierung nicht nur der formale »Einbau« jener Zeit nach Andris Tod geändert wird, sondern auch der Inhalt der Aussagen, die zu diesem Zeitpunkt gemacht werden. Die Andorraner an der Zeugenschranke nehmen nichts »mit Entsetzen« wahr. Die Andorraner an der Zeugenschranke rechtfertigen sich. Die Andorraner an der Zeugenschranke beteuern ihre Unschuld.

Geht man von der Form aus, so mag man die Auftritte an der Zeugenschranke als ein weiteres Element des epischen Theaters auffassen. Die willkürliche Herrschaft über die Zeit, die früher nur dem Erzähler zustand, ist dem Dramatiker unseres Jahrhunderts nicht mehr fremd (Thornton Wilder, Arthur Miller). Zur epischen Form führt auch ein Vergleich, der zumindest dort nahe liegen mag, wo im Unterricht Thomas Manns Roman *Doktor Faustus* behandelt wurde.[9] Auch der Aufbau dieses Romans zeigt eine »polyphone« Verschränkung[10] zweier

8 Frisch, Max, *Rede zur Verleihung des Georg-Büchner-Preises 1958*, in: *Club Voltaire Jahrbuch für kritische Aufklärung*, München 1963, S. 179.

9 Zur Behandlung des Faustus-Romans im Unterricht vgl. den Aufsatz von Otto Bantel in: *Der Deutschunterricht*, 16 (1964) 2, S. 26.

10 Vgl. Mann, Thomas, *Die Entstehung des Doktor Faustus*, Amsterdam 1949, S. 32/33.

Zeitebenen, durch die wie in *Andorra* eine sinndeutende Wirkung entsteht: der symbolische Bezug zwischen dem Schicksal des »deutschen Tonsetzers Adrian Leverkühn« und dem Schicksal Deutschlands, gesehen aus der Optik des Serenus Zeitblom während des zweiten Weltkrieges. Allein – Serenus Zeitblom kommentiert das Leben seines Freundes. Die Andorraner an der Zeugenschranke kommentieren sich selbst. Die Bemerkungen Zeitbloms enthüllen vielschichtige Bezüge und umfassen lange Zeiträume. Die Andorraner an der Zeugenschranke beziehen sich alle auf einen Fall, auf den Fall Andri. Diese Konzentration auf einen Fall wirkt ohne Zweifel dramatisch. Die Gegenüberstellung der rechtfertigungswütigen Andorraner mit ihrem Verhalten im Fall Andri ist kein episierendes Stilmittel, sie bewirkt vielmehr in nicht geringem Maße Spannung. Wir denken dabei an den Zuschauer im Parkett, der nach Ansicht des Autors »Zeuge« ist. Es bekundet sich hier die nie endende Aktualität jenes Konfliktes zwischen Vorurteil und Wahrheit, der den dramatischen Kern des Stückes ausmacht.

Fassen wir die Ergebnisse der bisherigen Untersuchung zusammen: Den Stoff der Prosaskizze von 1946 verarbeitete Max Frisch zu einem Stück, in dem Elemente der traditionellen geschlossenen Dramenform (ein »Fall«, der sich aus Beziehungen zwischen den Hauptpersonen entwickelt) und Elemente eines epischen Theaters zu einer bruchlosen Einheit zusammengefügt erscheinen. In der zwischen Hauptpersonen spielenden Handlung wird Can, ohne daß er es will, zum Gegenspieler seines Sohnes Andri. Der eigentliche »Gegenspieler« aber ist eine Idee, der Antisemitismus, dessen Auswirkung als Massenwahn durch Typen in Demonstrierszenen vorgeführt wird. Die Aktionen dieser Typen wirken auf die Haupthandlung ein. Der Soldat (Rivalität mit Andri um Barblin), der Wirt (Steinwurf) und der Pater sind mit dem Schicksal Andris besonders stark verbunden. Im letzten Bild treten außer der getöteten Senora alle Hauptpersonen und alle typisierten Figuren auf. Hier, bei der »Judenschau«, vereinigen sich die episierend-demonstrierenden Teile und die zwischen Hauptpersonen spielende Handlung zu einem erschütternden Finale. Zwar wird auf dieses Ende an der Zeugenschranke immer wieder angespielt (Pfahlsymbol). Die Spannung, die das Stück zusammenhält, ergibt sich indes nicht aus der Frage, ob Andri sterben muß. Sie ergibt sich vielmehr aus der Frage, wie sich das unheilvolle Verhältnis von Wahrheit und Vorurteil weiter auswirkt. Von diesem unheilvollen Verhältnis handeln auch die Auftritte an der Zeugenschranke, so daß durch die »polyphone« Verschränkung der Zeitebenen die Einheit der Gesamtkonzeption nicht gelockert wird. Im Gegenteil: Die Auftritte an der Zeugenschranke bleiben auf den einen Fall bezogen und weisen doch – im Hinblick auf das Verhältnis zwischen Wahrheit und Vorurteil – über ihn hinaus. Zur Geschlossenheit der Komposition tragen überhaupt Symbolwirkungen in Gestus und Wort bei.[11] Die weißelnde Barblin am Anfang und am Ende des Stückes ist, was die Gesamtkomposition anlangt, dafür das auffallendste Beispiel.

II.

Im Stoff dieser Dichtung werden von der Tagebuchskizze an zwei Problemkreise miteinander verknüpft: das Problem des Massenwahns und das Problem der Persönlichkeit. In der Verbindung beider Fragen suchen wir einen sinnvollen Ansatz zur Beschäftigung mit dem Gehalt des Stückes. Wir verteilen die wichtigsten Figuren auf einzelne Schüler und formulieren den zweiten Arbeitsauftrag folgendermaßen: Untersuchen Sie die Handlungsweise Andris (Cans, des Wirts, des Paters, des Doktors usw.) und prüfen Sie, inwieweit sie frei oder von Vorurteilen beeinflußt ist. Berücksichtigen Sie dabei besonders die Sprache der einzelnen Figuren.

a) Andris Urerlebnis ist die bittere Erfahrung seines gesellschaftlichen Ausnahmezustandes. Zunächst will er zwar sein wie alle anderen auch. Er will Fußball spielen, lieben, lachen. Aber als Jude – daß er keiner ist, kann er nicht wissen – wird er von fast allen andern nicht als Gleicher anerkannt. Was er auch tut oder läßt, wird zu seinen Ungunsten verdreht, so daß sein Ausnahmezustand bestätigt erscheint. Gegenüber diesem

11 Eine ausführliche Analyse der Symbolbezüge in *Andorra* gibt Rolf Eckard in seiner Interpretation des Stückes (in der Reihe *Interpretationen zum Deutschunterricht*. Hrsg. von Rupert Hirschenauer und Albrecht Weber, München 1965).

Verhalten der Andorraner zeigt Andri zwei verschiedene Reaktionsweisen. Die erste umfaßt bohrende Fragen nach seinem Wesen (»Ich weiß nicht, wieso ich anders bin als alle [...]«, 28), selbstquälerische Resignation (»Ich mag mich selbst nicht, wenn ich an mich selbst denke«, 60) und führt schon früh zu der Annahme, daß möglicherweise ein Fluch sein Leben bestimmt: »Das ist kein Aberglaube, o nein, das gibt's, Menschen, die verflucht sind, und man kann machen mit ihnen, was man will. Ein Blick genügt, plötzlich bist du so, wie sie sagen.« (29) Wer glaubt, verflucht zu sein, wird dadurch leicht zur Anerkennung einer verhängnisvollen Notwendigkeit veranlaßt, gegen die sich aufzulehnen zwecklos ist. Damit kann man jene mehr passive Reaktionsweise Andris erklären, die indes von Anfang an durch eine andere, offensichtlich aktive Haltung ergänzt wird. Seine Angst überwindend, nimmt sich Andri die Freiheit, gegen die ihm zuteil werdende Behandlung zu rebellieren. Vor allem aber nimmt er sich die Freiheit, die Frage nach der Wahrheit zu stellen: »Alle schmähen mich und frohlocken und hören nicht auf. Wieso seid ihr stärker als die Wahrheit?« (35).

b) Wenn auch alle gegen ihn verschworen zu sein schienen, auf zwei Menschen konnte Andri bauen: auf Can und auf Barblin. Als ihm Can Barblin verweigert, setzt die entscheidende innere Entwicklung Andris ein. »Ich schleiche nicht länger herum wie ein bettelnder Hund. Ich hasse. Ich weine nicht mehr. Ich lache.« (52) Schon die sprachliche Prägung – die stakkatoartige, emphatische Wiederholung der ersten Person Singular – verrät es: Andri findet sich auf sich selbst zurückgeworfen. Das heißt, er findet in zunehmendem Maße zu einer Freiheit des Handelns. Sie äußert sich in dem Auswanderungsplan ebenso wie in dem selbstsicher provozierten Angriff auf Peider, den Schänder Barblins. So befindet sich Andri in der Phase einer zunehmenden Selbstsicherheit, als eine neue ungeheure Wendung für ihn eintritt. Man will ihm weismachen, daß er gar kein Jude, daß er vielmehr Cans natürlicher Sohn sei.

Wir stellen im Unterricht die beiden Dialoge Andris mit Pater Benedikt einander gegenüber (58 f. und 81 f.), aus deren Vergleich sich Andris Entwicklung eindrucksvoll erklären läßt. Im ›Siebenten Bild‹ finden wir einen zerrissenen Andri, der nach der Regieanweisung schließlich »schluchzt« und zusammenbricht, einen armen Kerl, dem der Pater bei einsetzendem Orgelklang in wohlmeinender Herablassung rät, den Juden in sich anzunehmen. Im ›Neunten Bild‹ dagegen tritt ein selbstbewußter, herrischer Andri auf, der dem Pater in dialektischer Erwiderung entgegenschleudert: »Jetzt ist es an Euch, Hochwürden, euren Jud anzunehmen.« Für den Pater lautet jetzt die Regieanweisung: »setzt sich hilflos«.

Wahr ist für Andri nur, was er selbst erleiden mußte an Leib und Seele. Wahr ist für ihn nur, was er als seine eigene existentielle Not begreifen gelernt hatte. Wahr ist für ihn, daß er ein Jude ist. Die Wahrheit aus andorranischem Munde klingt für ihn nicht glaubhaft. »Wie viele Wahrheiten habt ihr?« Auf dem Höhepunkt des Stückes enthüllt diese zynische Frage Andris die Freiheit dessen, der die andern durchschaut zu haben glaubt – und nicht nur die andern. In einer plötzlichen inneren Erhebung vermeint Andri die Wahrheit seines eigenen Schicksales zu erkennen. Hat er am Anfang des Gespräches noch von seiner bürgerlichen Existenz gesprochen (»[...] und darum werd ich jetzt auswandern«), so beschwört er an dessen Ende die Gewißheit seines bevorstehenden Martyriums als die Wahrheit, die sich ihm aus einer endgültigen Selbsterkenntnis erschloß. »Du möchtest ein Jud sein?« fragt ihn der Pater. Andri antwortet: »Ich bins. Lang habe ich nicht gewußt, was das ist. Jetzt weiß ichs.« Darauf folgt jene erschütternde monologartige Rede, aus lyrischen und pathetischen Stilelementen geformt, in der sich Andri zur Höhe des tragischen Helden erhebt, der die Todesfurcht der Kreatur erfährt und dennoch die innere Freiheit besitzt, dem gnadenlosen Schicksal dadurch zu begegnen, daß er es – wie er glauben muß, im Gegensatz zu den andern – erkennt.

c) Von dieser Haltung ist Andri nicht mehr abzubringen. Ein letzter Versuch Cans, ihn zu retten, prallt an seiner Überzeugung ab: »Ich bin nicht der erste, der verloren ist. Es hat keinen Zweck, was du redest. Ich weiß, wer meine Vorfahren sind. Tausende und Hunderttausende sind gestorben am Pfahl, ihr Schicksal ist mein Schicksal.« (93) Der Fluch, der über seinem Leben liegt (vgl. 29), erklärt sich für Andri in dem Fluch, unter dem sein Volk leidet. Er bringt die innere Freiheit auf, sich zu diesem Schicksal, zum Pfahl zu bekennen. Nur seine Liebe zu Barblin und Peiders Tat hat er noch nicht verwunden. Aber auch Barblin kann ihn vor seiner Todesbereitschaft nicht abbringen. Ihr sagt er: »Ich soll an meine Zukunft denken, aber ich hab keine ...« (96). Von ihrer Kammer weg wird er verhaftet.

Das Ergebnis unserer Analyse ist paradox: Andri scheint der Unfreiste zu sein, der schuldlos einer tödlichen Verstrickung preisgegeben ist, und dennoch bringt er mehr innere Freiheit auf als die andern. Der Teufelsmechanismus des Massenwahns läßt ihn die Wahrheit über seine bürgerliche Identität verfehlen, und dennoch kommt er mehr als alle andern zu sich selbst.

Can ist neben Andri die wichtigste Figur im Spiel. Aus seinem Schicksal könnte man ein selbständiges Stück schreiben. Es ist nicht einfach, sein Verhalten zu verstehen und die Schülerfrage scheint berechtigt: Was ist dieser Mann eigentlich? In der Tat, was ist Can? Idealist, Säufer, Wahrheitsfanatiker, Lügner, Feigling oder alles zusammen?

Wenn wir unsere besondere Fragestellung bedenken, müssen wir zunächst feststellen: Als Lehrer, als Wissender besaß Can geistige Freiheit genug, nicht nur um die falschen Kollektivvorstellungen seiner Landsleute zu durchschauen, sondern auch um sie zu bekämpfen. Ausgerechnet der chauvinistische Doktor sagt von ihm:

»Er hat von sich reden gemacht damals, ein junger Lehrer, der die Schulbücher zerreißt, er wollte andere haben, und als er dann doch keine andern bekam, da hat er die andorranischen Kinder gelehrt, Seite um Seite mit einem schönen Rotstift anzustreichen, was in den andorranischen Schulbüchern nicht wahr ist.« (39)

Wie sein Sohn Andri stellt auch Can die Frage nach der Wahrheit, setzt dann aber dennoch durch die Lüge über Andris Herkunft den Ablauf der Unglücksgeschichte in Bewegung. Wie ist das zu verstehen? Der Text bietet zwei verschiedene Ansätze zur Erklärung. Am nächsten liegt die Begründung, die Can selbst gibt, als er Andri zum letzten Mal von der Wahrheit seiner bürgerlichen Identität zu überzeugen versucht:

»Ein Andorraner, sagen sie, hat nichts mit einer von drüben und schon gar nicht ein Kind. Ich hatte Angst vor ihnen, ja, Angst vor Andorra, weil ich feig war –«. (92 f.)

In diesem Fall wäre Cans Freiheit gegenüber Andorra in dem Augenblick zuschanden geworden, da über die geistige Auseinandersetzung in der Schule hinaus, seine private Existenz betroffen worden war.

Bei dem zweiten Ansatz muß man von anderen Stellen ausgehen. Nachdem zu Beginn des Stückes Prader für die Tischlerlehre des vermeintlichen Judenjungen einen Wucherpreis gefordert hat, prophezeit Can: »Sie werden sich wundern, wenn ich die Wahrheit sage. Ich werde dieses Volk vor seinen Spiegel zwingen, sein Lachen wird ihm gefrieren. (16) Als die Senora von Can Rechenschaft über den gemeinsamen Sohn fordert, mutmaßt sie: »Vielleicht wolltest du zeigen, daß ihr so ganz anders seid als wir.« (77) In beiden Aussprüchen ist der Grund für Cans Lüge über Andris Herkunft sozusagen »pädagogisch« motiviert. War, so könnte man fragen, die Lüge über Andris Herkunft als ein Mittel politischer Pädagogik gedacht? Wollte Can als eine Art Praeceptor Andorrae seinen Landsleuten am Beispiel des eigenen Sohnes beweisen, wie dumm ihr antisemitisches Vorurteil ist? Man mag die Kühnheit dieser Vorstellung dem jungen Can zutrauen, der die unwahren Schulbücher zerriß. Dem Can auf der Bühne, dem resignierenden Trinker, wird das Publikum eher seine eigene Erklärung abzunehmen bereit sein. Man wird dieser Figur wohl am besten gerecht, wenn man annimmt, daß Can zwar Andri aus Feigheit einst für ein Judenkind ausgegeben hatte, daß ihm aber stets bewußt blieb, was für ein unwiderlegbares Argument Andris wahre Herkunft gegenüber dem Wahn seiner Landsleute darstellte. Zu Beginn des Stückes scheint Can noch durchaus gesonnen zu sein, dieses Argument auch »pädagogisch« auszuspielen. Das beweist das angeführte Wort ebenso wie der ironische Kommentar, der ihm folgt: »Wenn's einer nicht im Blut hat! [...] Sie werden ihr eigenes Blut noch kennenlernen.« (17) Allein Can vermag aus der Freiheit des Wissenden keine Freiheit der Handlung abzuleiten. Er handelt erst, als er dazu gezwungen wird (Inzestgefahr, Heranrücken der Schwarzen). Dann ist es zu spät. Weder Andri noch die Andorraner glauben ihm. Auch sein Mut bei der Judenschau nützt nichts mehr. Er hätte rechtzeitig handeln müssen, aber seine mit den Jahren fortgeschrittene Resignation gegenüber den Andorranern, die er verachtet, von denen er nur in abwertend gemeinten Pronomina (»sie« – »ihr«) spricht, lähmte seine Entschlußkraft. Seine Kraft reichte allenfalls noch für die rhetorische Entladung seines Unmutes »Jud! Jedes dritte Wort, kein Tag vergeht, jedes zweite Wort, kein Tag ohne Jud, keine Nacht ohne Jud, ich höre Jud, wenn einer schnarcht, Jud, Jud, kein Witz ohne Jud, kein Geschäft ohne Jud, kein Fluch ohne Jud, ich höre Jud, wo keiner ist, Jud und Jud und nochmals Jud [...]« (47). Can ist eine nicht minder tragische Gestalt als Andri: Einer, der einmal ausgezogen war, um das Fürchten vor dem Dämon der ideologischen Lüge zu zerstören, und der am Ende scheitert und sich die Schuld daran zumessen kann, daß er, der Wissende, den eigenen Sohn geopfert hat. In den Schulstuben wollte Can der Wahrheit dienen. Aber seine Freiheit reichte nicht aus, um den Ungeist zu besiegen. In einer Schulstube hängt er sich am Ende auf.

a) Unsere dramaturgische Analyse lehrte uns, daß die Andorraner die Wirkung kollektiver Zwangsvorstellungen szenisch demonstrieren. Die sprachliche Untersuchung der einzelnen Typen durch die Schüler bestätigt die Abhängigkeit der Andorraner von Schlagworten und vorgeprägten Meinungen.[12] Zunächst fällt auf, daß der Soldat, der Wirt, der Doktor usw. sich selbst und ihren beruflichen Umkreis mit formelhaften Wendungen charakterisieren (»ich bin der Wirt«; »ein Andorraner hat keine Angst« usw.). Die Sprache der Andorraner – so differenziert sie nach dem Bildungsgrad der einzelnen Typen geformt ist – enthüllt die Bereitschaft der Sprecher zu stereotypen Reaktionen, schon bevor sie mit Andri zu tun haben. Hat die Begegnung stattgefunden, so tritt das Stereotype vollends in Erscheinung.

Wie äußert sich die antisemitische Voreingenommenheit bei den einzelnen Figuren zum ersten Mal? Diese im Unterricht gestellte Frage erwies sich für die Erklärung der Andorraner als recht ergiebig. »Tischler werden, das ist nicht einfach, wenn's einer nicht im Blut hat.« (15) Der Tischler scheint mit überzeugender Selbstverständlichkeit zu argumentieren. Beim Wirt (17), beim Soldaten (21), beim Doktor (40) ist das nicht

12 Vor allem, wenn man den Modellcharakter des Stückes bedenkt, bleibt es bemerkenswert, daß der Autor keine der Frauengestalten zur Darstellung dieser Zwangsvorstellungen benutzt. Andorranerinnen treten auch an der Zeugenschranke nicht auf.

anders. Die Andorraner sind schon so sehr im Banne des Massenwahnes, daß die antisemitischen Vorstellungen selbstverständlich zu sein scheinen und ganz spontan erfolgen.

b) »Ich bestreite keineswegs, daß wir sozusagen einer gewissen Aktualität erlegen sind«, räumt der Doktor an der Zeugenschranke ein (102). Sie äußert sich vornehmlich in antisemitischen Glaubenssätzen und Parolen, die vor Zeiten allerdings auch in Deutschland eine gewisse »Aktualität« hatten. Wenn Theater – wie wir eingangs hörten – für Max Frisch »Auseinandersetzung mit einer Gesellschaft« ist, tun wir gut daran, gerade vor diesem Tatbestand nicht auszuweichen. Von den antisemitischen Vorurteilen, die geäußert werden, kann im Grunde genommen nur die jüdische Geldgier auf eine alte, historisch zu erklärende Tradition zurückgeführt werden. Die meisten anderen Vorurteile dagegen stammen aus dem Arsenal der völkischen Kulturkritik, die seit dem letzten Drittel des vergangenen Jahrhunderts besonders in Deutschland (Paul de Lagarde, Julius Langbehn, der Rembrandtdeutsche u.v.a.) eine verhängnisvolle Auswirkung auf die öffentliche Meinung zu nehmen begann. »Ich kenne den Jud. Wo man hinkommt, da hockt er schon, der alles weiß, und du, ein schlichter Andorraner, kannst einpacken.« (41) Wo überall ist dieser Satz seinem Sinne nach in Deutschland vor 1933 nicht zu hören gewesen, die Gymnasien nicht ausgenommen? Daß der Jude kein »Gemüt«, sondern ärgerlicherweise einen »zersetzenden« Verstand habe, galt vielen deutschen Gebildeten als sicher. »Sie mögen dich alle nicht, ich weiß auch warum. 's ist ein Funke in dir. Du denkst. Warum soll's nicht auch Geschöpfe geben, die mehr Verstand haben als Gefühl? Ich sage: Gerade dafür bewundere ich euch.« (62) Selbst in dieser positiv wertenden Formulierung des Paters bleibt das Vorurteil als solches bestehen.

c) Wann und wo treten die antisemitischen Vorstellungen bei den andorranischen Figuren zum letzten Mal auf? Diese Frage ist nicht weniger interessant als die Frage nach dem ersten Auftreten dieser Vorstellungen. Ein Teil der Schüler wird in diesem Zusammenhang die letzten Spielszenen des Stückes untersuchen wollen. Für eine ganze Reihe der andorranischen Figuren findet sich die letzte Äußerung dieser Art aber ausgerechnet in jenen Monologen an der Zeugenschranke, in denen sie ihre Unschuld beteuern und ihre Handlungsweise zu rechtfertigen versuchen. Mit Ausnahme des Paters sprechen sie alle ein bedauerndes »ich gebe zu«. Aber dieses »ich gebe zu« bezieht sich eigentlich nur auf die Täuschung über Andris Herkunft. Weiterhin distanzieren sie sich noch von der Grausamkeit der Verfolgung, die aber offenbar nicht grausam genug war, um die antisemitischen Vorurteile selbst aus ihrem Bewußtsein zu tilgen. »Wieso wollte er nicht Verkäufer werden? Ich dachte, das würd ihm liegen. Niemand hat wissen können, daß er keiner ist« (30), meint der Tischler, während der Soldat an der Zeugenschranke in schöner Offenheit bekennt, er glaube noch heute daran, »daß er einer gewesen ist« (57). Besonders aufschlußreich sind die Worte des Doktors: »Ich kann nur sagen, daß es nicht meine Schuld ist, einmal abgesehen davon, daß sein Benehmen (was man leider nicht verschweigen kann) mehr und mehr (sagen wir es offen) etwas Jüdisches hatte« (101). Mehr als alle andern beweisen gerade diese Worte die geistige Unfreiheit der Andorraner. Sie bleiben unfrei, weil sie nicht erkennen wollen, wo die Wurzel des Übels liegt: im Bereich der Affekte. »Auch ich habe Juden gerettet, obwohl ich sie nicht riechen kann« (Doktor, 41). Über diese affektive Grundhaltung kommen die Andorraner nicht hinaus. Auch an der Zeugenschranke nicht. Nur der Pater, der es versäumt hatte, für Andri zu zeugen, durchbricht am Ende jene Zwangsvorstellungen, die einer Art kollektivem Unterbewußtsein entspringen. Er findet die Freiheit zum Bekenntnis seiner Schuld: »Auch ich habe mir ein Bildnis gemacht von ihm, auch ich habe ihn gefesselt, auch ich habe ihn an den Pfahl gebracht.« (64)

III.

»Es hängt etwas in der Luft« bemerkt der Jemand zu Beginn des Stückes (14). Damit wird nicht nur vordergründig ein nahendes Gewitter angesprochen, wir dürfen diesen Satz auch auf die dumpfe Atmosphäre in Andorra beziehen, die der Ausbreitung des Massenwahnes förderlich ist. Wie unsere Untersuchung lehrte, verlieren die meisten Andorraner diesem Massenwahn gegenüber ihre Freiheit. Wer sie wenigstens teilweise bewahrt, scheitert dennoch. Max Frisch bezeichnet dieses Geschehen als ein ›Modell‹. Wenn wir schließlich noch dessen Sinn erörtern, müssen wir damit rechnen, daß unsere Schüler – durchaus auch im Hinblick auf die Wirklichkeit – vor allem die Frage nach der Schuld stellen. Wir fügen jene Frage hinzu, die immer auftritt, wenn eine schicksalhafte Verkettung von Freiheit und Schuld gegeben erscheint, die Frage nach dem Tragischen.

Die Bedeutung des Modells liegt zunächst darin, daß sich an ihm die schreckliche Wirkung jedes Massenwahnes enthüllt, der entsteht, wenn einzelne Menschen oder eine Gruppe von Menschen durch negative ›Bildnisse‹ (Stereotypen) abgestempelt werden.

Der Modellcharakter des Stückes zeigt sich vor allem aber darin, daß in ihm der Unsinn des Antisemitismus entlarvt wird. Die Andorraner selbst besitzen jene Eigenschaften, die sie als typisch jüdisch Andri vorzuwerfen bereit sind: der Tischler verlangt ein überhöhtes Lehrgeld, geil ist der Soldat, ehrgeizig der Doktor, unehrlich der Wirt und feig sind sie alle miteinander als die Schwarzen kommen. Noch überzeugender aber ist, wie durch die Fabel des Stückes die Grundlage des neueren Antijudaismus, der Mythos vom Blut, ad absurdum geführt wird. Andri, der seines jüdischen ›Blutes‹ wegen sterben mußte, war in Wirklichkeit Andorraner. Die ›Stimme des Blutes‹ spricht nicht. Andri vermag seine natürlichen Eltern nicht anzuerkennen, aber er bekennt sich zu den jüdischen Vorfahren, die seine Vorfahren nicht sind. Der blutgläubige Aberwitz der Andorraner hingegen will es wahr haben, daß Andri gerade jene Frau meuchlings ermordet habe, die in Wirklichkeit seine eigene Mutter war.

Bei der Diskussion der Schuldfrage unterscheiden wir kriminelle und moralische Schuld. Kriminelle Schuld finden wir bei den Schwarzen, die Völkermord begehen. Kriminelle Schuld lädt der Wirt auf sich, dessen Steinwurf die Senora tötete und der dann seine Schuld Andri in die Schuhe schiebt. Schuld im juristischen Sinn hat auch Can, insofern er Andris wahre Herkunft so lange verschweigt.

Seit der Tagebuch-Skizze steht für Frisch offenbar jene Schuld der Andorraner im Mittelpunkt, die darin besteht, daß sie sich »ein Bildnis« machen. Vom Wirt abgesehen, handelt es sich bei ihnen in der Tat nicht um kriminelle Schuld. Wir dürfen ihnen glauben, wenn sie an der Zeugenschranke versichern, daß sie keinesfalls für Grausamkeiten gewesen seien. Aber ihre Ressentiments, ihre Gedankenlosigkeit, ihre Charakterschwäche, ihre Neigung, individuellen und kollektiven Ärger an einem Sündenbock abzureagieren, kurz, ihre Unfreiheit gegenüber einem heillosen Mechanismus von Vorurteilen förderte das Böse. In diesem Sinne unfrei wurden sie, weil ihnen der Wille zur Wahrheit fehlte. »Und wenn sie die Wahrheit nicht wollen?« fragt der frühere Wahrheitsfreund Can (77). »Weil der Mensch Unwahrheit überwinden kann«, ist nach Karl Jaspers »im Menschen mit aller Unwahrheit seine Schuld verknüpft. Keine Unwahrheit beherrscht ihn, ohne daß er mitschuldig wäre.«[13] Die Andorraner lassen sich tatsächlich von der Unwahrheit beherrschen. Das ist Andorras Schuld.

Allein so hoch man auch die moralische Schuld der bequemen, wahrheitsscheuen Andorraner veranschlagen mag, es ändert nichts an der Tatsache, daß solch schuldhaftes Verhalten in der Wirklichkeit der Geschichte immer wieder anzutreffen ist (Christenverfolgungen, Ketzer- und Hexenjagden, rassische Progrome, politische Verfolgungen). Ist in einer Gesellschaft der Mechanismus eines Massenwahnes einmal in Gang gesetzt, so scheint er mit einer gewissen Notwendigkeit zumindest dann abzulaufen, wenn die Mehrheit dieser Gesellschaft ihre Freiheit aufgibt und sich – wie Andri im Hinblick auf die Andorraner richtig bemerkt – in »Marionetten« (82) verwandelt.[14] Tragisch an diesem Geschehen ist, daß der Bessere, der seine innere Freiheit nicht aufzugeben bereit ist, der – wie Andri und in gewissem Sinn auch wie Can – die andern durchschaut, das Böse erkennt und nach der Wahrheit fragt, dennoch durch die anscheinend notwendig erfolgenden Auswirkungen des Massenwahns vernichtet wird.

Max Frisch greift immer wieder die Frage nach der Identität des Menschen mit sich selbst auf. Im Gegensatz zu den Romanhelden Stiller und Gantenbein, deren Problematik aus ihrem inneren Gespaltensein entsteht, finden wir in Andri eine tragische Gestalt, die innerlich zu sich selbst findet, aber durch den Zwang der äußeren, gesellschaftlich bedingten Umstände die

13 Jaspers, Karl, *Von der Wahrheit*, München 1947, S. 531.

14 Ein kurzer Hinweis auf die Marionette als »deterministisches Gleichnis« (v. Wiese) in der Tragödie des 19. Jahrhunderts mag angebracht sein (Büchner!).

Wahrheit über sich selbst dennoch verfehlt. Andri scheitert, gerade weil er glaubt, nach einem qualvollen Ringen sich selbst gefunden zu haben. Wie sehr dieser tragische Irrtum durch die in seiner Gesellschaft gegebene Situation verursacht wird, läßt sich im Unterrichtsgespräch durch einen kurzen Vergleich mit einer anderen Gestalt der Dichtung erhärten. Als er ausreitet, weiß der junge Parzival nicht, wer er in Wirklichkeit ist. Sein Weg in die ritterliche Gesellschaft führt ihn jedoch zu einer idealen Verwirklichung dessen, was in ihm angelegt ist. Parzival wird Gralskönig. Der in der andorranischen Gesellschaft herrschende Wahn bringt es dagegen mit sich, daß Andri – will er sich selbst treu bleiben – die Wahrheit über sich selbst nicht annehmen kann. Er »bleibt«, was ihm sein Vater als Rolle zuerkannt, was ihm die Gesellschaft als Fluch vermacht hat: Jude.

An dieser Stelle mögen wir uns daran erinnern, daß auch in Hebbels *Maria Magdalene* das tragische Geschick der Heldin durch die Herrschaft von Vorstellungen und Konventionen verursacht wird, die im Umkreis einer engen, kleinbürgerlichen Gesellschaft zwar als Werte gelten, nichtsdestoweniger aber nur eben durch diese Gesellschaft geheiligte Vorurteile sind. Mit Klara wird auch in dem Hebbelschen Stück der bessere, der ehrlichere Mensch vernichtet. Wie Pater Benedikt in *Andorra,* so erkennt in Hebbels ›bürgerlichem Trauerspiel‹ der auf den Tod verwundete Sekretär zu spät seine Schuld, die in der Unfreiheit gegenüber herrschenden Vorurteilen bestand (»Darüber kann kein Mann weg«). Indes wäre es sicher verfehlt, die Radikalität des Tragischen, wie sie bei Hebbel erscheint, auch in *Andorra* zu suchen. Zwar vertritt der gescheiterte Pädagoge Can einen Nihilismus des metaphysischen Ressentiments: »Ich weiß nicht, die Welt hat einen Hang, immer gerade die mieseste Wendung zu nehmen« (43). Klaras ungeheuerliche Anklage »Gott im Himmel, ich würde mich erbarmen, wenn ich du wäre und du ich!« (*Maria Magdalene* II, 5), mag in *Andorra* darin ein gewisses Gegenstück finden, daß Can kurz vor seinem Selbstmord von »Gott im Himmel« spricht, »den es nicht gibt« (110). Das Stück als Ganzes ist aber doch mehr auf die politisch-gesellschaftliche als auf die metaphysische Sinngebung hin angelegt.

Man widerspricht der Absicht des Autors wohl kaum, der –

wie wir wissen – im Theater eine »politische Anstalt« sieht und die »Konfrontation eines Werkes mit seiner Zeitgenossenschaft«[15] sucht, wenn man den tragischen Kern seines ›Modells‹ im Lessingschen Sinn didaktisch deutet:
»Auf dem Theater sollen wir nicht lernen, was dieser oder jener einzelne Mensch getan hat, sondern was ein jeder Mensch von einem gewissen Charakter unter gewissen gegebenen Umständen tun werde. Die Absicht der Tragödie ist weit philosophischer als die Absicht der Geschichte.«[16]
Am Modell von Frischs *Andorra* kann man in der Tat »lernen«, was Menschen von durchschnittlichem »Charakter« unter den »gegebenen Umständen« eines Massenwahnes zu »tun« pflegen. Daß diese Lektion beim Publikum, bei Schülern in unserem Fall, erzieherische Nachwirkungen haben kann, daß dieses Stück also – sagen wir es ruhig – politische »Lebenshilfe« bietet, mindert seinen künstlerischen Rang keinesfalls. Wer von *Andorra* ergriffen wird, mag erkennen, daß er es buchstäblich der Mühe wert finden sollte, seine Freiheit gegenüber jeder emotionalen Versuchung zum kollektiven Vorurteil zu bewahren.

1968

15 Bienek, a.a.O., S. 33.
16 Lessing, *Hamburgische Dramaturgie*. Neunzehntes Stück.

Reinhard Baumgart
Othello als Hamlet

Bedeutende Autoren verraten sich nicht zuletzt durch Monomanie, durch ein einziges, eigensinnig festgehaltenes Thema. »Ich bin nicht Stiller«, der erste Satz damals –, *Mein Name sei Gantenbein*, der Titel jetzt –, jene Verleugnung und diese Verkleidung sind nur Stationen ein und derselben Flucht. Wieder einmal möchte und muß jemand im allerwörtlichsten Sinne »außer sich sein«. Identität, die geforderte und doch versagte Übereinstimmung von Ich und Rolle, ist hier wie dort Thema.
Wäre ihm schon während der Niederschrift des *Stiller* dieses Stichwort »Identität« zugerufen worden, so hat Frisch einmal gestanden, er hätte den Roman womöglich nicht zu Ende gebracht. Kein Wunder also, wenn dem neuen Buch die Mühe anzumerken ist, im Rücken der verlorenen ersten eine zweite Spontaneität zu gewinnen. *Gantenbein* ist ein Beicht- und Ichwerk, so rücksichtslos und riskant privat wie sonst nur Tagebücher, und doch mit virtuosem Aufwand zum Kunstmuster stilisiert, energischer als der *Stiller*. Zwischen den Anstrengungen des Monologs und der Montage, zwischen artistisch heller Laune und dem Druck der Emotion steht der Roman in Spannung, reich also, doch gefährdet.
Solche Behauptungen allerdings scheinen weit vorzugreifen. Denn zunächst und zuallererst wäre doch nachzuerzählen, was vor sich geht in diesem Roman. Schon hier schlägt die Tücke des Objekts zurück auf seine Beschreibung. Nicht Vorgängen nämlich, sondern Vorstellungen läuft der Roman hinterher. Der ihn erzählt, träumt, allerdings mit hellwachen Augen. Eine Phantasie, eine von Erfahrung verletzte Phantasie beginnt zu fabulieren.
Die vorausgegangene Erfahrung, als Anfang vor allen anderen Anfängen des Romans, scheint noch zu entziffern. Sie ist einfach, von strenger, melodramatischer Alltäglichkeit: Ein Mann und eine Frau haben sich getrennt. In der eben noch gemeinsamen Wohnung sitzt der Erzählende. Noch scheinen die Gegenstände ringsum ihn zu erinnern, doch auf das Erinnerte selbst ist kein Verlaß mehr. Genau diese Lage setzt Phantasie

frei. »Ich stelle mir vor«, so intoniert der Erzählende, einmal, unzählige Male. Er schlägt vor, wie es gewesen sein könnte, was möglich wäre, was kommen mag. Zukunft, Gegenwart, Vergangenheit manipuliert seine Imagination ununterscheidbar.

Man könnte, zum Beispiel, Liebhaber einer verheirateten Frau gewesen sein (oder eben: sein, oder auch: werden), einer Schauspielerin namens Lila, einmal ohne, dann mit Kind imaginiert, später statt Schauspielerin Contessa, zwischendurch Medizinerin, am Ende nichts als Hausfrau. Man könnte ihr Liebhaber sein, aber auch der Zuschauer dieser Affäre, oder aber: man könnte der Hahnrei selbst sein, Lilas betrogener Mann, und schließlich, wieder ein Vorschlag und Umschlag, ebensogut dessen Nachfolger, der eifersüchtige zweite Ehemann. »Ich probiere«, sagt der Erzählende, »Geschichten an wie Kleider.«

Am liebsten und ausdauerndsten jedenfalls möchte er Gantenbein sein, ein Blinder, der durch Blindenbrille und trotz Blindenstock alles sieht, der Blindheit recht eigentlich vortäuscht, um desto besser sehen zu können, was die scheinbar Unbeobachteten um ihn und mit ihm spielen. Gantenbein natürlich ist der willkommene Partner in einer Welt des gesellschaftlichen Scheins, soll er doch alles, was man ihm vorsimuliert, wortwörtlich »blindlings« glauben, auch etwa die Treue einer Frau namens Lila.

Alle diese Rollen und Lagen durchläuft der Erzählende, belegt sie mit Geschichte. Flüchtig, chamäleonfarben, wechselt er dauernd die Positionen, nennt sich Gantenbein, Enderlin, Svoboda, erzählt von jemandem in der dritten Person, der eben noch seine eigene, erste Person gewesen zu sein schien. Hermes, der täuschende Gott, wird nicht umsonst oft zitiert. Nichts hält hier lange, was es für einen Augenblick verspricht, alles scheint austauschbar, die Namen, die Zeiten, episches Ich und Er. Eine Episode, eben aus dem Nur-Möglichen ins Schon-Wahrscheinliche hineinfabuliert, fällt gleich wieder ins Bodenlose der reinen Phantasie, war auch nur Erfindung, Finte, Kulisse.

Geboten werden, so heißt es, »Entwürfe zu einem Ich«. Denn hinter der verwegenen Partitur des Romans, der Geschichte gegen Geschichte setzt wie Punkt gegen Kontrapunkt, der dauernd vorschlägt und ebensooft zurücknimmt, der wie ein Strudel die Episoden herauftreibt auf seine Oberfläche und jäh

wieder hinunterzieht ins Vergessen – hinter diesem schwindelerregenden Schwindel steht eine These über die Erfahrung und das Erzählen, die Frisch schon vor Jahren formuliert hat.
»Jede Geschichte«, so behauptet diese These, »ist eine Erfindung.« Wer sie erzählt, möchte nur den »zwei oder drei Erfahrungen«, die er haben kann (»wenn's hochkommt«), ein Muster aufstülpen, um diese Erfahrungen lesbar, plausibel zu machen, um seinem Ich Unterkunft zu bieten in einer Rolle. Doch der hier erzählt, behauptet von sich, gerade er wüßte keine Geschichte, die sich reimt auf seine Erfahrung, keine Rolle für sein Ich. Also ist er fortwährend unterwegs durch mögliche Rollen, also probiert er Geschichten an wie Kleider.
Kopflastig mag ein Roman sein, der so gewagte Hypothesen zu seinen Spielregeln erklärt, doch in seinen ersten, herrlichen Läufen beschämt er alle Vorbehalte. Nur allmählich verlieren die erstaunlich zusammenstürzenden, auseinanderfallenden Erzählmosaike an Reiz, vor allem: an Verbindlichkeit. Zufälliges und Beliebiges an Geschichten wird einmontiert, allzu flott perlende Variationen beuten selbst das Blinden-Thema aus. Und schließlich scheint unter den bunten Kleidern doch die Figur zu fehlen, die sie trägt, und es tröstet wenig, daß sie ja eben behauptet, keine Figur zu sein, sondern jemand ohne Geschichte, Rolle, Gesicht.
Auch eine quer durch die erste Romanhälfte geflochtene Liebeshandlung, allzu säuberlich routiniert, nach *Homo faber*-Manier in Sequenzen geschnitten, trägt als Gerüst nicht, was sich rundherum an Parallel- und Gegenepisoden ansetzt. Im Gegenteil, ihr Pathos, das die schönen Gemeinplätze des Gefühls auf neuen Glanz sprechen möchte, stört nur den freien Auslauf der Phantasie in den benachbarten Geschichten, trübt deren präzisen und ausschweifenden Humor durch sentimentale Verschleierung.
So scheint es, gegen Mitte des Romans, als liefere der nur ein Perpetuum mobile von Kurzgeschichten, als sei er nichts weiter als ein Kleider- und Geschichtenständer und die erzählende Figur der stumme Diener, der sich geduldig alles überwerfen läßt, was einem Fabulierer wie Frisch so reich wie beliebig einfällt. Doch eben von diesem toten Punkt weg, da die offene Form fast zur virtuosen Formalität erstarrt, kommt der Roman als Zusammenhang des Zerstreuten wieder ins Laufen.

Denn darauf, daß zum Ende hin Beschleunigung und Geschlossenheit zunehmen, war in Frischs Büchern immer Verlaß, so auch hier.
Der Erzählende hatte es uns schon im voraus wissen lassen: So viele Kleider (also Geschichten) man auch anprobieren mag, sie werfen doch an immer derselben Stelle die gleichen Falten. Was schließlich auch seine Geschichten immer monotoner und intensiver verraten, was sie rechtfertigen möchten und nicht verwinden können, ist eine einzige Passion: Eifersucht.
Treuherzig, mit dem Brustton der Konvention, beschreibt der Roman Liebe, genauer: Verliebtheit, doch deren Kehrseite, die Eifersucht, läßt ihn hellsichtig werden. Jetzt gerät sein Ernst scharf und graziös, statt tolpatschig, wehleidig wie vorher. Nur der Verdacht, Mißtrauen gegen die vorgespiegelte Realität, scheint noch eine verläßliche Muse für diesen Autor, nicht Hingabe und Übereinstimmung.
Leichtflüssig, in Aquarellmanier, arbeitet nämlich seine Prosa. Für pastosen Auftrag und Spachtelwerk, zu Pathos will sie nicht mehr taugen. Selbst die andächtigen Porträts der jeweiligen Geliebten geraten ihr nur duftig, konturenlos wie gefälliger Dufy. Der Komödie des Zweifels und der Täuschungen aber, in dem die Figuren und Situationen ohnehin nur Vorschläge sind, luftige, durchlässige Schemen, ist diese Sprache leicht und bitter gewachsen. Da sprüht sie vor Ernst, und auch ihre Heiterkeit sinkt nie ab ins Gefällige.
Denn die Eifersucht, von der immer ausschließlicher erzählt wird, verrät ebenso ihre Größe wie ihre Lächerlichkeit. Aus allen Verschleierungen taucht endlich doch die erzählende Figur auf: ein Othello mit den Nerven Hamlets, ein tragikomischer Fall. Dieser Eifersüchtige geht durch die Welt wie durch Nebel, den sein Mißtrauen und seine Erfindungen mit Blitzschlägen erhellen möchten. Vielleicht ist er, der simulierte Gantenbein, tatsächlich blind? Verdacht jedenfalls wuchert ihm alle Realität zu. Zu Hause und folglich heimatlos ist er in allen Vermutungen, allen Rollen – nur, versteht sich, nicht in der Rolle der Frauen, das würde die blinde Eifersucht ja sehend machen.
»Ich lechze nach Verrat«, in diesem Satz hat der Roman, gelesen als Protokoll der Eifersucht, einer tragikomischen Anstrengung des Mißtrauens und der Phantasie, endgültig sein Zen-

trum erreicht, die bündige Einsicht in sich selbst. »Eifersucht«, heißt es dort, »ist die Kluft zwischen der Welt und dem Wahn [...] Schock: die Welt deckt sich mit dem Partner, die Liebe hat mich nur mit meinem Wahn vereint.«

Von hier aus knüpft sich auch der feste Zusammenhang mit *Stiller*. Nicht nur, daß Erzählen hier wie dort durch die Dialektik von Sich-Verbergen und Sich-Enthüllen läuft, daß der Erzählende sich zwar in einen Maulwurfsbau von Geschichten eingräbt, unverhofft aber doch wieder ans Licht schaufelt. Beide Male wird auch die Geschichte eines der Welt entfremdeten, gegen die Entfremdung wütenden Bewußtseins erzählt. Stiller allerdings scheint dann der größere Fall, verglichen mit dem Erfinder des Gantenbein, der nur unter dem Druck der Eifersucht »außer sich« gerät, der den Schmerz einer phantastischen Zerstreutheit eher als den der hoffnungslosen Rebellion verrät.

Hier und da deutet der Roman selbst seine Verlegenheit an, eine vermeintlich so enge und private Geschichte so breit vorzutragen in einer Zeit, da etwa in Algier gefoltert wird, die penetrante »Ich-Geschichte« auszuspinnen, statt sich der Zeitgeschichte zu stellen. Verbindlich, das weiß auch Frisch, sind solche Alternativen nicht.

Sicher, sein neuer Roman enthält auch ungleich weniger konkrete Gegenwart, etwa Berufswelt oder getroffenes Milieu, als die beiden voraufgegangenen. Seine Gegenwärtigkeit und sein Engagement freilich hängen auch davon nicht ab. Sie verlieren sich immer nur dort, wo der privaten Not die Stellvertretung mißlingt, wo der Tagebuchton, ohne Resonanz, klingt wie belauschte Intimität.

Diese Spannung hält sich bis zum Ende. Einerseits steht dort eine Episode von nahezu Beckettscher Konsequenz, ein Wunschbild vollkommenen Untertauchens: Da treibt ein Toter anonym die Limmat hinab, um »abzuschwimmen ohne Geschichte«. Andererseits folgt als letztes eine Idylle von schon konformistischem Schick, das Genrebild eines Déjeuners nahe den Etruskergräbern, Touristenbehagen, ausgegeben als Behagen in der Welt schlechthin.

Solche Risse laufen oft durch dieses Erzählgebäude. Der Kühnheit seiner Planung und seines Humors ist es nicht durchgehend gewachsen. Daß dieses Buch gerade durch seine Widersprüche, durch seine ästhetische wie humane Offenheit vertrauenswürdiger wird als so manches nur handwerklich, also nur fatal und scheinbar Runde (*Andorra* zum Beispiel), das muß sofort hinzugefügt werden. Hier wird unsere Imagination nicht bedient, sondern aufgestört, ein unbehagliches, ein unerschöpfliches Vergnügen.

1964

Hermann Kähler
Max Frischs »Gantenbein«-Roman

»Ich habe noch nie auf ein Gelingen verzichtet; ich kann es mir nicht leisten. Ich bewundere die Schriftsteller, die es sich leisten, beispielsweise die Vertreter des ›noveau roman‹, die aus Theorie darauf verzichten, Romane wie Balzac zu schreiben.« Das sagte Max Frisch in den *Werkstattgesprächen* zu Horst Bienek im Sommer 1961. 1964 kam sein neuer Roman *Mein Name sei Gantenbein* heraus, und nicht nur aus *Spiegel*-Umfragen über meistgekaufte Bücher, auch aus anderen Zeitschriften und Zeitungen erfährt man, dieser neue Roman des Schweizer Schriftstellers wird in Westdeutschland stark beachtet.

Max Frisch verzichtet darauf, einen Roman vom Balzac-Typ zu schreiben – es steht zu befürchten, »aus Theorie« – aber er verzichtete nicht auf das Gelingen – oder doch? Gibt der Erfolg über das Gelingen endgültig Auskunft?

Ein Rezensent mit guten Sitten erzählt erst einmal die Fabel. Aber dieser Roman hat keine, jedenfalls kaum eine erzählbare. Es gibt in ihm ein »Ich«, von dem man nichts weiß, nicht ahnt, wo es sich aufhält usw. Dieses »Ich« zieht Möglichkeiten in Erwägung, sich Geschichten auszudenken, wobei es sich mit jeder Geschichte recht intensiv identifiziert, ohne die Absicht jedoch, sie irgendwie zu Ende zu bringen. Dieses Ich ist Gantenbein, Lilas Mann, Enderlin, Lilas Geliebter, dann Svoboda, Lilas erster Ehemann. (Aber niemals Lila, das steht fest. Nicht so fest steht allerdings, ob es sich immer um dieselbe Frau handelt, die dieses Ich wie Jupiter immer wieder als ein anderer liebt und ob diese Personen wirklich etwas miteinander zu tun haben.) Außerdem sind in den Roman einige Episoden namenloser »Ichs« gestreut.

Diese Form ist nicht neu seit James Joyce. Aus ihr ließe sich heute kaum mehr ein außergewöhnliches Interesse erklären. Bei Frisch ist sie allerdings aus psychologischen Verallgemeinerungen hervorgegangen, denen oft mehr Aufmerksamkeit als dem tatsächlichen Buch geschenkt wird. In den *Werkstattgesprächen* 1961 sagte Frisch: »Die Ich-Position des Erzählers: das ist eine Grundfrage der modernen Epik. Ganz vordergründig gespro-

chen: natürlich ist das Erzähler-Ich nie mein privates Ich, natürlich nicht, aber vielleicht muß man schon Schriftsteller sein, um zu wissen, daß jedes Ich, das sich ausspricht, eine Rolle ist. Immer. Auch im Leben. Auch in diesem Augenblick. Jeder Mensch (ich spreche jetzt nicht vom Schriftsteller, sondern von seinem Helden), jeder Mensch erfindet sich früher oder später eine Geschichte, die er, oft unter gewaltigen Opfern, für sein Leben hält, oder eine Reihe von Geschichten, die mit Namen und Daten zu belegen sind, so daß an ihrer Wirklichkeit, scheint es, nicht zu zweifeln ist. Trotzdem ist jede Geschichte, meine ich, eine Erfindung und daher auswechselbar.«
Im *Gantenbein*-Buch, das nach solchen Überlegungen konstruiert ist, sind diese Gedanken des öfteren fast wörtlich zu finden; aber, wie mir scheint, ein wenig, um eine ironische Nuance, variiert. In einer Bar: »Während er die Gläser spült, sagt er: So war das! Ich trinke. Eine wahre Geschichte also. Ich glaub's! sage ich. Er trocknet die gespülten Gläser. Ja, sagt er noch einmal, so war das! Ich trinke und beneide ihn – nicht um seine russische Gefangenschaft, aber um sein zweifelloses Verhältnis zu seiner Geschichte ...
›Hm‹, sagt er, ›wie das wieder regnet!‹
Darauf gehe ich nicht ein, sondern trinke.
»Jede Geschichte ist eine Erfindung‹, sage ich nach einer Weile, ohne deswegen an den Schrecknissen seiner russischen Gefangenschaft zu zweifeln, grundsätzlich: ›jedes Ich, das sich ausspricht, ist eine Rolle –‹.« (72)
Was im Zitat aus den *Werkstattgesprächen* sich als psychologischer Subjektivismus aussprach, der, davon ausgehend, daß man seine eigene individuelle Vergangenheit nie ganz objektiv zu erkennen vermag, die Geschichte selbst in Geschichten, Erfindungen, auflöste, ist im Zitat aus dem Roman ein geschliffener Seitenhieb auf das Bramarbasieren. Es ist, finde ich, eine Sache, ob sich jemand eine Philosophie der »Rolle« baut und darüber sinniert, daß man nicht der ist, für den man sich hält, auch nicht der, für den man gehalten werden möchte, und ebenfalls nicht der Dritte, für den einen die anderen tatsächlich halten usw. usw., oder ob man ein Buch schreibt, in dem der Held, das Ich, sich eine Blindenbrille, ein Stöckchen und eine gelbe Armbinde kauft, um auf alles, was er sieht, nicht mehr reagieren zu müssen, sich von Lila aushalten läßt und dafür

nicht wahrzunehmen braucht, wie sie ihn betrügt. Oder der Held ist ein Gelehrter, der seinem »Ruf« an eine berühmte Universität nicht folgt, weil er die Rolle eines Geliebten spielt. Oder er ist ein eifersüchtiger Ehemann, der seine ungetreue Frau gern betrügen möchte, aber vor lauter Eifersucht nicht kann. Gantenbein, Enderlin, Svoboda – die Rollen sind zwar verschieden, aber sie alle charakterisieren doch sehr scharf einen Mann – oder Männer –, der keineswegs Lust hat, die »Rolle« eines großen Mannes zu spielen, sondern sich versteckt und verkriecht, von Ohnmachtsgefühlen, Eifersucht gepeinigt, sich beständiger wissenschaftlich perfektionierter Selbstbespiegelung hingibt, ohne jegliche menschliche Beziehung. Der Mensch verfügt nur über jene Fähigkeiten, die er betätigt; man ist nur das, was man tut. Die Passivität dieser sich blind stellenden Gantenbeins läßt höchstens zu, daß sie ihrer Frau das Bad bereiten, in Gesellschaft Wein einschenken, geschickt eine Forelle zerlegen oder sich bereit erklären, ein Freudenmädchen für eine anständige Dame zu halten. Was tun diese Gantenbeins noch? Sie bevölkern Hotels, Flugplätze, Partys, spielen mal mit dem Autoschlüssel, mal mit dem Whisky-Glas.
Melancholische Spießer dieser Art sind nicht ganz ungefährlich. Plötzlich haben sie das Bedürfnis, als Adam, nur mit Armbanduhr und Brille bekleidet, durch die Straßen zu laufen, um »einen Schrei« auszustoßen. Oder sie zerschießen Stück für Stück ihre Wohnung und wollen sie mit Benzin übergießen, verbrennen. Oder sie freuen sich, wenn sie ihren eigenen Tod überleben und plötzlich namenlos, für die andern gestorben, existieren ... Neben den von melancholischer Passivität durchwirkten Haupt-»Rollen« Gantenbein, Enderlin, Svoboda, müden Eifersuchtsszenen ohne Othello, glimmt in den Episoden der namenlosen Neben-»Rollen« des »Ich« der Zunder blindwütiger, unkontrollierbarer Ausbruchsversuche aus einer gehaßten und gefürchteten Welt der Herz- und Seelenlosigkeit in rabiate Abenteuer.
Max Frisch mag als Psychologe und als Philosoph das Nichtvorhandensein von Charakteren und ihrer objektiven Bedingtheit zur Debatte stellen, als Schriftsteller hat er m. E. in dem Roman *Mein Name sei Gantenbein* das glänzende Porträt eines Menschentyps gezeichnet, der hinter der nichtigen Rolle, die er spielt, nur seine allgemeine Nichtigkeit verbirgt. Das

typische Bild eines kleinbürgerlichen Null-Charakters oder Anti-Helden. Dieser Gantenbein-Charakter kann in der bürgerlichen Welt unserer Tage mit einem Massen-Interesse rechnen!

Für die Beurteilung des Buches aus unserer Sicht ist das in westdeutschen Kritiken so breit ausgewalzte Problem der Identität ebenfalls, aber unter anderem Aspekt wichtig, nämlich als Frage, wie weit der Autor sich über das »Ich« des Romans erhebt, die Gantenbein-Welt literarisch objektiviert. Die Darstellung der Dekadenz muß nicht dekadent sein, Darstellungsobjekt und Erkenntnisgegenstand und Held und Menschenbild sind keineswegs kongruente Begriffe. Die Kleinlichkeit und Nullität einer literarischen Hauptfigur, und sei sie das erzählende »Ich«, muß nicht mit der Preisgabe eines großen, humanistischen Menschenbildes verbunden sein.

Anders formuliert: Inwieweit handelt es sich bei dem Gantenbein-Roman um einen zeitgenössischen Beitrag des kritischen Realismus?

Diese Frage ist für mich noch nicht entschieden. Als sehr aufschlußreich empfinde ich die Episode der Begegnung am Piz Kesch. Eines sonntags im Jahre 1942 hatte Enderlin auf einem Schweizer Berggipfel einen Mann getroffen, vermutlich einen Nazi-Spion, der das Gelände für ein Konzentrationslager prüfte. Enderlin hatte das Bedürfnis gespürt, ihn den Abhang hinunterzustoßen, doch ließ er's bleiben. »Was ich nicht getan habe, weiß ich mit Sicherheit [. . .] Ich weiß, es ist lächerlich. Eine Tat nicht vergessen zu können, die man nicht getan hat, ist lächerlich. Ich erzähle ja auch niemand davon. Und manchmal vergesse ich ihn wieder vollkommen . . .« (91). An einer anderen Stelle: »Wenn ich es wieder lese, was in Algier geschieht oder anderswo, und wenn ich es mir einige Augenblicke lang vorstellen kann, gibt es nichts anderes, und die Vorstellung ist kaum auszuhalten. Und ich bin bereit zu jeder Tat. Aber ich sitze hier, eine veraltete Zeitung lesend, und halte es aus. Tatlos . . . Ich warte auf die Ersatzteile für den Wagen, der nicht meiner ist.« (33)

»Manchmal scheint auch mir, daß jedes Buch, so es sich nicht befaßt mit der Verhinderung des Kriegs, mit der Schaffung einer besseren Gesellschaft und so weiter, sinnlos ist, müßig, unverantwortlich, langweilig, nicht wert, daß man es liest, unstatthaft.

Es ist nicht die Zeit für Ich-Geschichten. Und doch vollzieht sich das menschliche Leben oder verfehlt sich am einzelnen Ich, nirgends sonst.« (103)

Der Widerspruch zwischen Tat-Handlung und Ich hat sehr objektive Ursachen, und der Schriftsteller ist in irgendeiner Weise immer der Ich-Geschichte im weitesten Sinne verpflichtet. Doch inwiefern sind die nie zu einem Ende geführten Fabel-Möglichkeiten seines Gantenbein-Buches weniger Ausdruck einer formalen Modernität, noch Resultat seiner psychologischen Ansichten, sondern vielmehr Zurückweichen vor Konsequenzen?

Die *Gantenbein*-Idee ist von deftigster Realistik, und der Autor spürt deutlich ihre Konsequenzen, wenn er andeutet: »Mangel an Fähigkeiten braucht ihn nicht zu kümmern; was die Welt braucht, sind Leute wie Gantenbein, die nie sagen, was sie sehen, und seine Vorgesetzten werden ihn schätzen; die wirtschaftlichen Folgen solcher Schätzung werden nicht ausbleiben. Seine Anschauungen zu widerrufen oder auch nur zu ändern, bloß weil er Dinge sieht, die seine Anschauungen widerlegen, wird Gantenbein sich hüten, um nicht aus seiner Rolle zu fallen.« (50 f.)

»Er wird einem Herrn begegnen, der eben über die Freiheit der Kultur gesprochen hat, und fragen, ob ein anderer Herr, der unter Hitler eine ebenso führende Rolle gespielt hat, ebenfalls im Saal sei, und nicht sehen, daß es derselbe Herr ist.« (51)

Ein Mann, bereit, die Welt zu sehen, wie sie sich in den Illustrierten zeigt! Aber Frisch wich der Konfrontation der Gantenbein-Möglichkeit mit der Realität aus. Keine Gantenbein-Karriere, es gibt nur Dinge, – abgesehen vom Freund seiner Frau, – derentwegen Gantenbein die Brille auch absetzen könnte; nichts, was seine Anschauungen auf die Probe setzen würde. Auch den ehemals braunen Freiheitsapostel der Kultur trifft er nicht, – leider, nichts dergleichen!

Wohin der Autor aber greift, überall packt er das bürgerliche Menschenleben von heute beim Schopf. Doch zieht er daran, um es melancholisch sogleich wieder zu kraulen. So mit der letzten Episode über die Leiche in der Limmat, der es beinah gelungen wäre, »abzuschwimmen ohne Geschichte«. So mit dem letzten Gantenbein-Gedanken: »Ich bin blind. Ich weiß es nicht immer, aber manchmal. Dann wieder zweifle ich, ob die Geschichten, die ich mir vorstellen kann, nicht doch mein Leben sind. Ich glaub's nicht. Ich kann es nicht glauben, daß das, was ich sehe, schon der Lauf der Welt ist.« (487) Und als letzte Offenbarung der fünfhundert Seiten lesen wir von Brot und Fisch und der Hand an der Weinflasche. So gefällt ihm das Leben. Im *Merkur* stellte Hans E. Holthusen kritischen Blickes fest: »Ein starkes Verlangen nach Namenlosigkeit, Zurücknahme, Einebnung der Welt will zur Geltung kommen. Nicht Resignation, sondern Melancholie im äußersten Sinne des Wortes. Eine alles überwältigende Müdigkeit. Als wolle jemand im Sterben sich noch hinter das Sterben zurückziehen.«[1]

Holthusen nennt das Buch ein offenes Bekenntnis inneren Bankrotts. Er fragt: »Soll allen Ernstes ›Langeweile‹ sein letztes Wort sein, Langeweile als eine andere – im 19. Jahrhundert zu hohen Ehren gekommene – Definition für jenen Zustand von Gottverlassenheit und extremer Lebensunlust, den man im Mittelalter acedia nannte?«

Ja gewiß, das ist auch darin, aber nicht nur! Das Gantenbein-Buch ist kein pathetisches Buch. Es hat auch nicht das moderne Pathos des Unpathetischen. Es spricht eine kluge, oft humorvolle Sprache und ist eher Komödie als Tragödie. Man darf es einem erfahrenen Theatermann wie Frisch schon zubilligen, daß er das uralte dramaturgische Gesetz der Komödie vom schiefen Epilog kennt, der zum Schluß noch einmal den Zuschauer provoziert.

Das Motto von den Möglichkeiten, der Rolle und den Geschichten – philosophisch ziemlich dünn – tritt uns im Gantenbein-Buch als heiteres, zwangloses Spiel, als Ausprobieren literarischer Möglichkeiten entgegen, einen langweiligen Helden mit langweiligen Geschichten so oder auch anders zu gestalten: »Ob billig oder teuer, englisch oder italienisch oder einheimisch, bleibt einerlei; immer entstehen die gleichen Falten am gleichen Ort, ich weiß es«. (29)

Statt zu betonen, daß der Roman noch im Bewußtseins-Strom schwimmt, wollen wir deshalb bemerken, daß er, wie's scheint, eine Art Rokoko-Variante dieses introvertiert-subjektivistischen Roman-Typs darstellt.

1 *Merkur*, Heft 10/11, München 1964, S. 1074.

Das Heitere, Spielerische seiner Komposition, die Blitzlichter kräftiger Realistik bei Szenen und Gestalten, all das verstärkt den Eindruck, das Buch könne in einem Überwindungsakt und muß nicht in einem Kapitulationsakt entstanden sein.
Eingeräumt, dies ist noch nicht zu beweisen. Weder die Bedeutung dieses Buches für das Schaffen von Max Frisch, ob Endpunkt oder Auftakt zu etwas Neuem, noch seine Bedeutung für den modernen bürgerlichen Roman ist jetzt schon bestimmbar.
Zu vieles ist vage. Angedeutet. Möglichkeit. Und obwohl alles Zufällige, Individuelle, Besondere dieser Gantenbein-Geschichten sehr wohl in einer historisch streng fixierbaren Gesellschaftlichkeit einzuordnen ist, ein Gesamtbild der gesellschaftlichen Wirklichkeit provoziert, bleibt dies ganz dem Leser überlassen, hängt es davon ab, was er hinzutun kann. Der Autor versteckt sich wie sein Freund Gantenbein hinter einer Rolle. Doch ist er wohl nicht so blind, wie er tut. Sonst könnte er diese Blindheit nicht so virtuos spielen.

1965

Wolf R. Marchand

Max Frisch, »Mein Name sei Gantenbein«

I. Einige theoretische Voraussetzungen zu »Mein Name sei Gantenbein«*

Vier Probleme beim Darstellen der Wirklichkeit

Das Mißtrauen Homo fabers und Stillers, daß das Wort Wirklichkeit wiederzugeben vermöge, konnte schließlich doch noch überwunden werden und beide wurden – wenn auch von außen – zum Schreiben gebracht, allerdings mit deutlichem Vorbehalt. Frischs letzter Roman *Mein Name sei Gantenbein* ist konsequentester und zugleich spielerischster Ausdruck von Frischs Mißtrauen gegen die Sprache. Dieses in der Literatur nicht neue Mißtrauen gründet tief und äußert sich bei Frisch vor allem in vier ständig wiederkehrenden Gestaltungsproblemen.

Im *Tagebuch* sagt er:

»Was wichtig ist: das Unsagbare, das Weiße zwischen den Worten, und immer reden diese Worte von den Nebensachen, die wir eigentlich nicht meinen. Unser Anliegen, das eigentliche, läßt sich bestenfalls umschreiben, und das heißt ganz wörtlich: man schreibt darum herum. Man umstellt es. Man

* Max Frisch, *Mein Name sei Gantenbein*, Frankfurt a. M. 1964, (zitiert: G). *Tagebuch 1946–1949*, München und Zürich 1965, (zitiert: T). *Die Schwierigen oder J'adore ce qui me brûle*, Zürich und Freiburg i. Br. [3]1959, (zitiert: Sch). *Bin oder Die Reise nach Peking*, Frankfurt a. M. 1965, (zitiert: Bin). *Homo faber*, Frankfurt a. M. 1966. *Stiller*, Frankfurt a. M. und Hamburg [4]1966. *Zürich-Transit.* Skizze eines Films, Frankfurt a. M. 1966. *Don Juan oder die Liebe zur Geometrie*, in: *Spectaculum I*, Frankfurt a. M. 1956, S. 321 ff., (zitiert: Don Juan), *Geschichten*, in: Max Frisch, *Ausgewählte Prosa*, Frankfurt a. M. 1965, S. 8 ff., (zitiert: Geschichten). *Öffentlichkeit als Partner*, Frankfurt a. M. 1967, (zitiert: Öffentlichkeit). *Ich schreibe für Leser – Antworten auf vorgestellte Fragen*, in: *Dichten und Trachten* Nr. 24, Frankfurt a. M. 1964, S. 7 ff., (zitiert; D + T.)
Johann Wolfgang von Goethe, *Wilhelm Meisters Wanderjahre oder Die Entsagenden*, in: *Goethes Werke*, Hamburg [6]1964, Bd. 8.
Marcel Reich-Ranicki, *Deutsche Literatur in West und Ost – Prosa seit 1945*, München 1966, darin: *Der Romancier Max Frisch*, S. 81 ff.
Bruno Schärer, *Geschichten und Geschichte*, in: *Neue Zürcher Zeitung*, 30. Okt. 1966, (zitiert: NZZ).

gibt Aussagen, die nie unser eigentliches Erlebnis enthalten, das unsagbar bleibt; sie können es nur umgrenzen, möglichst nahe und genau, und das Eigentliche, das Unsagbare, erscheint bestenfalls als Spannung zwischen diesen Aussagen.
Unser Streben geht vermutlich dahin, alles auszusprechen, was sagbar ist; die Sprache ist wie ein Meißel, der alles weghaut, was nicht Geheimnis ist, und alles Sagen bedeutet ein Entfernen [...] Man sagt, was nicht das Leben ist. Man sagt es um des Lebens willen. Wie der Bildhauer, wenn er den Meißel führt, arbeitet die Sprache, indem sie die Leere, das Sagbare, vortreibt gegen das Geheimnis, gegen das Lebendige. Immer besteht die Gefahr, daß man das Geheimnis zerschlägt, und ebenso die andere Gefahr, daß man vorzeitig aufhört, [...] daß man nicht vordringt zu seiner letzten Oberfläche.
Diese Oberfläche alles letztlich Sagbaren, die eins sein müßte mit der Oberfläche des Geheimnisses, diese stofflose Oberfläche, die es nur für den Geist gibt und nicht in der Natur, wo es auch keine Linie gibt zwischen Berg und Himmel, vielleicht ist es das, was man die Form nennt?« (T, 34)
Zu der Frage nach der Darstellbarkeit des Unsagbaren kommen für Frisch noch drei weitere ihn ständig bewegende Fragen:
die Frage nach dem Wesen des menschlichen Daseins,
die Frage nach der Art unseres Erlebens
und mit der Frage nach der Darstellbarkeit zusammenhängend das Bildnisverbot.
Zur Frage nach dem Wesen menschlichen Daseins muß man »unterscheiden zwischen Zeit und Vergängnis: die Zeit, was die Uhren zeigen, und Vergängnis als unser Erlebnis davon, daß unserem Dasein stets ein anderes gegenübersteht, ein Nichtsein, das wir als Tod bezeichnen. Auch das Tier spürt seine Vergängnis; sonst hätte es keine Angst. Aber das Tier hat kein Bewußtsein, keine Zeit, [...] wir leben und sterben jeden Augenblick, beides zugleich, nur daß das Leben geringer ist als das andere, seltener, und da wir nur leben können, indem wir zugleich sterben, verbrauchen wir es, wie eine Sonne ihre Glut verbraucht; wir spüren dieses immerwährende Gefälle zum Nichtsein, und darum denken wir an Tod, wo immer wir ein Gefälle sehen, das uns zum Vergleich wird für das Unvorstellbare, irgendein sichtbares Gefälle von Zeit [...]« (T, 134)

Wir erleben als Person die Vergängnis, nicht die Zeit. Die Zeit entfaltet nur unsere in der Vergängnis allgegenwärtigen Möglichkeiten.

»Wir können nur, indem wir den Zickzack unserer jeweiligen Gedanken bezeugen und sichtbar machen, unser Wesen kennenlernen [...] seine Wahrheit, die wir unmittelbar nicht aussagen können, nicht von einem einzelnen Augenblick aus –.

Die Zeit?

Sie wäre damit nur ein Zaubermittel, das unser Wesen auseinanderzieht und sichtbar macht, indem sie das Leben, das eine Allgegenwart alles Möglichen ist, in ein Nacheinander zerlegt [...]« (T, 19)

Während unser Bewußtsein unser Wesen in ein Nacheinander zerlegt, ist der Traum

»die andere Linse, die es wieder in sein Urganzes sammelt, der Traum und die Dichtung, die ihm in diesem Sinne nachzukommen sucht –« (T, 20)

Über das Bildnisverbot, über die tödlichen Folgen, die daraus entstehen können, wenn Menschen sich von Menschen Bilder machen, handelt wie kein anderes Werk Frischs sein Theaterstück *Andorra.* Das Bildnis tötet das Lebendige in jedem Menschen.

»Es ist eine Versündigung, die wir, so wie sie an uns begangen wird, fast ohne Unterlaß wieder begehen –

Ausgenommen wenn wir lieben.« (T, 30)

»Die Liebe befreit aus jeglichem Bildnis [...] So wie das All, wie Gottes unerschöpfliche Geräumigkeit, schrankenlos, alles Möglichen voll, aller Geheimnisse voll, unfaßbar ist der Mensch, den man liebt –

[...]

Unsere Meinung, daß wir das andere kennen, ist das Ende der Liebe, [...] aber Ursache und Wirkungen liegen [...] anders, als wir anzunehmen versucht sind – [...] weil unsere Liebe zu Ende geht, [...] darum ist der Mensch fertig für uns [...] Man macht sich ein Bildnis. Das ist das Lieblose, der Verrat.« (T, 26 f.)

Art und Erlebnis der Wirklichkeit

In *Mein Name sei Gantenbein* hat Frisch aus den vier wichtigsten Darstellungsnöten Tugenden gemacht, indem er durch die

kunstvoll spielerische Konstruktion seines Romans, die Tendenz dieser Probleme, sich bei der Darstellung der Wirklichkeit voreilig in Scheinlösungen zu verfestigen, ständig aufbricht, allen Verfestigungen durch Korrigieren und Nuancieren des Ausgesagten zuvorkommt.
Denn Frischs Problematik bei der Darstellung der Wirklichkeit hat zwei gegenläufige Folgen: das Verhältnis dessen, der darstellt, zur Wirklichkeit ist um so wahrhaftiger, je vorsichtiger, behutsamer, je weniger verfestigt und bestimmt es ist; andererseits muß derjenige, der das Unfaßbare darstellen will, notwendig Bildnisse machen, lieblos mit der Wahrheit umgehen, das Wirkliche verraten.

Was aber ist das Wirkliche und wie erleben wir es?
Das Wirkliche sei, sagt Frisch, die Spannung zwischen Entwurf und Fertigem,
»alles Fertige hört auf, Behausung unseres Geistes zu sein; aber das Werden ist köstlich, was es auch sei – [...]« (T, 244/Bin, 92)
Diese Spannung zwischen Entwurf und Verwirklichtem, die auch ein wesentlicher Teil unseres Lebensgefühls, ja unseres Lebens ist, das sich zwischen Entwurf und Erreichtem entfaltet, können wir erfahren. Aber wir er-leben uns nicht langsam wachsende Erfahrung; Erfahrung fällt uns ein und wir können sie nicht unmittelbar aussagen.
»Was wir erleben können: Erwartung oder Erinnerung. Ihr Schnittpunkt, die Gegenwart, ist als solche kaum erlebbar [...]« (T, 307)
Deswegen sind die gegenwärtigen Erlebnisse nicht ausdrückbar, sie müssen in Distanz gebracht werden durch Verwandlung, Umgestaltung, Gestaltung (vgl. T, 301), sie werden Geschichten.
Ähnlich ist es mit der Erfahrung. Sie
»zeigt sich als Ahnung, als Voraussage [...] Wie würde ich mich fühlen, wenn ich morgen das große Los gewänne? Ich glaube es zu wissen. Woher? Ich habe nie das große Los gewonnen, aber ich habe mich erfahren. Wo? [...] weiß ich nicht; aber wie [...] das zeigt sich im Spiel meiner Einbildung [...] indem ich erfinde, was nie gewesen ist und nie sein wird, zeigt die Erfahrung sich [...] genauer [...] Vielleicht sind es zwei

oder drei Erfahrungen, was man hat, eine Angst und sieben Hoffnungen, eine nicht unbegrenzte Summe von Gefühlen, die sich wie ein Rosenkranz wiederholen, dazu ein paar Eindrücke auf der Netzhaut [...] so daß die Welt zu einem Muster der Erinnerung wird, dazu die tausend Ansätze zu einem Gedanken, der eigen wäre, das ist es, was man hat, wenn man von seinem Ich erzählt: Erlebnismuster – aber keine Geschichte! Geschichten gibt es nur von außen [...] sie sind wirklich nur als Bilder [...]« (Geschichten, 8 f.)
Das alles – das Wirkliche als Spannung zwischen Entwurf und Verwirklichtem und die Erfahrung als Spannung zwischen Erinnerung und Ahnung – hat Folgen für den Menschen und besonders für den Schriftsteller.

Darstellung des Erlebnismusters

Um sein Erlebnismuster, seine wenigen Erfahrungen zu Gesicht zu bekommen,
»erfindet jeder Mensch sich eine Geschichte, die er dann, oft unter gewaltigen Opfern, für sein Leben hält [...]« (Geschichten, 10)
Damit diese Geschichte glaubwürdig ist, belegt man sie mit Daten und Fakten und erzählt sie im Imperfekt des »es war einmal«, weil man glaubt, Erfahrung sei das Resultat von Vorfällen. Frisch glaubt das nicht. Er glaubt, die Erfahrung sei ein persönlicher, eigener Einfall – in der Struktur des Erlebnismusters – zu Vorfällen, sie drücke sich in erfundenen Vorfällen am genauesten aus, in Geschichten.
»Geschichten sind Entwürfe (der Erfahrung – d. V.) in die Vergangenheit zurück.« (Geschichten, 10)
Erfahrung, die einer hat, ist die ihm mögliche Vorstellung von seiner Zukunft. Als solche
»müßte sie eigentlich bestehen, auch wenn ich weiß, daß die Geschichte, die ich erzähle, nie geschehen ist und nie geschehen wird: wenn ich verzichte auf die Täuschung, die im epischen Imperfekt liegt, auf die Vorspiegelung geschichtlicher Vorkommnisse« (Geschichten, 10),
die nicht Ursache einer Erfahrung sind, sondern bestenfalls aus Anlaß einer Erfahrung arrangiert werden.
Das Erlebnismuster und damit die eigene Erfahrung müßte sich in Erfindungen – von historischen Fakten und Daten nicht

unnötig verfestigt oder verunreinigt – am deutlichsten aussprechen lassen.
Darum geht es im *Gantenbein*. Auf der Suche nach seiner von keinem Bildnis verstellten Identität, nach seinem Erlebnismuster fabuliert ein Ich auf sein unsagbares Wirkliches zu, indem es seine Erfahrungen in ständig auswechselbaren, ausgewechselten und widerrufenen Bildnissen vorstellt. Diese Bewegung bestimmt das Buch. Homo fabers und Stillers Mißtrauen gegen lineares, logisches Erzählen im epischen Imperfekt, das unser Unwissen

»[...] wie die Dinge im Leben zusammenhängen«

in ein

»zuerst, dann, später« (Bin, 36)

zerlegt, führt in diesem Buch zum Präsens. Das Präsens zerstört die chronologische Zeit, die dem Buch einen geschichtlichen Handlungsablauf oktroyieren würde. Das Medium, in dem die fabulierten Geschichten erlebt werden, ist die Vergängnis. Sie konkretisieren sich im Jetzt und sind assoziativ – wie wir erleben – miteinander verbunden. Das Buch beginnt und endet mit dem Tod eines Fremden. Der Tod, das Nichtsein, ist die Folie, vor der das Ich des Buches ein Erlebnismuster durch ihm – und in dieser Gestalt nur ihm – mögliche Fabeln einkreist, deren Summe die Summe seiner Erfahrungen enthalten soll.

II. Zur Struktur des Romans

Die Struktur des Romans als Spiegel des Erlebnismusters

Aus Frischs Mißtrauen gegen die Möglichkeit der Wahrheitsfindung und gegen die tragfähige Eindeutigkeit der Sprache, aus der Art wie Frisch sein Erleben, die Wirklichkeit, seine Erfahrungen versteht, aus der Art wie Frisch aus diesem Verständnis Darstellungsprinzipien gewinnt, die er im *Gantenbein* so konsequent wie bisher noch niemals anwendet, ergibt sich, daß die erfundenen Geschichten um eine immer gleiche Gruppe von Erfahrungen, um ein und dasselbe Erlebnismuster kreisen müssen, daß die einzelne Geschichte einen Einfall von Erfahrung enthalten und die Summe der Geschichten das Erlebnismuster spiegeln muß. Deswegen haben die Geschichten nur einen mehr oder weniger losen formalen, aber einen sehr festen inhaltlichen Zusammenhalt.

Geordnet sind die Geschichten, die erfunden werden und sich assoziativ auseinander entfalten, untereinander durch eingezogene Leitplanken, die Frischs oben angedeutete Anschauungen enthalten. Sie sollen einerseits dem Leser den Weg weisen, andererseits aber immer wieder die Geschichten auf das fabulierende Ich ausrichten. Sie lauten:

»Ich probiere Geschichten an wie Kleider.«

»Jedes Ich, das sich ausspricht, ist eine Rolle.«

»Jedermann erfindet sich früher oder später eine Geschichte, die er für sein Leben hält.«

»Ein Mann hat eine Erfahrung gemacht, jetzt sucht er die Geschichte dazu.«

»Ich stelle mir vor:«

Alles mit diesen Einleitungen Berichtete ist als Fiktion, als Bildnis, als Rolle, als Geschichte gekennzeichnet, es ist also Außenansicht eines gesuchten Inneren, des Erlebnismusters, der Summe der Erfahrungen. Die Struktur der Fabeln entspricht der Struktur des Erlebnismusters. Die drei Rollen, in denen das Ich sich ausspricht, sind:

Felix Enderlin,

Theo Gantenbein,

Frantisek Svoboda.

Ihnen dichtet das Buch-Ich je einen Teil der Erfahrung seiner eigenen Biographie an. Die Ergänzung dieser drei fabulierten Teilbiographien beschreibt das Erlebnismuster des Fabulierers.

Aber ebenso wie in den Geschichten sich Wesenszüge des Buch-Ichs äußern, wie sich in den Rollen sein Erlebnismuster darstellt, schießen in den Romanteilen, in denen das Ich sich unmittelbar ausspricht, diese Veräußerlichungen wieder zusammen:

Das Erlebnis, das Frisch als Anlaß der Geschichtenreihe angibt, der Unfall bei Glatteis, der dazu führt, daß das Ich sich die Rolle des Blinden Gantenbein erfindet, enthält zugleich den Kern der Enderlin-Rolle:

»(Vielleicht dachte ich an den Abend bei Burri.)«,

der mit Gantenbein und vor allem mit Enderlin befreundet sein wird –

»(Vielleicht dachte ich an meinen Ruf nach Harvard –)«, der an Enderlin ergehen wird.
Damit hat Frisch zwei Rollen mit seinem Buch-Ich verknüpft. Die dritte Rolle, Svoboda, wird mittelbar und später eingeführt: Gantenbeins und Enderlins Zusammentreffen mit Lila führt Svoboda ein. Lila bringt Svoboda sozusagen mit. Von Enderlin berichtet das Buch-Ich:
»Er weiß, daß sie nicht vom Himmel gefallen ist, nur um mit ihm in die Oper zu gehen; noch keine Dame ist vom Himmel gefallen in eine nachmittägliche Bar.« (G, 409)
und von Gantenbein in der 3. der vier Varianten der Anekdote »Gantenbein lernt Lila kennen«:
»Lila lebte damals natürlich nicht ohne einen Gefährten [...]« (G, 461),
vermutlich Svoboda, vielleicht Enderlin.

Das Erfahrungsfeld der erdichteten Rollen
Ehe aber nun die Geschichten der drei Rollen sich entfalten können, kennzeichnet Frisch das Erfahrungsfeld, in dem sie ablaufen, wie einen Rahmen, den die assoziativ verknüpften Geschichten derart füllen sollen, daß sich ein Bild ergibt. Die Erfahrungen sind noch ohne Geschichten, darum so fremd, und stehen vor der Folie des Todes, der alle Erfahrungen als »Plunder« zurückwirft. Die Erfahrungen sind: Das Erkennen einer fremden Gestalt in Paris und eines fremden Gesichts in New York (damit montiert Frisch zugleich die Gestalt, die in den Rollen Gantenbein, Enderlin, Svoboda auftritt).
Der Alptraum eines Kranken, der nackt durch eine Stadt (Zürich) läuft, sich Adam nennt und in der Krankenschwester Eva sieht (Auflehnung gegen und Niederlage durch die Anforderungen der Gesellschaft).
Die Verlassenheit eines Mannes in einer leeren Wohnung, die er zuvor mit einer geliebten Frau bewohnte (Freiheit von jeglicher Gesellschaft).
Zwischen der Erfahrung der Nacktheit und der der Verlassenheit steht folgender Satz:
»Es ist wie ein Sturz durch den Spiegel, mehr weiß einer nicht, wenn er wieder erwacht, ein Sturz wie durch alle Spiegel, und nachher, kurz darauf, setzt die Welt sich wieder zusammen, als wäre nichts geschehen. Es ist auch nichts geschehen.« (G, 25)

Dieses bei Frisch häufige Märchenmotiv (vgl. auch: Don Juan, 347:

»Ich weiß jetzt, warum mich die Zisterne mit meinem Wasserbild erschreckte, dieser Spiegel von lieblicher Himmelsbläue ohne Grund [...] Wenn wir die Lüge einmal verlassen, die wie eine blanke Oberfläche glänzt und diese Welt nicht bloß als Spiegel unseres Wunsches sehen, wenn wir wissen wollen, wer wir sind, [...] dann hört unser Sturz nicht mehr auf, und es saust dir in den Ohren, daß du nicht mehr weißt, wo Gott wohnt.«)

verbindet und qualifiziert beide Erfahrungen: Ist für den Träumer die Welt verfügbar und zuhanden, nichts an ihm außer der Zeit (seine Uhr), die ihm zugemessen ist, damit er sich mit seinem Leben bekleide, mit der zu ihm gehörigen Geschichte, damit man ihm nicht einen fremden, billigen Königsmantel aus dem Theater-Fundus fremder Erfahrungen umhänge, so daß er vor dem Spiegel erschrickt, so ist für den anderen in der Wohnung

»alles noch vorhanden, bloß die Zeit ist weg [...] ich kann mir nicht vorstellen, wie hier gelebt worden ist [...]« (G, 27 f.)

In dem Schrecken über den falschen Königsmantel und dem darauf folgenden Sturz durch alle Spiegel geschieht nichts, aber es hat sich etwas verändert: Die Welt, vorher verfügbar und beweglich, gerinnt zu einem starren System, in dem man sich nicht mehr frei bewegen kann, man bewegt sich nicht länger in ihr, sondern von nun an vor ihr. Die Welt ist Spiegel des Ichs geworden.

Mit diesem Spiegelsturz kennzeichnet Frisch eine Grunderfahrung, die alle Helden Frischs eines Tages überfällt, plötzlich und aus unerklärlichen Gründen, und fast alle sind im gleichen Alter wie Enderlin – um die vierzig Jahre –, das heißt in der Hälfte des Lebens, wenn der steigende Bogen mit einem Mal seinen Höhepunkt erreicht hat und einen Augenblick innehält. In diesem blitzartigen Augenblick ist die Zukunft nicht mehr unbeschränkt offen, nicht mehr alles Denkbare möglich, die Welt ist nicht mehr frag- und zweifellos weit, die jünglingshafte Sehnsucht ins Weite verfärbt sich zur Melancholie vor den eigenen Grenzen, den Frühling hinter sich sieht man den Herbst nahen, kurz: Man erfährt jählings seine Vergängnis. Was man bisher erlebte, erhoffte, erreichte, versäumte, gerinnt

zur ersten und tiefsten Erfahrung des Daseins: der Erfahrung der eigenen Vergängnis. Aus dieser Erfahrung entspringen alle Erzählungen Frischs. Plötzlich haben seine Helden das Bedürfnis, Rechenschaft abzulegen, das von ihnen Versäumte zu erkennen und – wie einen Schutz vor der Vergängnis – das noch Mögliche zu erkunden, auf den Alpdruck der Vergängnis mit einer Summe lebbaren und gelebten Lebens zu antworten.
Gantenbein, Enderlin und Svoboda machen alle drei diese Erfahrung der Vergängnis, erkennen die Zukunft wesentlich als Altern.
»Also altern!« (G, 243 ff.)
sagt Enderlin zweimal und fragt
»Warum hat man sich nicht erhängt?«
Das ist die Erfahrung, die plötzlich einfällt: Man kann sich sein Alter vorstellen. Gantenbein fällt nach der ersten versuchsweisen Aufgabe der Blindenrolle und dem Auftreten jenes stürmischen Jünglings, der etwas Absolutes will (was er nur als Jüngling kann), Einhorn heißt oder Nils oder Olaf, in die Rolle Philemons und nennt Lila Baucis, man redet über das gemeinsame Alter (G, 270). Philemon-Gantenbein büßt dann seinen ersten Versuch, die Blindenrolle aufzugeben, mit der Erfahrung der Verlassenheit, ebenso wie es das Buch-Ich unverkleidet erfährt. Beide Male ist es die leere Wohnung, die wir vom Anfang des Buches kennen:
»alles noch da, bloß die Zeit ist weg.«
Und zu Enderlins Krankheit (seine Nachtschwester heißt Elke wie die Eva jenes Adam) fällt dem Buch-Ich nur die granitene Wand mit dem gefangenen Pferd ein. Wo man als Jüngling einfach weiterging, empfindet man jetzt den Abstand, den Verlust, Vereinsamung und Erstarrung. Enderlin stellt sich nach der Nacht mit Lila die Zukunft in zehn Jahren vor und sieht sie so:
»Vergangenheit ist kein Geheimnis mehr, die Gegenwart ist dünn, weil sie abgetragen wird von Tag zu Tag, und die Zukunft heißt Altern [...]« (G, 211)
oder
»– denn die Zukunft, das wußte er, das bin ich, ihr Gatte, ich bin die Wiederholung, die Geschichte, die Endlichkeit und der Fluch in allem, ich bin das Altern von Minute zu Minute [...]« (G, 111)

(Walter Faber und Anatol Ludwig Stiller, Jürg Reinhardt, der Architekt aus *Bin* erfahren alle dasselbe).

Das Ansichtigwerden des Alterns ist der bedeutendste Einfall von Erfahrung für das Bemühen, die noch verbliebenen Möglichkeiten in Geschichten ausfindig zu machen und damit im Angesicht der Vergängnis zu erfahren, wer man denn eigentlich sei. Man reagiert auf fremden Tod plötzlich mit der Frage nach sich selbst. Es hätte schon der eigene sein können. Und der Tod läßt keine Möglichkeiten mehr. Man kann sich die Hölle vorstellen – Enderlin tut es, und seine Vorstellung unterscheidet sich nicht mehr von seiner Vorstellung des Alterns – aber den Tod kann man sich nicht vorstellen.

»Was keine Variante mehr zuläßt, ist der Tod.« (D + T, 18)

Um dieses Erfahrungsfeld kreisen alle Geschichten, umschreiben es, füllen es mit Bildern, indem sich das fabulierende Ich vorstellt, wie die drei Rollen auf diese Erfahrungen jeweils reagieren.

Die Erfindung Lilas als Spiegel der drei Männerrollen

Für den wichtigsten Teil dieses Erfahrungskomplexes, daß man – der Mann vor der Frau, die Frau vor dem Mann – einsam ist und einander verläßt, muß Frisch die Frau erfinden. Darüber hinaus befreit die Liebe aus jeglichem Bildnis, macht einen neuen Anfang möglich und erlaubt, Entfaltung der Erfahrung zu zeigen in dem Maße, in dem die Liebe erstarrt und zu neuen Bildnissen führt. Falls sich die Bilder gleichen, in dem, worin sie sich gleichen, erkennt das fabulierende Ich sich selbst.

Enderlin trifft diese Frau, Gantenbein benennt sie.

Nachdem er die Blindenbrille aufgesetzt und seine Rolle übernommen hat, verändert sich für Gantenbein die Welt:

»[...] das Fräulein in Weiß: jetzt grau wie Asche, lilagrau [...]« (G, 38);

»Zürich ist [...] aschgrau mit einem Stich ins Lila.« (G, 41); Camilla Huber, der erste Mensch, auf den er in der neuen Rolle trifft (und wie!) – wie die Brillenverkäuferin eine Frau – hat »lila Handschuhhände« (G, 44 u. 46);

»Möven sind lila. Auch die Helme der Polizei sind lila.« (G, 45);

ja sogar die Linien auf der Straße sind

»weißlila« (G, 45).

Später – nachdem Enderlin eine Frau, vermutlich Schauspielerin, Anfang dreißig, kennengelernt hat – folgt:
»Mein Name ist Gantenbein.
Ich stelle mir vor:
mein Leben mit einer großen Schauspielerin, die ich liebe und daher glauben lasse, ich sei blind; unser Glück infolgedessen.
Ihr Name sei Lila.« (G, 124)
Lila, die den Namen trägt, der die Welt färbt, wird beschrieben wie Enderlins Bar-Bekanntschaft – Svobodas Frau. Sie wird zum Spiegel des sich in den Rollen suchenden und das Buch fabulierenden Ichs.

Gantenbeins Rolle und ihre Aufgabe im Roman I
Eine weitere Veränderung der Umwelt nach dem Brillenkauf ist: Gantenbein empfindet sein Leben nicht mehr unmittelbar, sondern reflektiert, als bewußte Rolle; er muß aufpassen, nicht aus der Rolle zu fallen. Die Menschen, auf die er trifft, müssen nicht länger die Rolle spielen, von der sie glauben, daß sie erwartet wird. Sie können die Rolle spielen, die sie gerne verkörpern möchten.
Camilla zum Beispiel:
»keine Hausfrau [...] eine Intellektuelle [...]? [...] eine Künstlerin?« (G, 53).
Jedenfalls eine berufstätige, unabhängige Nicht-Hausfrau.
Oder Lila: Wie frei von jeglicher schützenden Maske sie im blinden Vertrauen auf Gantenbeins Blindnis sein kann! Dadurch macht sie auch Gantenbein in allem, was nicht seine Blindenrolle betrifft, wirklicher, freier, individueller.
Während Gantenbein vorsätzlich und innerlich unbeteiligt seine Rolle übernimmt und sich hinter ihr in relativer Freiheit und Individualität einrichtet – die Schwierigkeiten kommen erst später, wenn er sie aufgeben will – ist Enderlins Selbstverständnis verwickelter. Er hat Schwierigkeiten, seine Rolle zu finden.

Enderlins Rolle und ihre Aufgabe im Roman
Einerseits
»erschrickt er über die Rolle, die er offenbar gespielt hat bisher –« (G, 57),
er

»glaubt selbst nicht daran [...] Er kann nicht [...] Er kann nicht.« (G, 181)
»Enderlin kann keine Rolle spielen –« (G, 182)
Er sieht die Unfreiheit, die von der Gesellschaft erwartete Rollen mit sich bringen, hat andererseits nicht die Kraft, den gesellschaftlichen Anforderungen entschlossen Widerstand zu leisten. Ihm wird jener Botschafter gegenübergestellt, der seine Rolle unerkannt meisterlich spielte und deswegen Außerordentliches leistete – eine Paraphrase auf Gantenbeins und Enderlins Situation, nur: daß der Botschafter sein Wissen um die gespielte Rolle mit ins Grab nimmt, macht ihn groß.
Andererseits wird Enderlin von der Welt, die physisch stärker ist, einerseits und der Kraft seines Intellektes andererseits zu der Spaltung zwischen Wirklichkeit und Rolle gezwungen:
»Der fremde Herr: Enderlin.« (G, 104).
Er kennt seinen Enderlin und ist dennoch für sich wie für Lila in der Bar der fremde Herr. Enderlin ist in der Situation der Brillen anprobierenden Amerikanerin, die Gantenbein so lächerlich vorkommt (und des Geschichten ausprobierenden Buch-Ichs, sowie der Kleider anprobierenden Lila, die Gantenbeins blinde Hilfe braucht):
»Sie kann sich nicht entschließen, scheint es, so auszusehen, wie der Spiegel sie zeigt.« (G, 37)
Enderlin ist dennoch er selbst, auch wenn er sich fremd vorkommt und nicht versteht, was Frauen an ihm finden – was Svoboda übrigens auch nicht versteht. Da hilft es auch nichts, neue Kleider zu kaufen, um sich in der Veränderung erkennen zu können, wie das Buch-Ich es versucht
»Ob billig oder teuer, englisch oder italienisch oder einheimisch, bleibt einerlei; immer entstehen die gleichen Falten am gleichen Ort [...]« (G, 29)
Enderlin, der sich gegen die Rolle wehrt, in die das Leben ihn gebracht hat, bleibt sich fremd. In seiner Rollenabwehr diffundieren allerlei Rollen durcheinander, von denen er keine als seine annimmt. Einige sind: Der Intellektuelle; der Geliebte, der nur das Jetzt will; der Geliebte, der die Dauer wünscht; der tut, was er will; nicht tut, was er will; tut, was er nicht will oder nicht tut, was er nicht will. Liebesbeginn, Eröffnung der Allmöglichkeit stoßen bei ihm auf größte Verwirrung und Unsicherheit, ganz anders als bei Gantenbein, den seine bewußte

Rolle schützt wie ein Glas – Spiegelglas. Was sich in Gantenbeins Blindenbrille spiegelt, fällt auf den zurück, der es sieht (vgl. die Episode mit dem reich gewordenen Freund; G, 313 ff.).
Enderlin hat vielerlei Erfahrungen, aber noch nicht die Geschichte dazu. Solange er diese Erfahrungen noch nicht von außen in einer Geschiche anschauen kann, probiert er fremde Geschichten, die nicht passen:
Die Geschichte des Milchmanns, dessen Ich sich verbraucht hatte und dem kein anderes einfiel.
Die Geschichte des Pechvogels, dem es billiger schien, den Lotteriegewinn zu verlieren, als die ganze Geschichte seines Lebens aufzugeben,
»alle Vorkommnisse noch einmal erleben«
zu müssen
»und zwar anders, da sie nicht mehr zu seinem Ich passen –«
(G, 78).
Die Geschichte von dem Mord, den Enderlin nicht begangen hat und von dem er nicht weiß, ob er ihn begangen haben könnte.
Hermes, der Führer- und Verführergott, über den Enderlin wissenschaftlich gearbeitet hat, führt ihn in die Irre. Enderlin ist unsicher. Seine Worte sind
»wußte«; »wußte nicht«; »so fürchte ich.«
(Man halte Gantenbeins souveränes:
»ich sehe«
dagegen). Enderlin sucht seine Rolle und damit das, was ihm von seiner Wirklichkeit sichtbar werden kann, noch außerhalb des Gegenwärtigen und des von ihm Erfahrenen, außerhalb seiner Welt und seiner Gesellschaft, im Land seiner Hoffnung: Peru, und in Vergangenheit oder Zukunft. Daß Zeit für ihn nur als Vergangenheit oder Zukunft existiert, zeigt die Art, wie er seine Begegnung mit Lila erlebt: In der Bar versucht er die gegenwärtige Fremdheit in eine zukünftige Vertrautheit zu überspielen, am nächsten Morgen erlebt er den vergangenen Abend und die Nacht. An der Gegenwart lebt er vorbei, ein altes Frischsches Muster (auch die Lösung dieses Konflikts ist bereits im *Homo faber* und im *Stiller* gezeigt). Zwar weiß Enderlin vieles, aber zur Erkenntnis gerinnt sein Wissen erst durch die Erfahrung, die er im Krankenhaus macht:
»Lebenserwartung ein Jahr«
ist das Erlebnis, der Schreck, der ihn in die Gegenwart stößt.

Die Ironie Frischs will, daß das entscheidende Erlebnis aus einem Irrtum erwächst, den Enderlin mit der Frage
»Warum erhängt man sich nicht?«
aus seinem Irrtumscharakter zu einer wirklichen Möglichkeit umfunktioniert. Die eigentümliche Bewußtseinsspaltung schließt sich, Vergangenheit und Zukunft, Erinnerung und Ahnung, die Erlebniszeit des fremden Herrn: Enderlin, münden in eine fade Gegenwart wie im letzten Satz des *Stiller*:
»Stiller blieb in Glion und lebte allein.«
Indem Enderlin sich entscheidet, irgendeine Rolle als seine Rolle zu übernehmen – er wird Herausgeber –, legt sich sein
»Heimweh, verstanden zu werden« (Sch, 291),
die »Angst, nicht erkannt zu werden« (Stiller, 307).
Er fügt sich ins Altern, 50, 60, 70 Jahre alt wird er in einer jeweiligen Gegenwart. Er ist sozusagen eindimensional geworden. Sein früherer Konflikt:
»Der nämlich bleibt, stellt sich vor, er wäre geflogen, und der nämlich fliegt, stellt sich vor, er wäre geblieben, und was er wirklich erlebt, so oder so, ist der Riß, der durch seine Person geht, der Riß zwischen mir und ihm, wie ich's auch immer mache, so oder so: – es sei denn, daß die Caravelle, [...] aus unerforschlichen Gründen explodiert und die Leichen identifiziert werden; aber unsere Caravelle, sehe ich, steigt und steigt ...« (G, 200)
ist gelöst. Aber indem sich dieser Riß schließt, rücken auch die Vorstellungen des Alterns, des von Namen Eingekerkertwerdens, der Hölle aus Enderlins Erfahrungsbereich. Die Gesellschaft nimmt ihn auf. Er läßt es zu. Baut ein Haus. Weiht es mit einer rauschenden Party ein und ist nicht wie früher ängstlich verstimmt, wenn alle Gäste auf ein Wort von ihm warten, sondern glänzender Gastgeber.

Svobodas Rolle und ihre Aufgabe im Roman
Enderlin ist nicht länger interessant, ohne die Spannung des Werdenden, in der das Wirkliche ist.
»Ich habe Enderlin aufgegeben. –« (G, 248)
Enderlins Aufgabe war, zu demonstrieren, wie möglicherweise die lebendige Spannung zwischen Wirklichem und Rolle, zwischen Individuum und Gesellschaft zur reinen Rolle, zum gesellschaftlichen Funktionsteil reduziert und verflacht wird.

An seine Stelle tritt Svoboda in einer spiegelbildlichen Entfaltung. Gantenbein zeigt von vornherein bewußtes, reflektiertes und kontrolliertes Rollenverhalten, das so vieles erkennbar macht. Er lebt den Riß. Svoboda wird dazu gebracht, daß das reine, naive Hinnehmen dessen, was er sieht und für das Wirkliche hält, plötzlich zerbricht. Der Riß, der sich für Enderlin schließt, reißt in ihm auf. Das langsame Zerbrechen der Verbindung mit Lila, die glücklich war und die Svoboda für das einzig Mögliche hielt, wird in zahlreichen Varianten vorgeführt. Demonstrierte Enderlin die Forderungen einer neuen Liebe, zeigt Svoboda die Erfahrung mit einer absterbenden. Die Erfahrung der Eifersucht und des Alleinseins wird für Svoboda zur Erfahrung neuer Verhaltens- und Lebensmöglichkeiten. Das Leben geht weiter. Nicht immer vorwärts. Aber weiter. Er erkennt das, was er für sein Leben hielt, als eine Existenz im »family style«, und erst dahinter erscheint seine von der bisherigen unreflektierten Rolle des Ehemanns verborgene Wirklichkeit. Aber das sind schmerzliche und qualvolle Erkenntnisse. Das Buch-Ich wird nicht müde zu betonen, es möchte nicht Svoboda sein, beinahe magische Beschwörung einer Erfahrung, die jederzeit wieder möglich ist, und wieder möglich wird. Man kann sich gegen das Leben auch nicht durch eine noch so bewußte Rolle versichern. Auch Svoboda interessiert das Buch-Ich nicht lange. Er wird in sein neues Allein-Leben entlassen, mit neuer Bewußtheit und neuen Möglichkeiten, diese Bewußtheit von der naiven Lebenskraft, die Svoboda hat, einschläfern zu lassen.

Gantenbeins Rolle II
Es bleibt Gantenbein,
»(Aber endgültig.)« (G, 420)
Zeigt uns das Buch-Ich in der ersten Hälfte der Gantenbein-Erfindung, wie fruchtbar und ergiebig es ist, eine Rolle nicht auszufüllen, sondern aus der Distanz zu spielen (Brecht – Verfremdung, vgl. Frisch, Tagebuch, 216), so werden uns in der zweiten Hälfte die Schwierigkeiten solchen Rollenverhaltens vorgeführt. Jede Rolle, auch die Gantenbeins, wird langweilig. Verläßt man sie, fühlt sich die Umwelt düpiert. Gantenbein versucht, Lila zu gestehen, daß er sie liebt. Die Folgen, die er sich ausmalen kann, halten ihn zurück. Er versucht vergeblich,

Lilas Rolle zu ändern, sein Bild von ihr auszutauschen: Lila als Medizinerin, Lila als Contessa, was
»([...] auch nicht geht)« (G, 326).
Gantenbein versucht sich neue Bereiche zu erschließen – als Fremdenführer, als Freund – einen Augenblick interessant, nicht lange. Schließlich versucht er es mit einem Kind – Beatrice –, ob es sein Kind sei oder nicht, wird noch einmal zu einer bedrängenden Frage, und beinahe scheint das Kind den Versuch gemeinsamen Alterns möglich zu machen: Also doch Philemon und Baucis! Siebenhagen weist darauf hin, daß man für Philemon und Baucis noch nicht alt genug ist. Dann die Frage: »Muß ich auch Siebenhagen noch erfinden?« (G, 482)
Es hilft nichts. Jede Rolle hat ihre Grenzen und ihre Schuld (den vermeintlichen Mörder Camilla Hubers hätte er vielleicht retten können), auch wenn sie ein wenig Freiheit schafft: die Freiheit bewußt und kontrolliert den Vorkommnissen gegenüberzustehen. Als Lila eines Tages nicht mehr die Rolle spielt, die sie für Gantenbein immer spielte, als er erkennt, daß sie ihn nicht oder nicht mehr betrügt, daß sie ihn liebt, hat er dafür keine Rolle. Damit stößt Gantenbeins kleiner Bereich wirklicher Freiheit ins Leere. Diese Liebe macht die Blindenrolle absurd. Mit seiner Blindenrolle ist er andererseits schon so verwachsen, daß er sich
»tatsächlich besinnen muß« (G, 484),
um zu begreifen, was er da aufgibt. Aber die Aufgabe der bisherigen Rolle sowohl für Gantenbein als auch damit für Lila tötet die Liebe, in der sich die in Rollen lebenden Liebenden einerseits bewußt, andererseits arglos eingerichtet haben. Ein neuer Anfang jedoch mit den alten Partnern scheitert bei Frisch immer, Wiederholung tötet. Auch Gantenbein macht die Erfahrung, verlassen in einer leblosen Wohnung zu sitzen, lernt die Eifersucht kennen, gegen die ihn auch die Lehren und Erfahrungen seiner so lange und vor allem deswegen gespielten Blindenrolle nicht schützen können. Den Prozeß, daß Liebe »blind« macht und ihr Versiegen »sehend«, kann keine Rolle unterlaufen (dabei das typisch Frischsche Paradox, daß man in blinder Liebe mehr sieht als in vermeintlich sehend gewordener, wenn sich einem nur noch das eine verfestigte Bildnis zeigt).
Eine letzte Camilla-Geschichte von dem Toten, dem es beinahe gelungen wäre, abzuschwimmen ohne Geschichte, für die längst

ermordete Maniküre, macht erneut auf die Vergängnis aufmerksam, die nur in den Tod mündet.
Gantenbein, Enderlin, Svoboda sind Erfindungen eines Ichs, das sich zu erkennen sucht, indem es sich in Geschichten spiegelt. Die Geschichten sind nicht wirklich, nur Bildnisse.
»Alles ist wie nicht geschehen [. . .]« (G, 496),
September ist zwar, aber Mittag, Schlangehitze, mit Brot, Wein und Fisch.
»Leben gefällt mir –« (G, 496)
Seine Schönheit wird erst erkennbar im Bewußtsein des Nichtseins, das wir den Tod nennen.

Lilas Rolle und ihre Aufgabe im Roman
Alle Geschichten, die das Buch-Ich erfindet, um sich selbst anschaubar zu machen und zu werden, um sein Erlebnismuster zu finden, kreisen um Lila. Lila ist der Spiegel für Gantenbein, Enderlin und Svoboda, in ihr wird eine Erfahrung Gestalt, die Frisch so beschreibt:
»Lila ist überhaupt keine Figur. Und das ist ja der Jammer, der erzählt wird. Lila ist eine Chiffre für das Weibische, das andere Geschlecht, wie es das Buch-Ich sieht; seine Chiffre, von der es nicht loskommt. Darum gibt es nur sie, die es nicht gibt. Das ist ja die Komödie. Was von Lila erzählt wird, porträtiert nur ihn. Lila ist ein Phantom, also nicht zu fassen, daher seine Eifersucht.« (D + T, 22 f.)
Und im Roman steht vor der Episode auf dem Schiff, in der eine mögliche Außenansicht von Lila geboten wird, der Satz:
»Einzige Gewißheit über Lila: so wie ich sie mir vorstelle, gibt es sie nicht; später einmal werde auch ich sie sehen, mag sein, Lila von außen –« (G, 433).
Nach der endgültigen Trennung, wenn sie auch für Gantenbein als letzten und damit für das fabulierende Buch-Ich endgültig gegangen ist, eine Fremde geworden ist. Noch ist sie der letzten Rolle Erkenntnis bereitender Katalysator.
Und in der Tat: Lila ist immer dieselbe. Das Buch-Ich stellt sich Gantenbein, Enderlin und Svoboda vor, unterwirft die ihnen angedichteten Erfahrungen der Prüfung und prüft damit die eigenen. Lila bleibt unverändert, während die durch sie gewonnenen Erfahrungen Gantenbein, Enderlin und Svoboda entfalten.

Lila erkennen wir nicht. Und auch das Buch-Ich kommt nicht mit einer fremden Frau ins Gespräch, die vielleicht auch Lila sein könnte, Lila von außen – die blonde Dame auf dem Dampfer. Das heißt, Lila ist eine Fiktion wie die drei Stellvertreter des Buch-Ichs; ja, sie ist sogar eine Fiktion der fingierten Figuren des Buch-Ichs. An Lila schießt das Erlebnismuster des Buch-Ichs zusammen. Jede Geschichte, die das Buch-Ich erzählen kann, ohne Lila ändern zu müssen, gibt sein Erlebnismuster wieder. Deswegen geht Lila als Medizinerin nicht und nicht als Contessa. Deswegen muß Siebenhagen nicht auch noch erfunden werden. Jedes Erlebnismuster hat nur eine bestimmte, keine beliebige Anzahl möglicher Varianten – und Siebenhagen wäre bereits Wiederholung.
(Die Angst der Frischschen Helden vor der abtötenden Wiederholung [!], ständiges Thema in fast allen seinen Werken.)

Die Aufgabe der Kontrastgeschichten
Siebenhagen sähe Lila genauso wie Gantenbein, Enderlin und Svoboda. Jeder, der sie so sieht, ist eine mögliche Rolle des Buch-Ichs, macht etwas von der unsagbaren Wirklichkeit des Buch-Ichs anschaubar. Wenn aber alles Sagbare eines Erlebnismusters dargestellt ist, sind weitere Rollen als Träger der Darstellung tötende Wiederholungen.
Burri sieht sie anders. Camilla ist nicht Lila. Deswegen kann Burri die Kontrastgeschichte von dem Bäckermeister erzählen; eine Geschichte, die nicht in das Erlebnismuster paßt, das das Buch-Ich charakterisiert. Deswegen kann das Buch-Ich durch Gantenbein nur Camilla Geschichten erzählen, die zwar das Erlebnismuster Gantenbeins enthalten, das aber nicht ganz mit dem des Buch-Ichs identisch ist.
Bei Camilla werden die Erfahrungen nicht an der Frau geprüft, die man liebt. In diesen Geschichten verkürzt sich das Erlebnismuster des Buch-Ichs zu dem Gantenbeins, das heißt zu literarischen Gleichnissen, zum Beispiel: Philemon und Baucis, oder Ali und Alil, eine geistreiche und bezeichnende Modifikation der Blindheitsverhältnisse in der Ehe Gantenbein – Lila.
Auch Ali benennt – wie Gantenbein – mit
»Ali [. . .] nannte sie Alil [. . .]« (G, 250 f.)
seine blinde Frau. Sie sind glücklich miteinander. Ihr Glück

erhöht sich noch, als Alil geheilt wird und ebenfalls sehen kann. Aber dann wird Ali blind und von schrecklicher, grundloser Eifersucht gepeinigt, bis auch er wieder gesund und von Alils Liebe endgültig überzeugt wird. Sie leben im Glück ihres Märchenlandes.

Gantenbein und Lila leben nicht im Märchen. Für sie wird das Frisch'sche Paradox zu einer bitteren Erfahrung: Einerseits ist »blinde« Liebe alles Möglichen voll und macht glücklich. Andererseits aber, je sehender man wird, je fester das Bildnis ist, das man sich vom anderen macht, desto weniger sieht man den anderen wirklich, desto gefährdeter ist das Glück.

Solange Gantenbein den Blinden spielt, ist er mit Lila glücklich. Sein erster Versuch sich vorzustellen, was geschähe, wenn er die Rolle aufgäbe, zeigt ihm Bilder so entnervender Eifersucht, daß er die Rolle erst einmal weiterspielt. Als er sie schließlich doch aufgibt, wird offenbar, daß er und Lila sich trotz des Rollenspiels, das eigentlich vor Bildnissen schützen sollte, feste Bilder voneinander gemacht haben. Ihre Liebe ist unter ihnen erstickt worden. Lila geht, Gantenbein sitzt allein in der verlassenen Wohnung. Nur im Märchen braucht Ali die bittere Erfahrung nicht zu machen, daß Liebe, je länger sie dauert, desto leichter zerbricht; daß aus einem einmal verfestigtem Bild alles Leben gewichen ist und man es niemals wieder beleben kann; daß eine einmal zerbrochene Liebe nicht zu kitten ist, weil man sich wiederholen müßte und Wiederholung tötet; daß alles vermeintliche Wissen vom anderen, das zu dem festen Bildnis führte, nur Täuschung und Irrtum ist wie der Alis, der glaubt nämlich in seiner Blindheit, seine Frau mit einem fremden Mädchen zu betrügen, während sie – von ihm verjagt – das fremde Mädchen spielt, um bei ihm sein zu können. Erfahrung kann niemals die Vergangenheit korrigieren, in der man sie macht, nur die Vorstellungen von den möglichen Zukünften präzisieren und färben.

Wie weit die spielerische Spiegelung der Gantenbein-Fabel in dieser zu seiner und der des Buch-Ichs schmerzlichen Erfahrung kontrastierenden glücklichen Ali-Alil-Geschichte geht, zeigt deutlich die Spiegelung der Namen: Ali gibt seiner Frau Alil den Namen, den Gantenbein Lila gab, aber von hinten gelesen. An der Geschichte von Ali und Alil können Gantenbein vor Camilla und das Buch-Ich durch den von ihm fingierten Gan-

tenbein die Bedeutung und Wirksamkeit dieser Erfahrung vor dem Spiegel einer schöneren Utopie abwägen.
Camilla ist übrigens auch diejenige, die Gantenbeins Blindenspiel durchschaut. Sie ist die von dem Erlebnismuster des Buch-Ichs Distanzierteste und hat ebenfalls eine Rolle bewußt übernommen. Sie ist eine Art Prüfinstanz für die Erfindungen des Buch-Ichs, die ihr durch Gantenbein vorgetragen werden. Andere Instanzen dieser Art sind Beatrice und Gantenbeins reich gewordener Freund. Aber sie stehen Gantenbein näher. Bei ihnen bleibt es bei unartikuliertem Mißtrauen gegen Gantenbeins Blindheit. Sie durchschauen weder ihn noch seine Geschichten.
Andere Kontrastgeschichten, besonders die Lila-Geschichten, die »nicht gehen«: die Contessa-Geschichte und »Lila als Krankenschwester«, bekommen ihren Sinn dadurch, daß an ihnen demonstriert wird, was nicht zum Erlebnismuster des Buch-Ichs paßt.
Die Contessa-Geschichte »geht nicht«, weil in ihr der chronologische Ablauf von Zeit dominiert (vgl. G, 326 ff.: Schlüsselwörter dieser Episode sind: »Uhr«, »Zeit«, »warten« und zahlreiche Synonyme von ihnen). Zeitablauf ist jedoch für die Suche des fabulierenden Ichs nach seinem Erlebnismuster gänzlich unerheblich. Es hat Vergängnis erfahren und will sie anschaulich machen.
Eine Krankenschwester-Lila »geht nicht«, weil dann der soziale Rahmen nicht mehr stimmt, der verlangt, daß drei Männer um eine Frau gruppiert werden, und daß diese Frau einen von ihnen – Gantenbein – in gehoben bürgerlichem Wohlstand nährt und kleidet, mit allem Nötigen und manchem Unnötigen versorgt.

Das Buch-Ich und sein Erlebnismuster

Das Buch-Ich bleibt unartikuliert. Frisch wollte das, wollte ein Ich als weißen Fleck durch seine eigenen Erfindungen so einkreisen, daß es sichtbar wird und seine Individualität und sein Ort in der Gesellschaft. Könnte man am Ende des »Gantenbein« diese Person, dieses Buch-Ich, das fabulierend sein Erlebnismuster anschaubar macht, und damit das von seiner wirklichen Person, was erkennbar und wahrhaftig ist, – könnte man diese Person restlos definiert namhaft machen, wäre das Unsagbare gesagt, ein Bildnis verfertigt, in dem der Geist nicht wohnen kann, eine Biographie, die nicht eine Person gibt, sondern eine Bestandsaufnahme von Fakten und Daten. Das Buch wäre also gescheitert. Frisch sagt in anderem Zusammenhang: »Ich sage nichts gegen diesen Bestand; ich glaube nur, daß Selbstvertrauen (d. i. lebendige Zukunftserwartung – d. Verf.), bei einer Gemeinschaft wie beim einzelnen, weniger aus dem Bestand zu beziehen ist als aus der Schaffenskraft oder auch nur Schaffenslust, also aus dem Entwurf.« (Öffentlichkeit, 111)

Der Entwurf ist Erfindung. Seine Struktur bekommt er aus der Erfahrung des Entwerfenden. Jeder Entwurf eines, der Erfahrungen gemacht hat, muß in allen seinen Erfindungen dasselbe Erlebnismuster zeigen. Wie Frisch im Gantenbein die einzelnen Erfindungen miteinander verbindet, kann man feststellen. Man kann aus den assoziativen Verwebungen ein Erlebnismuster erkennen.

Wie Frisch dieses scheinbar willkürliche, unlogische, chronologielose, statische Flechtwerk untereinander verschränkt und verspannt, bleibt anzudeuten.

Eine Verbindung ist Lila.

Das Buch-Ich mit seinen Einsätzen – »Ich stelle mir vor«, »Jemand hat eine Erfahrung gemacht, jetzt sucht er die Geschichte seiner Erfahrung.« »Jedes Ich, das sich ausspricht, ist eine Rolle.« etc. – ist eine weitere Verbindung.

Aber das Buch-Ich verbindet die Erfindungen nicht nur dadurch, daß es sie alle als seine kenntlich macht. Stärker noch macht es sein Erlebnismuster dadurch kenntlich, wie das fabulierende Ich in die jeweilige Er-Fabel eingreift, sie dirigiert, berichtigt, ändert, leitet.

Andere Verbindungen sind das Verwandte in der jeweiligen Geschichte der erfundenen Rollen, der verwandten Erfahrung der Vergängnis, der Verlassenheit und der Liebe.

Oder:

Das ständige Auftauchen von Spiegeln, vor denen sich die Hauptpersonen, die das fabulierende Ich erfindet, geradezu konstituieren. Sie treten sich fremd und als hätten sie sich niemals vorher gesehen aus den Spiegeln entgegen und in die Welt des Romans, als habe das Buch-Ich sie von der anderen Seite des Spiegels losgeschickt oder als hätten sie sich von dem Buch-Ich gelöst, während es in einen Spiegel sah.

So stößt Gantenbein, unmittelbar nachdem er sich die Blindenbrille gekauft hat, mit sich selbst zusammen:

»Ich sehe meine Hand, mein Fleisch wie Marzipan, das nicht zur Zeit gegessen worden ist, mürbe und grau. Im Spiegel, ja, ich sehe gerade noch, daß es keine Tür ins Freie ist, sondern ein Spiegel, sehe ich einen Mann von meiner Gestalt, ohne zu wissen, ob der Mann im Spiegel, dessen Augen nicht zu sehen sind, mich gleichfalls erkennt. Als ich näher trete, um seine Augen zu sehen, kommt der andere auf mich zu wie ein Blinder, der nicht ausweicht, so, als wolle er durch mich hindurchgehen – [...]« (G, 39 f.)

In der viermal erzählten Anekdote vom ersten Zusammentreffen Gantenbeins mit Lila sitzt Lila in ihrer Garderobe vor dem Spiegel:

»Lila vor dem Schminkspiegel, ölig, wie gesagt, eine Hexe mit offenem Haar [...]« (G, 134)

Enderlin sieht sein Gesicht am Morgen nach der ersten Begegnung mit Lila wie von außen im Spiegel einer Bar:

»Das einzige Gesicht in dieser Bar, das ihn ab und zu beobachtete, war sein eigenes im Spiegel hinter Flaschen, ein schmales Gesicht mit Hornbrille und Bürstenschnitt. Er wußte nicht, was den Frauen manchmal daran gefällt. Nur die beiden wassergrauen Augen – sie blickten aus dem Spiegel, als wären sie wirklich dort im Spiegel, sein Körper aber außerhalb des Spiegels – sind so, daß er sich darin erkennt.« (G, 107)

Während Svobodas Gesicht und Gestalt beschrieben werden, fällt der Satz:

»[...] aber er tritt ungern vor den Spiegel, denn er versteht nicht, was die Frauen an ihm finden [...]« (G, 364),

und aus Svobodas Zügen wird wie vor einem Zerrspiegel die kontrastierende Gestalt Enderlins entwickelt, nochmals entwickelt als Gegenbild, mit ein bißchen Verachtung, mit etwas Respekt, von Svoboda ausgedacht.

Gantenbein sitzt in der Contessa-Geschichte allein und von Spiegeln und spiegelnden Türen und Fenstern umgeben und verwartet die Zeit. Er bleibt allein. Die Spiegel zeigen ihm sein Alleinsein, während er sich Gemeinsamkeit mit Lila ausdenkt. Ein Diener spielt ihm die Anwesenheit Lilas vor in einer Geschichte, die »nicht geht«, die aber Methode und Prozeß des Romans demonstriert: Einen Menschen zu beschreiben, indem man ihn mit Spiegeln umstellt, indem man seine Vorstellungen aufprallen läßt auf das Sichtbare in den Spiegeln seiner Erfahrungen.

In einer der Kontrast-Geschichten wird die Funktion der Spiegel überaus deutlich:

»Sie waren unzertrennlich, sie reisten zusammen. Einmal, in einem Hotel, war er bestürzt, als er die Umarmung, während sie stattfand, in einem Spiegel sah, und froh, daß es sein Körper war, mit dem sie ihn betrog, und er schaute in den Spiegel, in dem er sie ebenso betrog.« (G, 362)

Der Spiegel ist die Wand zwischen dem Entwurf und der Erfahrung, zwischen Geist und Materie, zwischen Wirklichem und Faktischem.

Dies hat Frisch zweifellos von Goethe gelernt, diese Art, Inkommensurables in immer neuen Ansätzen und Spiegelungen einzufangen, um die Wirklichkeit nicht zu verengen. Im *Tagebuch* steht:

»›Wirklich sein.‹

Wirklich, würde ich sagen, ist Goethe. In den Maximen und Reflexionen genügen oft vier Zeilen. Am Ausgang steht eine Feststellung, es folgt die Geburt eines Gedankens, so zwingend und eindeutig, daß man schon auf die Knie geht, um seine Dienste anzubieten, und dann, wo unsereiner es nicht verkneifen könnte, Schlüsse zu ziehen, die jeden Zweifel überrennen, Schlüsse, die einem Kreuzzug gleichkommen, geschieht das Unerwartete, das Gegenteil einer Zuspitzung: er stellt dem Gedanken, ohne ihn zu widerrufen, eine Erfahrung gegenüber, die eher widerspricht, mindestens eindämmt, eine Erfahrung, die der gleiche Kopf, der eben jenen Gedanken geboren hat, ebenfalls gelten läßt, einfach weil es eine Erfahrung ist, eine lebendige, eine wirkliche. Das ist das scheinbar versöhnliche seiner Reflexionen, daß sie fast immer Licht und Schatten zeigen. Scheinbar; denn sie versöhnen den Widerspruch keineswegs. Sie halten ihn nur in der Balance, in einem Zustand wechselseitiger Befruchtung, Balance zwischen Denken und Schauen. Nichts geht ins Tödliche, weil es die widersprechende Erfahrung nicht überrennt, nicht übermütig unterjocht, sondern die Kraft hat, sie aufzunehmen – die Kraft, wirklich zu bleiben.

oder genauer: immer aufs neue wirklich zu werden.« (T, 170 f.)[1]

Die Versuchung, diese Interpretation Goethes als Prinzip des Frisch'schen Schreibens zu erkennen, ist nicht nur für den *Gantenbein* ebenso groß wie berechtigt. Man findet es auch in nahezu allen anderen Werken Frischs. Im *Gantenbein* ist der Spiegel (ein sehr Goethescher Spiegel) der Drehpunkt, auf dem die äußerst labile Balance zwischen Schauen und Denken, zwischen Erfahrung und Entwurf aufliegt.

Weitere Verbindungen der Erfindungen untereinander sind: die ähnlichen Situationen, in denen ähnliche Reaktionen erfolgen:

Gantenbein und Svoboda zerschmeißen Whiskygläser im Kamin.

Gantenbein und Svoboda mit Lila am Meer.

Gantenbeins und Svobodas Eifersucht.

Gantenbeins und Svobodas feierliches Fisch-Essen mit Lila.

Oder:

Die Figuren, die von einem Geschichtenstrang in den anderen übertreten: Burri, Siebenhagen, Nils/Einhorn.

Oder:

Das Verhältnis Enderlins zu Gantenbein und Svoboda,
Gantenbeins zu Enderlin und Svoboda,
Svobodas zu Enderlin und Gantenbein.

1 Vgl. dazu auch folgende Stelle aus dem 11. Kapitel des II. Buches von Goethes *Wilhelm Meisters Wanderjahre:*

»Wenn ich nun aber nach dieser umständlichen Erzählung zu bekennen habe, daß ich noch immer nicht ans Ziel meiner Absicht gelangt sei und daß ich nur durch einen Umweg dahin zu gelangen hoffen darf, was soll ich da sagen! wie kann ich mich entschuldigen! Allenfalls hätte ich folgendes vorzubringen: Wenn es dem Humoristen erlaubt ist, das Hundertste ins Tausendste durcheinanderzuwerfen, wenn er kecklich seinem Leser überläßt, das, was allenfalls daraus zu nehmen sei, in halber Bedeutung endlich aufzufinden, sollte es dem Verständigen, dem Vernünftigen nicht zustehen, auf eine seltsam scheinende Weise ringsumher nach vielen Punkten hinzuwirken, damit man sie in *einem* Brennpunkte zuletzt abgespielt und zusammengefaßt erkenne, einsehen lerne, wie die verschiedensten Einwirkungen den Menschen umringend zu einem Entschluß treiben, den er auf keine andere Weise, weder aus innerem Trieb noch äußerm Anlaß, hätte ergreifen können?« (S. 279 f.)

Dazu sei noch bemerkt, daß das »abgespielt« in anderen Ausgaben »abgespiegelt« heißt, wofür der mathematische Vergleich mit dem Brennpunkt (der Parabel, die alle einfallenden Strahlen in einen Punkt spiegelt) eigentlich viel eher spricht.

Das Verhältnis des Buch-Ichs zu diesen Dreien, wenn es sich eine Geschichte erfindet, in der es persönlich mit seinen Rollen und Erfahrungen zusammentrifft.

Oder:

Die Wohnung, in der das Erlebnismuster gezeichnet wird, und die in allen drei Fiktionen dieselbe zu sein scheint.

Oder:

Bestimmte Reizwörter, die in allen drei Fiktionen dieselben Bildvorstellungen hervorrufen, wie: Jerusalem, Via Appia, ein eigenes Haus.

Und immer wieder Varianten der gleichen Erfahrungen bei dem Buch-Ich, bei Gantenbein, Enderlin und Svoboda; die gleichen Reaktionen auf Vorkommnisse – im Gegensatz dazu stehen die Kontrastgeschichten, durch die die Einheitlichkeit im Verhalten des Buch-Ichs und seiner Rollen noch deutlicher wird.

Chronologie ist so wenig zu erkennen wie lineare Logik. Aber wirkliches Erleben folgt weder der Chronologie, noch der Logik; wir erleben anders als die Uhren, die »immer jetzt« zeigen und die Vergängnis bestenfalls in ein: »zuerst, dann, später« (Bin, 36) einteilen, das den Zusammenhang der Dinge nicht wirklich zeigt.

Mein Name sei Gantenbein ist ein Roman, der mobil nur in der Fabel ist, aber stabil, statisch in der Zeit. Er tritt auf der Stelle, was die Zeit betrifft – auf der Stelle, die von der Erfahrung eines Ichs markiert wird, das von der Erkenntnis seiner Vergängnis überfallen wurde. Er bewegt sich durch die Entfaltung eines Erlebnismusters, die von dieser Erkenntnis ausgelöst und beinahe zwanghaft vorangetrieben wird durch alle anderen Erfahrungen. Aber er bewegt sich im Kreise, im Kreise um ein Ich, denn da es keinen Zeitablauf gibt, gibt es auch keinen Handlungsablauf und keine eindeutige Richtung für die ineinander verwobenen Assoziationen. Wir beobachten ein rundum von Spiegeln umstelltes Ich in dem imaginären Raum seiner Vorstellungen und Erfindungen und dem realen Raum seiner Erfahrung. Beider Räume unübersteigbare Grenze ist der Tod, der die Kreisbewegung auslöst und in den sie wieder einmündet, wenn alle Geschichten endgültig angehalten werden, wenn keine Erfindungen mehr möglich sind.

»Der Ort im Kalender! Ein anderes wäre natürlich der Ort in unserem Herzen, und dort können Dinge, die Jahrtausende auseinanderliegen, zusammengehören, sich gar am nächsten sein, während vielleicht ein Gestern und Heute, ja sogar die Ereignisse eines gleichen Atemzuges einander nie begegnen [...] Man müßte erzählen können, so wie man wirklich lebt.« (Bin, 36)

Mit dem Roman *Mein Name sei Gantenbein* scheint Frisch diesen Wunsch verwirklicht zu haben. Es ist ihm gelungen, zu zeigen, daß

»gerade die spielerische Fiktion, der jede Variante erlaubt ist, sich als zwingende Umschreibung der Erfahrung erweist, als die Entdeckung der Person.« (D + T, 21),

ohne daß die Person in ihren Widersprüchen und Wirren, ihren Hoffnungen und Ängsten, ihrer ganz persönlichen Art, sich und die Welt zu erleben in einem wechselseitigen Spiegelverhältnis, ohne daß dies alles voreilig auf ein verkürzendes Abbild, auf Biographie verengt wird, die das Wirkliche, unsagbar wie es ist, völlig verfehlt. Mit Biographien, sagt Frisch, könne sich der Abgebildete in der Regel nicht identifizieren.

Die Erfahrungen, die sich im Gantenbein in Geschichten ausdrücken, sind nicht neu. Walter Faber, Anatol Ludwig Stiller, der Rittmeister in *Santa Cruz,* der Architekt in *Bin,* Andri, Barblin und ihr Vater in *Andorra,* der Staatsanwalt im *Graf Öderland* oder der Don Juan, der die Geometrie liebt, weil sie beständiger ist als die Liebe, folgen alle einem ähnlichen, nämlich dem Frischschen Erlebnismuster. Aber in allen Büchern vor dem *Gantenbein* werden die Erfahrungen vom Bewußtsein des Autors nicht auf ihren Gehalt an Erkennbarem, sondern auf ihren Sinngehalt geprüft, sie werden der Logik des Erzählens im epischen Imperfekt unterworfen. Das Problem der Sagbarkeit bleibt im Arrangement der Rahmen stecken. Das führte zu Ergebnissen, die Marcel Reich-Ranicki in *Deutsche Literatur in West und Ost* folgendermaßen beschreibt:

»In einem unwahrscheinlichen Rahmen bietet Frisch eine Fülle von wahrscheinlichen Einzelheiten.« (S. 86)

»Wir werden zu Wanderungen eingeladen, die sich als faszinierend erweisen, jedoch zu Gemeinplätzen führen.« (S. 87)

»Max Frisch liebt es, in den Schlußteilen seiner Werke Türen einzurennen, die nie verschlossen waren, Thesen zu verkünden, die nie angezweifelt wurden.« (S. 92)
All diesen Gefahren ist Frisch im Gantenbein dadurch entgangen, daß er bei der spielerischen und nicht moralischen Suche nach der Identität gar nicht in erster Linie nach dem Sinn hinter den anschaubar gewordenen Erfahrungen fragt und deswegen nicht zu unglücklichen Versuchen verführt wird, fragwürdige Absolutheiten auszudrücken, die er zur Sinnfindung braucht, obwohl er zugleich alles Absolute leugnet. Zugleich kommt er an der Frage: Wer erzählt den Roman? höchst raffiniert vorbei, ohne sich vor ihr zu drücken.
Dieser Roman, der auf den ersten Blick so offen erscheint, ist viel geschlossener als Frischs frühere Bücher. Die Geschichten weisen immer wieder in das Buch zurück auf das fabulierende Ich und nicht wie früher über das Buch hinaus auf Gott oder Götter, Dämon oder Zufall. Frisch hat allerdings wohl selbst eine neue Gefahr erkannt: die Gefahr solipsistischer Abkapselung. Dies erklärt möglicherweise die mehrfachen Hinweise im Gantenbein auf Folterungen in Algerien und den wichtigen Absatz, der auf S. 103 in Klammern steht:
»(Manchmal scheint auch mir, daß jedes Buch, so es sich nicht befaßt mit der Verhinderung des Kriegs, mit der Schaffung einer besonderen Gesellschaft und so weiter, sinnlos ist, müßig, unverantwortlich, langweilig, nicht wert, daß man es liest, unstatthaft. Es ist nicht die Zeit für Ich-Geschichten. Und doch vollzieht sich das menschliche Leben oder verfehlt sich am einzelnen Ich, nirgends sonst.)«
Diese Passage steht nicht ohne Grund im Zentrum der ersten Enderlin-Geschichte, zwischen dem Nachmittag, der die Zukunft vorwegnimmt, und dem Morgen, der die Vergangenheit nachholt, als deutlicher Hinweis auf die Gegenwart, in der Leben sich zu verwirklichen hat.
Diese Hinweise auf die Geschichte haben, glaube ich, noch einen zweiten Sinn: sie sollen den Geschichten des Ichs die Richtung auf die Geschichte der Menschen als Gattung weisen.
Denn die Versuche des Ichs, sich in Geschichten zu erkennen, sein Erlebnismuster in Erfindungen aufzufinden, in Veräußerungen Inneres zu erkennen, erzeugen eine bemerkenswerte

Gegenläufigkeit: In den erfundenen Geschichten werden Bilder, Rollen veräußerlicht, in denen das Ich sich erkennt und von denen es sich zugleich distanziert. Die Geschichten, die man anprobiert wie Kleider, kann man ebenso auch ablegen. Die Geschichten, die das Ich einkreisen, werden von dem Ich zugleich wegerzählt, ausgedrückt im Wortsinn, außer sich gebracht, projiziert. Sowie man diese Projektionen erkennen kann, befreit man sich von ihnen. Rollen kann man ablegen. Je mehr man ablegt, je mehr Geschichten man erfindet, desto wirklicher wird man. Die Literatur als Geburtshelfer – Burri ist für Enderlin im doppelten Sinn Geburtshelfer: Er rettet ihm das Leben und stößt ihn in den Bereich, in dem man einzig sein Leben verwirklicht, in die Gegenwart. Daß Enderlin scheitert, ist nicht Burris Schuld.
Auf denselben Gedankengang weist die ironische Gegenüberstellung der »wahren« Geschichten, die Gantenbein Camilla erzählt, mit den erfundenen Geschichten. Damit verwischt Frisch die Grenze zwischen wahr und erfunden. Alle Geschichten sind – und seien sie noch so wahr –, sofern sie Geschichten sind, Fiktion; alle Fiktionen sind – und seien sie noch so erfunden –, sofern sie einem lebendigen Erlebnismuster folgen, wahr. Damit löst sich alles Erzählbare vom erzählenden Ich und vergrößert den Raum seiner Wirklichkeit.
Man denke nur an die raffinierte und »wahre« Geschichte, in der Gantenbein Camilla erzählt, er habe Enderlin getroffen, dem er in die Lenden schießen wollte aus Eifersucht, mit dem er sich aber gut unterhalten habe, wobei Gantenbein keineswegs sicher ist, ob seine gegenwärtige Frau überhaupt ein Verhältnis mit einem anderen hat. Der Leser hingegen glaubt zu wissen, daß Lila ein Verhältnis hat, aber nicht mit Enderlin, der war früher an der Reihe, daran scheint damals die Svoboda-Lila-Ehe zerbrochen. All dies wird beiseite gewischt mit:
»›Ich kann es mir vorstellen.‹
Das ist das Wahre an der Geschichte.« (G, 180)
Das Ich, das sich in höchst subjektiven Fiktionen zu objektivieren versucht, sucht zugleich einen Weg, der seine Vergängnis in die Geschichtlichkeit führt. Denn die Erfahrung der Vergängnis macht ihm die Befreiung von der Unmittelbarkeit, die nur zu Wiederholungen, das heißt zu Geschichten führt, möglich, macht dem Ich bewußtes, reflektiertes Wachsein möglich, das

bewußtes Handeln fordert und erlaubt. So bekäme die Vergängnis vielleicht einen Schimmer von Sinn.
Dazu sagt Bruno Schärer:
»So gilt Geschriebenes nur als Negation seiner selbst. Und Geschichten sind nicht da, um unseren Schatz an Erzählungen zu bereichern, sondern um von Geschichten zu befreien. Literatur zielt darauf hin, Literatur überflüssig zu machen, nicht nur die Literatur, die in Form von Büchern konsumiert wird, sondern zuerst die Literatur, die sich in unseren Alltag schleicht, anstelle von Wirklichkeit. Fiktion: Wirklichkeitsersatz.« (NZZ)
Das Wirkliche kann man nicht definieren, ohne es in der Definition tödlich zu verfestigen, aber man kann es erkennbar machen. Das ist der Sinn der Literatur, wie Frisch sie versteht. Frisch:
»Jeder Mensch erfindet sich eine Geschichte, die er dann, oft unter gewaltigen Opfern, für sein Leben hält, oder eine Reihe von Geschichten, die sich mit Ortsnamen und Daten durchaus belegen lassen, so daß an ihrer Wirklichkeit nicht zu zweifeln ist. Nur der Schriftsteller glaubt nicht daran.« (Geschichten, 10)
Er glaubt an ein paar Erfahrungen, von denen man lebt. Und mögen die Erfahrungen noch so niederdrückend sein, die Erfahrung der Vergängnis, des Nichtseins, der tötenden Wiederholung im Alltag, der enttäuschten Erwartung eines Landes der Hoffnung, die Erfahrung der Einsamkeit und der Verlassenheit, der Fremdheit in der Welt, die man nicht überwinden kann, mag der romantische Riß durch die Welt mitten durch die Person gehen, man kann sie darstellen und damit die eigentliche Wirklichkeit des Lebens freilegen; ohne ins Metaphysische auszuweichen.
Und trotz aller Vergängnis: In dem Gedanken:
»Ich stelle mir vor:«
also bin ich! ist auch für Frisch der Jubel:
»Alles ist wie nicht geschehen [...] Leben gefällt mir –« (G, 496)

1967

Hans Heinz Holz
Max Frisch – engagiert und privat

In der neueren Soziologie und Psychologie wird das Sozialverhalten des Menschen zuweilen als Rollenverhalten gedeutet, das – im Unterschied zum Tierreich, wo die Rolle durch gattungs- und artspezifische Determinanten festgelegt ist – durch Lern- und Entscheidungsprozesse in der Auseinandersetzung mit der Umwelt geprägt ist. Die Konstituierung des Rollenverhaltens läßt sich sowohl gesellschaftlich-politisch wie individualpsychologisch beschreiben. In Max Frischs Werk nimmt das Problem von Rolle und Identität, von gesellschaftlicher Determinierung und möglicher Freiheit seit je eine zentrale Stelle ein; die beiden letzten Bühnenstücke, *Andorra* und *Biografie*, artikulieren es auf sehr konträre Weise. Die nachfolgenden Essays, jeweils unmittelbar aus Anlaß der Uraufführungen der Stücke 1961 und 1968 entstanden, sind darum kontrapunktisch aufeinander bezogen; sie markieren Stationen in Frischs Entwicklung und zugleich damit Aspekte des Personseins aus politischer und privater Sicht.

I.

»Max Frisch. Er ist nicht für die Ewigkeit [...].« So begann Werner Weber seine Rezension zu *Andorra* in der *Neuen Zürcher Zeitung*. Allerdings. Frisch schreibt für die Gegenwart, schreibt in seine und unsere Zeit hinein, wie die *Perser* und *Antigone*, die Königsdramen und *Tell* je in ihre Zeit geschrieben waren. Nicht alles, vielleicht, was Frisch schrieb, wird die Zeiten überdauern. *Andorra* gehört sicher zum Bleibenden, zum Bestand an Dramatik deutscher Sprache. Es gehört dazu, weil Klarheit des Denkens und Anständigkeit der Gesinnung sich in Gestaltung umgesetzt haben, weil ein Stück entstand, das mehr ist als eine These, nämlich eine lebendige Welt voll schrecklicher Wirklichkeit.
Die Geschichte steht schon, anekdotisch verkürzt, im *Tagebuch*

1946–1949. Dort ist es eine kurze, mit großer Prägnanz gezeichnete Skizze unter dem Titel *Der andorranische Jude*. Zehn Jahre später wurde ein Stück daraus. Das kann kein Zufall sein. Der Stoff, in der Besinnung der ersten Nachkriegszeit konzipiert, erwies sich auch später noch als aktuell. Frisch geht es nicht um die unbewältigte Vergangenheit, ihm geht es um die bedrohliche Gegenwart.

Andorra – der Ort ist eine Fiktion. Ein kleines Land, an dessen Grenzen die »Schwarzen« stehen, mächtiger, aggressiv, raublustig; Judenverfolgungen sind bei ihnen an der Tagesordnung. In Andorra hingegen brüstet man sich, der Hort der Freiheit zu sein, mit den Verbrechen der Nachbarn nichts zu tun zu haben. Menschen, die von »drüben« kommen, behandelt man mit Mißtrauen und Feindseligkeit. Als eine Ruhmestat gilt es, daß der Lehrer vor fast zwanzig Jahren einen kleinen Judenjungen noch als Säugling über die Grenze rettete und als seinen Pflegesohn aufzog. Jedenfalls erzählte der Lehrer das den Leuten. Wir wissen bald, daß es eine Fiktion ist. Der Junge ist der uneheliche Sohn des Lehrers mit »einer von drüben«, den er, aus Angst vor dem Gerede der Leute, als jüdisches Findelkind ausgegeben hatte. Doch die Rechnung geht nicht auf. Auch in Andorra geht die Seuche des Antisemitismus um. Der Jude ist der »Andere«, von der eigenen Art verschieden; er wird ausgestoßen, weil man ihn nicht als gleich anerkennt. Zunächst ohne Bösartigkeit. Nur, sagt man, er ist eben Jude. Anders sei er als die Andorraner, heißt es. Feige sei er, heißt es, zum Handwerk tauge er nicht, immer nur ans Geld denke er, kein Gefühl habe er. Selbst der wohlmeinende Geistliche entzieht sich dem Gerede nicht. Er bejaht zwar des Juden Andersartigkeit. »Du bist gescheiter als sie. Weil du von ihnen verschieden bist, darum schätze ich dich« – das ist der Sinn seiner Rede zu dem verzweifelten, verstockten Jungen. Aber erst recht stößt er ihn damit aus der Gesellschaft aus. Und der Bub, der war und sein wollte wie die anderen, ein durchschnittlicher Mensch, wird durch die Hetze zum Gehetzten, er nimmt die Eigenschaften an, die man ihm nachsagt und die man ihm aufzwingt, er formt sich nach dem Bilde, das sich die Menschen von ihm machen und nach dem zu leben sie ihn nötigen. Wie sollte man nicht feige werden, wenn man dauernd von einer überlegenen Meute gejagt und geprügelt wird; jedenfalls

scheinbar feige nach außen, während innen ein bekennerhafter Mut wächst, der sich stärker bewähren wird als die selbstgefällige Prahlerei der »Tapferen«? Wie sollte man nicht auf das Geld achten lernen, wenn es die einzige Chance ist, sich einen kleinen Spielraum von Freiheit im Leben zu sichern? Wie sollte man nicht scharfsinniger werden als die anderen, da nur der Scharfsinn, die beständig wache Klugheit die Möglichkeit zum Durchhalten gibt und jähe Emotionen lebensgefährlich werden können? Der »Judenjunge« wird von der Umwelt in die Rolle gedrängt, die seinen Charakter formt. Er folgt dem Pfarrer, der ihm zuredet, sein Anderssein anzunehmen. Er wird, was die anderen aus ihm machen, aber er wird es auf eine charaktervolle und schließlich selbstbewußte Art. Leidet er zunächst unter dem Anderssein, so nimmt er es später an, bekennt sich dazu, erwirbt eine Individualität. Während die Menschen um ihn zu Marionetten ihres eigenen Vorurteils werden.
Soweit ist das Stück ein Charakterstück. Es zeigt die Entwicklung eines Menschen. Doch das ist nur die eine Seite. Die andere ist die politische: das Netz des Vorurteils legt sich um den heranwachsenden Jungen, verdichtet sich zu giftigem Antisemitismus, zieht sich immer enger zusammen; aus Absonderung wird Feindseligkeit, die anonyme Macht des Gerüchts und Geredes ist stärker als die Überzeugungskraft der Persönlichkeit. Der Junge bleibt verstrickt in eine bösartige Umwelt. Das Vorurteil wird zum Haß, die Voreingenommenheit zur Verleumdung. Zu spät stellt sich heraus, daß der Junge kein Jude ist, zu spät bekennt der Lehrer die Wahrheit – sie wird nun nicht mehr geglaubt, weder von den Leuten, noch von dem Jungen selbst, der angesichts der Todesgefahr Jude sein will. Als die Mutter kommt, um nach ihrem Kinde zu sehen, wird sie erschlagen, weil sie »eine von drüben« ist. Doch als die »Schwarzen« Andorra besetzen, bezeugt jeder, der Jude habe den tödlichen Stein geworfen – derselbe Jude, der zu dieser Zeit mit dem Pfarrer in bitterem Gespräch war. Die Andorraner arrangieren sich mit den Landesfeinden, den Juden liefern sie als Opfer an den Galgen.

Nur zweimal fällt der Vorhang: zur Pause und zum Schluß. Die wenigen Verwandlungen, die den fünfzehn Bildern kaum unterschiedene Plätze des Ortes zuweisen, geschehen bei offe-

ner, verdunkelter Bühne. Das Stück duldet keine Illusionen. Der Zuschauer nimmt an seiner Konstruktion teil.
Frisch will durch Mitdenken aufrütteln. Er hat Brechts Theorie der Verfremdung in sich aufgenommen, hat sie verstanden und kann sie als Dichter anwenden. Das heißt: Nicht schematisch, wie eine Schullehre, sondern den Intentionen Brechts gemäß, den Zuschauer zu selbständiger Urteilsbildung erziehend; nicht ohne Gefühl, nicht ohne Mitfühlen, sondern mit einer durch den Verstand erzogenen Leidenschaft. Diese Leidenschaft bäumt sich auf, indem sie anonyme Mechanismen durchsichtig macht und durch das verfremdet Erkannte zur Verantwortung ruft. Frisch ist ein Moralist, ein scharf analytisch denkender.
Das hat ihm den Vorwurf des Intellektualismus eingetragen. Er ist der Architekt, der seinen Bauplan offenlegt. Er mutet dem Zuschauer die Distanz der Betrachtung zu. Vom dritten Bild an läßt er ihn nicht mehr im unklaren über den Ausgang. Das Erkennen soll nicht durch die Spannung auf eine ungewisse Lösung abgelenkt werden. Vielmehr: Weil wir von Anfang an wissen, welch grausames Ende es mit dem Judenjungen nehmen wird, der keiner ist, können wir umso mehr Aufmerksamkeit den Umständen widmen, die dahin führen. Diese Aufmerksamkeit zu schärfen, dienen die Zwischenblenden. Wenn nach den einzelnen Szenen die Protagonisten (der Wirt, der Tischler, der Geselle, der Soldat, der Pfarrer, der Doktor, der Namenlose) vor eine angedeutete Gerichtsschranke treten und in larmoyantem Ton erklären, *das* Ende hätten sie nicht gewollt und eigentlich hätten sie ja auch gar nichts getan, so entlarvt sich im Kontrast zum Geschehen die Mitläuferschaft als Mittäterschaft. Kein Mensch ist von Verantwortung frei. Das Stück verleugnet nicht seine Absicht, ein Lehrstück zu sein.
Der Wille zur Analyse steckt also in den Zwischenblenden, die die Gegenwart des Stückes mit der Zukunft des richtenden Publikums vermitteln und in denen zwei Zeitschichten sich durchdringen. Sie sind, dramaturgisch gesehen, ein Mittel der Verfremdung. Verfremdung meint Entlarvung. Zwischen Schuld und Entschuldigung liegt in der Wirklichkeit ein langer Zeitraum. Die Ferne zum Ereignis verschiebt in der Erinnerung die Perspektiven. Keiner ist mehr mit seiner Schuld unmittelbar konfrontiert. Frischs filmische Methode der Vorblende zer-

reißt den Schleier der Zeit. Schuld und Entschuldigung rücken zusammen. Die Ausreden, die später folgen werden, erweisen sich von vornherein als ungültige Ausflüchte, wenn sie mit der Realität unmittelbar zusammenstoßen. So werden wir zur Stellungnahme gezwungen. Die Konsequenz drängt sich unausweichlich auf: Der Mitläufer ist Mittäter; noch darin, wie er seine Verantwortung leugnet, erweist sich der Modus der Mittäterschaft.

Das Lehrhafte schließt das Gefühl nicht aus. Frisch will unsere Anteilnahme ganz, nicht nur im Denken. Die Sachlichkeit, mit der er die Situationen darstellt, hat ihr Gegenstück in der Subjektivität des Zuschauers, der auf diese Situationen reagiert. Sympathie für den Gejagten, Mitleid auch mit dem Vater, der aus Schwäche schuldig wird und doch durch seinen verzweifelten Kampf gegen das Vorurteil im allgemeinen immer wieder diese Schuld abbüßt, Empörung über die herzlose Roheit der anderen, Spott für die Hilflosigkeit der Gutwilligen, die doch in das Vorurteil verstrickt sind – all diese und manche andere Gemütsbewegungen löst Frisch in uns aus. Am meisten aber ergreift uns die Angst, die Angst vor dem unaufhaltsamen Geschehen, das uns bekannt vorkommt und das sich (wenn wir redlich in uns hineinschauen) doch täglich wiederholen könnte. Das Stück läßt uns nicht kalt und widerlegt damit den Vorwurf der unterkühlten Temperatur des Intellektualismus. Gebannt sitzt der Zuschauer und wagt kaum zu atmen. Es wird ihm schwer, sich der Frage zu entziehen: Bist nicht auch du lauen Herzens?

Es geht hier nicht nur um die deutsche Vergangenheit, wenn diese auch den Erfahrungsgehalt abgab, der in dem Stück verarbeitet ist. Genügend Veränderungen sind an der Vorlage des Hitler-Faschismus (und seiner schweizerischen Nachbarwelt) angebracht, um das historisch Einmalige ins Beispielhafte zu verwandeln. Dieses wuchernde Vorurteil, das die Menschen zu einer Meute macht, kann immer und überall herrschen. Südafrika und Kukluxklan und MacCarthy sind hinreichende Belege. Im eigenen Lande erlebte Max Frisch, wie 1956 (nach der Ungarn-Revolte) eine aufgeputschte Menge das Haus des kommunistischen Kunst- und Literaturkritikers Konrad Farner belagerte und den »Roten« zu lynchen drohte; wie dessen Frau in ihrer Gemeinde lange in keinem Geschäft einkaufen konnte, weil man sich weigerte, sie zu bedienen. Gerade in dieser Zeit entstand *Andorra*. Vorurteile, gegen Menschen gerichtet, gibt es überall und jederzeit. Frisch will sie an einem Paradigma treffen. Hans Magnus Enzensberger merkt sehr richtig dazu an: »Aber damit wir uns, und damit wir Frisch recht verstehen: *Andorra* ist kein historisches Drama, und es ist erst recht keine Aktualität in jenem Sinn, der die bekannten kurzen Beine hat. Die ›Schwarzen‹ sind nicht die SS, der Judenschauer ist nicht Eichmann, und nicht einmal der Jude ist ein Jude. Das Stück ist ein Modell: will sagen, nicht die Darstellung dessen, was war, sondern dessen, was jederzeit und überall möglich ist. Heut oder morgen kann der ›Jud‹ Kommunist heißen oder Kapitalist, oder Gelber, Weißer, Schwarzer, je nachdem. Gemeint ist nicht die andere Gegend, nicht dem seinerzeit und anderswo wird der Prozeß gemacht, sondern der je eigenen; der am meisten, die sich am schuldlosesten vorkommt, aufs Weltgewissen beruft und in die Brust wirft, in der Meinung, bei uns könne dergleichen nie und nimmer passieren.«

Darum handelt das Stück von alltäglichen Menschen, wie sie überall und immer vorkommen mögen. Kein Nationalcharakter, keine historische Begebenheit ist angesprochen, obwohl die historischen Besonderheiten, die den deutschen Antisemitismus hervorbrachten, als Erfahrungsgehalte ganz und gar in das Stück eingegangen sind. Jedoch ist das Besondere so verändert, daß es zwar immer noch als konkreter Fall erscheint, indessen zugleich ins Typische gehoben ist.

So zeigt sich das Böse zunächst ganz durchschnittlich und alltäglich. Es ist nichts Besonderes, daß der Geselle ein schlechtes Werkstück dem Judenjungen unterschiebt, um selbst dem Tadel zu entgehen – erst daß der Meister es glaubt, wider alle Beteuerungen und Wahrscheinlichkeiten, weil »der Jud nun halt kein Handwerker ist«, gibt dem Bubenstreich einen schlechten Beigeschmack. So lernt sich's gleichsam von selbst, wo immer ein Sündenbock zu finden sei. Als Sündenböcke dienen »die Juden« dann erst recht dem gescheiterten Mediziner, der von einer großen Karriere träumte und nun, unfähig wie er ist, als Amtsarzt in Andorra verkümmern muß; wer anders als die Juden sind schuld daran, die alle guten Positionen okkupiert hielten und sich gegenseitig zuschanzten? Hier wird der Antisemitismus schon bösartig, weil er Minderwertigkeitsgefühle abreagiert und Rachegefühle nährt. Der Soldat hingegen, der brutalste unter denen, die den »Judenjungen« Andri quälen, ist eigentlich gar kein Antisemit. Andri ist sein Rivale in der Gunst von Barblin, der Tochter des Lehrers; da ergibt sich die Feindschaft von selbst, und der Antisemitismus ist nur ein Vorwand, unter dem er den Nebenbuhler umso gründlicher treffen kann. Schwer fällt es ihm ohnehin nicht, ist er doch der physisch viel stärkere, psychisch viel robustere – und dumm dazu. Keiner dieser Antisemiten ist eine Persönlichkeit, keiner würde kraft überlegener, überzeugender charakterlicher oder intellektueller Qualitäten es wagen können, für sein Vorurteil einzustehen. Darauf angesprochen, betont jeder, daß er ja gegen die Juden nichts habe. In der Masse aber beteiligt er sich an der Hetzjagd, allein schürt er in sich den Haß gegen das Andersartige, das sich ihm in der Person des Juden zu verkörpern scheint.

Der Pater demonstriert, daß selbst, wer sich gegen die Unmenschlichkeit des Vorurteils wehrt, ihm doch dient, wenn er es stillschweigend anerkennt. Den Juden zu bejahen, *weil* er anders ist, mag rechtschaffen sein; es mag von einem gewissen Trotz, von einer Auflehnung gegen die Dummheit zeugen. Aber diese positive Einstellung negiert sich selbst, weil sie das Vorurteil bestätigt. Gesteht man zu, daß der Jude grundsätzlich anders ist, so schließt man ihn aus. Man liefert dem Durchschnitt, der auf Konformität besteht, das Argument. Und man liefert ein falsches Argument. Denn der Jude *ist* nicht anders, er ist in allen Dingen so menschlich wie seine Mitbürger, so durchschnittlich zumeist wie sie; er *wird* erst anders *gemacht*, indem man ihn ausstößt und zum Anderssein zwingt. Frisch demonstriert diesen Kernpunkt des Vorurteils in extremer Form, indem er Andri »jüdisch« (im Sinne der »den Juden« zugeschriebenen Eigenschaften) werden läßt, obwohl er kein Jude ist, bloß deshalb, weil man ihn für einen solchen hält und als einen solchen behandelt. Und er zeigt die Dummheit dieses verallgemeinernden Vorurteils, indem er alle diese durchschnittlichen Menschen in ihrer unverwechselbaren Individualität gestaltet, so daß jeder »anders« ist als die anderen. Dies Anderssein gehört zur menschlichen Individualität. Man muß nicht zugestehen, der Jude sei anders als die anderen, um ihn

dann zu verteidigen, wie es der Pater tut – man muß das Vorurteil von der Konformität, von der Uniformität der übrigen zerstören und zeigen, daß jeder Mensch »anders« ist, wenn man die Wurzeln des Antisemitismus und jedes Minderheitenhasses treffen will. Erst indem man auf ein bestimmtes Anderssein hindeutet, seine Besonderheiten akzentuiert oder gar in einen Menschen hineininterpretiert, schafft man »den« Juden, »den« Intellektuellen, »den« Kommunisten.
Im Sinne dieser These ist der Pater eine Schlüsselfigur des Stücks. Denn er beweist die Sinnlosigkeit des Vorurteils, selbst wenn es ins Positive gewendet wird. Sein Gegenspieler ist der Lehrer, der seit Jahr und Tag gegen das Vorurteil kämpft; nicht ganz uneigennützig, zweifellos, denn er kämpft damit ja für Andri, seinen verleugneten Sohn. Er kämpft gegen seine eigene Schuld, diesen Sohn einst aus Feigheit verleugnet zu haben. Dieser zerrissene, zerquälte, an seiner eigenen Unaufrichtigkeit zerbrochene Mann ist eine ergreifende Gestalt. Auch er hat sich ja einmal einem Vorurteil unterworfen, als er im Zeichen der Kollektivverdammung der Nachbarn »von drüben« sich zu seinem dort gezeugten und geborenen Kinde nicht bekannte. Mit allem, was er tut, büßt er diese Feigheit ab, aber er kann sie nicht ungeschehen machen. Nicht mehr – denn es ist inzwischen zum Bekenntnis zu spät, zu einem Bekenntnis, zu dem ihm, aus wieviel bürgerlichen und menschlichen Rücksichten (zum Beispiel auf seine Frau), der Mut fehlte, solange er noch hätte retten können. Ja, er kommt in die widersinnige Lage, von seinem Sohne, der nicht weiß, daß er es ist, verdächtigt zu werden, selbst insgeheim vom Vorurteil angefressen zu sein, weil er ihm die Liebe zu seiner Tochter Barblin, die Ehe mit ihr – mit der eigenen Halbschwester also – verwehren muß.

Das Szenengefüge ist realistisch angelegt. Jeder Einzelvorfall hat eine handfeste »Natürlichkeit«, könnte sich so und nicht anders überall abspielen. Das Typische liegt gerade in dieser getreuen Abbildung einer durchschnittlichen Wirklichkeit, deren Sprache und Gestus Frisch meisterhaft erfaßt. Doch dann kommt, in der vorletzten Szene, die Allegorie in das Stück. In der »Judenschau« ist alles sinnbildlich. Die »Schwarzen« haben Andorra besetzt, die braven, tapferen Andorraner sind zu Kollaborateuren geworden. Ins Land kommt der »Judenschauer«, der nun die Auslese für die Liquidation vornehmen will. Von ihm müssen alle Andorraner gemustert werden – er erkennt die »Richtigen« bloß durch Hinschauen am Gang und an den Bewegungen. Antreten in Reih und Glied, heißt es; Schuhe aus, heißt es; und dann heißt es: los! Jeder geht zitternd seine zehn, zwanzig Schritte, bis die erlösende Handbewegung kommt. Andri nur, der »jüdische« Nichtjude, wird zur Exekution ausgesondert.

Die Szene paßt nicht in das Stück. Nach allem, was an handfester Wirklichkeit vorangeht, wirkt der plötzliche, unmotivierte Symbolismus verwirrend, ja peinlich, weil man zunächst geneigt ist, ihn wörtlich zu verstehen. Frisch wollte wohl die Willkür, die abstrakte Unmenschlichkeit des Terrors darstellen und zugleich so verfremden, daß sie darstellbar wurde. Das mißlang. Die Schluß-Szene, in der die wahnsinnig gewordene Barblin vom Ende Andris in irren Worten Bericht gibt, wäre eindrucksvoller, aufschlußreicher ohne den vorangegangenen Albtraum. In dieser »Judenschau« wurde Frisch dem Konstruktionsprinzip seines Stücks untreu. Hatte er zuvor versucht, das Allgemeine im Einzelschicksal sichtbar zu machen und dieses Einzelschicksal in seinen mannigfachen Vermittlungen zu begreifen, so konfrontiert er uns nun plötzlich unmittelbar mit dem Allgemeinen selbst. Das ist natürlich nur möglich unter der Form der Allegorie. Aber die Allegorie stimmt nicht, wenn sie in eine wirklichkeitsgetreue Umgebung gestellt wird, in der sie keine Funktion hat. Terror, Unterwerfung (oder Auflehnung) und Zerstörung des Menschen bedürfen dieser Verschlüsselung nicht. Sie sind auch, zum mindesten in ihrer Wirkung, realistisch auf der Bühne abzubilden. Man kann ein Stück von Anfang an allegorisch konzipieren; das hat seinen guten Sinn. Aber man darf nicht innerhalb des gleichen Stücks den Stil wechseln.

Andorra ist ein politisches Stück, nicht anders als Millers *Hexenjagd*. Es richtet sich gegen das gesellschaftliche Vorurteil, und die Dummheit des Antisemitismus ist nur ein Beispiel für jegliche Art bornierter Präokkupation. Dennoch verficht es nicht eine politische These. Es zeigt Menschen, die sich entwikkeln, und Menschen, die versteinern. Es zeigt die Unfreiheit des Menschen unter dem Zwang einer öffentlichen Meinung, die selbst noch die Wohlgesonnenen beherrscht. Das ist schwer: eine Meinung, die von niemandem gemacht, von keinem bekannt, aber von allen geteilt wird, ein namen- und gesichtsloses Etwas mithin, auf die Bühne zu bringen, dort entstehen, wachsen, sich ausbreiten zu lassen. Solches erfordert epische Mittel. Theater, das massenpsychologische Reaktionen vorführen will, muß notwendig »episches« Theater sein; denn ihm fehlen die großen Protagonisten, die die Aktion im klassischen Drama führen. Jenen stand die Masse als Chor, als Volk von Statisten (»Rhabarber« mit wechselndem Tonfall murmelnd, bald beifällig, bald erschrocken, bald drohend) gegenüber. Hier muß die Masse sich profilieren, die Menge von durchschnittlichen, aber individualisierten Einzelnen muß erkennbar sein. Es gibt keine Schürzung des Knotens, keine Krisis, keine Peripetie. Das Gewitter zieht sich langsam, kontinuierlich, ohne sichtbaren Einschnitt zusammen – wir wissen selbst kaum, warum es plötzlich gefährlich wird, obwohl wir es haben kommen sehen –, bis es sich in einem jähen Donnerschlag entlädt. Allmähliche Steigerung und plötzlicher Umschlag sind die Regeln dieser dialektischen Dramaturgie. Das Geschehen schreitet darum nicht von Handlungsknoten zu Handlungsknoten fort, sondern schwillt in Episoden an, die, an sich gleichwertig, in ihrer Abfolge doch ein beklemmendes crescendo ergeben. Man denke daran, wie in Ravels *Bolero* ein gleichbleibendes Motiv unmerklich lauter und eindringlicher werdend sich steigert. Ähnliches spielt sich, natürlich differenzierter, hier ab. Das Gefühl wachsender, bis zur Unerträglichkeit sich verdichtender Beklemmung ist dasselbe.

Jede dieser Episoden ist konkret, von konzentrierter Realität. Gleichgültigkeit, Dummheit, bramarbasierend überdecktes Minderwertigkeitsgefühl kommen zusammen, um eine Atmosphäre zu brauen, in der das Schreckliche geschehen kann. Das Vorurteil hat keinen Grund, nicht den mindesten; aber es schafft sich einen. Denn keiner kann den anderen gleichbleiben, wenn er dauernd aus ihrer Gemeinschaft ausgeschlossen ist; er muß anders werden. Das Anderssein ist nicht angeboren, sondern aufgezwungen, nicht nur der Lebenslauf, auch der Charakter ist eine Funktion des gesellschaftlichen Kontexts. Frisch beschreibt die ausweglose Situation einer Minderheit in einer konformistischen Gesellschaft. Je weiter sich der Konformismus ausbreitet, je stärker die »Gleichschaltung« durch das Vorurteil von den einzelnen vorgenommen wird, als ein durchaus automatischer und keineswegs dekretierter Prozeß, desto weniger bestehen die Menschen aus Persönlichkeiten. Sie werden Gliederpuppen, die vom gleichen Draht bewegt werden. Der Ausgestoßene aber, weil er vom Konformismus ausgeschlossen ist, unterliegt dem Zwang zur Ausbildung seiner Individualität. Versteinern die anderen im vorgeschriebenen Schema, so entwickelt er sich im Gegensatz dazu. Der Denkende schwimmt gegen den Strom, das Denken, die Bewußtheit schärft sich am Anderssein, in der Isolierung. Da wird deutlich, warum der menschliche und intellektuelle Rang vorwiegend bei den Minderheiten zu finden ist. Eine Gesellschaft, die in eine konformistische Mehrheit und ausgeschlossene Minoritäten zerfällt, verlagert ihre produktiven Energien auf die Seite der zu selbständigen Entscheidungen gezwungenen Wenigen. Die Vielen hingegen werden gesichtslos, wesenlos. Je unpersönlicher das Verhalten des einzelnen wird, desto anfälliger erweist er sich auch für die Demoralisierung. Der Pogrom, die Raserei des verhetzten Pöbels, steht am Ende.

In diesem gesellschaftlichen Prozeß ist kein Spielraum für Freiheit. Wohl aber gibt es eine Identität der Person mit sich selbst, die allen Anfechtungen des Individualitätsverlusts widersteht. Wenn der junge Jude sich in dem Augenblick als solcher bekennt, in dem er von außen als keiner erwiesen (und damit gerettet) werden soll – wenn er eine Rolle, in die ihn die anderen gepreßt haben, als Schicksal annimmt und bejaht, so bewahrt er sein Selbst vor dem Realitätsverlust, den alle anderen mitgemacht haben. Mühsam und gegen eigenen inneren Widerstand ist ihm, der so gern wie die andern gewesen wäre, dieses Selbst gewachsen, nun kann er es nicht mehr aufgeben. Das Bewußtsein seiner Eigenart ist das einzige, was ihn aufrecht erhält, was ihn zum Menschen macht, was ihn über alle Demütigungen hinweggetragen hat. Die Individualität ist zu stark geworden, als daß sie sich noch anpassen könnte.

Es ist dramaturgisch geschickt, diesen Prozeß der Persönlichkeitswerdung an einem jungen Menschen vorzuführen. So erleben wir einen »Entwicklungsroman«, die Geschichte äußerer Bedrückung und inneren Zwiespalts, aus der die unverwechselbare Einmaligkeit des Menschen hervorgeht. Wir sehen mit an,

wie er zu dem wird, als der er am Ende mit Größe stirbt. Nicht aber, daß er sich über seine Umwelt erhebt, ist das Entscheidende. Das Problem ist vielmehr, wie die Umwelt so tief unter ihr menschliches Niveau sinken kann. Die meisten von diesen Andorranern sind nicht eigentlich böse (der eine mehr, der andere weniger). Sie alle aber fügen sich einer Majorität ein, die doch erst dadurch entsteht, daß sie sich einfügen. Und sie alle weigern sich schließlich, sich als mitverantwortlich zu erkennen für das, was sie mitgetragen und mitverschuldet haben.
Wir möchten das mißhandelte Wort von der Kollektivschuld vermeiden. Es gibt nur die mehr oder weniger große Schuld einzelner, die indessen die Schuld aller wird, wo keiner dem Unrecht widersteht. Frisch bildet die Wirklichkeit illusionslos ab: er weiß, daß keiner seine Mitschuld einzugestehen bereit ist. Doch indem er die Fehler, indem er das Verschulden zeigt und mit fadenscheinigen Apologien konfrontiert, fördert er die Selbsterkenntnis. Politik und Ethik erweisen sich plötzlich als nicht mehr getrennte, als grundsätzlich nicht trennbare Bereiche. Furcht und Mitleid sind nur die ersten Stufen der Katharsis; Frisch schließ sie nicht aus, genug des Schauderns und des Mitgefühls ruft sein Stück in uns hervor. Aber die wahre Läuterung kommt erst aus der Einsicht, und die strengen Mittel der Verfremdung, die Frisch anwendet, sollen Einsicht erzeugen. Nur wer diese Tendenz verstanden hat, kann das Stück richtig inszenieren. Damit aber daraus eine Lehre zu ziehen sei, muß es richtig inszeniert werden.
Frisch hat ein Werk geschrieben, das Menschen darstellt, nicht politische Abstraktionen. Aber er hat zu zeigen verstanden, daß die Menschen als politische Wesen so sind, wie sie sind; daß ihr Charakter durch die Gesellschaft geprägt wird, die sie bilden. Er ist hier ein Rationalist, denn er appelliert an das Denken. Besser zu denken, hieße auch, besser zu leben. Denken baut Vorurteile und Ideologien ab. Aus dem Abbau der Ideologien mag aber die Bereitschaft zur Verbesserung der Gesellschaft hervorgehen.

1961

II.

»Erkenne dich selbst«, dieser Weisheitsimperativ, dem Solon zugeschrieben, stand über dem delphischen Tempel Apolls, des Gottes, der nach einem Worte Heraklits »nicht ausspricht und nicht verbirgt, sondern Zeichen gibt«. Sein rätselvolles Orakel schickte den Fragenden auf einen Leidensweg, an dessen Ende er erkannte, was er am Anfang hätte erkennen sollen. Nachträglich erwies sich die Kette der Ereignisse als Schicksal; doch waren es im lebendigen Ablauf der Geschehnisse nicht eher dumme Zufälle, an denen sich zukünftiges Verhängnis entschied? Wäre Ödipus eine halbe Stunde früher oder später in den Hohlweg vor Theben gekommen, er hätte weder seinen ihm unbekannten Vater getroffen und erschlagen, noch je Gelegenheit gehabt, seine Mutter zu heiraten und fluchbeladene Kinder zu zeugen. Eine kleine Verzögerung beim Frühstück, ein Plausch mit einem Hirtenmädchen am Straßenrand, oder ein wenig mehr Eile und Ungeduld bei der Reise hätten seinem Leben eine andere Wendung gegeben.
Was geschehen ist, bleibt unabänderlich, und es hat Folgen; aber es hätte auch anders sein können. »Glauben Sie«, sagt Kürmann, der Protagonist von *Biografie*, zu seinem Kollegen, »glauben Sie, Krolevsky, Sie als Kybernetiker, daß die Biografie, die ein Individuum nun einmal hat, verbindlich ist, Ausdruck einer Zwangsläufigkeit, oder aber: ich könnte je nach Zufall auch eine andere Biografie haben, und die man eines Tages hat, diese unsere Biografie mit allen Daten, die einem zum Halse heraushängen, sie braucht nicht einmal die wahrscheinlichste zu sein: sie ist nur eine mögliche, eine von vielen, die ebenso möglich wären unter denselben gesellschaftlichen und geschichtlichen Bedingungen und mit derselben Anlage der Person. Was also kann, so gesehen, eine Biografie überhaupt besagen? Sie verstehen: ob eine bessere oder schlechtere Biografie, darum geht es nicht. Ich weigere mich nur, daß wir allem, was einmal geschehen ist – weil es geschehen ist, weil es Geschichte geworden ist und somit unwiderruflich –, einen Sinn unterstellen, der ihm nicht zukommt.«
Wie weit reicht die Freiheit? Was eigentlich ist Freiheit? Orest begehrt gegen Jupiter auf (in Sartres *Fliegen*), er nimmt das göttliche Geschick nicht an, sein Dasein will er als einen eigenen

Entwurf. Kürmann (in Frischs *Biografie*) begehrt noch gegen den eigenen Entwurf auf; er will sich anders haben können, sein Dasein beginnt nicht »jenseits der Reue und Verzweiflung«, sondern mitten darin.

»Sie haben gesagt: Wenn Sie noch einmal anfangen könnten in Ihrem Leben, dann wüßten Sie genau, was Sie anders machen würden«, hält der Registrator Kürmann vor. »Was die Wirklichkeit nicht gestattet, das gestattet das Theater: zu ändern, noch einmal anzufangen, zu probieren, eine andere Biografie zu probieren [...].« Was wird anders, wenn wir in Kenntnis der Folgen unseres Tuns noch einmal neu einsetzen dürfen? Wird überhaupt etwas anders? Sind wir frei zu beliebigen Varianten unseres Verhaltens oder nicht doch bestimmt durch eine geheime, allen Zufällen zugrundeliegende, nie festzulegende und doch wirksame Identität unserer selbst? Die Feststellung, im Zentrum von Frischs Werk stehe das Identitätsproblem, ist nachgerade banal geworden; so oft hat man sie bereits gehört. Vielleicht ist aber die Frage nach dem Sich-selbst-gleich-sein der Person nur die vordergründige Erscheinung eines viel radikaleren Zweifels, der noch die einzige Gewißheit auflöst, die der cartesische Zweifelsversuch übriggelassen hatte. »Ich denke, also bin ich«, hieß es bei Descartes, der an allem, was unsere Sinne und unsere Erfahrungen uns darbieten, glaubte zweifeln zu dürfen, nur eben an jenem Ich-Erlebnis nicht, das noch in meinem Denken enthalten ist, wenn ich mir vorstelle, alles andere könnte nicht sein; denn wer denkt dies, wenn nicht ich selbst? Ich denke, also bin ich. Meine Freiheit gewinne ich gegenüber den Dingen, indem ich sie anders denken kann, als sie sind; so kann ich sie auch verändern.

Wie steht es indessen mit mir? Auch ich wandele mich und setze doch voraus, daß in dem Kind und dem Jüngling, der ich war, und dem Manne, der ich bin, etwas Gemeinsames ist, das mich berechtigt, »Ich« zu sagen, wenn ich von meiner Kindheit spreche. Die fatale Logik, die fordert, daß A gleich A ist, macht mich zum Gefangenen meiner selbst: Ich bin ich, und ich kann mir nicht entrinnen. Wohl kann ich mir vorstellen, daß ich dies und das in meinem Leben anders gemacht hätte und daß dieses Leben dann auch anders verlaufen wäre; aber ein Gesetz der unerbittlichen Logik behauptet dann, diese andere Biographie sei nicht mehr die meine, diese vorgestellte Person sei nicht

mehr mit mir identisch. Also, folgert man, muß ich meine Vergangenheit annehmen, nur in die Zukunft hinein ist mir ein Stück Freiheit der Entscheidung, so oder anders zu handeln, noch offen.
Wirklich Freiheit? Bin ich nicht bestimmt durch das, was gewesen ist (und was, nach Hegel, das Wesen ist)? Durch die Folgen des einmal Geschehenen, durch die Wirkungen, die die Vergangenheit auf die Gegenwart ausübt? Bin ich wirklich frei, wenn ich nicht rückblickend mich revidieren kann? Die Wirklichkeit läßt solche Revision nicht zu, was geschehen ist, kann nicht rückgängig gemacht werden. Der Abenteurer, der alle Brücken hinter sich abbricht und unter neuem Namen irgendwo ein neues Leben beginnt, versucht es wohl, seine Vergangenheit durchzustreichen: Doch wer ist ein Abenteurer, der vor sich selbst in den Urwald Brasiliens oder als Clochard unter die Seinebrücken von Paris flieht? Der Schelmenroman erzählt uns solche Lebensläufe, in der Kunst imaginieren wir, was das Leben uns verweigert.

Von einer Reprivatisierung des Theaters hat Max Frisch ein Septennium nach *Andorra* gesprochen und sich damit, wenigstens für eine Phase seiner Entwicklung, von der politisch engagierten Schaubühne losgesagt, für die Stücke wie *Biedermann* und *Andorra* geschrieben waren. *Biografie* knüpft nun eher wieder an früheste Versuche an, nimmt etwa eine Thematik auf, die schon in *Santa Cruz* gegeben war: die Spannung zwischen Wirklichkeit und Möglichkeit, zwischen der Realität des Lebens und dem Spiel der Phantasie. Im Erstlingsstück – zweiundzwanzig Jahren vor *Biografie* – heißt es schon: »All das hier – ich glaube nicht mehr, daß es für mich das einzig mögliche Leben gewesen sei.« Auch da schon schieben sich Möglichkeit und Wirklichkeit ineinander als Traum und Leben, und auch da schwindet die Möglichkeit des anderen Lebens dahin, »weil keiner ein anderes Leben hätte führen können als jenes, das er führte«.
Doch Frisch ist inzwischen älter geworden. Was in *Santa Cruz* eine Romanze war, mit wehmütigem, vielleicht sentimentalem Unterton, ist nun eine harte Reflexion geworden, mit bitterem Geschmack; Resignation hier wie dort, damals vergoldet, jetzt verharscht. Aus dem gefesselten Poeten ist ein nüchterner Re-

gistrator geworden, keine metaphysische oder ästhetische Instanz, sondern das fremde Auge, das unser Ich objektiviert. Es gibt kein Hawai mehr, wo der Knotenstock Blüten trägt, sondern nur noch die »gratuité«, die alles gleichgültig macht, was geschehen ist: jene Zufälle, die auch hätten anders sein können – und doch lohnt es sich kaum, sie anders zu denken. Im bloß Privaten ist der Schlüssel zur Existenz nicht zu finden, und es ist bezeichnend, daß die zwei einzigen Determinanten, zu denen Kürmann sich bekennt, überindividuelle, nicht bloß private Bedeutung haben: die Rettung flüchtiger Juden vor ihren Verfolgern als ein spontaner Akt menschlicher Solidarität und die wissenschaftliche Entdeckung, die ihn berühmt gemacht hat. Hätte sich nicht von diesen Konstanten her ein Sinnhorizont menschlicher Möglichkeiten entwerfen lassen? Doch Frisch hat bekundet, daß er aus dem Bereich des Engagements auszuziehen gedenke, und so muß er die Entscheidungen seines Helden ganz allein aus den Irrungen, Wirrungen des isolierten Ich entwickeln. Er tut das mit Konsequenz, indem er der Biographie Kürmanns jede objektive Relevanz nimmt, sie aus jedem verbindlichen Motivationszusammenhang löst.

Kürmann bastelt an einem Modell seines Lebens, wechselt da und dort Teilstücke aus, steril wie im Reagenzglas, ohne Rücksicht auf die Umwelt, unter streng experimentellen Bedingungen. Ein Charakteristikum moderner positivistischer Wissenschaftsgesinnung drückt sich in der Art aus, wie dieses Experiment mit dem eigenen Dasein geführt wird, obschon der Impuls, das Aufreißen von Möglichkeiten, zu noch ganz anderen Tiefen weitertreiben könnte.

Frischs Dramen zeichnen sich aus durch luzide Form, vergleichbar der auf den Bildern seines Architektenkollegen Max Bill; Baumeistern ist konstruktive Klarheit zur zweiten Natur geworden, welchem Metier sie sich auch zuwenden mögen. Ein Lebenslauf ist ein Gefüge von Handlungen mit einem Haupttrakt und Nebentrakten. Da und dort in der Abfolge der Ereignisse gibt es zufälliges Verhalten, willkürliche Entscheidungen, die das weitere determinieren; an dieser oder jener Stelle – beileibe nicht an allen – hätte man anders handeln können. Wenn auch ein Schritt, einmal getan, die nächsten konsequent nach sich zieht, so ist doch das Ganze der Wirklichkeit kontingent: wir haben die Chance der Eröffnung, und im

Laufe der Partie die Wahl, die eine oder andere Richtung einzuschlagen. Was aber geschieht, bleibt immer eine »vérité de fait«; nie kommt ihm die metaphysische Absolutheit einer »vérité de raison« zu. Erst die Serie der Möglichkeiten in ihrer Gesamtheit bezeichnet die metaphysische Existenz eines Menschen; sie ist seine Wahrheit.

Die Wirklichkeit ist kontingent, aber irreversibel. Obschon weder notwendig noch wahr, sondern einfach bloß tatsächlich, zwingt uns das Gewordene seine Folgen auf. Wir entgehen ihnen nicht, wenn wir vielleicht auch Gelegenheit haben, sie mit neuem Aufwand und Einsatz abzuwenden. Gegen diese stumpfe Empirie empört sich der freie Geist; er denkt Möglichkeiten, verfolgt die Alternativstränge, die verworfen wurden, rekonstruiert Sachverhalte, um sie in anderer Richtung weiterzuentwickeln; die Elemente der Wirklichkeit stehen ihm zur Deduktion von Möglichkeiten zur Verfügung – »etwa wie beim Schachspiel, wenn wir die entscheidenden Züge einer verlorenen Partie rekonstruieren, neugierig, ob und wo die Partie wohl anders zu führen gewesen wäre«. Das Bewußtsein, das mit den Möglichkeiten spielt, hat eine andere Seinsebene als die Wirklichkeit, die sie ausschließt. Es gleicht dem Spiegel, der die Wirklichkeit in sich aufnimmt, aber nur virtuell; und eine andere Neigung der Spiegelebene verschiebt die Perspektive, läßt die Dinge in anderen Konfigurationen erscheinen.

Solch eine Spiegelebene legt Frisch quer zur Wirklichkeit. Ein Lebenslauf wird unter verschiedenen Neigungswinkeln reflektiert; er wird also als Bewußtseinsvorgang reproduziert. Frisch unternimmt es mithin, die ontologische Differenz von Wirklichkeit und Möglichkeit auf der Bühne auszuspielen. Hat es sonst das Theater immer mit einer Faktizität (und sei es auch einer erdachten) zu tun, in der Möglichkeiten nur als verbale innerhalb der Fabel vorkommen, so werden sie hier zur Fabel selbst: Möglichkeiten nicht *in* der Handlung, sondern *als* Handlung. »Der Zuschauer soll nicht darüber getäuscht werden, daß er eine Örtlichkeit sieht, die nur mit sich selbst identisch ist: die Bühne. Es wird gespielt, was ja nur im Spiel überhaupt möglich ist: wie es anders hätte verlaufen können in einem Leben.«

Es gibt einen einfachen technischen Trick – einleuchtender als alle filmischen Formen des Rück- und Überblendens –, um diese

Ebenen von Realität und Virtualität sichtbar zu machen: den Wechsel von Arbeitslicht und Spiellicht auf der Bühne. Durch einen einfachen Beleuchtungseffekt wird die Bewußtseinslage als Spiegelebene der Wirklichkeit und dann als virtuelles Bild gekennzeichnet. Arbeitslicht – Spiellicht: Dieser Wechsel ist also entscheidend, um die Bewußtseinsebenen kenntlich zu machen, innerhalb deren eine Szene abläuft. Die Erkenntnistheorie unterscheidet zwischen dem unmittelbaren Verhältnis zur Wirklichkeit, der intentio recta, und dem reflektierten, das nicht nur die Realität, sondern auch das Wissen um die Realität in sich aufnimmt, der intentio obliqua. Die Beleuchtungsanweisungen des Autors betreffen darum die Essenz des Stückes: »Der Wechsel von Arbeitslicht und Spiellicht bedeutet nicht Wechsel von Illusion und Realität; sondern das Spiellicht zeigt an, daß jetzt eine Variante probiert wird, eine Variante zur Realität, die nie auf der Bühne erscheint. Insofern bleibt das Stück immer Probe.« Um die dramaturgische Konstruktion zu begreifen, muß man nur genau die Anmerkungen Frischs lesen. »Nicht die Biografie Kürmanns, die banal ist, sondern sein Verhältnis zu der Tatsache, daß man mit der Zeit unweigerlich eine Biografie hat, ist das Thema des Stücks, das die Vorkommnisse nicht illusionistisch als Gegenwärtigkeit vorgibt, sondern das sie reflektiert.« Theater als Ort der Reflexion: was auf der Bühne geschieht, stellt nichts dar, sondern ist nur es selbst, eben Spiel, Probe, Erprobung im Spiel, Theater an sich.

Zur literarischen Substanz eines solchen Stücks gehört seine Bühnenrealisation. Es muß darum von Inszenierungen gesprochen werden, wenigstens von paradigmatischen.

In Zürich, bei der Uraufführung, sah es so aus: Scheinwerfer für die Wirklichkeit, in der Kürmann nackt sich selbst ausgesetzt ist, vom Registrator seinen Lebenslauf nüchtern und ohne Illusionen, als reine Faktizität zu hören bekommt; große Lampen über der Mittelbühne für die Szenen, in denen Kürmann die Möglichkeiten seines Verhaltens, die Varianten seiner Biographie durchexperimentiert. Diese Trennung müßte so scharf wie möglich vollzogen werden. Sie gelang in Zürich nicht völlig, war vielmehr gar nicht so absolut beabsichtigt; die Qualität von Arbeits- und Spiellicht war nicht immer hart genug gegeneinander abgehoben, die Übergänge, die als Schnitte erscheinen sollen, waren manchmal zu gleitend, so als ob Wirklichkeit und Möglichkeit ineinander verschwimmen könnten.

Damit war festgelegt, wie der Regisseur (Leopold Lindtberg) das Stück auffaßte: Nicht so sehr als Dialektik des Bewußtseins, das zu sich selbst in Distanz tritt und an sich selbst erprobt, wie aus »Eingabe« und »Rückmeldung« (um in Ausdrücken der Kybernetik zu sprechen) sich ein variables Geflecht von Tatsachen ergibt; sondern als Theater, in dem ein Stück so lange geprobt wird, bis es als Bühnenwirklichkeit steht. Arbeitslicht bezeichnet dann die Regiegespräche, Spiellicht den Probenablauf – und diese Auffassung ist durchaus möglich und in Frischs Selbstinterpretation so gut angelegt wie die Bewußtseinsdialektik. Sie ist allerdings vordergründiger, selbstverständlich auch dem Theater geläufiger, aber macht von der erregenden Chance, Metaphysik ins Spiel zu bringen, das Kontinuum der Zeit aufzusprengen, keinen Gebrauch. Sie betont die komödiantische, nicht die intellektuelle Seite des Stücks.

Eine solche Auffassung hat natürlich ihre Folgen. Der Registrator, Medium der Objektivation und somit eigentlich die Person gewordene Selbstkontrolle Kürmanns (oder die Bedingung der Möglichkeit zu seiner Freiheit), wird dann zum Spielleiter, der mit Kürmann dessen Rolle probt, bis sie ihm sitzt. Das Individuum erscheint als Träger einer Rolle, aber nicht einer soziologisch determinierten, sondern einer theatralischen, es ist ein Schauspieler, der seine Masken wechselt, vielleicht auch ein Lebewesen, das sein Verhalten anpaßt. Das Problem des *Gantenbein* schiebt sich nach vorn. Was aber in *Biografie* über den *Gantenbein* hinausweist, das am Schluß eindeutig anvisierte Verhältnis von Freiheit und Bedingtheit, Freigabe aus wechselseitiger Bedingtheit, kommt dabei zu kurz, weil es nur aus der Dialektik der Bewußtseinsebenen recht zu fassen ist. Und in die Gestalt des Registrators kommt ein Bruch, denn diesen Schluß kann er eben nicht als Spielleiter, sondern nur als Instanz der Reflexion verbindlich machen.

Die Regiekonzeption, Theaterprobe und nicht Bewußtseinsexperiment zu spielen, macht auch die Geringfügigkeit der Unterschiede in den Varianten des Lebenslaufs noch deutlicher. Tatsächlich ändert Kürmann nicht viel – vor allem im zweiten Teil, wo nicht mehr das Vorleben, sondern nur noch der Ehe-

konflikt im Mittelpunkt steht. Es geht um Nuancen, also um Regiearbeit am eigenen Leben; nicht mehr um Grundsätzliches.
Eintönigkeit, ja Langweiligkeit wird dadurch erzeugt, auch durch das penetrante Beharren auf dem Privaten, das durch die eingeblendeten historischen Gerüstdaten – Anmerkungen des Registrators – in seiner Jämmerlichkeit und Bedeutungslosigkeit nur noch verstärkt wird. Mag sein, daß das Zürcher Publikum sich in dieser Verwicklung von Seitensprung und Eifersucht wiedererkannte, man spürte belustigt-selbstspiegelnde Reaktionen unter den Premierenbesuchern. Wichtig kann dieses Spielchen für uns nicht werden, und junge Leute werden vollends den Kopf darüber schütteln: Deine Sorgen möcht' ich haben! Diese Wirkung ist unausbleiblich, betont man den Probencharakter des Stücks – denn dann wird der Inhalt dessen, was geprobt wird, als Gegenstand der Handlung zentral. Legt man hingegen Querschnitte durch Bewußtseinsebenen (in Weiterentwicklung etwa des Ansatzes von Arthur Millers *Sündenfall* durch die Einführung der Variablen), so können diese Querschnitte selbst als Gegenstand der Handlung Interesse beanspruchen.
Bei der Aufführung der Münchner Kammerspiele war mehr noch als in Zürich die Langeweile zu spüren, weil der Regisseur (August Everding) anders als Lindtberg auch noch den Zauber der Theaterprobe weggelassen hatte. Sein Registrator arrangierte das Spiel als ein Match zwischen Kürmann und Antoinette, wohl wissend, daß die Entscheidung über die Freiheit des Professors, der dieser Antoinette verfallen ist, allein von der Frau abhängen wird, die ihn am Gängelband führt. In dieser Deutung wird Antoinette also zum Angelpunkt, ein erotisches Faszinosum, dem Kürmann sich nicht entziehen kann, eine Frau mit dem Charme der eleganten, oberflächlichen Salondame, die mit einiger Koketterie Kürmann dahin bekommt, wo sie ihn haben will. Allerdings wird damit die Figur unstimmig, denn die Intention auf die eigene Galerie, gar auf einen kleinen Verlag, die intellektuelle Übersetzerin und Adorno-Schülerin kann man einer auf Weibchen getrimmten Antoinette nicht glauben.
In dieser Fassung muß die Vorgeschichte von Kürmanns Leben den Charakter von episodischen Einlagen bekommen, eine Art

Rückblick nach dem Motto: »Hätte ich's anders machen wollen? – Nein, eigentlich nicht.« Was dann bleibt, ist eine Strindbergehe, aus der Tragödie in die Komödie übersetzt. Und der Registrator, der ja weiß, wie der Hase läuft, entwickelt eine männliche Kameraderie mit Kürmann, das etwas mitleidige Einverständnis des von der Leidenschaft nicht getroffenen Geschlechtsgenossen, der doch auch seinen maskulinen Respekt vor der femme fatale, die Hochachtung mit leisem Pfiff zwischen den Zähnen, nicht verbergen kann. An solcher Mißdeutung ist Frisch sicher nicht unschuldig: die allzugroße Privatheit von Kürmanns Lebenslauf, von seinem Selbstverständnis, verführt dazu, die oberflächlichste Sicht, die auf das Eheproblem, thematisch zu machen. Der Inhalt des Stücks steht seinem eigentlichen Problem im Wege.

Allerdings ist auch der äußerste Gegensatz dazu spielbar – und gegenüber München und Zürich arbeitete Harry Buckwitz in Frankfurt ein ganz anderes Stück heraus. Eine große, konkav geschwungene Projektionswand schloß die breite Bühne nach hinten ab; davor rechts das Arbeitszimmer Kürmanns in ein Rund auf weißem Teppich gefaßt, sehr modern, von Bücherregalen und Hausbar rückwärts begrenzt, Ledersessel, Rauchtisch aus Glas, ein Schreibtisch, eine breite Liege: der Kreis dieses Zimmers ist der Lebens- und Geschehensraum, in dem die Gedanken kreisen; außerhalb, links auf der Bühne, die Requisiten der Vergangenheit: das Boot, in dem Kürmann die Mulattin Helen liebte, das Sterbezimmer der Mutter, der Sessel der Arztpraxis. Ganz vorn an der Rampe ein Regiepult, der Platz des Registrators. Das Bühnenbild artikulierte das Spiel, bevor es begonnen hatte. Man konnte es bei offenem Vorhang studieren, als Ort und Indiz der Handlung; und man las die projizierten Sätze: »Wie, wenn man das Leben noch einmal beginnen könnte, und zwar bei voller Erkenntnis? Wie, wenn das eine Leben, das man schon durchlebt hat, sozusagen ein erster Entwurf war, zu dem das zweite die Reinschrift bilden wird! Ein jeder von uns würde dann bemüht sein, sich nicht zu wiederholen, zumindest würde er für sich selbst eine andere Lebensweise schaffen.«

Antoinette kommt, dann der Registrator. Er erklärt ihr, worum es geht: Kürmann darf sein Leben noch einmal leben, er kann sich, wann und wo er will, anders entscheiden. Antoinette nickt, nimmt Platz. »Demonstrationslicht!« ruft der Registrator; grelle Scheinwerfer flammen auf, verstärkt durch das harte Weiß der Projektionswand; sie leuchten die Bühne unerbittlich aus, wie das helle, wache Bewußtsein des Menschen, der sein Leben in schlafloser Nacht Revue passieren läßt. Das Spiel beginnt.

Ein so gesetzter Anfang entscheidet den Sinn des Stücks. Quälende, unerträgliche Konturenschärfe der Vorstellung; jede Geste entlarvt sich zugleich als Indiz, als Reflexion der Möglichkeiten auf dem Niveau des Wissenschaftlers, des Verhaltensforschers, der sein eigenes Verhalten (und dessen denkbare Varianten) unter die Lupe nimmt. Gedämpfter, dämmriger die Augenblicke des Sinnierens, wenn er mit sich, beziehungsweise mit dem Registrator, über sich selbst und sein Leben spricht. Im einschneidenden Lichtwechsel sieht man die Bewußtseinsebenen umspringen.

Der Registrator ist dann scharf, hart, ohne Wohlwollen; zugleich Inquisitor und Regisseur, der das Spiel arrangiert, fast wie einen Schauprozeß arrangiert, um dem Angeklagten zu beweisen, daß er sich unentwirrbar in die Konsequenzen seines eigenen Wesens verstrickt hat. Die Geringfügigkeit der Varianten, die Kürmann an seinem Leben anbringt, wird nun nicht zur Eintönigkeit, sondern zum Urteilsgrund: wir hätten schon erwarten dürfen, daß ein Mann von der Intelligenz Kürmanns aus seiner Chance etwas anderes machen würde. Er hat die Möglichkeit verschenkt, passiv, egozentrisch, introvertiert. Er gleicht der Möwe 411, an der er den »Kürmann'schen Reflex« entdeckt hat. Und der Registrator läßt ihm keine Illusion, er zwingt ihn zur Konsequenz der Selbsterkenntnis.

Dann wird auch das Private an Kürmann durchsichtiger: der gehemmte, nach innen gekehrte Wissenschaftler, von Berufes wegen zur Entäußerung an Sachliches gezwungen, hat in sich ein großes Liebesbedürfnis verkapselt. Die Diskrepanz zwischen Arbeit und Leben führt zur Unfreiheit im Persönlichen, zur Verstrickung in kleinbürgerlichen Fixierungen. Diesem Kürmann hält der Registrator mit Recht vor: »Ist Ihre Ehe Ihr einziges Problem?«

Komplexe, sofern nicht ihre gesellschaftliche Bedingtheit aufgezeigt wird, sind sehr private Angelegenheiten. Kürmanns Biographie bleibt darum ein Privatissimum, wie man die Darstellung auch anfassen mag. Buckwitz suchte dem unverbindlichen Individualismus zu entgehen, indem er die historischen Gedächtnisstützen des Registrators durch Wochenschau-Aufnahmen, auf die Projektionswand geworfen, optisch aktualisierte. Die Deutlichkeit, mit der diese Ausschnitte sich als Wirklichkeit aufdrängten, machte allerdings die bloße Privatheit Kürmannschen Lebens um so nichtssagender. Gewollt oder ungewollt hat Buckwitz hier auf das Stück selbst noch einmal kritisch reflektiert, hat er also die Belanglosigkeit des Lebenslaufs, die Gleichgültigkeit, mit der Kürmann den großen Problemen seiner Zeit begegnet, bloßgestellt und damit den Mangel des Spiels entlarvt, indem er ihn korrigierte.

Im Spiel ist's möglich, noch einmal von vorn anzufangen, das Geschehene als ungeschehen zu denken, seiner Biographie versuchsweise eine andere Wendung zu geben. Statt unwiderruflich zu leben, können wir uns vorstellen, auf die eine oder andere Weise zu leben. Im Spiel nehmen wir uns eine Freiheit, die uns nicht aus dem Handeln, sondern aus der Reflexion darauf zuwächst. Es zeigt sich, daß es Handlungen gibt, an denen man nichts ändern möchte; sie sind gleichsam die Fixpunkte, an denen unser unwandelbares Selbst zutage tritt. Durch einen kleinen Trick rettete Kürmann 1940 einer jüdischen Flüchtlingsfamilie das Leben; das möchte er nicht rückgängig machen, also muß er bis dahin alles so akzeptieren, wie es geschah. Dreiundzwanzig Jahre müssen in Kauf genommen werden, vor allem die Trennung von Helen, der Geliebten in San Francisco, um nach Deutschland zurückzukehren: vier Menschenleben sind wichtiger als der Verzicht auf ein mögliches eigenes Glück. Dies und die große wissenschaftliche Leistung sind die beiden unverzichtbaren Konstanten, an denen er auch in den durchgespielten Varianten seines Lebenslaufs festhält: Koordinaten seiner Haltung, seines Ethos, seiner Persönlichkeit. Das charakterisiert den Mann. Dem Spiel mit sich selbst hat er Grenzen gesetzt, Merkmale seiner Identität werden faßbar. Die Person kann sich nicht auflösen; damit Reflexion möglich sei, muß es eine Reflexionsebene geben, auf der das Spiegelbild entsteht. Warum aber dann nachher der Rückfall in die kleinbürgerliche Enge?
Situationen werden zurückgespiegelt. Durch einen kleinen

Schritt zur Seite, durch eine geringfügige Wendung wird der Kontext verändert, neue Umstände ergeben sich, andere Konsequenzen folgen. Und doch bleibt das Grundmuster erstaunlich ähnlich. Denn in der Reflexion auf uns selbst vermögen wir zwar unseren Part anders zu spielen, nicht aber ändern wir die anderen, mit denen wir es zu tun haben. Wir können uns Freiheit von uns selbst nehmen, doch die Welt, in der wir stehen, bleibt dieselbe – bis auf die winzigen Änderungen, die unser eigenes Anderssein ihr zufügt. Nicht zufällig ist Kürmann gerade Verhaltensforscher. Die meisten unserer Handlungen sind Reaktionen auf eine Herausforderung der Umwelt, vorbestimmt durch diese, variabel nur in engem Rahmen. Das Leben – ein Schematismus von »challenge and response«. Um uns freizusetzen, müßte nicht nur die Verhaltensantwort freigesetzt werden, sondern auch der provozierende Auslöser. Zweimal versucht Kürmann den Neuanlauf, und er kann ihm nicht glücken, solange Antoinette ihre alte Rolle spielt. Erst zum Schluß macht auch sie mit; was er von Anfang an wollte und unter ihrer Herausforderung nicht konnte: Ihr zu entgehen, macht sie nun möglich, indem sie geht. Und der Registrator stellt fest: »Jetzt ist sie weg. – Jetzt sind Sie frei.« Freiheit von mir selbst kann ich nicht finden, wenn nicht der andere sie mir läßt. Sie ist, selbst in der privatesten und intimsten Sphäre, ein gesellschaftliches Phänomen.
Natürlich gibt es Unausweichliches, das der Mensch nicht ändern kann: Naturereignisse, Krankheiten, den Tod. Doch davon handelt das Spiel nicht, die »Naturschranke« ist nur seine äußerste Grenze. Es geht um das Verhältnis des Menschen zu sich selbst, um den Zufall in der Biographie, um Freiheit und Unfreiheit in der Beziehung zu den anderen.

Biografie bleibt Spiel um seiner selbst willen, also absolutes Theater als Mittel, die Seinsweise des Bewußtseins – Freiheit zu konkurrierenden Möglichkeiten – in Szenen zu inkorporieren. Und welches intellektuelle Drama ist nicht in der Tat das Spiel der Möglichkeiten in jenem idealen Reich der Freiheit, von dem uns in der Welt nur der schwache Abglanz, die Kontingenz, erfahrbar wird! Das ist nicht philosophisches Theater als Umsetzung von Ideen, sondern Philosophie selbst, ihr eigenstes Corpus, als Drama. So hoch zu greifen, bringt allerdings Gefahren mit sich. Wer den Satz des Pythagoras auf eine Formel gebracht hat, dem wird das Dreieck unwesentlich, an dem er den Beweis vorexerzierte. So tritt für Frisch die banale Biographie des Herrn Kürmann hinter dem Abenteuer zurück, die Möglichkeitsreihen durchzuproben, die in jeder beliebigen Biographie liegen. Im Grunde ist es belanglos, was Herrn Kürmann zustößt; nur daß es hätte anders sein können, ist wichtig. Hier aber rächt sich nun das Theater an der Philosophie. Weil uns die Biographie des Herrn Kürmann in ihrer Bedeutungslosigkeit nicht interessieren kann, bleibt auch das Spiel der Möglichkeiten schattenhaft. Was soll's, fragt man ungeduldig. Was geht mich schon ein Mann an, der bloß, um künftigen Eheschwierigkeiten zu entgehen, vielleicht jetzt lieber die politischen Schwierigkeiten einer KP-Mitgliedschaft auf sich nimmt? Warum dieser Schlüssellochblick ins fiktive Privatleben? Anders gefragt: welche persönlichen Wahlentscheidungen gäbe es nicht heute, die uns mit Geschichte, das heißt mit den Bedingungen unserer Zeit konfrontieren würden? Man denke sich einen jungen Amerikaner, der in den Vietnam-Krieg geschickt werden soll! Geht er und wird zu einem Henkersknecht, der andere foltert und tötet? Verweigert er den Kriegsdienst und kommt ins Gefängnis? Desertiert er in ein neutrales Asyl? Kann man nicht Schicksale imaginieren, die wichtiger sind als die Lebenslüge eines ichbezogenen Professors, und in denen mehr Wahl, Möglichkeit, auch Zufall auftauchen mögen?

»Ich habe es als Komödie gemeint«, schreibt Frisch im Nachwort zu *Biografie*. Nur im Reich der Notwendigkeiten kann es Tragödien geben; Ödipus, der dem Zwang des Orakels entrönne, weil er sich bei der Schäferin verweilt, wäre kein tragischer Held. Wo das Denken mit den Möglichkeiten des Daseins spielt, werden tragische Konflikte gleich wieder aufgehoben. Die Komödie entlarvt hier die Unwahrheit der Redensart »wenn ich noch einmal anfangen könnte, wüßte ich genau, was ich anders machen würde«. Wie wenig können wir anders machen, wenn die anderen nicht mitmachen. Die reine Innerlichkeit des Vorsatzes ist zuwenig: Wir verändern unser Leben, wenn wir die Welt verändern.

Frisch hat eine großartige Formidee an einen nichtssagenden Stoff verschwendet. Und wenn ich auch verstehe, daß gerade um der Reinheit der Form willen, die ja selbst zum Gegenstand der Handlung wird, der Stoff so läppisch bleiben sollte – so überzeugt mich doch dieser Purismus theatralisch nicht. Ich könnte mir denken, daß man zum *Aufhaltsamen Aufstieg des Arturo Ui* Varianten entwickeln möchte, die historische Möglichkeiten sichtbar machen und zur Diskussion stellen würden (der Titel fordert zu solchen Denkübungen ja geradezu auf). Derart gäbe es sicher manches zu ersinnen. Kürmanns Eheprobleme als Leitfaden einer Möglichkeiten-Revue sind zuwenig. Doch seien wir nicht zu streng: vielleicht ist *Biografie* nur ein Übungsstück für die großartige Klaviatur einer neuen Bühnendarstellung. Was Frisch als dramaturgisches Mittel hier erprobt hat, kann jedenfalls zu einem subtilen und adäquaten Instrument des Theaters im wissenschaftlichen Zeitalter werden.

1968

Beda Allemann
Die Struktur der Komödie bei Max Frisch

Vielleicht ist die beherrschende Position der beiden Schweizer Frisch und Dürrenmatt unter den Stückeschreibern deutscher Zunge heute nicht mehr ganz so ausgeprägt und fast absolut wie noch zu Beginn dieses Jahrzehnts. Andere, meist jüngere Autoren machen ihnen seit einigen Jahren das Interesse der literarischen Öffentlichkeit und des Theaterpublikums streitig. Nach wie vor aber besitzen Dürrenmatt und Frisch beinah ein Monopol auf regelmäßig sich wiederholdende Bühnenerfolge, und ihr bisher vorliegendes szenisches Œuvre wird an Wirkung von keinem anderen eines lebenden deutschen Schriftstellers übertroffen. Einzelne schwächere Leistungen, die auch ihr Werkkatalog aufzuweisen hat, werden rasch vergessen und vermögen das Bild nur leicht zu trüben. Zumal im Bereich der zeitgenössischen deutschen Komödie stehen sie unangefochten da. Es rechtfertigt sich so fast von selbst, Frisch und Dürrenmatt an das (vorläufige) Ende eines Überblicks über das deutsche Lustspiel zu stellen.

Lediglich den großen Schatten des toten Bert Brecht haben auch die beiden Schweizer zu fürchten – er setzt einen kritischen Maßstab, dem sie sich um so weniger entziehen können, als ihre eigene Wirksamkeit für die Bühne deutlich genug die Spuren einer unmittelbaren Auseinandersetzung mit Brecht zeigt.

Sein episches Theater hat sie von theatralischen Konventionen befreit, die bei ihren Vorgängern in der Geschichte der deutschen Komödie, bei Wedekind und Sternheim, noch wirksam waren. Bis in den Expressionismus hinein weist die deutsche Komödie – allen damaligen Formzertrümmerungs-Parolen zum Trotz – eine Geschlossenheit der dramaturgischen Konstruktion auf und ein Ernstnehmen der konsequenten Handlungsführung, die sich bei Frisch und Dürrenmatt nicht mehr finden. Man muß innerhalb der Tradition der deutschen Komödie auf romantische Beispiele zurückgreifen, um Äquivalente für das unbekümmerte Spiel mit dem Spiel zu finden, das Frisch und Dürrenmatt wieder zum Prinzip erheben.

Es ist angesichts dieses Sachverhalts überhaupt bedenklich, die beiden Schweizer mit ihrem Bekenntnis zur Komödie ohne weiteres an eine gradlinig vorgestellte Entwicklung in der Geschichte des deutschen Lustspiels anzuschließen. Vorsicht ist hier am Platze, um nicht einer unüberprüften Fiktion des historischen Entwicklungsablaufes zu erliegen. Zwar läßt sich ein Zusammenhang sehen zwischen der Maßnahme Sternheims, den Begriff des Helden ins Satirische zu wenden, und den betont anti-tragischen Helden Dürrenmatts, die antitragisch sein müssen aus der Einsicht heraus, daß die Tragödie heute nicht mehr möglich ist. Auch lassen sich ziemlich direkte Wedekind-Reminiszenzen nachweisen, wie sie den Kritikern wiederum Dürrenmatts schon öfters aufgefallen sind. Aber bevor man aus solchen Anklängen und vagen Verwandtschaften zu weitgehende Schlüsse zieht, empfiehlt es sich wohl, grundsätzlich abzuklären, was Frisch und Dürrenmatt denn unter Komödie überhaupt verstehen – oder noch genauer formuliert: Was in ihren Stücken unter dem von ihnen selbst in Anspruch genommenen Titel »Komödie« zum Vorschein kommt. Das ist keine sehr leichte Aufgabe, und es läßt sich voraussagen, daß der konventionelle Komödien-Begriff dabei einer bestimmten, recht weitreichenden Transformation verfällt.
Ohne Brechts Konzeption des epischen Theaters mit all seinen Implikationen ist der Komödienbegriff Frischs und Dürrenmatts nicht sachgerecht zu erfassen. Aber das heißt nun wiederum nicht, daß dieser Begriff lediglich aus Brecht zu übernehmen gewesen wäre. Es handelt sich hier vielmehr um einen komplexen Ableitungsvorgang. Was immer es besagen will, daß Brecht selbst es liebte, sich den neutralen Titel eines »Stückeschreibers« zuzulegen, und wie immer man den Begriff der Brechtschen »Stücke« gattungsmäßig präzisieren will – niemals wird man behaupten wollen, daß die sogenannte nicht-aristotelische Dramaturgie Brechts primär auf eine neue Komödie hinausläuft. Es wird allenfalls möglich sein, nachzuweisen, daß der Brechtsche Oberbegriff des »Stücks« auch noch eine bestimmte Art von Komödie deckt, gleichsam am Rande. Eine recht gewagte und gewaltsame Interpretation der dramaturgischen Absicht und Zielrichtung Brechts aber würde es sein, ihre zentrale Erfüllung im Bereich einer wie immer gearteten Komödie anzusetzen.

Nun, genau diese überraschende und gewaltsame Interpretation der inneren Tendenz der Brechtschen Dramaturgie gibt uns Dürrenmatt in seinen *Dramaturgischen Überlegungen zu den Wiedertäufern* (1967). Er tut es mit dem Recht des produktiven Geistes, dem es nicht um philologisch stichhaltige Brecht-Auslegung geht, sondern um das für ihn Wichtigere: den Weg zu finden, auf dem er auf Brechtscher Grundlage seine eigene Entscheidung zugunsten der Komödie rechtfertigen kann. Man kann ruhig hinzufügen, daß das eine nachträgliche Rechtfertigung ist, mit der ein Weg, der nicht primär theoretisch abgesteckt, sondern durch das Schreiben von Komödien zurückgelegt wurde, aus dem Rückblick nun auch noch als theoretisch konsequent nachkonstruiert wird. Das mindert nicht den Wert dieser theoretischen Konstruktion für die Erkenntnis einer Werkstruktur, deren Autor ihre besondere Eigenart auf dem Hintergrund der maßgebend gewordenen Dramaturgie des Zeitalters behaupten will. [...]
Es war bisher sehr viel von Dürrenmatt und nur beiläufig von Max Frisch die Rede. Das hat seinen einfachen Grund in dem Umstand, daß von Frisch dramaturgische Äußerungen im engern Sinn nicht im selben Umfang vorliegen und daß sie vor allem nicht in derselben Weise konzentrisch auf das Problem der Komödie bezogen sind. Dahinter steht die Tatsache, daß Frisch von den Domänen seines Gesamtwerks her nicht so leicht und vorzugsweise auf das Geschäft des Komödienschreibens festgelegt werden kann wie Dürrenmatt. Wenn bei diesem die Komödien unbestreitbar den Kern des bisherigen Werkes bilden, so stellen sie bei seinem um ein Jahrzehnt älteren Landsmann nur eine bestimmte, wenn auch sehr charakteristische Facette im Gesamtbestand dar. Selbst von den Bühnenwerken Frischs läßt sich nur ein gewisser Teil unter die Rubrik Komödie einordnen – auch dann, wenn dieser Titel im betont weiten Sinn Dürrenmatts genommen wird. Frisch bezeichnet die Gesamtheit seiner Arbeiten für die Bühne wie Brecht als »Stücke«, nicht wie Dürrenmatt als »Komödien«.
Diese zunächst einmal äußerlich feststellbare Differenz hat ihre präzisen Ursachen im schriftstellerischen Grundansatz der beiden Autoren. Die Übereinstimmung zwischen ihnen geht trotz manchen offensichtlichen Gemeinsamkeiten nicht so weit, daß man nicht Verständnis dafür haben müßte, wenn sie selbst es

inzwischen längst leid geworden sind, von der Literaturkritik immer als Dioskuren behandelt und in einem Atemzug genannt zu werden. Sie wehren sich mit Recht gegen diese Simplifikation. Aber andererseits läßt sich mit ebensoviel Recht feststellen: Wenn es einen bestimmten Bereich gibt, in welchem sich die künstlerischen Intentionen von Frisch und Dürrenmatt besonders eng berühren, so ist es der Bereich der Komödie. Im Rahmen der Frage nach der Struktur der Komödie bleibt es deshalb legitim, zunächst einmal die Gemeinsamkeit zu betonen.

In dem jüngsten Stück Max Frischs, *Biografie*, erhält die Hauptfigur die Möglichkeit, auf der Bühne die letzten sieben Jahre ihres Lebens zu wiederholen, zu variieren, an entscheidenden Stellen die Biographie anders ablaufen zu lassen als sie abgelaufen ist. Die Begriffe von Notwendigkeit und Schicksal werden außer Kurs gesetzt. Der Registrator, der die Akten verwaltet und Kürmann und seiner Partnerin Antoinette bei ihren Versuchen assistiert, das gelebte Leben wiederholend in andere Bahnen zu lenken, er vertritt, wie Frisch in den Anmerkungen zu seinem Spiel ausdrücklich festhält, »keine metaphysische Instanz«.[1] Er ist Spielleiter in einem ganz technischen Sinn. Er bedient seine Klienten, ohne ihr Tun zu kommentieren oder hinter ihrem Rücken eine Verbindung zum Publikum herzustellen. Er spielt nicht Schicksal. Die Figuren sind in ihren Entscheidungen frei. Diese Entscheidungen vollziehen sich auf der Bühne. Sie werden nicht nur nachgespielt, wie etwa in Thornton Wilders *Kleiner Stadt* oder andern vergleichbaren Stücken mit Spielleiterfigur. Der Ort der Handlung ist, wie schon in früheren Stücken Frischs, die Bühne selbst. Der Wechsel zwischen Arbeits- und Spiel-Licht schafft keinen zusätzlichen Illusions-Raum, er besiegelt vielmehr die Konzentration auf das Spiel als Spiel. Man könnte von einer für Frisch spezifischen Form des epischen Theaters sprechen. Die Bühne, als solche im Bewußtsein gehalten, ist der freie Imaginationsraum, der ausdrückliche Spielraum einer gleichsam episch in Variationen sich ergehenden Einbildungskraft. Die Grundthematik wirkt vertraut, und vertraut gerade für den Leser von Frischs Romanen. Wie im Gantenbein-Roman der Erzähler von sich sagen kann, er probiere sich Geschichten an wie Kleider, spielen Kürmann und Antoinette mögliche

1 Max Frisch, *Biografie: Ein Spiel*, Frankfurt am Main 1967, S. 111.

andere Wendungen ihrer Lebensgeschichte durch. Wie frei dieses Spiel mit den eignen, biographisch nicht realisierten Möglichkeiten in Wirklichkeit ist, bleibt allerdings eine offene Frage. Es gibt bei Frisch durchaus eine verborgene Form von Fatalismus, der die Tendenz hat, alle imaginären Variationen des tatsächlich Geschehenen, alle Ausflüge ins Reich der ungenutzten Möglichkeiten auf sich selbst zurückzuwerfen. Stiller, der nicht Stiller sein will, bleibt am Schluß doch er selber. Mit dem Homo faber verhält es sich in komplexerer Form ähnlich. *Biografie* schließlich ist geradezu ein Paradigma für die Schwierigkeit, von der einmal gelebten Existenz in ihrer scheinbaren Zufälligkeit loszukommen – eben weil die Figuren des Spiels nichts anderes versuchen, als ihre Begegnung rückgängig zu machen. Die Bahnen des einmal gewählten Verhaltens haben ihre eigene Schwerkraft. Um so überraschender gelingt am Ende des Spiels die Variante, die die Partnerschaft von Kürmann und Antoinette ungeschehen macht und damit nun die vergangene Wirklichkeit in eine bloße, flüchtige und nichtgenutzte Möglichkeit auflöst. Die erste zufällige Begegnung bleibt nun folgenlos, Antoinette entfernt sich, Kürmann hat seine Freiheit wieder. Der spielleitende Registrator muß es ihm eigens bestätigen: »Jetzt ist sie weg [. . .] Jetzt sind Sie frei.« Kürmann spricht reglos das eine Wort nach: »frei . . .« Auf diese unerwartete Zurücknahme des biographischen Sachverhalts der Ehe mit Antoinette folgt dann allerdings der pointierte Gegenschlag im allerletzten Satz des Spiels, vom Registrator gesprochen: »Sie sind frei – noch sieben Jahre . . .« Dieser Schlußsatz hebt die ganze Vision einer neugewonnenen Freiheit wieder auf, denn die Nennung der Siebenjahres-Frist ist eine deutliche Anspielung auf Kürmanns Krebstod, der unausweichlich bleibt.

Warum? Darauf bleibt das Spiel die Antwort schuldig. Die vorletzte Szene hat die Zukunft mit ihrer letalen Situation vorausgenommen, Kürmann liegt in der Klinik. Frisch läßt ihn sich wehren gegen den Begriff eines unausweichlichen Schicksals. Er hält dem Registrator vor: »Sie haben immer gesagt, ich könne wählen . . . Was kann ich wählen?« Die Antwort des Registrators enhüllt die ganze Dialektik zwischen freier Wahl und blindem Schicksal: »Wie Sie sich dazu verhalten, daß Sie verloren sind.« Die Tatsache des Verlorenseins, der Unaus-

weichlichkeit des Todes wird von Frisch bewußt unpathetisch, geradezu unterkühlt ins Spiel gebracht. In derselben Szene sagt der Registrator über die Fatalität des Krebstodes: »In zehn Jahren vielleicht, wer weiß, oder schon in einem Jahr gibt es ein Heilmittel, aber jetzt ist es noch Schicksal ...« Es ist durchaus konsequent, daß in einem Spiel, das auf die Variierbarkeit des Wirklichen hin angelegt ist, der Begriff des Schicksals eigentlich nichts zu suchen hat. Schicksal ist ein Anachronismus, seine Wirksamkeit dem Umstand zuzuschreiben, daß die Medizin noch nicht ganz so weit ist.
So jedenfalls sieht es in der Perspektive der agierenden Figuren aus. Aber es ist gewiß nicht die letzte Auskunft, die das *Biografie*-Spiel zu geben hat. Dahinter steht das Bewußtsein einer unaufhebbaren Spannung zwischen Freiheit und Notwendigkeit, zwischen Zufall und Schicksal. Das Wesen dieser Spannung kann nicht in die Form eines Lehrsatzes gebracht werden, der sich aus dem Spiel abziehen ließe, weil dieses nichts anderes als seine bühnenmäßig fabulierende Ausschmückung wäre. Das Spiel will die Spannung vorzeigen. Deshalb ist es angemessen, daß es mit seinem Schluß, und zwar im klaren Gegenzug zu seiner Voraussetzung einer unbeschränkten und freien Spielbarkeit, d. h. Veränderbarkeit des Geschehenen, dann eben doch die Unausweichlichkeit des Geschehens akzentuiert.
Was hat das alles nun aber noch, so müssen wir fragen, mit der Struktur der Komödie zu tun? Sind wir nicht sehr weit vom Thema abgeschweift? Die Antwort gibt Frisch selbst mit dem abrupten letzten Satz seiner *Anmerkungen* zum *Biografie*-Spiel: »Ich habe es als Komödie gemeint.«
Mindestens den arglosen Leser muß dieser Kommentarsatz unvorbereitet treffen und entsprechend rätselhaft anmuten. Zudem ist er mehrschichtig, denn es wird in ihm nicht behauptet, daß das Spiel eine Komödie sei, lediglich: »Ich habe es als Komödie gemeint.« Als welche Art von Komödie? Der Ausgang des Spiels ist, wenn man ihn überhaupt so unbefangen festlegen kann, viel eher tragisch zu nennen als komisch, mündet er doch in die Unentrinnbarkeit des bevorstehenden Todes. Wenn das Spiel eine Komödie ist, dann jedenfalls eine solche, die von jeder Komödien-Konvention abweicht.
Damit befinden wir uns aber genau wieder im Bereich der tragi-

schen Komödien-Konzeption, die uns aus der Dramaturgie Dürrenmatts entgegentrat. Der Dürrenmattsche Programm-Satz von der »schlimmstmöglichen Wendung« läßt sich auch auf das Spiel Frischs anwenden. Es liegt eine Form der »Komödie gegen den Strich« vor, eine Komödie, die auf das Gattungsmerkmal des versöhnlichen Schlusses radikal verzichtet, ja den gewohnten Komödien-Ausgang bewußt Lügen straft. In diesem Punkt stimmt Frischs Spiel völlig mit den Komödien Dürrenmatts überein – mit dem *Meteor*, der in den drastischen Ausruf des Helden mündet: »Wann krepiere ich denn endlich!«, oder mit den *Physikern*, deren schlimmstmögliche Wendung am Schluß durch eine ähnliche Technik des Abzugsschachs zum Vorschein kommt wie in Frischs *Biografie*-Spiel.

In den *Anmerkungen* sagt Frisch von Kürmann und seinen Versuchen, ungelebte Varianten seines eignen Lebens zu spielen: »keine Szene nämlich paßt ihm so, daß sie nicht auch anders ein könnte. Nur er kann nicht anders sein.« Wir dürfen beifügen: er kann der schlimmstmöglichen Wendung seiner Biographie, dem Krebstod nicht engehen. Grundsätzlich ist er in derselben Position wie Möbius in den *Physikern* Dürrenmatts, der trotz seiner ungewöhnlich listigen Maßnahmen zur Verheimlichung seiner gefährlichen wissenschaftlichen Ergebnisse nicht verhindern kann, daß sie in die falschen Hände geraten. In derselben Position auch wie Schwitter, dessen clowneske Tragik in einer charakteristischen Umkehrung gewohnter Tragik darin besteht, daß er nicht sterben kann. In all diesen Beispielen kann das Tragische aber tatsächlich nur aus einer komödienhaften Spielanlage heraus erzielt werden. Der Grund dafür ist bei Frisch wie bei Dürrenmatt in der Unmöglichkeit der einen Tragödie zu suchen, die einen unangezweifelten Begriff tragisch-schicksalhafter Notwendigkeit voraussetzen würde. Dieser Begriff kann, wenn seine metaphysischen Grundlagen einmal ins Wanken geraten sind, nicht gewaltsam zurückgeholt werden. Der Autor sieht sich förmlich gezwungen, das Spiel mitzumachen, das Kürmann mit seiner Biographie treibt. Er muß selbst die Utopie übernehmen, daß alles auch ganz anders hätte kommen können und daß in einer Welt, in der keine schicksalhafte Notwendigkeit mehr sichtbar und glaubwürdig ist, jederzeit auch die Freiheit gegeben ist, das Gegenteil des Wirklichen für möglich zu halten.

Allerdings müßte ein solches freies Spiel der Möglichkeiten, würde es die Bühnenhandlung tatsächlich allein und absolut beherrschen, in letzter Konsequenz auf eine unverbindliche und amorphe Improvisation hinführen. Der chaotische Weltzustand, von dem Dürrenmatt spricht, würde sich dann mit kurzschlüssiger Folgerichtigkeit in einer chaotischen Kunstform spiegeln. Der Entschluß, der Komödie der Handlung die schlimmstmögliche Wendung zu geben, baut dieser Gefahr vor.

Einem kritischen Beurteiler der hier entwickelten Dramaturgie drängt sich an dieser Stelle allerdings auch die Frage auf, ob mit der »schlimmstmöglichen Wendung« nicht doch auf eine halbverborgene Weise einfach die alte tragische Notwendigkeit wieder eingeführt werde. Sie wird es, aber nicht mehr unter dem Signet der Notwendigkeit, sondern unter dem des Zufalls. Der Zufall, das ist dabei vorausgesetzt, braucht nicht weniger hart und unerbittlich zu sein als irgendeine Notwendigkeit. Er ist insofern noch grausamer und tragischer, als es von ihm her keinen Rekurs auf eine feste Weltordnung gibt. Er stellt das Dasein vor die Frage der Absurdität. Eben weil Frisch und Dürrenmatt diese Frage ernst zu nehmen gewillt sind, mögen sie sich nicht zum sogenannten »absurden Theater« bekennen, das sich mit der Absurdität der Welt abgefunden hat – und dadurch in ihren Augen unverbindlich wird, ein ideales Instrument in der Hand von Despoten.[2] Die schlimmstmögliche Wendung dagegen ist, obwohl vom Zufall gesteuert, nicht nur phantastisch und imaginär. Es spiegelt sich in ihr eine reale Bedrohung unseres Weltzustands, und sie soll den Zuschauer betroffen machen.

Um so wichtiger ist es für die sachgerechte Erkenntnis der hier vorliegenden Komödienstruktur, daß das paradoxe Wechselspiel zwischen komödienhafter Handlung und Umschlag in die schlimmstmögliche Wendung noch genauer auf seine Bedingungen hin befragt wird.

2 Max Frisch erklärte in seiner Rede zur Eröffnung der 12. Dramaturgentagung in Frankfurt am Main 1964: »Selbst die Poesie des Absurden, das sich ihm zu entziehen scheint, bestätigt das Politische des Theaters; das Publikum, das sich im Absurden befriedigt, müßte einen Diktator entzücken: es will keine Aufklärung von Ursachen, sondern genießen, was es ängstigt, Urlaub in apokalyptischer Gartenlaube [. . .]«. Jetzt in: Max Frisch, *Öffentlichkeit als Partner,* Frankfurt am Main 1967 (edition suhrkamp 209), S. 71 f.

Goethe hat im Alter den Unterschied zwischen Tragödie und Komödie und zugleich den Vorzug der Komödie in den scherzhaften und lapidaren Satz gefaßt: »Niemand will sterben, jedermann heiraten [...]«[3] Goethe steht mit der Bevorzugung der versöhnlichen Lösung nicht allein. Selbst in Hegels *Ästhetik* gewinnt die Komödie einen Vorrang vor der Tragödie. Auch Schiller bekennt sich, wohlverstanden als Theoretiker, zu dieser Rangordnung. Umgekehrt hat das Lustspiel spätestens seit Lessing die Tendenz, sich am Rand tragischer Konflikte zu bewegen. Gerade die anspruchsvollsten Lustspiele der deutschen Literatur zeichnen sich durch diese Tendenz aus, von der *Minna von Barnhelm* über die Komödien Kleists bis zu Hugo von Hofmannsthal.

Es ist notwendig, an diesen ausgedehnten historischen Sachverhalt kurz zu erinnern, um deutlich zu machen, daß die Dramaturgie der tragischen Komödie bei Frisch und Dürrenmatt mit dieser Tradition kaum etwas gemein hat. Hier geht es nicht um die Veredelung der Komödie durch tragische Momente, aber auch nicht um eine metaphysische Versöhnung der tragischen und komischen Weltansicht. Diese Versöhnung ist nur solange möglich, als die Polarität von Tragik und Komik intakt ist. Wo aber die reine Tragödie nicht mehr möglich zu sein scheint, wird auch die reine Komödie zum bloß noch virtuellen Begriff. Das Ergebnis kann jetzt keine kunstvolle Mischform mehr sein. Das Heil wird in paradoxen Spannungsgefällen gesucht.

Deshalb ist die »Komödie«, wie sie Frisch und Dürrenmatt immmer wieder als dramaturgisches Prinzip postulieren, mit keiner historisch bekannten Form dieses Namens identifizierbar. Und mehr als das, sie ist als reine Komödie überhaupt nicht denkbar. Die Berufung auf die Komödie zielt vielmehr auf das Komische und Paradoxe eines Weltzustands, wie er sich in einer modernen Bewußtseinslage spiegelt. Genauer formuliert: Sie zielt nicht auf die Komödie als Formprinzip, sondern auf das Komödienhafte der darzustellenden Abläufe. Komödienhaft sind diese darzustellen, weil sie anders in einer aus den Fugen gegangenen Welt nicht mehr glaubwürdig wären. Der Dürrenmattsche Begriff einer »Komödie der Handlung« gewinnt so einen zusätzlichen Sinn.

3 *Nachlese zu Aristoteles' Poetik*, in: *Goethes Werke*, Hamburger Ausgabe Bd. 12, S. 343.

Unter dieser Voraussetzung läßt sich das Komödienhafte dieser Komödie nicht in der üblichen Weise dingfest machen. Das ist der eigentliche Grund für die Unmöglichkeit einer klaren gattungspoetologischen Einordnung. Am reinsten tritt das Komödienhafte in diesem nicht gattungsmäßigen Sinn dort zutage, wo es sich als reines Spiel mit den Möglichkeiten des Bühnenapparates gibt, als »Komödie spielen« im volkstümlichen Verstand des Wortes. Das durchgängigste Beispiel dafür findet sich im großen historischen Kostümfest, das Frischs *Chinesische Mauer* durchzieht. Mit gutem Recht nennt dieses Stück sich »eine Farce« – was zwar wiederum nicht im gattungsgeschichtlichen Sinn zu verstehen ist, wohl aber als prägnanter Hinweis auf die absolute Narrenfreiheit, die hier zur Verwirklichung des Komödienhaften beansprucht wird.
Es ist ohne weiteres zuzugeben, daß es daneben bei Frisch wie bei Dürrenmatt Komödien gibt, die sich enger an eine konventionelle Komödienform anlehnen. Es sind das jene Stücke, die aus der direkten Umkehrung eines möglichen tragischen Vorwurfs sich als Travestie entfalten. Bei Dürrenmatt ist das deutlichste Beispiel dafür *Romulus der Große*, bei Frisch *Biedermann und die Brandstifter, Ein Lehrstück ohne Lehre*. Gewiß ist auch der besonders bekannt gewordene *Besuch der alten Dame* zu einem guten Teil diesem strukturell einfachen Prinzip der travestierenden Umkehrung verpflichtet. Dieses Prinzip bietet sich von selbst an, wo es gilt, auf dem Umweg über die Komödie das Schlimmstmögliche der tragischen Wendung aus der nicht mehr möglichen Tragödie zu bewahren. Virulenter und interessanter, weil spezifischer aus dem eignen dramaturgischen Ansatz entwickelt, wirken aber andere Stücke, die nicht mehr nur Kontrafakturen einst möglicher Tragödien sind.
Zwar ließe sich auch der *Meteor* allenfalls noch als solche Kontrafaktur verstehen: An die Stelle des notwendigen Untergangs des Helden tritt seine Unmöglichkeit zu sterben. Das ist sogar eine sehr direkte thematische Ausformung der generellen Unmöglichkeit der Tragödie. Aber eben diese Unmittelbarkeit läßt uns zögern, noch von Kontrafaktur zu sprechne. Hier wird nicht ein tragischer Stoff in die Komödie hinübergespielt. Es wird nicht der Tod des Helden verulkt wie in *Romulus* der Untergang des römischen Reichs. Das Motiv des Todes ist von

vornherein so entschieden in das Motiv des Nicht-Todes transformiert, daß für eine ausdrückliche Umkehrung des tragischen in den komischen Aspekt kein Raum mehr bleibt. Die Spielanlage weist hier tatsächlich einmal auf eine reine Komödie. Der Reigen der Besucher, der von der Vitalität der Sterbeversuche Schwitters überwältigt und in einen possenhaften Tod getrieben wird, entspricht strukturell ohne weiteres dem Reigen historischer Gestalten, der Frischs *Chinesische Mauer* durchschwärmt.

Es wird bei dieser Gelegenheit freilich ein äußerlich recht auffallender Unterschied sichtbar in der Art wie Frisch und Dürrenmatt ihre Spieldispositionen zu treffen lieben. Frisch zieht das Denk- und Bewußtseinsspiel vor, das Spiel im imaginären Raum der Einbildungskraft. Die Kostümfiguren der *Chinesischen Mauer* sind Figuren unseres historischen Bewußtseins. Dasselbe gilt für den Don Juan der gleichnamigen Komödie, mit dem Zusatz, daß Don Juan, wie Frisch ihn sieht, selbst ein Denkspieler ist, an Frauen uninteressiert, noch im Bordell am liebsten dem Schachspiel hingegeben. Der nachträglichen Analyse einer Schachpartie vergleicht Frisch selbst später sein *Biografie*-Spiel.

Dürrenmatt dagegen liebt die konkreten Schauplätze, er reichert sie fast bedenkenlos mit Atmosphäre und Lokalkolorit an. Schwitter sucht für seine Sterbeversuche das Atelier seiner Jugend auf, das von Erinnerungen getränkt ist. Das früheste der zur Aufführungsreife gediehenen Stücke Dürrenmatts, *Es steht geschrieben* (1947), empfängt schon, wie zwanzig Jahre später die Umarbeitung zur Komödie in zwei Teilen *Die Wiedertäufer*, einen Hauptreiz aus der Akribie, mit der der detailtrunkene Autor etwa einen Speisezettel reproduziert.

Das ist indes im Hinblick auf die Struktur des Komödienhaften bei Frisch und Dürrenmatt doch nur ein sekundärer Unterschied. Das Entscheidende ist die spielerische Freiheit, die sich in beiden Darstellungsformen manifestiert. In den *Theaterproblemen* koordiniert Dürrenmatt dem Gegensatz von Tragödie und Komödie die Begriffspolarität von Notwendigkeit und Freiheit, und »wir haben heute die Freiheit zu beweisen«.[4] Derselbe Gegensatz und seine Problematik trat uns aus Frischs *Biografie*-Stück entgegen. Komödie ist offensichtlich für beide

4 Friedrich Dürrenmatt, *Theaterprobleme*, Zürich 1955, S. 55.

Autoren in erster Linie eine faszinierende Möglichkeit, Freiheit zu beweisen, oder doch den unablässigen Versuch dazu zu unternehmen, unter Einbezug des unausweichlichen Umschlags in den Fatalismus der schlimmstmöglichen Wendung. Fast könnte man es wagen, in diesem genauen Sinn die beiden Schweizer als Freiheitsdichter zu bezeichnen. Freiheit zeigt sich ihnen nicht als hehres Ideal, wohl aber als farcenhafte Gelöstheit und komödiantisches Vertrauen auf den skurrilen Einfall.

Es wird jetzt endgültig deutlich, weshalb das Bemühen der beiden Autoren um die Komödie *nicht* auf eine neue Komödienform führen kann, die einer ebensolchen konventionellen Schematisierung zugänglich wäre, wie sie im Bereich der Gesellschaftskomödie usus ist. Die Freiheit kann nur unter Verzicht auf ein festes Handlungs- und Personalschema bewiesen werden. Das heißt, daß die absolute Freiheit auch und gerade im künstlerischen Bereich Utopie bleibt. Zeigen kann sie sich nur im paradoxen Widerstreit mit der Notwendigkeit der schlimmstmöglichen Wendung, die das Erbe aus der nicht mehr möglichen (und in ihrer Unmöglichkeit die Komödie aus sich hervortreibenden) Tragödie ist.

Dieser Vorgang wiederholt sich in jeder Komödie Frischs oder Dürrenmatts, und zwar – seinen Bedingungen gemäß – in einer nicht vorhersagbaren Form. Das ist die Stärke und zugleich die Schwäche der hier maßgebenden Dramaturgie. Indem sie das Komödienhafte mit dem Prinzip der Freiheit identifiziert, gibt sie das Gelingen der einzelnen Gestaltung in extremem Ausmaß der Gunst des produktiven Augenblicks und des zentralen Einfalls preis. Man kann sich dafür, wie Dürrenmatt, auf Aristophanes berufen – aber darin liegt noch keine Gewähr für künstlerischen Erfolg. Man wird immerhin sagen dürfen, daß die Komödien Frischs und Dürrenmatts in dem Maß an künstlerischer Stabilität gewonnen haben, als in ihnen der Utopismus der unbeschränkten Spielfreiheit durch das formale Gesetz des Ausgangs in die schlimmstmögliche Wendung bewußt kanalisiert worden ist.

Im übrigen wäre es aus mehreren Gründen voreilig, heute ein abschließendes Urteil über die Stellung dieser Dramaturgie im Gesamtzusammenhang der Komödiengeschichte und über den definitiven Rang ihrer Ergebnisse fällen zu wollen.

Eines aber darf festgehalten werden, diesseits aller Rang- und

Bedeutungsfragen: Daß hier eine Dramaturgie der Komödie entwickelt wurde, die sich nicht mit dem Bestehenden zufriedengab, sondern auf dem Hintergrund der künstlerischen und Bewußtseins-Aporien der Epoche nach glaubwürdigen Auswegen und stichhaltigen Antworten auf die Frage sucht, wie unsere Welt auf der Bühne darstellbar sei.

1969

Manfred Jurgensen
Leitmotivischer Sprachsymbolismus in den Dramen Max Frischs

Die dichterische Einbildungskraft offenbart sich im Drama am unmittelbarsten in der Handlung. Sprachlicher Symbolismus spielt im Vergleich zur Lyrik oder Epik eine weitaus geringere Rolle. In keinem anderen Genre jedoch veranschaulicht das Wort so nachdrücklich seine gleichzeitige Anlage zur sinnlichen und sinnbildlichen Darstellung. Max Frisch hat dieses Verhältnis in seiner Definition des Theatralischen eindrucksvoll zum Ausdruck gebracht. Im *Tagebuch 1946–1949* schreibt er:

»Auf der Bühne steht ein Mensch, ich sehe seine körperliche Gestalt, sein Kostüm, seine Miene, seine Gebärden, auch seine weitere Umgebung, lauter Dinge also, die ich etwa beim Lesen nicht habe, nicht als sinnliche Wahrnehmung. Und dann kommt ein anderes hinzu: Sprache. Ich höre nicht nur Geräusche, wo es bei der sinnlichen Wahrnehmung bleibt, sondern Sprache. Ich höre, was dieser Mensch redet, und das heißt, hinzu kommt noch ein zweites, ein anderes Bild, ein Bild andrer Art. Er sagt: Diese Nacht ist wie ein Dom! Außer jenem augenscheinlichen Bild empfange ich noch ein sprachliches Bild, eines, das ich nicht durch Wahrnehmung, sondern durch Vorstellung gewinne, durch Einbildung, durch Imagination, hervorgerufen durch das Wort. Und beides habe ich gleichzeitig: Wahrnehmung und Imagination. Ihr Zusammenspiel, ihr Bezug zueinander, das Spannungsfeld, das sich zwischen ihnen ergibt, das ist es, was man, wie mir scheint, als das Theatralische bezeichnen könnte.« (259f.)[1]

Freilich brauchten sich die Reichweite und Tragfähigkeit des Symbols nicht ausschließlich auf den relativ engen Rahmen eines einzelnen Bühnenstücks zu beschränken. In den Werken

1 Zitiert wird nach:
Max Frisch, *Stücke 1 und Stücke 2*, Frankfurt am Main 1962.
Tagebuch 1946–1949, Frankfurt am Main 1950.
Die Schwierigen oder J'adore ce qui me brûle, 4. Aufl., Zürich 1962.
Homo faber. Ein Bericht, Frankfurt am Main 1963.

der großen dramatischen Dichter läßt sich fast ausnahmslos eine Kette ständig wiederkehrender Sinnbilder nachweisen, die als sprachlicher Kern ihrer poetischen Aussage betrachtet werden kann. Auch Max Frisch konzentriert sich auf eine Reihe von Bildern, die für seine Schauspiele leitmotivartige Bedeutung besitzen. Eines der wichtigsten unter ihnen ist das Symbol der Nacht.

Wir beschränken uns im folgenden auf die bezeichnendsten Beispiele. In *Santa Cruz* behauptet der Rittmeister von den Gestalten seiner Sehnsucht: »[...] sie sind auf dem gleichen Gestirn, das blühend durch die Weltmacht schwebt [...]« (48). Im gleichen Stück erklärt Pelegrin Elvira: »Hundert Schritte, und wir wären aneinander vorübergegangen, du und ich, hinaus in die Nacht [...]« (73). Der Kapitän von Honolulu schließlich, über dessen eigensinnige Astronomie der Vagant zu berichten weiß, antwortet auf die Frage, was zwischen den Gestirnen existiere (78):

»Nichts als die Nacht, das All, der Tod. So groß meine Freunde, so groß ist das Nichts, so selten das Leben, das Warme, das Vorhandene, was ihr begreift, das Lichtlein, das brennt. So selten ist das, was ist.«

Auch die Schilderung des Heutigen in der *Chinesischen Mauer* beschreibt eine kosmische Nacht des Nichts: »– ich sehe unsere Erde, die keine mehr ist, Planet ohne Leben, reisend in der sturen Finsternis des Alls [...]« (234). Im fünften Bild der Moritat *Graf Öderland* verkündet der Staatsanwalt den trunkenen Köhlern: »Lang ist die Nacht, kurz ist das Leben, verflucht ist die Hoffnung, heilig der Tag, und es lebe ein jeder, wie er will, herrlich sind wir und frei.« (339). Im siebten Bild zitiert er dem Gendarm eine Variation dieses Textes: Kurz ist das Leben, und groß ist die Nacht, verflucht ist die Hoffnung auf den Feierabend, heilig der Tag, solang die Sonne scheint, und es lebe ein jeder, solang die Sonne scheint: Herrlich ist er und frei (347). In der Komödie *Don Juan oder Die Liebe zur Geometrie* endlich bezieht sich Donna Elviras Tanzlied ebenfalls auf eine symbolische Nacht:

»Ich bin die Frau
Und der Teich mit dem Mond dieser Nacht,
Du bist der Mann

Und der Mond in dem Teich dieser Nacht,
Nacht macht uns eins,
Gesicht gibt es keins,
Liebe macht blind,
Die da nicht Braut und Bräutigam sind.« (12; vgl. 18)

Ohne Zweifel handelt es sich um eine Vision, die Frisch bedrückender und beharrlicher heimgesucht hat als irgendeine andere. Bereits in dem frühen Roman *Die Schwierigen* heißt es im vorletzten Abschnitt des Buches: »Es gibt keine Zeit, wie die Uhren sie zeigen; es gibt nur, mitten durch alles hindurch, den glühenden Blitz der Vergängnis, der das Leben erhält, und am Rande des Blitzes – eine Weile noch leuchten die Gärten der Erinnerung, ein Irrsinn von Zickzack, Schluchten und Wälder, Straßen, Giebel, Meere und Masten, Gespräche, eine jähe Umarmung [...] Dann nimmt die Nacht wieder alles zurück« (297). Stets wirkt die Nacht als Symbol zeitlicher und räumlicher Auflösung alles Lebendigen. Im *Tagebuch 1946–1949* fasziniert Frisch am Aufgang des Mondes »das Nichts zwischen ihm und uns, das All, die Nacht, der Tod. Und der Tag und das Licht, das vor diesem Raum hängt«, erklärt er, »wie dünn es wieder ist, ein Schleier von Seide, der jederzeit zerreißen kann« (123). Aus dieser Perspektive gewinnt der Ausspruch: »Unser Dasein ist kurz wie ein Tag [...]« seine rechte Bedeutung. Der Satz stammt aus dem Roman *Die Schwierigen* (290), doch fraglos tragen die wiederholten Äußerungen des Vaganten in *Santa Cruz* einen entsprechenden Sinn: »Das Leben ist kurz [...] Warum leben sie nicht? ... leben – –« (12). Die beiden Zitate aus *Graf Öderland* bringen wörtlich denselben Gedanken zum Ausdruck.
Die Umgebung einer unendlichen Nacht des Nichts läßt das Leben als Ausnahme, als Einmaligkeit des Besonderen und dennoch als kosmische Belanglosigkeit erscheinen. Im *Tagebuch* schreibt Frisch unter Bezugnahme auf das gesamte menschliche Geschlecht:
»Unser Spielraum ist nicht groß. Wir nisten in einem Zufall, dessen empfindliche Zuspitzung, wenn sie uns manchmal zum Bewußtsein kommt, beklemmend wird, zugleich begeisternd. Die Menschheit als Witz oder als Wunder; die paar Jahrtausende, die sie haben mag, sind nichts gegenüber der Unzeit, die

sie umgibt, und dennoch mehr als diese Unzeit. Was es heißt, diesem Augenblick anzugehören –«. (54)
Er erkennt die Aufgabe des modernen Schriftstellers darin, »wirklich zu dichten, unsere Welt zu dichten« (224). In seinen Theaterstücken drückt er die Unzeit als nächtlichen Hintergrund aus, vor dem sich das Drama alles Lebendigen entfaltet.

Als Dramatiker bietet sich Frisch bereits in der Wahl des Mediums die Darstellung seiner Erfahrung. Einem Fensterrahmen gleich erlaubt die Bühne sowohl Einblick als auch Ausblick in das menschliche Wesen: sie ist doppelperspektivisch. So spielt der Darsteller zwar hinsichtlich der Menschheit eine repräsentative Rolle, darüber hinaus aber verkörpert er in Anbetracht eines unendlichen Raumes des Nichts die unwahrscheinliche Ausnahme menschlicher Existenz. Frischs Theater veranschaulicht somit eine Dialektik zwischen Sein und Nichtsein, Zeit und Zeitlosigkeit, Leben und Tod. In dem Konflikt seiner Symbole Tag und Nacht, Licht und Finsternis findet sie poetischen Ausdruck.

Auch der Hinweis auf die Farben Schwarz und Weiß orientiert sich am Schlüsselsymbol der Nacht. In *Graf Öderland* beschreibt der Staatsanwalt Santorin, das Ziel seiner Sehnsucht, als eine Stadt »wie aus Kreide, so weiß, so emporgetürmt [...] ins Licht [...] in einen Himmel [...] ohne Hoffnung auf Jenseits, ringsum das Meer, nichts als die blaue Finsternis des Meeres [...]« (353). An diesem Ort ist alles jetzt: *der Tag und die Nacht*. In Santorin kann die Menschheit ein sinnvolles, noch vorstellbares Leben führen, »ohne Dämmerung« lauter und eindeutig als »Kinder des Lichts« (ebd.).[2]

In *Don Juan oder Die Liebe zur Geometrie* läßt Frisch seinen

2 Tatsächlich erstreckt sich dieses Symbol über das gesamte Werk des Autors. Seine vielleicht deutlichste Offenbarung erfährt es in dem Roman *Homo faber*, wo den moribunden Helden einige Stunden vor seinem Tode die folgende Einsicht heimsucht: »Auf der Welt sein: im Licht sein. Irgendwo (wie der Alte neulich in Korinth) Esel treiben, unser Beruf! – aber vor allem: standhalten dem Licht, der Freude (wie unser Kind, als es sang) im Wissen, daß ich erlösche im Licht über Ginster, Asphalt und Meer, standhalten der Zeit bzw. Ewigkeit im Augenblick. Ewig sein: gewesen sein« (247). Wir erinnern in diesem Zusammenhang auch daran, daß Frischs Drama *Als der Krieg zu Ende war* ursprünglich den Titel *Ihr Morgen ist die Finsternis* trug.

Helden auf einem Schimmel durch die nächtliche Finsternis reiten. Im zweiten Akt trägt er eine Ausstattung »ganz in Weiß [...] ganz in schillernder Seide« (25). Das *Tagebuch* bezeichnet den Tag vor dem nächtlichen All als einen »Schleier von Seide, der jederzeit zerreißen kann« (123). Juan auf der Suche nach einem unbekannten Ich vermag sich nur bei Nacht mit Donna Anna zu identifizieren [...] »im Finstern, da wir nicht wußten, wer wir sind, erklärt er, war es ganz einfach« (33). Bei Tageslicht dagegen muß er gestehen: »Ich habe mich selbst verloren« (37). Frisch behandelt das Problem der Selbstidentität im unmittelbaren Zusammenhang mit seiner fundamentalen Darstellung des menschlichen Lebens schlechthin. Auch die Persönlichkeit weiß er von apokalyptischer Leere umgeben, auch die Individualität bedroht ein selbstzerstörerischer Auflösungsprozeß. Wie alles Lebendige muß die Vereinigung mit dem eigenen Ich als Ausnahmefall betrachtet werden. Durch eine Erweiterung seines Symbols veranschaulicht Frisch die universelle und persönliche Entfremdung des modernen Menschen.
So reflektiert das Spiegelbild im »schwarzen Wasser« (17) draußen an der Zisterne Juans Unvermögen, sich selbst zu begreifen. Donna Anna erinnert sich an das »schwarze Wasser« (26), durch das er sie trug, und verkündet voll Gewißheit: »Ich werde ihn erkennen in der Nacht, wenn er mich erwartet am Teich« (ebd.). Aber hier spricht allein die Stimme ihres Geschlechts, denn der *Teich* wird bereits im Tanzlied als Symbol der Frau dargestellt. Die Zeile »Nacht macht uns eins« (12/18) muß in diesem Sinne durchaus als sexuelle Erfüllung verstanden werden. Alles Individuelle wird im nächtlichen Zusammentreffen ins elementar Gattungshafte zurückgenommen. Donna Anna betont ausdrücklich: »er nahm mich und fragte keinen Namen, er küßte meinen Mund und küßte, damit auch ich nicht fragte, wer er sei [...] (26).
Ein weiteres Beispiel illustriert die enge Beziehung der schwarzen Farbe zum Symbol der Nacht. Donna Inez erzählt der Braut: »Ich sehe euch schon, und wie sie dann deinen Schleier heben, der schwarz ist wie die Nacht, und der Pater wird fragen: Don Juan, erkennest du sie?« (ebd.). Donna Anna weiß sich allezeit nur als Weib zu verhalten. Sie weigert sich, in den Spiegel zu schauen, bevor sie den Schleier befestigt hat. Ihre

zusammenhängenden Bemerkungen unterstreichen den nur mehr gattungshaften Instinkt: »Wäre es schon wieder Nacht! Ich bin eine Frau.« Kurz darauf wiederholt Anna ihren Seufzer: »O wäre es schon Nacht!« und verlangt im selben Atemzug: »Gib mir den Schleier!« (ebd.).
Es gelingt Frisch, die Reichweite seines Symbols auszudehnen und es in umfassender Gestaltung als leitmotivischen Ausdruck einer nachhaltigen dichterischen Erfahrung zu verwenden.

Der Schnee ist ein zweites Wort, dem in unserer Untersuchung nähere Aufmerksamkeit gebührt. Wir konzentrieren uns wiederum auf die wichtigsten Beispiele.
In *Santa Cruz* stöhnt der Rittmeister über »seine Pflichten wie Schnee« (20). Der Diener berichtet: »Sieben Tage und sieben Nächte schon schneit es. Das ist noch niemals vorgekommen. Es schneit eine Stille ringsum, die immer höher und höher wird [...] Stille, nichts als Stille und Schnee; sieben Tage schon und sieben Nächte. Wo man hinschaut, schneit es« (21).
Als Symbol der Sterilität, Gefangenschaft und Auflösung lebendiger Naturkräfte bringt der Schnee Frischs apokalyptische Vision erneut zur Darstellung. Zweimal berichtet der Diener, daß der Brunnen im Hof, die Quelle fruchtbaren Lebens, eingeschneit sei (21 und 27). Der Schneefall selbst erstreckt sich bezeichnenderweise über den genauen Zeitraum der biblischen Schöpfung. Auf des Dieners Frage, ob denn das Schneien jemals wieder aufhören werde, antwortet der Rittmeister: »Einmal hört alles auf, Kilian [...] Sogar die Pflichten, die Zinsen, die schlechten Zähne, die Klauenseuche, die Ochsen, alles, das Ankleiden, das Auskleiden, das Essen, der Brunnen im Hof. Einmal schneit es immerzu. Die Akropolis, die Bibel [...] eine Stille wird sein, als wäre das alles nie gewesen« (22f.).
Dem Ersticken gesunden und natürlichen Lebens stellt Frisch das Einschneien durch endlose Wiederholungen täglicher Banalitäten zur Seite.
Auch ein sinnentleertes, mechanisches Dasein kann sehr schnell mit dem allumfassenden Nichts in Berührung geraten. In der *Tagebuch*-Version bringt *Graf Öderland* die Bedeutung des Schnees noch klarer zum Ausdruck als in der späteren Bühnenfassung. Hier werden die Gefängniszelle und der bürgerliche Arbeitsplatz geradewegs gleichgesetzt. So erklärt der ur-

sprüngliche Bankkassierer seinem Verteidiger, Dr. Hahn: »Sie haben keine Ahnung, lieber Doktor, wie vertraut mir der Anblick ist, wenn ich durch dieses Gitter schaue – Schnee ... und immer diese fünf Stäbe davor! [...] So war es auch auf der Bank, jeden Morgen –« (83). Einst von gleicher Unschuld und Fruchtbarkeit wie der Brunnen des Lebens, ist dieser Mensch unter der einlullenden Wiederholung seiner täglichen Routine eingeschneit. Um nicht am monotonen Lebensmuster zu erstikken, wagt er schließlich den Schritt zum Verbrechen. In der endgültigen Fassung für das Theater beginnt die Szene folgendermaßen:

»(Mörder) Schnee ...
(Doktor Hahn) Wie meinen Sie das?
(Mörder) Schnee! sage ich [...]« (78)

Die aus dem *Tagebuch* zitierte Aussage des Gefangenen lautet jetzt so:

»MÖRDER Wie das schneit ...
DOKTOR HAHN Das Gericht ist vertagt.
MÖRDER Sie können sich nicht vorstellen, Doktor, wie vertraut mir dieser Anblick ist: Immer diese sieben Stäbe, dahinter die Welt, so war es auch hinter dem Schalter, als ich noch arbeitete, als ich noch frei war ...« (317)

Der Mörder, dessen sinnvolle Existenz und Freiheit bereits im bürgerlichen Dasein eingeschneit sind, steht im krassen Gegensatz zu den Völkern, von denen der Vagant in *Santa Cruz* berichtet, daß sie »den Schnee überhaupt nicht kennen, auch keine Angst, auch keine Pflichten [...]« (22). Einem solchen Dasein gilt die Sehnsucht fast aller Charaktere Frischs. So schreibt der Rittmeister an seine Frau: »Unter diesen Umständen halte ich dafür, daß auch meine Sehnsucht, die ich Jahre lang tötete, tötete und mit Schweigen begrub, damit sie dich nicht erschreckte, teure Elvira, daß auch meine Sehnsucht reisen darf, bevor es einschneit für immer« (48).

Die bewußte Identifizierung mit dem Nichts durch ein freiwilliges Hinaustreten in den Schnee führt zur Auflösung der bürgerlichen Existenz. Der Staatsanwalt in *Graf Öderland* erinnert sich: »Ich habe einen Beruf, aber plötzlich stehe ich im Wald [...] ein Wald voll Schnee, weiter nichts, Schnee, der alle Spuren löscht [...]« (324). Auch hierbei handelt es sich um einen Ausbruch in die Freiheit, aber der Übertritt aus der einen

Sphäre in die andere ist wiederum buchstäblich mörderisch. Er verwandelt einen ordnungsliebenden Staatsanwalt in einen rücksichtslosen *Graf Öderland*.
Es scheint angemessen, daß der Schnee als Sinnbild einer sich selbst begrabenden Ordnung zugleich auch das Symbol der Anarchie darstellt. Auf diese Weise gelingt Frisch (schon rein sprachlich) die Veranschaulichung des Paradoxes, daß sich die Auflösung menschlicher und sozialer Gebundenheit aus dem gesellschaftlichen Gefüge selbst entwickelt. Darüber hinaus verhindert der Schnee die Verbindung zwischen der Gemeinschaft und dem Außenseiter. Doktor Hahn informiert Elsa: »Unsere Nachforschungen, du weißt es, sind ohne jedes Ergebnis. Seit achtundvierzig Stunden schneit es. Die Spürhunde der Polizei sind hilflos wie unser Verstand. Keine Fußspur, nichts, keine Witterung, kein Mensch, der ihn gesehen hat –« (330). Wer unter einem mechanischen Dasein eingeschneit ist, kann sich nicht länger verständlich machen. (Der Mörder und sein Verteidiger sprechen zwei verschiedene Sprachen.) Wer sich absichtlich in den nächtlichen Schnee begibt, bleibt für die Ordnungshüter fortan unauffindbar.
Aber sowohl die bürgerlich-bürokratische Versklavung des Lebens als auch das abenteuerlich-freibeuterische Wagnis der Freude am Dasein bleiben von begrenzter Dauer. Einmal wird der Vagant nicht mehr auf das freie Meer der Sehnsucht hinausfahren. »[...] vor sechs Tagen kam er ins Schloß«, berichtet der Diener, [...] »am andern Morgen aber schneite es und schneite [...]« (22). Auch Pelegrin schneit ein, auch er stirbt als Opfer einer tödlichen Ordnung. Frisch zeigt aufs neue die Begrenzung alles Lebendigen: »Einmal hört alles auf ... Einmal schneit es immerzu« (22f.). Das Symbol des Schnees wirkt, dem Bild einer allumfassenden Nacht des Todes entsprechend, als Vorbote und Erfüllung einer apokalyptischen Rücknahme der sinnvoll oder widernatürlich gelebten Schöpfung.
Eines der charakteristischen Sehnsuchtsmotive Frischs kennzeichnet sich im ständigen Hinweis auf das Meer. Auch hierbei handelt es sich um ein leitmotivisches Bild, das sein gesamtes Schaffen durchläuft. Schon in dem Roman *Die Schwierigen* lesen wir: »Was übrigens die Pläne anging, so gab es keinen Zweifel, daß eigentlich nur das Meer in Frage kam. Wie weit

wurde die Welt unter diesem Wort!« (89). Als Reinhart und Hortense einmal »auf dem heimatlichen See« (140) segeln gehen, bemerken sie die gewichtigen kleinen Dampferchen, die sich ebenso ernst zu nehmen schienen »wie ein Kleinbürger im weißen Stehkragen«. Unwillkürlich fährt es dem Maler durch den Sinn: »Zu denken, daß sie niemals das wirkliche Meer sehen werden, diese armen Dinger, die mit ihrem anmaßenden Schlot schon an der ersten Brücke anstoßen würden, ja, wie sollen sie sich denn vorstellen können, daß sie nicht die einzigen Schiffe auf der Welt sind? [. . .]« (143). Am Ende des Romans stellt sich eine neue Generation dieselbe Frage, die einst ihre Eltern bewegt hat: »Warst du schon einmal am Meer? [. . .] Das ist auch so etwas: man ist noch nie am Meer gewesen, dennoch weiß man, es ist das Schönste, was es gibt [. . .]« (296).

Im *Tagebuch* schreibt Frisch: »Wie klein unser Land ist. Unsere Sehnsucht nach Welt, unser Verlangen [. . .] nach Wolken über dem offenen Meer; unser Verlangen nach Wasser, das uns verbindet mit allen Küsten dieser Erde [. . .]« (25). Ohne Frage liefert dieser Abschnitt die offensichtlichste Deutung der häufigen Bezugnahme auf ein symbolisches Meer. Nun ist es aber nicht so, daß etwa nur ein Schweizer von solchem Heimweh nach der Fremde zu berichten weiß, obwohl natürlich die geographische Lage seines Landes bereits einer zusätzlichen Abgeschlossenheit Ausdruck verleiht. Überhaupt scheint es kurios, daß sich der Schriftsteller eines traditionell internationalen Volkes so ausschließlich über den Mangel an Kontakt mit der Außenwelt beklagt. In mancher Hinsicht reicht das Meer tief in die Schweizer Grenzen hinein. Weitere Aufzeichnungen im *Tagebuch* unter der Überschrift *Zwischen Nürnberg und Würzburg* (34) lassen jedenfalls den Verdacht aufkommen, daß hier ein wider sich selbst gekehrter Nationalstolz mit am Werke sein mag. Aber zweifellos soll das Meer zugleich auch als Symbol der menschlichen Sehnsucht schlechthin erkannt werden. Im *Tagebuch* befinden sich zahlreiche Anspielungen auf das Meer; darunter führt uns ein Hinweis direkt auf das Theater: »Im Basler Museum«, heißt es einmal, »hängt ein Gemälde von Arnold Böcklin: Odysseus und Kalypso, das Verhältnis von Mann und Frau [. . .] Sie in geborgener Grotte, er auf einem vorspringenden Fels, Rücken gegen sie, Blick hinaus auf die Weite des offenen Meeres . . . Auf der Reise hierher habe ich dieses Bild, andere suchend, wiedergesehen, verblüfft, daß das Meer, Inhalt seiner Sehnsucht, fast nicht vorhanden ist. Nur in einem winzigen blauen Zwickelchen. In meiner Erinnerung war es ein Bild voll Meer – gerade weil das Meer nicht gezeigt wird. Kein Theater, so wenig wie ein Gemälde, würde imstande sein, die Weite des Meeres zu zeigen. Es muß sie der Imagination überlassen« (264). Zu untersuchen wäre, wieviel Raum Frisch in seinen Schauspielen tatsächlich solcher dichterischen Vorstellung gewährt. Eng damit zusammen hängt die zweite Frage: Welche Bedeutung schreibt der Zuschauer bzw. der Leser dort dem Bild des Meeres zu?

In *Santa Cruz* erinnert sich der vom Schnee gefangengehaltene, todkranke Vagant an sein Schiff in der Südsee. Ein letztes Mal erwacht in ihm der verzweifelte Lebenswille. Er versichert der Wirtin: »In einem Monat, gute Frau, bin ich schon lange wieder draußen auf dem Meer!« (12). Hier verkörpert das Symbol offensichtlich den Ausbruch in ein gesundes, freies Dasein. Wichtig ist jedoch, daß er nicht gelingt, sondern wesentlich Wunsch, Verlangen, Sehnsucht bleibt. Nirgends in Frischs Bühnenstücken wird das Meer augenfällig erreicht, d. h. also zum tatsächlichen Ort der Handlung.

Auch im zweiten Akt der Romanze *Santa Cruz* betritt Elvira das Schiff ihres Verführers ausdrücklich nur im Traum, und es scheint bezeichnend, daß selbst hier vom Meer gesprochen wird, als läge es noch immer in weiter Ferne und nicht unmittelbar vor ihnen. So erklärt Pelegrin: »[...] es ist ein Schiff, um mit Elvira hinauszufahren, wo es nichts anderes mehr gibt als den Mond und das Meer, das Meer [...] (39). Wenig später spricht der Schreiber dann auch tatsächlich von »allen Meeren des Traumes« und »dem Schiffe der Erinnerung« (49). Als Leitmotiv der Sehnsucht symbolisiert das Meer die seelische Leere eines unerfüllten Daseins.

Frisch schildert immer wieder das Verlangen nach Freiheit. Eine spezifischere Sehnsucht spielt in seinem Werk so gut wie keine Rolle. Die Zügellosigkeit des Meeres entspricht dem Ausdruck dieses Wunsches vollkommen. So ereifert sich der Rittmeister im Selbstgespräch: »Noch einmal das Meer [...] Begreifst du, was ich meine? Noch einmal die Weite alles Möglichen: nicht wissen, was der nächste Augenblick bringt [...]« (48). In der Unberechenbarkeit der Zukunft spiegelt sich das Wesen des unbeschnittenen Lebens selbst wider. Für fast alle Charaktere Frischs bedeutet der Kontakt mit dem Meer ein Ausbruch aus der Routine einer tödlichen Ordnung. Ihre Freiheit besteht darin, den Gesetzen des Lebens und sich selber zu folgen.

Das Meer symbolisiert darüber hinaus den Gegensatz jedweder Bindung. Als Elvira gesteht, daß sie heiraten möchte, antwortet ihr Pelegrin: »Ich habe dieses Wort gefürchtet. Schon lange. Und nun, da unser Leck geflickt sein wird und uns die Meere wieder offenstehen, in diesem Augenblick, da sie die Segel hissen, in diesem Augenblick sagst du es« (55). Hier kommt die Darstellung des Sinnbildes einem Bekenntnis zur gesellschaftlichen Unverbindlichkeit nahe. Aber was für den Vaganten natürliches Lebenselement bedeutet, erscheint dem Rittmeister, auch im Bereich seiner Sehnsucht, als gesetzloses Piratentum »[...] immer wieder werden Sie an diesem Orte stehen«, versichert ihm Pedro, der Dichter, »vor Ihnen das offene Meer, die Schiffe, die Maste, das andere Leben. So stehen Sie da mit klopfendem Herzen, in der Not einer heimlichen Verwirrung: Was weiter ...?« (60). Mit anderen Worten: Manchen Menschen bleibt der Zugang zum Meer schon auf Grund ihres persönlichen Charakters verschlossen. Ein Edelmann – der Ausdruck nicht in seiner sozialen Bedeutung verstanden – mag ebenfalls nach Freiheit dürsten, doch letztlich nur, um sodann freiwillig seine ihm auferlegten Pflichten erneut zu erfüllen.

Andrerseits erweist sich das Meer der Freiheit und der eigenen Verantwortung für manche Leute als trughaft und anrüchig. Der Diener Kilian z. B. erklärt dem Rittmeister rundheraus: »Euer Gnaden, ich vertrage das Meer nicht. So auf Bildern, ja. Es hat eine schöne Farbe, aber es stinkt, meistens ...« (64). Das Fahrzeug eines vom Sklaventum befreiten Daseins wird als »das Schiff mit dem roten Wimpel« (ebd.) beschrieben. (Es scheint durchaus möglich, daß Frisch hier auf den Kommunismus anspielen will.) Kilian jedoch kommentiert das Ruder des neuen Kurses wiederum entzaubernd nüchtern: »So ein dreckiges Schiff, Euer Gnaden? [...] Das Schiff mit dem dreckigen Wimpel, sagt Ihr?« (ebd.) Nicht nur das Meer birgt seine Tiefen und Tücken, auch das Fahrzeug scheint nicht unbedingt vertrauenswürdig. Nur seetüchtige Matrosen wagen es zu bemannen. Die zimperlichen, allzu reinlichen Idealisten werden am Gestade zurückgelassen, denn, wie gesagt, »es stinkt, meistens [...]«

So faßt Pelegrin zumindest teilweise eine entscheidende Wahl im menschlichen Leben zusammen, wenn er sagt: »Man kann nicht beides haben, scheint es. Der eine hat das Meer, der andere das Schloß [...]« (81). Ganz so getrennt voneinander existieren diese beiden Bereiche jedoch nicht. Das Schiff mit dem roten Wimpel trägt nicht umsonst den gleichen Namen wie die Tochter Elviras und des Rittmeisters. Auch das Kind Viola verkörpert den Glauben an eine bessere Zukunft; es befreit auf seine eigene Art von den Fesseln der begrenzten Persönlichkeit. »Das Leben, das vor ihm liegt«, versichert Elvira, »es ist länger als das unsere« (56). Als Mutter vermag sie auch in der bürgerlichen Ehe den Vorstoß ins Unbekannte zu erleben und ihre Sehnsucht nach einem anderen, »wirklicheren« Ich körperliche Gestalt zu geben. Als Frau hält sie das Steuer ihres Verlangens fest in der Hand.

Anders dagegen der Mann. Für ihn bedeutet das Meer »das Ungeheure« (25), Kind und Hand aber vertreten das beschränkend »Sichere«. Auch er will Kapitän seiner Sehnsucht sein, doch innerhalb des gesellschaftlichen Rahmens erweist sich dieser Wunsch immer wieder als unerfüllbare Illusion. »Einmal war ich Kapitän«, erzählt der Staatsanwalt in *Graf Öderland* dem Mädchen Inge. »O ja. Draußen auf der offenen See. Mein Schiff hatte drei Maste, der Bug hatte einen Schnabel, den ich noch heute zeichnen könnte, wie ein Adler. Wir fuhren nach allen Küsten der Welt. Kreuz und quer. Ohne Ziel und Zeit« (325). Aber diese Sehnsucht erweist sich in einer Sphäre sozialer Ordnung als nicht realisierbar, die Gesellschaft reduziert sie zu einem Spielzeug für das versklavte Leben. »Dann, plötzlich, war es ein Spielzeug«, gesteht der Staatsanwalt, »mein Schiff mit den drei Masten – so groß: man kann es auf eine Truhe stellen« (ebd.). Insbesondere die letzte Bemerkung bringt die muffige Luft des Kleinbürgertums auch in das Vagantentum der Sehnsucht. Ein Dienstmädchen staubt das Verlangen nach vollem, ungehemmten Leben wie eine Nippesfigur täglich ab. Auf diese Weise veranschaulicht Frisch die Deflation eines ungehemmten, vollblütigen Daseins.

Später sucht der Staatsanwalt einen Gendarmen in die Freiheit zu locken, indem er ihm ermunternd zuruft: »Das Meer ist offen« (348). Doch der Beamte erinnert ihn sogleich an »die Erlaubnis zur Ausreise« (ebd.) und zahlreiche andere bürokratische Formalitäten. Die Fahrt soll an einen Ort führen, den allein die blaue Finsternis des Meeres umgibt. »[...] das Meer«, ruft der Staatsanwalt voll Begeisterung aus, »hier sind unsre Götter geboren, die wirklichen, hier sind sie aus den Fluten gestiegen [...]« (353). Der Frischsche Mensch sieht sich als Bürger einer Stadt »hoch über der schäumenden Brandung«. Die Heimat seiner Sehnsucht liegt für ihn als »ein erloschener Krater im Meer« (ebd.).

Der heimliche Drang, sich in diesem grenzenlosen Meer freizuschwimmen, wird zwar von der Seele weiterhin aufrechterhalten; unter dem ständigen Einfluß der bürgerlich-ländlichen Sicherheit jedoch versanden die Ozeane mehr und mehr zu einem seichten Gewässer heimlicher Träume. Pompöse Spielzeugschiffchen verkehren gewichtig auf den heimatlichen Seen. Das wirkliche Meer bleibt außer Reichweite.

In den Werken Max Frischs erscheinen Nacht, Schnee und Meer als Leitmotive und Symbole, die sich sowohl durch außergewöhnliche Reichweite als auch durch dichterische Überzeugungskraft auszeichnen. Wir haben anzudeuten versucht, wie es Frisch gelingt, den Sinn und die Bedeutsamkeit dieser Schlüsselworte ständig zu erweitern. Sie erweisen sich in der Tat als so umfassend, daß in ihnen die gesamte Thematik der wichtigsten Probleme Frischs in konzentrierter Form zum Ausdruck kommt. So steht die Gewißheit einer beängstigend großartigen Beschränkung alles Lebendigen (dargestellt im Symbol der Nacht) im krassen Widerspruch zur einlullenden Mechanisierung eines alltäglichen Routinedaseins (veranschaulicht im Symbol des Schnees). Seiner grundsätzlichen Begrenzung eingedenk, sehnt sich der Mensch um so mehr nach einem Leben voll ausgekosteter Möglichkeiten (ausgedrückt im Symbol des Meeres). Nacht, Schnee, Meer: in diesen sprachlichen Bildern manifestiert sich das dichterische Bewußtsein eines der bedeutendsten Schriftsteller in der zeitgenössischen deutschen Literatur.

1968

Walter Schenker
Mundart und Schriftsprache

Coiffeur und das langweilige Imperfekt

[...] Ist für Frisch ein Helvetismus wie Coiffeur auch dann möglich, wenn die Erzählung nicht in der Schweiz spielt? Ein extremes Beispiel für internationale Verwendung findet sich im *Stiller*: »mein ehemaliger Spanienkamerad, ein Tscheche, der später in der Bronx, Neuyork, als Coiffeur arbeitete« (*Stiller*, 505)*. Nein, sagt Frisch, heute würde er da nicht mehr Coiffeur schreiben, er würde jetzt viel mehr Rücksicht nehmen auf den jeweiligen Erzählort. Er würde also, wenn die Erzählung in Hamburg oder Frankfurt spielt, schreiben: »er mußte noch kurz zum Haarschneider gehen« – und nur dann, wenn sich der gleiche Mann in Zürich aufhält, würde er schreiben: »er mußte noch kurz zum Coiffeur gehen«. Schwierig sei es bei Texten, die nicht lokalisiert sind oder nicht lokalisiert sein dürfen, wie *Biedermann und die Brandstifter* – da werde er dann manchmal zu einem korrekten Allerweltswort vom Typ »Haarschneider« genötigt.

Läßt sich nachweisen, daß Max Frisch ihm bewußt gewordene Helvetismen auf Texte einschränkt, die ausdrücklich einen deutschschweizerischen Schauplatz haben? In seinen bisherigen Werken jedenfalls läßt es sich nicht nachweisen, auch nicht in seinem letzten Roman *Mein Name sei Gantenbein:* Seit dem *Stiller* schreibt er durchgehend »Coiffeur«, ob die Erzählung in Amerika (*Stiller*, 252), in Zürich (*Stiller*, 134, *Gantenbein*, 159) spielt oder gar nicht lokalisiert ist (*Gantenbein*, 271). Auch wäre nicht »Haarschneider«, sondern »Friseur« der Ausdruck, der Deutschland als Erzählort charakterisieren würde. Dem Unterschied zwischen »Coiffeur« und

* Zitiert werden: *Jürg Reinhart*, Stuttgart/Berlin 1934. *J'adore ce qui me brûle oder Die Schmierigen*, Zürich 1943. *Bin oder Die Reise nach Peking*, Frankfurt 1952. *Graf Öderland* in: *Tagebuch 1946–1949*, Frankfurt 1950, S. 73–113; Frankfurt 1951; Frankfurt 1961. *Stiller*, Frankfurt 1954. *Homo faber*, Frankfurt 1957. *Biedermann und die Brandstifter*, Frankfurt 1958. *Andorra*, Frankfurt 1961. *Mein Name sei Gantenbein*, Frankfurt 1964.

»Haarschneider« entspricht im bisherigen Werk nicht ein geographischer Unterschied zwischen schweizerischem und nichtschweizerischem Schauplatz – vielmehr ist es so, daß Texte, in denen Helvetismen wie »Coiffeur« vorkommen, einen höheren Realitätsgrad haben als Texte, in denen sie nicht vorkommen. In keinem Theaterstück von Frisch kommt das Wort »Coiffeur« vor: Auf der Bühne meidet Frisch im Sachwortschatz ihm bewußt gewordene Helvetismen, in der Bühnenfassung *Biedermann und die Brandstifter* schreibt er »Dachboden« (z. B. 91) und nie »Estrich«, »Fahrrad« (101) und nie »Velo«, »Marmelade« (106) und nie »Konfitüre«, »Straßenbahn« (119) und nie »Tram«, »Außenviertel« (151) und nie »Außenquartier«. Auf der Bühne will Max Frisch ein allgemeingültiges Modell geben. In diesem Sinn sind seine Theaterstücke über-real, abstrakt – und dieser abstrakten Über-Realität entsprechen die überregionalen, umschreibenden, »abstrakten« Ausdrücke im Bereich des häuslich-städtischen Alltags. Ein Exempel geben will Frisch, wenn er in der frühen Erzählung *Bin oder Die Reise nach Peking* schreibt: »Bin ist ein Geist. Ein Geist hat es leicht [...] Er muß nicht immerfort die Zeitung lesen, beim Haarschneider sitzen, in einer Straßenbahn fahren« (*Bin*, 48). »Coiffeur« wäre hier zu aufsässig in seiner Realität – da würde er auch heute »Haarschneider« schreiben, sagt Frisch. – (Fiktive) Realität inventarisieren will er dagegen, wenn er im *Stiller* schreibt. »Ihr Kalenderchen enthielt aber nur Notizen über Proben, über Coiffeur, über Zahnarzt« (*Stiller*, 134).

Wenn Max Frisch einen Bühnendialog schreibt, muß er im Bereich des häuslich-städtischen Alltags die Helvetismen meiden – Wörter wie »Velo«, »Coiffeur«, »Estrich« würden im Modell Andorra oder Biedermann sofort deutschschweizerischen Alltag evozieren. Gegenwärtig registriere er den Mundart-Schriftsprache-Konflikt am empfindlichsten beim Schreiben von Dialogen, bemerkt Frisch.[1] Wohl eben deshalb, weil er im Bühnendialog oft auf den prägnanten Helvetismus zugunsten des bloß umschreibenden überregionalen Ausdrucks oder – vielleicht noch häufiger – auf die Benennung einer alltäglichen Sache überhaupt verzichten muß.

Wenn er erzählt, einen Roman schreibt, gibt er nicht ein über-

1 Briefliche Mitteilung vom 30. April 1967.

reales Modell, sondern er berichtet eine (fiktive) Realität. »Ihr Kalenderchen enthielt aber nur Notizen über Proben, über Coiffeur, über Zahnarzt« (*Stiller*, 134): Das ist ein Inventar fiktiver Realität. Der Helvetismus stört nicht, er ist richtig in seiner aufsässigen Realität. Die Schwierigkeit beim Erzählen besteht für Max Frisch nicht darin, daß er auf exemplarische Allgemeingültigkeit zu achten hätte und damit auf die Überregionalität des Ausdrucks – beim Erzählen sieht er die Schwierigkeit darin, daß er als tatsächlich geschehene Realität ausgeben muß, was er bloß erfunden hat. Er schreibt 1964: »Es stört mich plötzlich, wenn ich mich gleichsam verstellen und tun muß, als glaubte ich, daß die Geschichte, die ich lese, tatsächlich geschehen sei. Vor allem aber wenn ich selber schreibe, stocke ich und finde mich unerwachsen, wenn ich so erzähle, als ob ich nicht erfinde, sondern berichte.«[2]

Als Erzähler, der tatsächlich Geschehenes berichtet, gibt sich Frisch im Erstling: Wo er von einer Bucht erzählt, schreibt er nicht mit einfachem Artikel »die Bucht« oder »eine Bucht«, sondern mit Demonstrativpronomen »diese Bucht« (*Reinhart*, 35) und will damit dem Leser suggerieren, er erzähle jetzt von der einen bestimmten Bucht, wo das und das tatsächlich geschehen sei. Pseudoauthentizität, meint Frisch heute dazu. Daß es so nicht geht, scheint er schon 1943, bei der Umarbeitung von *Jürg Reinhart*, gemerkt zu haben: 67mal ersetzt er das reporterhafte Demonstrativpronomen durch den einfachen Artikel, z. B. ersetzt er im Satz »das Meer, das heraufleuchtete zwischen diesem hellen und luftigen Laub« (*Reinhart*, 95) das Demonstrativ »diesem« durch den Artikel »dem« (*J'adore*, 36).

In den Romanen *Stiller* und *Homo faber* löst er das Erzählproblem so, daß er nicht selbst erzählt, sondern die Titelfiguren in der Ich-Form erzählen läßt. Frisch schiebt die Erzählverantwortung auf Stiller. Stiller hat die Handtasche von Julika durchsucht und weiß deshalb, was für Notizen ihr Kalenderchen enthält: »Notizen über Proben, über Coiffeur, über Zahnarzt« (*Stiller*, 134). Immerhin suggieriert auch die *Stiller*-Konzeption noch eine Tatsächlichkeit. Frisch fingiert, daß er die authentischen Aufzeichnungen von Stiller vorlegt.

Am radikalsten löst Max Frisch das Erzählproblem in seinem

2 Max Frisch, *Ich schreibe für Leser, Antworten auf vorgestellte Fragen*, in: *Dichten und Trachten* 24 (1964), S. 11.

letzten Roman *Mein Name sei Gantenbein*. Da erzählt er sozusagen mit offenen Karten, indem er die Fiktion offen zugibt mit dem stereotypen Schlüsselsatz »Ich stelle mir vor«.

Was ist es beim Erzählen, das erfundener Realität den Anschein von tatsächlicher Realität gibt? Im Zusammenhang mit der Entstehung von *Gantenbein* teilt Frisch mit: »Ich hatte schon viel geschrieben, aber es langweilte mich immer bald. Ich mußte es liegen lassen, obschon mich nicht anderes bedrängte. Was mich beim Erzählen langweilte: das Imperfekt« (*Ich schreibe für Leser*, 11).

Also das Imperfekt.

In der Mundart kennt Frisch das Imperfekt nicht, für »er ging« muß er in der Mundart sagen »er isch gange«. Wenn ihn beim Erzählen das Imperfekt stört, stört ihn etwas Mundartfernes. Mundartferne stört ihn auch beim Schreiben eines Bühnendialogs: Da stört es ihn, daß er manchmal zum mundartfernen überregionalen Ausdruck genötigt wird. Die Schwierigkeiten verhalten sich also reziprok. Beim Erzählen darf Frisch Realität direkt (prägnant, »konkret«) benennen – die Schwierigkeit besteht darin, daß im Imperfekt der erfundene »Coiffeur«, das erfundene »Velo«, der erfundene »Estrich« tatsächlich Realität suggeriert. Auf der Bühne besteht diese Diskrepanz zwischen Erfindung und Tatsächlichkeit nicht, wenn in *Andorra* der Pater mit dem Fahrrad auftritt, sieht der Zuschauer das Fahrrad tatsächlich auf der Bühne: »Und deswegen hat das Theater auch kein Imperfekt; es liefert keine Berichte, sondern Modelle, es spielt « (*Ich schreibe für Leser*, 15) – die Schwierigkeit auf der Bühne besteht darin, daß das allgemeingültige Modell der Bühnentatsächlichkeit Frisch zum überregionalen, umschreibenden, »abstrakten« Ausdruck nötigt.

In beiden Fällen, beim Erzählen wie beim Schreiben eines Bühnendialogs, stört ihn die Nötigung zu etwas Mundartfernem.

Das mundartferne Imperfekt hat Frisch in der Schule lernen müssen. Daher ist ihm die Imperfektform nicht so selbstverständlich wie einem deutschen Schriftsteller. Weil sie ihm nicht so selbstverständlich ist, kann sie ihn auch eher stören. Ist das mundartnahe Perfekt (»er ist gegangen«) in der schweizerischen Schriftsprache häufiger als in Deutschland? Nach Kaiser[3] zeigt sich in der schweizerischen Schriftsprache eher die umgekehrte Tendenz, das Imperfekt auf Zusammenhänge auszudehnen, die im Perfekt stehen müßten – aus der überkompensierenden Neigung heraus, das mundartferne Imperfekt für besser schriftsprachlich zu halten. Wie ist es bei Frisch? Gibt es in Texten, die in verschiedenen Fassungen vorliegen, Änderungen, die die Alternative zwischen mundartnahem Perfekt und mundartfernem Imperfekt authentisch belegen?

Bei fast allen Werken, die in verschiedenen Fassungen vorliegen, bewegen sich die Änderungen überhaupt nie oder höchstens 2mal zwischen Perfekt und Imperfekt. Nur bei *Graf Öderland* zeigt die erste Fassung von 1946 7mal Imperfekt, wo die späteren Fassungen von 1951 und 1961 Perfekt haben:

So ersetzt Frisch im Satz: »Daß ich mein Leben so verbrachte« (*Öderland* 1946, 79) die Imperfektform »verbrachte« durch die Perfektform »verbracht habe« (*Öderland* 1951, 20).

Im Satz: »Das ist ein Witz, worüber die Geschworenen lachten« ersetzt er »lachten« durch »gelacht haben« (1946/1951, 79/20).

Im Satz: »Millionen gingen durch meine Hände« ersetzt er »gingen« durch »sind gegangen« (1946/1951, 81/22).

Im Satz: »Schon am ersten Abend sagte ich, der Herr Graf möge uns gelegentlich die Pässe geben« ersetzt er »sagte ich« durch »habe ich gebeten« (1946/1951, 103/54).

Im Satz: »Ich hielt mein Versprechen« ersetzt er »hielt« durch »habe gehalten« (1946/1961, 99/340).

Im Satz: »Das Schönste, was ich erlebte, war der Freitag« ersetzt er »erlebte« durch »erlebt habe« (1946/1961, 100/341).

Die erste Fassung von *Graf Öderland* steht im *Tagebuch* und ist ihrer Form nach ein Zwischending. Der Form nach ist sie nicht ganz Erzählung (Frisch teilt sie in Szenen auf), aber auch noch nicht ganz Bühnendialog (dazu sind die rein erzählenden Abschnitte zu umfangreich). Und nur hier, wo Frisch eine szenische Erzählung in definitives Theater überführt, läßt sich die Alternative zwischen Imperfekt und Perfekt authentisch

3 Stephan Kaiser, *Die Besonderheiten der deutschen Schriftsprache in der Schweiz* (erscheint als Duden-Beitrag in der Sonderreihe *Die Besonderheiten der deutschen Schriftsprache im Ausland*, Mannheim), Abschnitt *Präteritum und Perfekt*.

belegen. Die Figuren sprechen in der ersten Fassung von 1946, wo ihre Aussagen als direkte Rede in einem erzählenden Kontext stehen, im mundartfernen Imperfekt – die gleichen Figuren sprechen im mundartnahen Perfekt, wo die gleichen Aussagen definitiv für die Bühne bestimmt sind. [...]

Erinnerte Mundart

In der Mundart würde Max Frisch kaum, wie er es zum Beispiel im *Gantenbein* mit dem Wort »bierflaschengrün« tut[4], die Farbe des Meers mit einer Bierflasche vergleichen, es wäre ihm – eben als originale Trouvaille – wohl schon zu gekonnt. Nun kennt aber auch die Mundart viele originelle Vergleiche, zum Beispiel »feischter wie in ere chue ine« (finster wie in einer Kuh, d. h. stockdunkel[5], »de hüenere d schwänz uufbinde« (den Hühnern die Schwänze aufbinden, mit dem Sinn etwas Überflüssiges tun[6]), »vor em broot in ofe schlüüfe« (vor dem Brot in den Ofen schlüpfen, im Sinn von voreilig sein[7]). Wenn Frisch in der Schriftsprache auf Originalität angewiesen ist, könnte er sich nicht solche mundartlichen Vergleichsbilder merken, vielleicht gar notieren, um sie bei Gelegenheit in die Schrift zu übernehmen? – Es wäre undenkbar bei Max Frisch. Seines Wissens ist es nie vorgekommen, daß er sich einen Satz vor der Niederschrift in Mundart zurechtgelegt hätte. Er spricht und hört Mundart, beachtet sie aber kaum.
Ist das nicht widersprüchlich: ein Schriftsteller, der bewußt Mundartliches stilistisch ausnützt, sich jedoch für die Mundart selbst eigentlich gar nicht interessiert?

4 Dieser Vergleich findet sich in *Reinhart*, S. 75; *J'adore*, S. 27 und S. 1 (vgl. hierzu *Reinhart*, S. 29; *Gantenbein*, S. 383. Vgl. zu dieser Bildung Frischs auch Max Wehrli, *Gegenwartsdichtung der deutschen Schweiz*, in: *Deutsche Literatur in unserer Zeit*, Göttingen 1959², S. 105–124: »Man möchte die schöne grüne Farbe eines Gletschers als smaragdgrün bezeichnen und muß sie doch bewußt und unwillig ›bierflaschengrün‹ nennen« (S. 117).
5 Albert Weber, *Zürichdeutsche Grammatik und Wegweiser zur guten Mundart*, Zürich, 2. Aufl. 1964, S. 73.
6 A.a.O., S. 119.
7 A.a.O., S. 158.

Der scheinbare Widerspruch löst sich dahin auf, daß die Mundart für Frisch erst von der Ebene der Schriftsprache aus interessant wird. An sich, also auf der Mundartebene, interessiert sie ihn nicht. Er berichtet, als er in *Andorra* mehr und bewußter als früher Mundartliches habe forcieren wollen, habe er dies ohne Studium getan (ein Studium von Mundartmerkmalen hätte zu einer Bewußtheit schon auf der Mundartebene geführt), er habe vielmehr bewußter als früher so geschrieben, wie er sich erinnerte, daß die Leute bei uns reden. »Erinnern« sagt Frisch: Damit ist der Bewußtheitsvorgang genau formuliert. Mundartliches forciert Max Frisch gleichsam aus der Erinnerung an die Mundart, konkrete Mundartvorbilder sind ihm dabei nicht sozusagen im Augenblick gegenwärtig, die Bewußtheit bleibt so ganz an die Schriftsprachebene gebunden. Das erklärt nun vieles.

Es erklärt, warum etwas, was Frisch als mundartlich intendiert hat, gar keine Mundartdeckung zu haben braucht. Die Kurzform »ist's« (für »ist es«) in *Andorra* kommt ihm mundartlich vor, dabei sagt er in der Mundart nicht »isch s«, sondern »isch es«. Erinnertes ist nicht identisch mit Tatsächlichem. Deshalb kann sich Mundartliches auch emanzipieren. In der Erinnerung entfallen die tatsächlichen Bindungen, auf die z. B. das Wort »büschele« in der Mundart beschränkt ist – so kann Frisch im Hochdeutschen »büscheln« auch mit Haaren (*Gantenbein*, 18) oder Schnee (*Gantenbein*, 33) in Verbindung bringen.

Auffallend häufig gebraucht Max Frisch den Ausdruck »reden«, wo man hochsprachlich den Ausdruck »sprechen« erwarten würde: »jede Kellnerin redet amerikanisch« (*Stiller*, 103); »Und da meine andere Hand ihren zarten Unterkiefer umklammerte, war sie außerstande zu reden« (*Stiller*, 77); »Ich redete mit fremden Gesichtern in einer Milch-Bar« (*Stiller*, 447). Das komme sicher daher, sagt Frisch, daß er den Ausdruck »sprechen« als Mundartwort nicht kenne, in der Mundart sage man immer »rede«. In Wirklichkeit gebraucht er den Ausdruck sprechen auch in der Mundart, er sagt z. B.: »ich spriche äigetlich zimlich starch au wän ich schrybe«. Sicher ist »spräche« kein bodenständiges Mundartwort, sondern schon eine Angleichung an die Schriftsprache – und eben deshalb widerlegt es nicht Frischs Feststellung, er kenne »sprechen« nicht als Mundartwort: Da er sich an die Mundart bloß »erinnert«,

sind für ihn Angleichungen an die Schriftsprache, wie sie seine tatsächliche Mundart heute aufweist, gar nicht maßgebend.
Noch mehr: Die Mundartebene ist für Max Frisch so wenig ein Ort der bewußten Reflexion, daß er auch dort, wo seine Mundart Anlaß zu Reflexion geben könnte, die Reflexion verdrängt und den Reflexionsanlaß auf die Schriftsprachebene projizieren kann. Nur so nämlich läßt sich letztlich erklären, warum Max Frisch ungern schreibt »die Axt, mit der er zuschlug«, warum ihm die Verbindung des Relativpronomens mit einer Präposition mißfällt und er sie (früher) bewußt zu umgehen sucht mit dem Pronominaladverb (»die Axt, womit er zuschlug«). Diese bewußte Allergie auf der Schriftsprachebene, an sich unerklärlich, geht zurück auf ein unbewußtes Unbehagen in der Mundartebene: Ein Unbehagen scheint sich eingestellt zu haben, als Frisch nicht mehr wie in der älteren (guten) Mundart sagte »d axt won er zuegschlage hät dermit«, sondern »d axt mit deren er zuegschlage hät«. Die Entfernung von der guten Mundart bewirkt ein ungutes Gefühl, auf das aber Frisch erst auf der Schriftsprachebene bewußt reagiert.
Die Bestimmung, daß Mundart eine unbewußte und Schriftsprache eine bewußte Sprache ist, muß also, da die beiden Sprachformen nicht isolierte, fest umgrenzte Größen sind, sondern sich gegenseitig durchdringen, präzisiert werden. Ausschlaggebend für den Bewußtheitsgrad ist die Ebene, auf der sich der Sprachvorgang abspielt: Einflüsse der Schriftsprache auf die Mundart (z. B. die Verdrängung des relativen *wo*-Anschlusses) spielen sich auf der Mundartebene ab und vollziehen sich deshalb für Frisch unbewußt, unkontrolliert, passiv – Einflüsse der Mundart auf die Schriftsprache spielen sich dagegen auf der Schriftsprachebene ab, da geht Frisch bewußt und aktiv vor, allerdings nicht so, daß er von Beobachtungen seiner tatsächlichen Mundart ausginge (auch sie würden sich auf der Mundartebene abspielen), sondern eben so, daß Mundartliches zunächst im gefühlsmäßigen Vorgang der Erinnerung von der Mundartebene in die Schriftsprachebene passiert und sich Frischs bewußtes Forcieren von Mundartlichem erst auf diese »erinnerte« Mundart bezieht, die von seiner tatsächlichen abweichen kann.

Gantenbein, der beim Kauf der Blindenbrille so tut, als verstehe er kein Schweizerdeutsch, mit der Verkäuferin also Hochdeutsch spricht, sagt bei dieser Gelegenheit: »Ich habe stets ein Gefühl von Rolle, wenn ich Hochdeutsch spreche« (*Gantenbein*, 36). Hinter diesem Bekenntnis steht sicher eine Erfahrung, die auch Frisch gemacht hat: Daß man als Schweizer, wenn einem die Übung fehlt (d. h. wenn man nicht viel mit Deutschen verkehrt), einen gewissen Mangel an Spontaneität verspürt beim Hochdeutschsprechen, und zwar deshalb, weil man das Hochdeutsche weitgehend nur als Schriftsprache (»schrifttüütsch«) gelernt hat. Ebenso sicher besteht für Frisch heute dieser Spontaneitätsmangel oder das Gefühl von Rolle beim Hochdeutschsprechen faktisch kaum mehr: Er spricht heute mit Deutschen so viel Hochdeutsch, daß ihm das Hochdeutsche wohl etwa gleich selbstverständlich kommt wie die Mundart. Anders beim Schreiben. Das Hochdeutsche als Rollensprache: Gilt dies nicht erst recht für den Schriftsteller Max Frisch, wenn er so bewußt und reflektiert schreibt, sich gewissermaßen beim Schreiben ständig auf die Finger schaut?

Tatsächlich sieht Max Frisch selbst einen Unterschied zwischen der Sprache, die er als Schriftsteller schreibt, und der Sprache, die er sonst – als Herr Frisch – schreibt. Im Zusammenhang mit der romantisch archaisierenden Sprache von *Santa Cruz* spricht er von Kostümierung und Verkleidung. Oder: In *Andorra* gebraucht er die Kurzform »sehn« (für »sehen«), und er sagt dazu, daß er »natürlich« sonst nicht »sehn« schreiben würde; in einem »eigenen« Text, also schon in einer Regieanweisung oder in einem Vorwort, schreibe er selbstverständlich die übliche Vollform »sehen«. Und nicht nur im Theaterstück, wo Frisch im Wortverstand Rollen schreibt – auch im Roman kann er eine Rollensprache schreiben. Der Roman *Homo faber* etwa ist in der Ich-Form geschrieben, Frisch schreibt in der Rolle des Herrn Faber, z. B. wenn es heißt: »Ich war gespannt, als fliege ich zum ersten Mal in meinem Leben« (*Faber*, 280). Von der Korrektheit her würde man da den zweiten Konjunktiv erwarten: »als flöge ich« oder »als würde ich zum ersten Mal fliegen«. Max Frisch bemerkt dazu, daß er als Herr Frisch sicher oder mindestens wahrscheinlich die korrekte Konjunktivform schreiben würde, ein korrektes »flöge« jedoch in der Feder des Herrn Faber ginge über dessen Sprachmächtigkeit hinaus, einem Faber könne man nicht zutrauen, daß er den Konjunktiv beherrscht. Es sei für ihn sehr schwierig gewesen, die Faber-Rolle auch in der Sprache durchzuhalten.

Und weil die Faber-Sprache eine Rollensprache ist, die die Verfassung von Faber demonstrieren soll, ist es leicht, in diesem Roman Sätze zu finden, die nicht nur von einer extremen Sprachverrottung zeugen, sondern auch bis an die Grenze der Verständlichkeit gehen können. Wie ist etwa dieser Satz zu verstehen: »Ich fand es ein kindisches Staunen, betreffend die Herbeischaffung dieser Quader« (*Faber*, 62)? Auch Max Frisch muß sich, wenn er den Satz isoliert liest, zunächst den Zusammenhang vergegenwärtigen, bevor er seinen Sinn angeben kann. Der Satz steht in einer Partie, die in Guatemala spielt: Man sucht die Bauwerke der Maya auf und staunt, wie die Maya, obwohl sie das Rad nicht kannten, so große Steinquader auftürmen konnten – dieses Staunen findet Faber kindisch. Die Aussage sei eigentlich ganz simpel, sagt Frisch, er würde sie normalerweise so formulieren: Das Staunen über die Herbeischaffung dieser Quader fand ich kindisch – so wäre der Satz sofort verständlich. Aber Faber könne solche an sich simple Gedanken nicht mehr in die richtigen Relationen bringen, er verfällt in stehende Geschäftsausdrücke, in die abkühlenden Floskeln der Briefe, die er erhält und diktiert (z. B. »betreffend Lieferung der elf Turbinen noch folgendes«). Mit solchen an sich nichtssagenden Wörtern wie »betreffend, beziehungsweise, in bezug auf«, die einen syntaktischen Bezug simulieren, will Frisch die absolute Beziehungslosigkeit Fabers demonstrieren, sein Unvermögen, etwas genau zu durchdenken. All dies liegt in der Linie der – wie Frisch sagt – »vom Autor gepflegten Sprachverrottung«.

Auch der Roman *Stiller* ist in der Ich-Form geschrieben: Frisch schreibt in der Rolle von Stiller, der es abstreitet, Stiller zu sein, und seinerseits in der Rolle von Mister White schreibt. Diese Rollendialektik wirkt sich auch sprachlich aus. Der Schweizer Stiller gibt vor, Amerikaner deutscher Abstammung zu sein (vgl. *Stiller*, 12). White könnte sich also schon dadurch als Stiller verraten, daß er ungeniert Helvetismen schreiben würde. Ein Helvetismus par excellence ist für Frisch der

Ausdruck »Cervelat«. Stiller-White schreibt: »Zwar ist auch Cervelat (Bierwurst) nicht eben meine Leibspeise, zumal nicht ohne Bier, es ist eine etwas knoblauchartige Wurst, die man nach Stunden, wenn man an ganz andere Dinge denkt, noch immer riecht« (*Stiller*, 31). White erklärt und kommentiert den Ausdruck – könnte er sich als Stiller verraten, wenn er ihn unkommentiert gebrauchen würde? Frisch glaubt es, ein Deutscher würde seiner Meinung nach »Bierwurst« sagen. »Bierwurst« ist jedoch sachlich etwas andres als »Cervelat«: Während der schweizerische »Cervelat« eine Wurst von etwa 3 cm Durchmesser und mit feinem Fleisch ist, bezeichnet man mit »Bierwurst« in Deutschland eine Wurst mit gröberen Fleischstücken und guten 10 cm Durchmesser.[8] Das heißt: White verrät sich als Stiller ausgerechnet da, wo er sich absichern möchte – ganz gleich, wie er sich als Schweizer verrät, wo er gegen die Schweiz ausfällig wird (ein Amerikaner würde sich wohl so engagiert weder positiv noch negativ für schweizerische Probleme interessieren). – Mehr noch: Erst die Rolle von Mister White macht es Stiller möglich, sich selbst in Sprache zu fassen. Dort nämlich, wo er zum ersten Mal seine Identität eingesteht (*Stiller*, 442–448), seine Rolle also aufgibt, scheint er gleichzeitig mit der Rolle auch die Sprache zu verlieren. In dieser Partie mischen sich merkwürdig die disparatesten Stilebenen; tappende Vergleiche (»ein Einsiedler ohne Radio wie im Mittelalter«) und antiquiert pathetische Ausdrücke (»elendiglich«, »Zerwürfnis«) stehen neben schriftlich-steifen Umständlichkeiten (in Hinsicht auf, in bezug auf):
»und schon war der Ehrgeiz da, die Freude in Hinsicht auf Anerkennung, die Sorge in Hinsicht auf Geringschätzung« (443),
»ein Einsiedler ohne Radio wie im Mittelalter, wortkarg wie ein Ruderer auf der Galeere, ein Mönch in bezug auf Mädchen, aber nur in bezug darauf« (443),
»ich hatte meine Schmach vor Anja, glaubte vor Durst elendiglich zu sterben und Anja nicht wiederzusehen« (443),
»aber an der Schwelle der Ohnmacht hatte ich Anja, meine sengende Schmach vor Anja« (443),
»Immer war da ein Weib, womit ich mich täuschen konnte« (444)[9],

8 Die Auskunft verdanke ich Herrn Dr. St. Kaiser, Tübingen.
9 Max Frisch glaubt selbst, daß dieser Satz isoliert nicht eindeutig ver-

»neugierig auf ihre Gedanken oder froh um ihren Widerspruch oder auch in schmerzlichem Zerwürfnis« (444),
»Warum war ich nicht imstande, allein zu sein, und gezwungen, mich mit dieser Balletteuse zu langweilen, derart, daß ich dieses Meertier auch noch heiraten mußte?« (444),
»die berühmte Mehlsuppe, die dieses Weib zu machen nicht geruht hatte« (446).
Max Frisch findet selbst, daß Stiller hier stammelt, daß solche Sätze nicht sehr gut sind, und er möchte sie lieber nicht als repräsentativ für seine Sprache bezeichnen. Doch sei auch hier entscheidend, ob die Aussagen vom Subjekt selbst oder von einem fremden Beobachter stammen: ein außenstehender Beobachter hätte bei diesen Aussagen keinen Grund zum Stammeln, wogegen dann, wenn wie hier das Subjekt selbst über sich solche Aussagen macht, Stammelsymptome und sogar Anzeichen von sprachlichem Versagen an sich richtig seien.
Ist es so, daß Max Frisch, wenn er in Sprache »sich selbst« sein will, auf eine Rolle geradezu angewiesen ist? Sucht er die sprachliche Selbstverwirklichung im Hochdeutschen, gerade weil das Hochdeutsche für ihn eine Art Rollensprache ist?

Hochdeutsch: die verfremdende Sprache

Es wäre wohl zuviel gesagt, meint Max Frisch, wenn man das Hochdeutsche in seinem Fall schlechthin als Rollensprache bezeichnen würde. Die hochdeutsche Halbfremdsprache erleichtere ihm zum einen Teil den Ausdruck, zum anderen Teil gebe es etwas, an das er nicht ganz herankomme, vielleicht auch nicht herankommen wolle. Sicher könnte er sich im Hochdeutschen besser verstellen, ebenso sicher sei der Grad an Bewußtheit bei der Formulierung im allgemeinen größer.
Frisch gebraucht den Ausdruck Halbfremdsprache. Tatsächlich kann sich sogar bei ihm, obwohl er heute Hochdeutsch wohl etwa gleich selbstverständlich spricht wie Mundart, gelegentlich das Gefühl einstellen, er schreibe in einer Fremdsprache.

ständlich ist – er paraphrasiert ihn einige Zeilen weiter unten so: »in den Stunden meiner Unfähigkeit, allein zu sein, war es stets nur ein Weib, Erinnerung oder Hoffnung um ein Weib, womit ich meinem Alleinsein entschlüpfte« (*Stiller*, S. 444).

Zum Beispiel im Fall der Geräuschverben: Er berichtet, daß er in der Mundart eine völlige Sicherheit habe, wann man »gyre« sagt und wann »gyxe« usw., daß er dagegen im Hochdeutschen fast so, wie wenn er Englisch spreche, ein bißchen hilflos sei, zwar mehrere Ausdrücke zur Verfügung habe (»ächzen«, »knarren«, »knirschen« usw.), aber eigentlich keinen, der so richtig sitze. Und doch ist das Hochdeutsche für den Schweizer zweifellos keine richtige Fremdsprache wie das Französische oder Englische, dazu stehen sich Hochdeutsch und Schweizerdeutsch denn doch zu nahe, auch muß der Schweizer das Hochdeutsche nicht wie eine richtige Fremdsprache von Grund auf sozusagen Wort für Wort erlernen, für das Verständnis genügt es, wenn gewisse Umsetzregeln begriffen sind.

Statt Halbfremdsprache: Könnte man das Hochdeutsche als die verfremdende Sprache bestimmen? Damit ist Max Frisch ganz einverstanden, das sei absolut richtig.

Was in der Mundart selbstverständlich ist, verfremdet sich im Hochdeutschen. Wenn Frisch in der Mundart »am laufende band« sagt, denkt er sich dabei weiter nichts – wenn er die gleiche Wendung in der Schriftsprache gebraucht, verfremdet sie sich, er sieht nun wirklich ein Band, das läuft, so daß er dann auch, das Alltagsklischee verfremdend, schreiben kann: »Wir leben auf einem laufenden Band« (*Tagebuch*, 21) oder mit Stillers Vorwurf »du hast mir ja am laufenden Band verziehen, ich weiß, ohne eine Minute der Erschütterung« (*Stiller*, 194) formulatorisch einkalkuliert, daß damit das Verzeihen als sinnentleerter Fließbandmechanismus entlarvt wird. Kein Wunder, daß Frisch die Schriftsprache gern als Rollensprache funktionalisiert (»jedes Ich, das sich ausspricht, ist eine Rolle«: *Gantenbein*, 72), sie im Wechsel vom Gehobenen zum Gewöhnlichen ironisch bricht. Die Verfremdung des Hochdeutschen wirkt enthemmend und distanzierend zugleich. Max Frisch braucht diese Verfremdung, um in Sprache sich selbst verwirklichen zu können.

1969

Vita

1911	geboren in Zürich am 15. Mai als Sohn eines Architekten
1924–1930	Realgymnasium in Zürich
1931–1933	Studium der Germanistik in Zürich, abgebrochen, freier Journalist
	Balkan-Reise
1934	*Jürg Reinhart*
1936–1941	Studium der Architektur an der ETH in Zürich. Diplom
1938	Conrad Ferdinand Meyer-Preis
1939–1945	Militärdienst als Kanonier
1940	*Blätter aus dem Brotsack*
1942	Architekturbüro in Zürich
1943	*J'adore ce qui me brûle oder Die Schwierigen*
1945	*Bin oder Die Reise nach Peking*
	Nun singen sie wieder
1946	Reise nach Deutschland, Italien, Frankreich
1947	*Tagebuch mit Marion*
	Die Chinesische Mauer
1948	Reisen nach Prag, Berlin, Warschau
	Kontakt mit Bertolt Brecht in Zürich
1949	*Als der Krieg zu Ende war*
1950	*Tagebuch 1946 – 1949*
1951	*Graf Öderland*
	Rockefeller Grant for Drama
1952	Einjähriger Aufenthalt in den USA, Mexiko
1953	*Don Juan oder Die Liebe zur Geometrie*
1954	*Stiller*
	Auflösung des Architekturbüros, freier Schriftsteller
1955	Wilhelm Raabe-Preis der Stadt Braunschweig
	Pamphlet *achtung: die schweiz*
1956	Reise nach den USA, Mexiko, Kuba
1957	*Homo faber*
	Reise in die arabischen Staaten
1958	*Biedermann und die Brandstifter*
	Die große Wut des Philipp Hotz
	Georg Büchner-Preis
	Literaturpreis der Stadt Zürich
1960–1965	Wohnsitz in Rom

1961 *Andorra*
1962 Dr. h. c. der Philipps-Universität Marburg
1963 Literaturpreis von Nordrhein-Westfalen
1964 *Mein Name sei Gantenbein*
1965 Preis der Stadt Jerusalem
Reise nach Israel
Schiller-Preis des Landes Baden-Württemberg
Wohnsitz im Tessin, Schweiz
1966 Erste Reise in die UdSSR, Polen
1967 *Biografie: Ein Spiel*
1968 Zweite Reise in die UdSSR
Öffentlichkeit als Partner
Politische Publizistik in Zürich
1969 *Dramaturgisches*
Aufenthalt in Japan
1970 Aufenthalt in den USA
1971 *Wilhelm Tell für Schule*
Aufenthalt in den USA
1972 *Tagebuch 1966-1971*
1974 *Dienstbüchlein*
Großer Schillerpreis der Schweizerischen Schillerstiftung
1975 *Montauk*

M. F.

Alphabetisches Verzeichnis der edition suhrkamp